Sofia Lundberg

Der Weg nach Hause

AF217107

GOLDMANN

Sofia Lundberg

Der Weg nach Hause

Roman

Aus dem Schwedischen
von Kerstin Schöps

GOLDMANN

Die schwedische Originalausgabe erschien 2021 unter dem Titel
»Som en Fjäder i Vinden« bei Forum, Stockholm.

Sollte diese Publikation Links auf Webseiten Dritter enthalten, so
übernehmen wir für deren Inhalte keine Haftung, da wir uns diese
nicht zu eigen machen, sondern lediglich auf deren Stand zum Zeit-
punkt der Erstveröffentlichung verweisen.

Penguin Random House Verlagsgruppe GmbH FSC® N001967

2. Auflage
Taschenbuchausgabe November 2022
Copyright © der Originalausgabe 2021 by Sofia Lundberg
Copyright © der deutschsprachigen Ausgabe 2021
by Wilhelm Goldmann Verlag, München,
in der Penguin Random House Verlagsgruppe GmbH,
Neumarkter Str. 28, 81673 München
Published by agreement with Salomonsson Agency
Umschlaggestaltung: buxdesign GbR
Umschlagmotiv: Trevillion/Ildiko Neer
LK · Herstellung: ik
Satz: Buch-Werkstatt GmbH, Bad Aibling
Druck und Bindung: GGP Media GmbH, Pößneck
Printed in Germany
ISBN: 978-3-442-49358-6

www.goldmann-verlag.de

Für meinen Vater
Weil du mit deiner goldenen Posaune
den Jazz in mein Leben gebracht hast.

Stille. Violas linke Hand ruht auf dem Küchentisch. Sie ist runzlig, geschwollen von der Sommerhitze. Viola dreht an dem schlichten Goldring, der viel zu eng am Finger sitzt. Ihr Ehering.

Vielleicht sollte sie ihn endlich abnehmen. Für immer. Wahrscheinlich muss er sogar aufgeschnitten werden. Aber sie zögert noch, will ihn weitertragen. Ihr Mann ist schon lange tot und begraben. Doch die Liebe ist nie erloschen, und der Ring erinnert sie daran.

Die Rosenbüsche vor dem Küchenfenster stehen in voller Blüte. Viola steht auf, um sie sich von Nahem anzusehen. Ihre Hüfte tut weh, mit jedem Schritt wird der Schmerz stärker. Sie hält sich an den Möbeln fest und stützt sich am Fensterbrett ab.

Auf dem Pfosten des Gartentores sitzt eine Waldtaube, deren Gefieder grau, grün und lila schimmert. Sie pickt eifrig die Ameisen auf, deren Weg ebenfalls über den Pfosten führt. Viola hatte immer Gift ausstreuen wollen, um sie loszuwerden, es aber nie in die Tat umgesetzt.

Die schaden doch niemandem, wenn sie da in Reih und Glied über den Stein krabbeln, denkt sie immer. Und bisher haben sie sich auch noch nicht in die Küche verirrt. Außerdem ist es so schön, Besuch von den Tauben zu bekommen. Es sind wunderschöne Vögel.

Im Garten liegt ein roter Plastikspaten, den jemand auf

7

dem Weg zum Strand verloren haben muss. Jeden Sommer kommen sie zu Besuch, die Kinder und Enkelkinder. Und die Urenkel. Sie fallen bei ihr ein und übernehmen das Regiment im Haus. Sie bestimmen, was gegessen wird, und benutzen alle Töpfe und Pfannen. Richten ein heilloses Durcheinander an. Wenn Viola morgens aufwacht, zieht ein Wirbelsturm durchs Haus, dann herrscht Stille, wenn alle verschwinden und Ausflüge machen oder zum Strand gehen. So wie auch sie die Sommer als Kind verbracht hat. In dem Haus, in dem sie geboren wurde. Es liegt so nah am Wasser, dass man das Meer immer hören kann.

Das schrille Klingeln des Telefons reißt Viola aus ihren Gedanken. Sie eilt zurück zum Tisch, auf dem das Handy liegt. Die Nummer ist ihr nicht bekannt.

»Hallo!«

»Viola, bist du es?«

Ihr wird augenblicklich schwindelig, sie lässt sich auf einen Stuhl fallen.

»Hallo? Bist du noch dran?«

»Ja«, antwortet Viola schwach und räuspert sich. »Wer ist da?«

»Ich bin es, Lilly.«

Schweigen.

»Hallo? Bist du noch da?«

»Lilly.« Viola muss nach Luft schnappen, ihre Augenlider flattern, sie weiß nicht, was sie sagen soll.

»Hallo!«

Diese Stimme ist unverkennbar, einzigartig. Weich und warm und wunderschön.

»Lilly, bist du es wirklich? Es ist so ... Wo bist du?«

»In Paris. Ich rufe an, um mich zu verabschieden.«

»Was? Wie meinst du das?«

»Ich sterbe. Jetzt. Heute ist der 12. August.«

Viola sieht an die Wand, zu dem Kalender mit den Fotos ihrer Enkelkinder.

»Heute ist der Tag, an dem …«, sagt sie leise.

»Ich weiß. Es ist, wie es ist. Alles wird gut.«

»Aber …«

Viola verstummt, weiß nicht, wo sie anfangen soll.

»Warum hast du dich nie wieder gemeldet?«, fragt sie nach einer Weile.

»Sag einfach Lebwohl.«

»Lilly, das kann ich nicht.«

»Du musst aber. Lebwohl, meine liebe Freundin.«

Viola kostet das Wort auf der Zunge, bevor sie es flüstert:

»Lebwohl.«

Sie wartet auf eine Antwort, ein weiteres Wort, vergeblich. Das Gespräch ist beendet.

Sie senkt die Hand mit dem Telefon, legt es zurück auf den Tisch und starrt vor sich hin.

Auf einer kleinen Anrichte in der Küche steht ein Ensemble von Schwarz-Weiß-Fotografien in schönen, antiken Rahmen. Mühsam steht sie wieder auf und stellt sich davor. Legt ihre Hand an den Mund, als ihr Blick auf das Foto mit den beiden Mädchen fällt, die auf dem Rasen vor dem Haus sitzen. Sie sind höchstens drei oder vier Jahre alt und haben den Blick von der Kamera abgewendet, sehen einander an. Sie lächeln vielsagend, als hätten sie einander gerade ein Geheimnis verraten.

Das ist schon so lange her.

Viola streicht zärtlich mit dem Zeigefinger über die Wange eines der Mädchen.

»Lilly«, flüstert sie.

VIOLA
12. AUGUST 1948

Die üppigen Büsche mit dunkelgrünen, glänzenden Blättern und perfekt geformten Blüten zieren das breite Beet am Zaun, der das Grundstück zur Straße hin begrenzt. Gelb, rot, rosa, weiß sind die Blütenblätter. Groß und klein. Unterschiedliche Sorten, aber alle von einer Gattung. Auf dem Boden liegen verwelkte Rosenblätter, die in der Wärme langsam vermodern und einen süßsauren Geruch verbreiten.

Viola kriecht vorsichtig unter die Büsche, zwischen den dicken Stämmen windet sich ein Gang hindurch, wie ein Geheimgang, den nur sie kennt. Ihre nackten Knie schaben über die trockene Erde, die Dornen bleiben im Stoff ihres Sommerkleids und in den Haaren hängen, reißen Strähnen aus ihrem Pferdeschwanz.

»Hundert! Ich komme!«

Die Stimme lässt Viola erstarren. Sie hält die Luft an, kauert sich zu einem kleinen Ball zusammen und versteckt ihren Kopf zwischen den Knien. Ihr Herz pocht wie wild in ihrer Brust.

Sie hört klatschende Schritte, die vorbeirennen, dann auf einmal zurückkommen und sich erneut entfernen. Sie atmet erleichtert aus. Eine ganz Ewigkeit hat sie die Luft angehalten, zumindest hat es sich so angefühlt. Sie macht flache, schnelle Atemzüge, ihr wird ganz schwindelig davon. Dann atmet sie einmal tief ein und hält wieder die Luft an.

Plötzlich breitet sich ein dunkler Schatten über ihr aus, sie dreht den Kopf und sieht eine Hand, deren Zeigefinger auf sie gerichtet ist.

»Nein, tu es nicht!«, flüstert sie und schüttelt den Kopf.

Aber es ist schon zu spät. Die klatschenden Schritte kommen zurück, und Viola hört ein helles Kichern.

»Ich sehe dich! Gefunden, gefunden!«

Viola seufzt und kriecht rückwärts aus ihrem Geheimgang unter den Rosenbüschen. Die Dornen zerkratzen ihre Arme.

»Das macht keinen Spaß, wenn du immer schummelst, Lilly. Alvin hat dir mein Versteck verraten, ich habe es genau gesehen«, sagt sie beleidigt und klopft sich die Erde von den Knien.

Lilly blinzelt Alvin zu, der am Gartenpfosten lehnt. Er zwinkert und fährt sich mit der Hand durch sein glänzendes goldbraunes Haar. Die Ärmel seines weißen Hemdes sind hochgekrempelt, dazu trägt er eine leicht zerknitterte braune Leinenhose.

»Danke, danke.« Lilly hüpft kichernd auf und ab, dass ihre Haare nur so wippen.

Alvin sieht sie lächelnd an, sagt aber kein Wort. Dann, ohne jede Vorwarnung, reißt er die Arme in die Luft und wedelt mit den Händen. Viola kreischt laut auf und rennt davon, Lilly jagt ihr hinterher. So schnell sie ihre Füße tragen, stürmen sie über die Steinplatten des Gartenweges, weiter über den trockenen braunen Rasen. Einmal um die Flaggenstange herum und dann durch das kleine Loch im Gartenzaun in den Nachbargarten.

Ihre Schreie und ihr Lachen gellen durch die Luft. Alvin folgt ihnen, zuerst geht er gemächlich, dann fängt er an zu rennen. Er stützt sich mit den Händen auf dem Zaun ab und schwingt sich seitwärts hinüber. Seine Beine sind länger als die der Mädchen, wesentlich länger. Er holt sie ein und schnappt sich zuerst Viola, hält sie mit einem Arm und wirbelt sie herum. Lilly rennt hinzu und greift nach Violas Beinen.

»Lass sie los, lass sie los«, ruft sie und trommelt mit den Fäusten auf Arme und Beine ihres Bruders.

Aber Alvin hört nicht auf sie. Er lacht und nimmt Lilly unter den anderen Arm, dreht sich hin und her. Er ist so stark. Die Mädchen kreischen und kichern mit geröteten Wangen und fliegenden Haaren.

Die Sonnenstrahlen sind warm, man kann das rhythmische Rauschen der Wellen hören, die am Strand brechen. Die Schwalben fliegen tief über die Dächer und singen ihre schönen Lieder. Ein weiterer herrlicher Sommertag.

Aber dann hält Alvin abrupt inne, setzt die Mädchen ab. Auf der Treppe vor dem Haus mit der langsam bröckelnden Fassade sitzt sein Vater Walle und starrt mit eingefallenen Wangen und leerem Blick vor sich auf den Boden. In Violas Nachbarhaus, wo Alvin und Lilly wohnen, gibt es so viele Kinder, dass sie manchmal mit dem falschen Namen gerufen werden. Acht Kinder.

Neun.

Denn Walle hält ein Bündel in seinen Armen. Lilly stürmt auf ihn zu, klettert die Steintreppe auf allen vieren hoch und reckt ihren Hals, um das neue Baby zu begutachten.

»Ist es schon da? Was ist es geworden, ein Mädchen oder ein Junge?«, fragt sie aufgeregt und zupft an der Decke, in die das Neugeborene eingewickelt ist. Ein kleiner roter Kopf kommt zum Vorschein.

13

»Warum sitzt du hier draußen?«, fragt Alvin misstrauisch.

Walle legt seinem Sohn das Baby in den Arm. Dann räuspert er sich mit Tränen in den Augen.

»Es wird viel zu tun geben«, sagt er nur und geht ohne ein weiteres Wort der Erklärung zurück ins Haus.

Lilly folgt ihm, sie greift nach seinem Hosenbein. Auch Alvin verschwindet mit hochgezogenen Schultern im Haus, das neue Geschwisterchen fest an seine Brust gedrückt.

Viola bleibt allein zurück. Sie wischt sich mit dem Arm über die Stirn, die vom wilden Fangenspielen schweißnass ist, und setzt sich auf den Rasen. Starrt zum Haus ihrer besten Freundin.

Ein gellender Schrei durchschneidet die Luft, und sie zuckt zusammen.

Er ist herzzerreißend.

Es ist Lillys Stimme.

* * *

Viola sitzt wie versteinert da, den Blick auf das geöffnete Fenster im ersten Stock geheftet. Aus dem gerade Lillys Schrei nach draußen gedrungen ist, wie ein eiskalter Wind.

Es ist nicht totenstill im Haus, im Gegenteil. Sie hört viele Stimmen, die aufgeregt durcheinanderreden. Dann folgen dumpfe Geräusche, als jemand die Treppe hinunterrennt. Alvin stürmt durch die Tür, mit angstverzerrtem Gesicht fliegt er förmlich die Eingangstreppe hinunter, drei Stufen auf einmal, läuft auf das Gartentor zu und verschwindet. Zurück bleibt eine Staubwolke.

Viola sieht ihm lange hinterher. Erst als er außer Sichtweite ist, nähert sie sich mit zögernden Schritten der Eingangstür und geht ins Haus. Still bleibt sie im Flur stehen, sieht sich um.

Es riecht abgestanden, wie so oft hier. Nach Schweiß und aufgewärmtem Brei. Und nach Ruß vom Holzofen. Aber heute mischt sich noch ein anderer, unbekannter Geruch dazu.

Auf der Bank in der Küche sitzen die Kleinsten nebeneinander, artig und mit ernster Miene: Edgar, Sonja und Siv, die die Jüngste, die einjährige Rosa, auf dem Schoß hält. Viola winkt und wirft ihnen eine Kusshand zu.

»Ich komme gleich wieder runter«, sagt sie und geht weiter.

Lillys Schrei ist verstummt und wurde vom leisen und jämmerlichen, aber dennoch durchdringenden Weinen des Neugeborenen ersetzt. Viola schleicht die Treppe hoch, umklammert mit beiden Händen das Geländer. Im ersten Stock drängen sich die Räume aneinander, es wurden Wände eingezogen, um alle Kinder unterzubringen. Sie teilen sich ein Zimmer zu zweit, die Kleinsten auch ein Bett.

Die Tür des Elternschlafzimmers steht offen. Viola kann Gertrud sehen, sie hat das Baby im Arm und wiegt es hin und her. Auf dem Boden vor ihr kauert Lilly, sie hat die Arme um ihre Knie geschlungen. Hinter ihnen auf dem Bett sitzt ihr Vater und hat das Gesicht in seinen groben, rissigen Händen vergraben.

Viola stellt sich auf die Zehenspitzen, um besser sehen zu können. Sie sucht nach Lillys Mutter, aber kann sie nirgends entdecken.

Der sonderbare Geruch ist hier oben noch viel intensiver, es riecht nach Metall. Auf dem Boden im Schlafzimmer steht ein grauer Zinkeimer, bis obenhin voll mit rotbraunen blutgetränkten Lappen. Viola weicht instinktiv zurück, aber da bemerkt Lilly sie. Die beiden Freundinnen sehen einander wortlos an.

Das unbeschwerte Lachen und das ausgelassene Spiel vom Vormittag sind auf einmal so unendlich weit entfernt. Lillys Gesicht ist bleich, und ihre Lippen sind blau angelaufen, als hätte sie vergessen zu atmen. Sie steht auf, greift nach Violas Hand und lässt ihre große Schwester und ihren Vater im Zimmer zurück. Ganz fest hält sie Violas Hand, bis sie draußen im Garten stehen.

»Warum seid ihr alle so traurig? Ist das Baby krank?«, flüstert Viola. Sie wagt es nicht, lauter zu sprechen. Alle wirken so furchtbar ernst.

Lilly antwortet nicht, sondern setzt ihren Weg fort, sie schiebt sich durch das Loch im Zaun, durch das man in Violas gepflegten, üppig blühenden Garten gelangt. Unter einer stattlichen Weißtanne leuchtet Violas rosa Spielhäuschen. Die Tür klemmt, als Lilly sie aufzieht, sie hat sich verzogen, ist auf dem feuchten Boden aufgequollen. Die Holzdielen knarren.

»Wir müssen den Boden wischen und alles aufräumen, so kann das nicht bleiben«, sagt Lilly entschlossen. Sie greift nach einem kleinen Kinderbesen und fegt damit wie besessen den Boden.

»Warum weint das Baby so? Hat deine Mutter keine Milch?«

Lilly stellt den Besen beiseite und deckt den kleinen Tisch mit dem Porzellangeschirr.

»Ich werde hier wohnen müssen. Ist das in Ordnung?«

»Warum sagst du so komische Sachen? Was meinst du damit?«

Lilly lässt sich auf einen der beiden Stühle fallen. Die Mädchen sind schon fast neun Jahre alt und langsam zu groß für die kleinen Kindermöbel.

»Das hier ist ein perfektes Zuhause. Hier gibt es alles, was ich brauche. Im Winter wird es vielleicht ein bisschen kalt werden, aber dann darf ich mich doch bei dir im Haus aufwärmen, oder?«

Viola sieht durch das kleine Fenster des Spielhäuschens, wie Alvin mit einigen Sachen im Arm zurückkommt. Im Schlepptau hat er eine Frau, die ein graues Kleid mit gestärkter Schürze und auf dem Kopf eine kleine weiße Haube trägt, die unterm Kinn mit einer weißen Schleife gebunden ist. Sie eilen die Treppe hinauf ins Haus.

»Alvin ist zurück, er hat eine Krankenschwester bei sich«, sagt sie und dreht sich zu Lilly um.

»Damit das Kleine nicht stirbt.«

»Stirbt? Es schreit doch und ist ganz lebendig? Warum sollte es denn sterben?«

»Weil es etwas zu essen bekommen muss, darum. Wir wissen nicht, wie man das macht. Deshalb ist Alvin zum Krankenhaus gelaufen, um Hilfe zu holen. Die müssen doch wissen, wie das geht.«

Viola steckt ihren Kopf durch das Fenster, um das Nachbarhaus besser sehen zu können. Da hält ein Wagen vor der Tür, er ist schwarz und viereckig. Zwei Männer steigen aus, sie tragen eine Bahre ins Haus.

»Ich werde mir nichts kochen können, aber das wird

schon gehen«, redet Lilly hinter ihr weiter. »Brot und Wasser, das reicht doch zum Überleben, oder?«

»Du machst mir Angst, Lilly, wenn du so komische Sachen sagst. Was ist los?«, fragt Viola, den Blick fest auf das Nachbarhaus geheftet.

Die Männer kommen kurz darauf schon wieder mit der Bahre heraus und tragen sie langsam die Stufen hinunter zu ihrem Wagen. Der Kies knirscht unter ihren Sohlen. Dann öffnen sie die Kofferraumluke.

Viola rennt aus dem Häuschen bis an den Gartenzaun, um besser sehen zu können. Der Körper auf der Bahre ist mit einem weißen Laken bedeckt, auch der Kopf. Er bewegt sich leicht, als die Männer die Bahre in den Wagen schieben.

Viola geht zurück und hört Lilly summen, ein trauriges Lied, während sie zerstreut die Spielsachen aufräumt, mit denen sie ihre Kindheit verbracht haben. Viola nimmt sie in den Arm und drückt sie fest an sich.

»Du kannst bei mir in meinem Zimmer wohnen«, sagt sie. »Wie Schwestern. Ich werde immer für dich da sein, ich schwöre!«

Zaghaft kratzt der Stift über die leere, weiße Seite. Viola schreibt die Worte, die sie schon vor langer Zeit hatte zu Papier bringen wollen.

Liebe Lilly.

Die Tränen laufen ihr über die Wangen. Sie weiß, dass es zu spät ist. Der Stift führt sein eigenes Leben, sie lässt ihn gewähren. An die Seite zeichnet er das Datum. 12. August. Wieder und wieder fährt er über die beiden Ziffern, macht sie immer dicker. *Ein einziger Tag, ein ganzes Leben*, schreibt sie mit zittriger Hand und malt ein zartes Herz dahinter.

Sie sieht aus dem Fenster. Die Taube ist weggeflogen. Jetzt steht der Pfosten wieder einsam dort, ein bisschen schief, umschlungen von einer Kletterrose. Ihre Eltern haben sie dort gepflanzt, als das Haus fertig gebaut war. Und sie blüht auch heute noch. Übersät mit dunkelroten Blüten. Die Farbe der Liebe, die Blume der Liebe. Zwischen der Blütenpracht zeigen sich Zweige mit dunkelgrünen Blättern. Sie hätte die Pflanze schon längst stutzen und zurechtschneiden müssen.

Sie greift nach einem der Rahmen, die auf der Anrichte stehen. Bilder aus ihrer Kindheit gibt es viele. Auf diesem Foto stehen sie nebeneinander. Lilly und sie. Hand in Hand, den Blick direkt in die Kamera gerichtet. Sie stehen im hohen Gras, inmitten von Wiesenblumen. Ihre nackten Knie sind übersät mit Kratzern. Wie alt sie wohl sind? Sechs, sieben vielleicht. Hatten sie schon mit der Schule angefangen? Sie erinnert sich nicht. Lilly trägt ein schlichtes, ärmelloses Kleid. Der Halsausschnitt ist mit einem dunkleren Band gesäumt. An einer Stelle ist das Kleid mit einem viereckigen Stück Stoff in einer anderen Farbe geflickt. Ihr Haar ist ungleichmäßig kurz geschnitten. Als hätte es jemand in großer Eile mit einer Küchenschere gestutzt. Viola trägt ein Kleid mit Faltenrock und Taillenband, es hat sogar Puffärmel. Ihr dickes blondes Haar ist zu zwei Zöpfen geflochten.

Sie haben immer zusammen gespielt. Jeden Tag. Die Grenzen zwischen den beiden Nachbargrundstücken waren fließend, die Gärten ihr Abenteuerspielplatz.

Viola stellt sich erneut ans Fenster. Die Rosenbüsche stehen dicht gedrängt am Zaun, vielleicht waren sie früher nicht ganz so undurchdringlich, als sie ihr Lieblingsversteck waren. Sie hatten so gerne dort gespielt.

Die Silbertanne wirft ihren Schatten auf die Steinplatten. Sie ist so groß geworden, höher als das Haus. Aber Viola kann eine Ecke des alten Spielhäuschens sehen. Es ist jetzt gelb, nicht mehr rosa wie früher, als sie ein Kind war.

In der obersten Schublade der Anrichte liegt ein Adressbuch, sie blättert vor bis zum Buchstaben W. Sture Wallin. Der Name ist durchgestrichen, daneben hat sie ein Kreuz an den Rand gezeichnet. Wie immer, wenn jemand stirbt. Der Krebs hat ihn geholt, und sie wünscht sich so sehr, dass er noch leben würde und sie ihn einfach anrufen könnte.

Auch Lilly steht in dem Adressbuch, direkt unter Sture. Aber ohne Nummer und ohne Adresse.

Sie seufzt und schiebt die Schublade wieder zu. Ein Blick an die Wanduhr. Halb zehn. Es wird noch eine Weile dauern, ehe die Kinder vom Strand und dem sommerwarmen Meer zurückkommen. Mit zerzausten Haaren und sandigen Füßen. Lilly hatte es geliebt, schwimmen zu gehen und sich kopfüber in die Wellen zu stürzen. Wenn sie hier wäre, hätte sie die anderen bestimmt begleitet. Und sich über Viola lustig gemacht, dass sie so langweilig ist und zu Hause bleibt.

Viola reißt sich aus ihren Gedanken und geht langsam die Treppe zum Dachboden hinauf. Vorsichtig, aufs Geländer gestützt. Dort oben befindet sich alles, alle Erinnerungen an ihre Kindheit. Sie hatte vorgehabt, alles durchzusehen und auszumisten, als sie das Haus übernommen hat. Aber das hat sich bis jetzt noch nicht ergeben. Sie erinnert sich an eine rosa Kiste aus Blech, die sie schon längst vergessen hatte. Ob sie irgendwo da oben ist?

LILLY
12. AUGUST 1949

Sture hat gerade laufen gelernt. Breitbeinig und mit vorgerecktem Kopf stapft er über den Rasen, als könne ihn nichts und niemand aufhalten. Er trägt nichts außer einer Windel, die ihm voll und schwer zwischen den Beinen hängt. Seine gesamte Aufmerksamkeit gilt der Straße, auf der in unregelmäßigen Abständen ein Auto vorbeifährt. Das Motorengeräusch lockt und fasziniert ihn. Er ist wild und übermütig. Ganz anders als seine große Schwester Rosa, die friedlich auf einem Erd- und Sandhaufen sitzt und mit einem alten Löffel Löcher gräbt.

Lilly rennt hinter ihm her und schnappt ihn sich, setzt ihn sich auf die Hüfte. Als sie zu Rosa zurückkommt, hat die sich Erde in den Mund gestopft. Sie hustet und würgt, und ihr Kinn ist nass und verschmiert.

Lilly seufzt und wischt ihr den Mund notdürftig mit dem Handrücken ab. Dann packt sie ihre Schwester an der Hand und zerrt sie hinter sich her. Rosa beschwert sich lautstark, stemmt die Füße in den Boden.

»Du dummes Ding, jetzt komm schon«, schimpft Lilly und hebt auch sie hoch.

Die beiden Kleinkinder auf den Hüften balancierend geht sie zurück ins Haus, gibt ihnen einen Kuss auf ihre sonnenwarmen Köpfe. Endlich ist es warm. Der Sommer war bisher ungewöhnlich kalt, und die Meteorologen zählen schon in Visby die Sonnenstunden, als hätten sie nichts anderes zu tun.

»Hört auf zu jammern. Wir können nachher zu Viola gehen und nachsehen, ob sie Zucker hat. Aber nur wenn ihr jetzt leise seid.«

Die beiden Kleinen verstehen sofort, was auf dem Spiel steht, und verstummen, obwohl sie noch so winzig sind. Rosa legt ihre dicken Ärmchen um Lillys Hals. Lilly ignoriert sie, denn sie muss sich auch um ihre Geschwister Sonja und Edgar kümmern. Suchend sieht sie sich nach ihnen um. Sie hat keine Ahnung, wo die beiden stecken, aber sie sind schon etwas älter und müssen allein zurechtkommen.

Rosa streckt ihren Arm aus und zeigt zum Nachbarhaus, dabei brabbelt sie vor sich hin. Sie redet die ganze Zeit, Lilly versucht erst gar nicht, sie verstehen zu wollen.

Sture spricht noch nicht, er ist noch zu klein. Er legt seinen Kopf auf Lillys Schulter, sein Körper wird schwer, als würde er jeden Augenblick einschlafen.

Lilly bringt ihre kleinen Geschwister in die Küche und setzt sie in den Laufstall, in dem Töpfe und Kellen liegen, mit denen Rosa spielen kann. Und eine dünne Matratze, auf der Sture seinen Mittagsschlaf halten kann. Dann macht sie sich auf die Suche nach Sonja und Edgar. Sie sind drei und fünf Jahre alt. Fast jedes Jahr kam ein neues Geschwisterchen. Bis zum letzten Kind, das ihre Mutter das Leben gekostet hat.

Jetzt haben die ältesten Kinder die Verantwortung für den Haushalt übernommen, während ihr Vater und der große Bruder arbeiten gehen. Gertrud ist dreizehn und hat gerade die Volksschule abgeschlossen. Birgitta ist zwölf und Lilly zehn Jahre alt.

Sie wischt sich den Schweiß vom Hals. Ihre Haare kleben an der Kopfhaut. Zwischen den Bäumen kann sie das Meer glitzern sehen. Es ist ganz still und glatt heute, ohne eine einzige Welle. Lilly würde so gerne baden gehen. Sie sehnt sich danach, über den weichen Sand zu laufen, sich kopfüber ins Meer zu stürzen und das kühle Wasser am Körper zu spüren.

In den Beeten leuchten die tiefgrünen Blätter der Kartoffeln. Gertrud kniet zwischen den Reihen und erntet, ihr langer, geflochtener Zopf hängt über dem Rücken und reicht fast bis zur Taille. Sie trennt die Knollen von dem Grün, befreit die Kartoffeln von der Erde und wirft sie dann in den Eimer.

Der Zinkeimer. Lilly bekommt jedes Mal einen Kloß im Hals, wenn sie ihn sieht. Aber vielleicht ist es auch ein anderer als der damals oben im Schlafzimmer ihrer Eltern. Gefüllt mit blutgetränkten Lappen. Sie haben mehrere, die ineinander gestapelt im Geräteschuppen stehen.

»Wo sind Sonja und Edgar?«, fragt sie ihre große Schwester.

Gertrud dreht sich zu ihr um. Sie sieht müde aus.

»Du solltest doch auf sie aufpassen«, sagt sie vorwurfsvoll.

»Sie haben vorhin hier draußen gespielt und sind dann irgendwohin gelaufen. Ich kann doch nicht die ganze Zeit hinter ihnen her sein«, erwidert Lilly und setzt ihre Suche fort. Sie lässt ihren Blick über den Garten schweifen, um jede noch so kleine Bewegung zu registrieren.

»Sie entwirren die Netze hinterm Schuppen. Ich habe sie darum gebeten«, ruft ihr Gertrud hinterher.

Lilly verdreht die Augen.

»Warum sagst du das nicht gleich?«

Sie macht sich auf den Weg zum Schuppen, neben dem ihr Vater die Netze nach dem Fischen zum Trocknen aufhängt. Sie hört das Kichern ihrer Geschwister.

»Sie reißen doch nur die Netze runter, warum lässt du sie das machen?«, ruft sie Gertrud zu.

»Sonst lernen sie es nie. Wir müssen alle mithelfen, das weißt du genau«, antwortet Gertrud streng. »Wo sind Rosa und Sture? Oder hast du die beiden auch verloren?«

»Sie sind im Laufstall, und es geht ihnen gut.«

Gertrud steht auf, klopft sich die Erde von ihrer vergilbten, ehemals weißen Schürze und hebt den Eimer mit den Kartoffeln hoch.

»Ich kann auf sie aufpassen, ich muss sowieso in die Küche und Essen machen.« Mit schleppenden Schritten geht sie auf das Haus zu.

Seit sie die Schule beendet hat, haben Traurigkeit und Bitterkeit den Glanz ihrer Augen ersetzt. Sie ist erst dreizehn und die einzige Mutter, die sie haben.

»Danke«, ruft ihr Lilly hinterher und rennt, so schnell sie kann, auf das Loch im Zaun zum Nachbargrundstück zu.

Aus dem Schornstein von Violas Haus steigt schon den ganzen Tag Rauch auf, und Lilly weiß genau, was das bedeutet. Drüben wird gebacken.

Ihr Magen zieht sich vor Hunger zusammen, der süße Duft wird immer intensiver, je näher sie dem Haus kommt. Sie springt die Treppe mit großen Schritten hoch und landet mit einem Satz in der Diele. Lillys Zuhause ist voller Kinder, bei Viola ist es genau andersherum. Hier gibt es viele Erwachsene.

»Hallo!«, ruft sie fröhlich und stürmt in die Küche. Sie wirft sich in die offenen Arme von Violas Großmutter, die ihr einen Kuss auf die Stirn drückt.

»Da bist du ja endlich. Wie haben wir unsere wilde Lilly vermisst.«

»Ich hatte drüben zu tun.«

»Ja, das hast du ja immer. Wie schön, dass du ab und zu vorbeikommst, damit wir dich ein bisschen verwöhnen können.«

Lilly stellt sich auf die Zehenspitzen, um Violas Großmutter über die Schulter schauen zu können. Auf dem Küchentisch drängen sich die Schüsseln und Töpfe. Daneben steht das Gestell mit den Backblechen.

»Hmm, Zimtschnecken«, schwärmt sie, als sie die goldbraunen Leckereien entdeckt. Sie saugt den Duft tief in die Nase ein und streckt ihre Hände aus. »Bitte, darf ich, bitte!«

»Wir haben auch Kastenbrote. Du kannst dir nachher was mitnehmen. Dann bekommen alle etwas davon ab«, sagt Violas Mutter und zwinkert ihr zu.

»Papa will keine Almosen«, antwortet Lilly und stopft sich eine weiche Zimtschnecke in den Mund, genießt den Geschmack von warmer Butter, Zimt und Hagelzucker.

Nur drei Bissen braucht sie, um sie zu verschlingen. Dann greift sie nach einer zweiten.

»Dein Vater muss kämpfen. Sich ganz allein um neun Kinder zu kümmern, das ist eine Leistung«, sagt Violas Großmutter und sieht Lilly lächelnd beim Kauen zu.

»So ist es. Superpapa. Wunder-Walle«, ruft Lilly mit vollem Mund und nickt.

An ihrer Wange kleben ein paar Zuckerkörner. Sie schiebt

sie sich mit der Hand in den Mund, leckt sich die Lippen und schmatzt laut und genüsslich.

»Oh, die sind so lecker. Ich könnte sterben«, sagt sie und lacht.

»Er ist wirklich ein Held, dein Vater«, meint Violas Mutter mit ernster Stimme. »Aber er sollte lernen, Hilfe von anderen anzunehmen. Damit ihr Kinder keinen Hunger leiden müsst. Es ist schließlich nicht seine Schuld, dass Lisbeth so plötzlich gestorben ist.«

»Nein, stimmt, das ist Stures Schuld. Diese kleine Rotznase. Einer zu viel. Warum haben sie sich das nicht vorher überlegt«, sagt Lilly kopfschüttelnd.

»Pass auf deine Worte auf!«, weist Violas Großmutter sie mit erhobenem Zeigefinger und durchdringendem Blick zurecht. Lilly schlägt sich verlegen die Hand vor den Mund.

»Hoppla«, sagt sie kichernd.

»Wird dein Brüderchen heute nicht ein Jahr alt?«

Lilly nickt und dreht sich auf dem Absatz um. Sie kann einfach nie still stehen. Violas Mutter steht am Herd und rührt in einem großen Topf. Die ganze Küche ist voller Backbleche, die jede freie Fläche bedecken.

»Dann backen wir noch ein bisschen mehr. Einen Kuchen muss es doch zum Geburtstag geben. Den kann dein Vater nicht verbieten«, verkündet sie entschlossen.

»Ist Viola gar nicht da?«, fragt Lilly und steckt sich heimlich zwei Zimtschnecken in die Taschen.

»Doch, aber wahrscheinlich sitzt sie irgendwo und ist in ein altes staubiges Buch versunken. Wie immer«, antwortet Violas Mutter und zeigt auf die Wohnzimmertür. Ihre Augen lächeln, aber ihre Lippen sind zusammengepresst.

»Dieses Kind ist auch zu nichts zu gebrauchen«, sagt sie und bricht in schallendes Gelächter aus.

* * *

Viola sitzt zusammengekauert auf dem Sofa im Wohnzimmer und liest. Lilly schleicht sich an und hält ihr von hinten die Augen zu.

»Wer bin ich?«, sagt sie mit verstellter, tiefer Stimme.

Viola zuckt zusammen und zieht Lilly über die Lehne zu sich aufs Sofa.

»Du sollst mir nicht immer so einen Schrecken einjagen«, ruft sie und hebt das Buch vom Boden auf, das hinuntergefallen ist. »Ich habe gerade gelesen.«

Lilly setzt sich neben sie, kuschelt sich an ihre Freundin. Viola liest weiter, als sei nichts gewesen. Ihre Augen fliegen nur so über die Zeilen, so schnell liest sie.

»Worum geht es in deinem Buch? Ist es gut?« Lilly neigt den Kopf zur Seite, um den Titel auf dem Umschlag zu lesen. *Der Kaiser von Portugallien* steht dort, von Selma Lagerlöf. Es ist ein schönes, dünnes Buch, und in den weißen Umschlag sind goldene Buchstaben geprägt.

Viola antwortet nicht, sondern hebt nur die Hand, um sie zum Schweigen zu bringen. Lilly legt den Kopf in Violas Schoß. Sie streckt ihre Beine aus und lässt die Füße über die Sofalehne baumeln.

»Gibt es das Land Portugallien?«, fragt sie. »Wo liegt das?«

Viola streicht ihr gedankenverloren mit der Hand über den Arm. Aber sie antwortet nicht, hört nicht auf zu lesen.

»Oh, wie langweilig!«, jammert Lilly und wackelt mit ihren nackten Zehen, die ganz schwarz vor Dreck und Erde sind. Dann fängt sie an, ein Lied zu summen.

»Hör bitte auf damit, Lilly. Ich will lesen. Das solltest du auch tun. Wir sollen in den Sommerferien mindestens ein Buch lesen. Das gilt auch für dich.«

»Ach was. Bücher klauen mir nur Zeit und sind doof. Und es stimmt noch nicht einmal, was darin steht. Das Leben ist viel besser. Ich habe genug damit zu tun zu leben.«

»Wenn du liest, erlebst du viele tausend andere Leben noch dazu.«

»Ja, ja, schon gut. Aber ich habe mit meinem eigenen genug zu tun.« Lilly setzt sich auf.

»Bitte lass mich das fertig lesen, es sind nur noch ein paar Seiten. Dann erzähle ich dir, worum es darin geht. Einverstanden?«

»Sehr gut. Dann kann ich mir das aufschreiben und es der Lehrerin zeigen. Aber beeil dich, ich habe frei und muss nicht auf die Kleinen aufpassen. Und ich will was unternehmen.«

»Gleich. Das Buch ist so gut. Du kannst es haben, wenn ich fertig bin. Ich habe es zum Geburtstag bekommen.«

Aber Lilly hat keine Lust mehr zuzuhören. Aus ihrem Summen ist Gesang geworden, und ihre Stimme ist klar und überraschend kräftig.

Viola liest konzentriert weiter, es raschelt, wenn sie eine Seite umblättert. Lilly singt immer lauter. Das Klappern in der Küche ist verstummt, Violas Mutter und Großmutter stecken ihre Köpfe durch die Tür und hören mit angehaltenem Atem zu. Nach dem letzten Ton applaudieren sie begeistert, dann kehren sie zurück an ihre Töpfe und Backbleche. Auch Viola hebt den Kopf und sieht ihre Freundin an.

»Aha. Findet jetzt hier ein Konzert statt? Kann man denn nie in Ruhe lesen?«

Lilly streckt sich nach dem Buch, will es wegschubsen, aber Viola hält es fest.

»Jetzt hör endlich auf, das langweilige Buch zu lesen«, quengelt Lilly. »Heute ist Mamas Todestag. Und da kann man doch wohl ein, zwei Lieder singen, oder? Aber niemand denkt an sie, alle reden nur von Sture und seinem Geburtstag und von Kuchen.«

Viola legt ihr Buch beiseite und setzt sich auf.

»Entschuldige. Das habe ich vergessen«, sagt sie und streichelt Lilly über die Wange.

Violas Hand ist weich und warm und duftet nach Lavendel. Nach der teuren Seife, die im Badezimmer liegt. Lilly streckt sich wieder auf dem Sofa aus.

»Lies ruhig weiter, wenn es unbedingt sein muss. Das ist sowieso eigentlich kein Grund zum Feiern«, flüstert sie und legt ihre Füße auf Violas Schoß.

»Nein, das ist kein richtiger Grund zum Feiern. Bist du sehr traurig?«

Lilly schließt die Augen. Sie rollt sich zusammen, zieht die Knie bis zum Kinn und umklammert ihre Beine.

»Nicht mehr als sonst. Oder doch, vielleicht ein bisschen. Ein bisschen trauriger als sonst. Ein bisschen wütend. Ich bin wütend auf Sture. Diese Rotznase, er schreit und sabbert die ganze Zeit und rennt immer weg. Er ist total verrückt, so sieht es aus. Von Geburt an ein Mörder.«

»Sag so was nicht. Das ist doch nicht seine Schuld. Aber

es ist schrecklich traurig, dass deine Mama gestorben ist. Ich habe sie so gerne gehabt. Sie war immer so nett.«

»Wie deine.«

»Ja.«

»Du hast zwei Mütter. Du hast auch noch deine Großmutter. Das ist ungerecht.«

»Sie können doch auch deine sein. Du darfst immer zu uns kommen, das weißt du doch.«

Lilly schnaubt und schüttelt den Kopf, sodass ihr die dünnen strähnigen Haare ins Gesicht fliegen.

»Ich muss mich doch immer um irgendeines von den Bälgern kümmern. Sture, Rosa, Sonja oder Edgar.«

»Nicht immer. Jetzt bist du doch hier.«

Lilly blickt sehnsüchtig durch die geöffnete Verandatür nach draußen. Von dort sieht man das dunkelblaue Meer. Es ist unendlich weit. Still und kühl.

Sie steht auf und tritt nach draußen, die Steinplatten der halbmondförmigen Terrasse sind kalt unter ihren Füßen. Vom Meer trennt sie nur das Grundstück und das Haus, in dem sie mit ihren vielen Geschwistern lebt. Sie kann Edgar und Sonja hinterm Schuppen sehen. Die Netze hängen unberührt und voller Seegrasklumpen auf den Stangen. Die Kinder haben eine andere Beschäftigung gefunden und ihre Aufgabe vergessen.

»Es ist so warm heute«, jammert Lilly. Viola hat endlich ihr Buch beiseitegelegt und ist zu ihr nach draußen gekommen.

»Ich will schwimmen gehen«, sagt Lilly und zeigt aufs Meer.

»Ich glaube, ich kann nicht, es gibt bald Essen.«

Viola setzt sich auf einen der Gartenstühle und legt die Füße aufs Geländer. Lilly zupft sie am Ärmel.

»Ach komm, bitte. Wir essen auch bald, und Gertrud braucht bestimmt meine Hilfe. Aber das vergessen wir jetzt einfach und bekommen dann eben später Ärger dafür.«

Viola zieht die Knie an die Brust. Lilly nimmt eines der Badetücher von der Leine und wirft es Viola über den Kopf.

»Komm, lass uns abhauen. Wenn wir über das Grundstück von Tante Nordin gehen, dann sieht uns auch keiner.«

Viola nimmt das Handtuch vom Kopf und wischt sich den Sand aus dem Gesicht.

»Na, jetzt bin ich so voller Sand, da muss ich wohl schwimmen gehen«, meint sie kichernd.

Lilly klatscht sich an die Stirn.

»Oh je, ich habe keinen Badeanzug an.«

»Du kannst meinen alten nehmen, ich habe einen neuen geschenkt bekommen. Du kannst ihn gerne behalten.«

»Aber mein Vater ...«

»... will keine Almosen, ich weiß. Aber er kommt doch nie mit zum Baden? Los, nimm ihn, du brauchst ihn doch, deiner ist ganz zerfranst.«

»Das ist Gertruds alter. Ich habe nur geerbte Sachen.«

Viola verschwindet im Haus und kommt mit einem zusätzlichen Handtuch und einem roten Badeanzug zurück.

»Los, zieh dich um, beeil dich. Ich habe meinen schon an.«

Sie wollen gerade über das Geländer von der Terrasse in den Garten hüpfen, als Violas Mutter hinter ihnen auftaucht.

»Ihr hattet doch wohl nicht vor, so kurz vor dem Essen zum Strand zu gehen, ohne Bescheid zu sagen, oder?«, sagt sie streng und stemmt die Hände in die Hüften.

Verlegen sehen die beiden Mädchen zu Boden. Aber Violas Mutter ist nicht verärgert, im Gegenteil, sie lächelt übers ganze Gesicht.

»Ihr habt es so gut. Es ist das Beste, Kind zu sein und Sommerferien zu haben. Ich beneide euch darum. Wartet einen Moment«, sagt sie und geht ins Haus. Kurz darauf hören Lilly und Viola lautes Klappern in der Küche. Geduldig warten sie auf der Terrasse, die großen Handtücher über der Schulter.

»Ihr könnt heute unten am Strand essen. Abenteuer sind immer noch schöner, wenn man was Gutes zu essen dabeihat«, sagt Violas Mutter, als sie zurückkommt und ihnen einen Korb in die Hand drückt.

Lilly wagt einen Blick in den Korb. Dort liegen zwei belegte Brote mit Roastbeef und dazu ein paar Zimtschnecken. Und zwei Flaschen Erdbeersaft. Sie leckt sich über die Lippen und will schon über das Geländer klettern, da lacht Violas Mutter.

»Ihr verrückten Hühner. Wollt ihr nicht lieber das Tor nehmen? Ich weiß doch jetzt, dass ihr euch davonschleichen wollt.«

Aber die Mädchen hören nicht mehr zu. Geschmeidig springt Lilly über das Geländer und landet in den frisch gegossenen Beeten. Viola reicht ihr den Korb und springt hinterher. Barfuß und ausgelassen laufen sie über den Rasen hinunter ans Wasser.

* * *

»Warum machen wir nichts für meine Mama?«, fragt Lilly, als sie nebeneinander im warmen Sand liegen und Zimtschnecken essen. Die Wassertropfen auf ihrer Haut schimmern in der Sonne.

»Was meinst du damit?«

»Na ja, es ist ihr Todestag.«

»Meinst du eine Séance oder so?«

»Was ist eine Séance?«

»Wenn man Kerzen anzündet und sich an den Händen hält. Du weißt schon. Damit die Geister der Toten kommen und mit einem sprechen. Dann könntest du mit ihr reden.«

»Quatsch, das geht doch gar nicht.«

Lilly dreht sich auf den Bauch. Sie streckt den Arm aus und nimmt sich noch eine Zimtschnecke aus dem Korb. Ihre Haare sind nass, die Spitzen mit weißem Sand verklebt. Sie streicht sich eine Strähne aus dem Gesicht und spuckt ein paar Sandkörner aus, dann beißt sie herzhaft in das Gebäck.

»Das klappt«, beharrt Viola. »Ich habe es in Mamas Heftchen gelesen. Es muss Nacht sein und dunkel, und man muss einen Gegenstand dabeihaben, den der Tote berührt oder getragen hat. Und Kerzen, man muss Kerzen anzünden.«

»Oh, es ist zu warm, ich kann nicht denken«, stöhnt Lilly.

»Los! Wer als Erste im Wasser ist!«, ruft Viola.

Die Badehandtücher bleiben zerknautscht zurück, als sie aufspringen und ins Meer rennen, bis zu den Knien, dann erst werfen sie sich kopfüber hinein und tauchen unter.

»Das war so schön. Jetzt fühlt sich dieser schreckliche Todestag viel besser an«, sagt Lilly, als sie wieder auftauchen.

»*Todestag* klingt so traurig. Was für ein komisches

Wort«, meint Viola und schwimmt um sie herum, mit dem Kinn unter Wasser.

»Ja, das ist auch traurig. Furchtbar traurig. Am liebsten will man gar nicht daran denken. Aber man tut es trotzdem. Weil man nicht anders kann.«

»Typisch.«

»Ja, typisch.«

»Vielleicht ist sie da oben und sitzt jeden Tag auf einer weichen Wolke und sieht uns zu«, versucht Viola ihre Freundin zu trösten.

Sie steht im Wasser und hat fröstelnd die Arme um sich geschlungen.

Lilly lässt sich auf dem Rücken treiben. Sie friert nicht. Sie sieht nach oben in den blauen Himmel. Keine einzige Wolke ist zu sehen, soweit das Auge reicht.

»Aha, und wo ist sie jetzt gerade? Da oben sind keine Wolken.«

»Hinter dir«, ruft Viola und bespritzt sie mit Wasser. Die Tropfen glitzern in der tiefstehenden Sonne.

»Hör auf damit. Mama ist kein Geist. Und auch kein Engel. Sie ist nur einfach nicht mehr da«, sagt Lilly traurig und stapft langsam zurück an den Strand.

Viola folgt ihr. Sie wirft sich ins Wasser, dass es nur so spritzt, und macht ein paar Schwimmzüge.

»Entschuldige, es war dumm von mir, darüber einen Witz zu machen. Natürlich feiern wir eine kleine Zeremonie für deine Mama. Wir können etwas bauen. Oder eine Dose vergraben, in die wir vorher schöne Erinnerungen an sie stecken. Und wir zünden eine Kerze für sie an. Heute Abend, wenn es dunkel geworden ist.«

Sie wickeln sich schlotternd in ihre Handtücher ein und reiben sich trocken, bis ihnen langsam wieder warm wird.

Viola gräbt mit der Hand im Sand, findet einen roten Stein. Rostrot. Sie gibt ihn Lilly.

»Schau mal, das muss ein Liebesstein sein. Komm, vielleicht finden wir noch mehr davon.«

Sorgfältig laufen sie den Strand ab, wo fast nur weiße und hellgraue Steine liegen. Trotzdem finden sie viele rosafarbene und rostrote. Viola hebt ihr Kleid am Saum hoch und sammelt sie darin.

»Wir machen daraus ein Herz«, schlägt Viola vor, als die Steine fast zu schwer werden. Sie lässt den Saum los, sie fallen zu Boden und bilden einen großen Haufen.

Lilly macht sich sofort ans Werk und legt eine feine dünne Linie aus rosaroten Steinen, die sich deutlich von den weißen am Strand absetzt.

»Mach das Herz richtig groß«, sagt Viola.

»Ja, du hast recht. Das Herz muss groß sein. So groß wie Mamas Herz war. Und dick und rund und mollig«, antwortet Lilly und greift nach den Steinen.

»Hättest du gedacht, dass es hier so viele rote Steine gibt? Die sind mir noch nie aufgefallen«, sagt Viola verwundert, als das Herz fertig ist.

»Sie verschwinden in der Menge, wenn die anderen alle grau sind«, erwidert Lilly.

»Aber ich finde, es müsste andersherum sein. Dass die besonderen hervorstechen.«

Viola nimmt einen großen, flachen rostroten Stein und legt ihn in die Mitte des Herzens.

»Hier können wir später eine Kerze draufstellen, das

sieht bestimmt schön aus«, sagt sie zufrieden und schiebt ihn so hin, dass er ganz gerade liegt.

»Was ist, wenn jemand unser Herz kaputt macht, während wir weg sind, es zertritt? Vielleicht sollten wir uns abwechseln und Wache halten?«

»Quatsch, so herzlos ist doch kein Mensch auf der Welt. Es ist so schön, das macht niemand kaputt.« Viola legt einen Arm um Lillys Taille und lehnt den Kopf auf ihre Schulter.

»Ich habe eine rosa Blechdose unter meinem Bett. Meine Oma hat sie mir geschenkt. Wollen wir die Andenken an deine Mama da hineinlegen und unter unserem Steinherz vergraben?«

»Warum sollten wir das tun?«

»Wir retten damit Dinge aus einer Zeit, die für immer vorbei ist«, erklärt Viola.

»Wie meinst du das, *retten*? Wenn wir sie vergraben, sind sie doch für immer weg.«

Viola nickt. »Ja, stimmt. Dann nehmen wir die Blechdose mit zu der Séance. Hast du etwas, das du hineinlegen willst?«

Lilly seufzt, ihr Blick ist auf den Horizont gerichtet.

»Vielleicht könnte ich einen von ihren Schals reinlegen«, antwortet sie nach einer Weile. »Ich habe sie alle aufgehoben. Am Anfang haben sie noch nach ihr gerochen, aber jetzt fast nicht mehr. Und du? Du hast doch nichts von meiner Mama, oder?«

»Doch, das kleine Tischtuch, das sie mir gestickt hat. Das bei mir auf dem Nachttisch liegt. Das hat sie berührt, das Garn und den Stoff beim Sticken. Vielleicht können die Geister sie riechen, und wenn sie das tun, schicken sie vielleicht deine Mutter zu uns, damit du mit ihr sprechen kannst.«

»Glaubst du da wirklich dran?«

»Ja, wir müssen daran glauben. Wir beide. Sonst funktioniert es nicht. Séancen sind eine sehr ernste Angelegenheit.«

* * *

Es ist schon dunkel, als sich Lilly vorsichtig aus dem Bett schiebt. Siv schläft tief und fest neben ihr, mit leicht geöffnetem Mund, und schnarcht glucksend. Sie wollte nicht allein in ihrem Bett schlafen, und Lilly hatte ihr den Wunsch nicht abschlagen können. Siv war sofort mit dem Kopf auf Lillys Arm eingeschlafen.

Es gelingt ihr, sich aus dem Zimmer zu schleichen, ohne ihre Schwester aufzuwecken. Auf Zehenspitzen läuft sie die Treppe hinunter und weicht gekonnt den knarrenden Stufen aus. Ihr Vater sitzt im Wohnzimmer und raucht Pfeife. Sie sieht seinen Kopf, der über den Rand des Sessels ragt und umgeben ist von einer dichten Rauchwolke.

Still bleibt sie stehen, lauscht seinem keuchenden Atem, genießt den süßlichen Geruch des Pfeifentabaks. Auf dem Tisch neben ihm steht eine Kerze, vielleicht denkt er auch gerade daran, was für ein Tag heute ist.

Viola wartet vor dem Haus auf sie. Sie trägt ein schönes rosa Kleid und eine rote Seidenschleife im Haar. Verlegen zupft Lilly an ihrem alten, zerschlissenen Nachthemd.

»Hatten wir gesagt, dass wir uns etwas Feines anziehen?«

Viola streckt ihr eine geballte Hand hin und öffnet sie

erst, als auch Lilly ihre Hand ausstreckt. Darin verbirgt sich eine Seidenschleife, so wie die in Violas Haar.

Lilly streicht über das Band, es ist breit und glänzend. Dann bindet sie ihr zerzaustes Haar damit zusammen.

»Müssten wir nicht eigentlich Schwarz tragen? Es ist doch ein trauriger Anlass«, sagt sie mit einem Seufzer und zeigt auf Violas Kleid.

»Nein, nicht an Todestagen. Das müssen helle und schöne Feste sein. Wir wollen sie doch nicht verjagen, wenn sie vom Himmel herunterkommt.«

Neben Viola auf dem Boden steht ein Korb, in dem etwas zu essen und zu trinken liegt. Obenauf hat sie die rosa Blechdose gelegt. Lilly öffnet sie und lässt eine Haarspange hineinfallen. Es scheppert, als sie in der Dose landet. Metall auf Metall.

»Ich dachte, wir wollten uns nach draußen schleichen, ohne jemandem etwas davon zu erzählen«, sagt Lilly und untersucht den Inhalt des Korbes. »Hm, wie lecker.«

»Meine Mutter weiß, was für ein Tag heute ist, und ich habe ihr erzählt, was wir vorhaben. Es sind Sommerferien, und es macht nichts, wenn wir lange auf sind. Ich will keine Geheimnisse vor ihr haben oder etwas Verbotenes tun.«

»Sommerferien und Todestag. Herrlich und traurig, beides gleichzeitig.«

Viola nickt und greift nach dem Korb. Dann zeigt sie auf einen kleinen Haufen auf dem Boden.

»Nimm du die Handtücher und Badeanzüge mit. Die habe ich noch eingepackt. Dann können wir schwimmen gehen, wenn wir wollen.«

Lilly hebt die Sachen hoch und bohrt ihre Nase hinein.

»Oh, wie schön, wenn es endlich Mitternacht wird«, sagt sie und hüpft über den Rasen.

Viola läuft ihr hinterher.

»Warum?«

»Dann haben wir dreihundertvierundsechzig ganz normale Tage vor uns.«

Als sie die Dachbodenluke aus Sperrholz mit ihren knotigen Händen aufdrückt, schlägt ihr die Hitze entgegen. Das Dach ist schlecht isoliert, die Luke dient als Schutz vor der Wärme des Sommers und der Kälte im Winter.

Viola drückt sie so weit hoch, bis sie von selbst nach hinten kippt. Dann geht sie die letzten Stufen der steilen Treppe und klettert auf den Dachboden. Sie richtet sich auf, atmet angestrengt in der stickigen Wärme.

Sie wartet geduldig, bis sich ihre Augen an das Halbdunkel gewöhnen. Vor dem kleinen halbmondförmigen Giebelfenster hängt eine Gardine aus einem alten Bettleinen. Sie zieht die Gardine auf, dabei lösen sich Staub und Spinnweben und fallen auf ihre Hände. Sie schüttelt sie ab, reibt die Handrücken aneinander.

Ein Riss durchzieht die Fensterscheibe, vielleicht ist ein Vogel dagegen geflogen? Mit dem Zeigefinger streicht sie über die Stelle, spürt die scharfe und unregelmäßige Kante. Sie darf nicht vergessen, den Glaser zu bestellen, bevor es Herbst wird. Am besten schreibt sie es sich auf. Die Herbststürme wird die Scheibe nicht überstehen.

Neben dem Fenster steht eine grüne Kommode. Sie ist staubig, und die Farbe ist an der Unterseite abgeblättert. Die Kommode hatte in ihrem Kinderzimmer gestanden, als sie klein war. Auf die Türen hatte ihre Mutter bunte fliegende Vögel gemalt, die mittlerweile verblichen sind. Sie hatte jedem einzelnen einen Namen gegeben. Tjoffsan, Plutten und Flaxis. Sie lächelt. Als Kind waren diese Vögel für sie wie lebendig gewesen.

Eine der Türen steht einen Spalt offen, sie zieht sie ganz auf. Auf den Regalen stehen kleine Pappkartons. Sie nimmt einen heraus und sieht hinein. Kleine Puzzles und Holzfigürchen. Spielsachen. Aber auch alte Zeichnungen. Sie blättert einen Stapel davon durch, schmunzelt, als sie die unbeholfenen Formen und Gestalten sieht. Häuser und Bäume. Eine Fahnenstange. Strichmännchen, die im Garten stehen und etwas umgraben. Blumen mit kerzengeraden Stängeln und zwei dicken Blättern ganz unten am Stiel. Auf den Rückseiten stehen ein paar erklärende Worte zu den Zeichnungen. Die Handschrift ist krakelig. Mit vielen Schreibfehlern. Aber sie erzählt kleine Märchen, aus der Sicht eines Kindes.

Sie wusste nicht, dass sie all die Jahre auf dem Dachboden gelegen haben.

Sie blättert weiter. In der Mitte des Stapels stößt sie auf eine Zeichnung, auf der zwei Mädchen abgebildet sind, die sich an der Hand halten. Die eine hat goldgelbes Haar, die andere kastanienbraunes. Ihre Augen sind kugelrund und umrahmt von ein paar vereinzelten kerzengeraden Wimpern. Ihre Lippen sind rot, und sie lachen herzlich. Das haben sie immer getan, viel gelacht. Sie sieht auf der Rückseite nach, aber diese Zeichnung hat keinen erklärenden Text. Kein einziges Wort steht dort. Nur ein kleines, rotes Herz.

VIOLA

12. AUGUST 1953

Der Garten ist voller Gerümpel. Bretter, Stühle und alte Matratzen. Berge von Kleidungsstücken, Schürzen und Schuhen. Als hätte sich das Haus einmal auf den Kopf gestellt und alles ausgespuckt, was es nicht mehr haben wollte.

Viola bahnt sich ihren Weg durch die Sachen. Ein zerschlissener Lederkoffer liegt aufgeklappt neben einem Haufen vergilbtem Stoff. Es sind Laken, man kann noch alte Urinflecken und Schweißränder sehen. Alvin steht im Zentrum des Chaos und zersägt einen Schaukelstuhl. Mit einer Hand hält er den Stuhlrücken fest, ein Knie liegt auf der Sitzfläche. Sobald sich ein Teil löst, schleudert er es im hohen Bogen auf einen großen Haufen. Als er Viola entdeckt, lächelt er übers ganze Gesicht und lässt die Säge sinken.

»Hallo, was für ein schöner Besuch!«, sagt er fröhlich.

Sein weißes Unterhemd ist durchgeschwitzt. Er fährt sich mit der Hand durch das dunkle Haar, seine Arme sind braungebrannt und schmutzig. Viola sieht sich verwirrt um.

»Was ist hier los?«, fragt sie. »Warum zersägst du alles?«

»Papa hat endlich aufgeräumt. Das hier ist alles nur Müll, der verbrannt wird.«

Viola schüttelt entsetzt den Kopf.

»Nein, ihr dürft doch jetzt kein Feuer machen. Es ist viel zu trocken. Sonst stehen nachher alle Häuser in Flammen.«

Alvin lacht. Dann zieht er sich das Unterhemd aus und wischt sich damit den Schweiß von der Stirn.

»Du bist immer so vernünftig. Ist das nicht auf Dauer langweilig?«

Viola presst die Lippen aufeinander und schüttelt ein zweites Mal den Kopf.

»Außerdem ist ein offenes Feuer wirklich gefährlich.«

Alvin nickt.

»Ja, das stimmt, du bist schlau. Auch wenn du klein wie eine Ameise bist. Nein, natürlich machen wir nicht jetzt das große Feuer, und ich werde auch nicht unsere Häuser in Brand stecken. Das machen wir erst im Herbst, wenn der Regen kommt.«

Viola schlägt sich die Hand vor den Mund und reißt die Augen auf.

»Du willst die Häuser im Herbst in Brand stecken?«, ruft sie entsetzt, kann aber das Lachen nicht zurückhalten und prustet los.

Alvin schnappt sie und hebt sie hoch.

»Du kleine, freche Zuckerschnecke, du. Süß wie Zucker bist du, aber ein großes Mundwerk hast du. Ergibst du dich?«

Er kitzelt sie, und sie lacht und schreit.

»Ich ergebe mich, ich ergebe mich. Lass mich runter.«

Ihre Wangen glühen, es macht sie verlegen, wenn er sie Zuckerschnecke nennt. Das tut er immer, und es gefällt ihr sehr, aber es stört sie auch.

Sie windet sich aus seinen Armen, richtet ihr Kleid und läuft auf das Haus zu. Sie hebt die Hand über den Kopf und winkt, ohne sich erneut umzudrehen, und läuft die Treppe zur

Küche hoch. In dem Moment, als sie mit der Hand nach der Klinke greift, fliegt jedoch die Tür mit voller Wucht auf und trifft sie an der Stirn. Sie fällt nach hinten und stürzt rücklings die Stufen hinunter, schlägt hart auf dem Boden auf. Der Brief, den sie in der Hand gehalten hat, flattert zu Boden.

Drei Kinder stürmen auf sie zu: Sonja, Edgar und Siv. Sie schreien und reden alle gleichzeitig.

Viola stöhnt vor Schmerzen. Ihr Arm liegt merkwürdig verdreht unter ihr, ihr ganzer Körper tut weh. Sie schließt die Augen und versucht, sich nicht zu bewegen.

»Ist sie tot?«

»Haben wir sie umgebracht?«

»Viola!«

Sie kann ihre Stimmen hören, aber sie klingen blechern, wie aus weiter Ferne. Vorsichtig dreht sie den Kopf zur Seite. Schmerz durchzuckt ihren Rücken und raubt ihr fast den Atem. Sie wimmert leise.

»Du Dummerchen, man stirbt doch nicht davon, wenn man die Treppe hinunterfällt. Sie lebt, das kannst du doch sehen.« Das ist Edgars Stimme. Er klingt felsenfest überzeugt.

»Hallo, Viola, wach auf! Hörst du mich, wach auf, bitte wach auf!« Siv tätschelt sanft Violas Wange. Sie beugt sich so tief zu ihr hinunter, dass ihre lockigen Haare über Violas Gesicht streichen. Es kitzelt.

»Sie hat sich verletzt, das seht ihr doch, sie wird bestimmt daran sterben, und dann sind wir schuld«, kreischt Sonja. Ihre hohe Stimme tut Viola in den Ohren weh.

»Ich bin nicht tot, seht ihr das nicht?«, wimmert sie leise. »Aua, das tut so weh. Bitte, holt meine Mutter. Los, beeilt euch!«

Lilly hüpft mit vollem Mund die Treppe herunter.

»Warum liegst du hier?«, fragt sie und schluckt ihren Bissen hinunter. Sie berührt Viola am Arm, aber da schreit diese laut auf.

»Aua, lass das.«

»Was ist denn passiert?«

»Ich bin hingefallen. Die drei sind alle gleichzeitig aus dem Haus gestürmt«, antwortet Viola und nickt zu den drei Kindern, die neben ihr im Gras hocken und sie anstarren. Sie sind barfuß und dreckig, mit ungekämmten Haaren.

»Tut es sehr weh?«, fragt Lilly.

»Ich kann meinen Arm nicht bewegen.«

»Bleib ganz still liegen. Ich hole Hilfe.«

Viola sieht Lilly hinterher, wie sie auf den Zaun zum Nachbargrundstück zu rennt, mit Siv und Sonja im Schlepptau. Edgar bleibt bei ihr, er ist zwar erst sieben Jahre, aber war schon immer ein sehr aufmerksamer und rücksichtsvoller Junge. Er legt seine kleine, kühle Hand auf ihre Stirn.

»Der Brief«, flüstert Viola und sieht sich suchend um. »Ist er weggeweht worden? Ich hatte einen Brief in der Hand.«

Edgar springt auf und sucht systematisch den Boden ab, entfernt sich immer weiter von ihr, bis sie ihn nicht mehr sieht. Kurz darauf kommt er zurück.

»Der wurde ganz schön weit weggeweht, bis in Erlandssons Hecke«, sagt er und gibt ihr den Brief. »Er steckte zwischen den Zweigen.«

»Kannst du ihn mir bitte in die Tasche meiner Strickjacke schieben?«, fragt sie und wimmert auf vor Schmerz. Ihr Arm pocht, und sie beißt sich auf die Lippe, um nicht in Tränen auszubrechen.

Als Violas Mutter und Großmutter durch das Gartentor eilen, versucht sich Viola aufzusetzen. Sie stützt den verdrehten Arm mit ihrem gesunden. Es tut schrecklich weh, und jetzt laufen ihr doch die Tränen über die Wangen. Unaufhörlich, es kommen immer wieder neue.

»Was für ein passender Tag, um sich zu verletzen«, murmelt ihre Großmutter.

Auch Alvin ist gekommen.

»Der Arm ist gebrochen, das kann man deutlich sehen«, sagt er und zieht sein kariertes Hemd an, das er in der Eile nicht zuknöpft. Dann kniet er sich neben Viola.

»Ich kann sie ins Krankenhaus tragen, das ist ja nicht weit.«

»Wenigstens das«, brummt Lilly. »Bei dem ganzen Unglück hier im Haus.«

Alvins muskulöse Arme sind warm, als er Viola hochhebt. Sie zittern zwar, aber er hält sie fest und sicher.

»Was machst du nur für Sachen, meine Kleine, wie ist das passiert, meine Zuckerschnecke? Du Arme, tut es sehr weh?«, sagt er tröstend, sein Gesicht ganz nah bei ihrem.

Sie spürt jede seiner Bewegungen, die Erschütterungen jagen wie brennende Stiche durch ihren Körper.

»Das war nicht meine Schuld, die Kleinen waren es. Sie haben die Tür aufgestoßen und mich damit getroffen«, antwortet sie gequält.

»Da siehst du mal, wie es mir geht. Jeden Tag ist das so«, meint Lilly munter, die neben ihnen geht. »In diesem Irrenhaus herrscht einfach nie Ruhe.«

* * *

Der rechte Arm ist tatsächlich gebrochen. Zwei Krankenschwestern assistieren dem Arzt, als dieser den Arm schient und feuchte, schwere Gipsstreifen darum wickelt. Jede Berührung tut weh. Violas Mutter und Großmutter stehen neben ihr und halten ihre Hand. Drei Generationen. Eine junge mit glatter Haut, eine runde und gerötete, nach vielen Stunden harter Arbeit in Küche und Waschstube, und eine alte und runzlige. Rote Nägel, rosa Nägel, unlackierte Nägel.

Auch Lilly und Alvin sind mit im Raum, stehen etwas abseits und sehen zu. Lilly drückt Violas Strickjacke an die Brust, als würde sie sie umarmen. Sie streicht mit den Händen über die weiche Wolle, vergräbt sie darin. Da knistert der Brief in der Tasche. Lilly holt ihn heraus und wedelt damit herum.

»Was ist denn das hier? Ein Liebesbrief?«, fragt sie grinsend, weil sie ihre Freundin zum Lachen bringen will. Sie öffnet ihn und sieht hinein.

»Hör auf damit, das ist meiner. Nicht jetzt«, protestiert Viola.

Aber das interessiert Lilly nicht. Sie holt das Blatt Papier heraus und faltet es auf. Liest es durch, immer wieder. Kann oder will nicht verstehen, was sie da liest.

»Du hast dich an der Realschule beworben? Ohne mir davon zu erzählen?«, fragt sie traurig.

Violas Magen verkrampft sich, sie weiß nicht, was sie sagen soll.

»Entschuldige. Ich hatte vor, es dir zu erzählen. Deshalb hatte ich doch den Brief vorhin dabei.«

»Du hättest mir vorher sagen sollen, dass du das machen willst.«

Lilly starrt Viola wütend an, die für einen Moment sogar ihren Arm vergisst und erschaudert.

»Es war nicht meine Idee, mich dort zu bewerben, es war ...« Hilfesuchend wendet sich Viola an ihre Mutter.

»Die Idee kommt von uns. Wir sind der Auffassung, dass Viola weiter zur Schule gehen soll, und dafür muss sie auf die Realschule.«

»Aber das spielt jetzt sowieso keine Rolle mehr«, sagt Viola und zeigt auf ihren Gipsarm. »Das ist der rechte Arm, und ich kann nicht mit links schreiben. Und die Schule fängt in einer Woche an.«

»Stimmt genau. Du musst bei uns in der Klasse bleiben. Ich bin schnell und kann für dich mitschreiben. Hauptsache, du bleibst hier bei mir. Versprich mir das, Viola. Ich schaffe das nicht ohne dich.«

Viola sieht von Lilly zu den anderen.

»Es ist doch nicht wichtig, auf welche Schule ich gehe. Lillys Noten sind genauso gut wie meine, und sie wechselt nicht«, sagt sie.

Lilly klettert auf das Krankenbett und schmiegt sich an sie. Ihre Haut fühlt sich kalt an.

»Wir beide müssen für immer zusammenbleiben«, flüstert sie. »Wie soll es sonst gehen?«

»Ja, wie soll es sonst gehen.«

Viola lehnt ihren Kopf an den ihrer Freundin. Stöhnt leise vor Schmerz, als der Arzt die letzten Streifen auf ihren Gipsarm legt.

* * *

Sie haben Sture mit einem dicken Seil um die Taille an der Fahnenstange festgebunden. So kann er wenigstens auf dem Rasen spielen und zwischendurch herumrennen. Er hockt auf dem Boden und sammelt kleine Stöckchen und Steine auf.

Viola und Lilly liegen dicht nebeneinander auf einer der alten Matratzen, die Alvin entrümpelt hat, einer harten, kratzigen Rosshaarmatratze. Violas gebrochener Arm ruht auf einem großen, dicken Kissen, und sie hält ihn leicht erhöht, damit er nicht dick wird. Aber sie lässt Lillys kleinen Bruder nicht aus den Augen.

»Nicht den Stock in den Mund!«, ruft sie ihm immer wieder zu. Sture ignoriert sie und kaut weiter auf dem Stöckchen herum.

»Er ist wie eine kleine Töle, dieser Dreckspatz«, sagt Lilly. »Lass ihn. Sand reinigt den Magen, davon stirbt keiner. Zumindest sagt Papa das immer.«

Sie hat die Beine in den Himmel gestreckt und starrt verträumt in die flauschigen Wolken.

»Der arme Kerl. Er hat doch heute Geburtstag. Soll er wirklich seinen Geburtstag angebunden verbringen?«, fragt Viola und will aufstehen. Aber es tut zu weh, darum lässt sie sich wieder zurück auf die Matratze sinken.

»Ich habe keine Lust, ihm die ganze Zeit hinterherzulaufen. Er will immer nach vorne an die Straße und den Autos hinterherschauen. Ein Nichtsnutz ist er, so sieht es aus«, sagt Lilly und dreht sich auf den Bauch. Sie stützt ihr Kinn auf die Hände und kaut auf einem Grashalm herum.

»Oh, du bist so gemein zu ihm. Er ist ein zauberhafter Junge, findest du nicht? Ich hätte ihn gerne als Bruder.«

»Bitte sehr, nimm ihn. Wir haben genug davon. Du solltest ihn nachts mal schreien hören, da kann keiner schlafen.«

»Vielleicht braucht er nur ein bisschen Liebe. Habt ihr daran schon mal gedacht? Der Arme hat doch keine Mama mehr.«

»Nein, aber das habe ich auch nicht. Wenigstens haben wir Gertrud. Das ist fast genauso gut.«

Viola schielt hoch zum Küchenfenster, hinter dem Gertrud eifrig zugange ist, man kann sie immer wieder vorbeihuschen sehen.

»Aber sie ist doch auch noch ein Kind, so wie ihr. Es ist nicht richtig, dass sie den ganzen Tag schuften muss.«

»Sie war die Älteste von uns, deshalb musste sie Mutter werden. So ist das nun einmal. Und das mit dem Seil war meine Idee. Ich finde sie grandios.«

»Ich finde es schrecklich.«

»Ach, komm schon. Warum? Das ist doch lieb gemeint. Ohne Seil würde er vielleicht überfahren werden. So ist er sicher. Wenn ich so darüber nachdenke, bin ich eigentlich ein richtiges Genie«, stellt Lilly zufrieden fest und steckt sich einen neuen Grashalm in den Mund.

»Ein kleines bisschen raffiniert ist es schon, das muss ich zugeben. Aber eben auch schrecklich. Wollen wir ihn nicht losmachen, bevor er anfängt zu weinen? Bevor Alvin es sieht? Wir können ihn doch mit zu uns nach Hause nehmen. Wir haben Zucker im Vorratsschrank.«

»Warum habt ihr immer Zucker im Schrank?«

»Den bekommt Papa, wenn er in den Restaurants arbeitet. Aber nicht nur Zucker, auch Wein und Brot und andere

Leckereien. Er sagt immer, sie wollen ihn damit bei guter Laune halten.«

»Weil er der einzige *Elektriztäter* der Insel ist? Oder wie heißt das?«

»Elektriker, das weißt du ganz genau. Er ist einfach der beste und eine echte Leuchte.«

Viola muss über ihren eigenen Wortwitz lachen.

Lilly nimmt Sture auf den Arm und gibt ihm einen Kuss. Viola unternimmt einen zweiten Versuch, sich aufzurichten und stützt sich mit der unverletzten Hand auf der Matratze ab. Ihr Arm ist doch etwas angeschwollen und drückt schmerzhaft gegen den Gips. Sie stöhnt auf.

»Du kannst bestimmt auch ein kleines Zuckerstück vertragen?«, sagt Lilly und hilft ihr hoch. Dann hakt sie sich bei ihrem gesunden Arm unter und zieht sie hinter sich her.

* * *

Am Abend tut der Arm so weh, dass Viola vor Schmerz weinen muss. Lilly hilft, wo sie kann. Sie schiebt das Kissen unter ihrem Gips zurecht, gießt ihr frischen Saft ein und blättert die Seiten der Zeitschrift um, die sie gemeinsam lesen.

Sture ist schon längst wieder drüben bei Walle. Sein Name kommt vom Nachnamen der Familie, Wallin. Er ist hohläugig und so dünn, dass ihm die Hose von den Hüften rutschen würde, hätte er keine Hosenträger.

Jeden Morgen steht er um fünf Uhr auf, um aufs Meer hinauszufahren und die Netze einzuholen. Manchmal hat er viele Fische gefangen, die er dann dem Fischhändler auf dem Markt verkaufen kann. Manchmal sind nur ein paar kleine Dorsche ins Netz gegangen. Die bringt er dann mit nach Hause, wo so viele hungrige Kinder warten.

Danach geht er direkt zu seinem nächsten Arbeitsplatz als Hausmeister im Krankenhaus. Er arbeitet sehr hart, aber zum Glück ist er nie weit weg von zu Hause. Wenn etwas passiert, kann eines der Kinder ihn holen. Viola hat ihn schon oft nach Hause laufen sehen, wenn eines von Lillys Geschwistern hingefallen war und sich wehgetan hatte. Dann kommt er sofort und tröstet die Kleinen.

Nach der Arbeit steht er mit Gertrud, Birgitta und Lilly in der Küche und hilft beim Abendessen. Er putzt, kann Sachen stopfen und tolle Geschichten erzählen. Er tut, was er kann, damit es den Kindern so gut geht wie damals, als Lisbeth noch lebte. Und er weigert sich, Hilfe anzunehmen. Nicht einmal ein kleines Stückchen Brot will er geschenkt bekommen.

Die Mädchen liegen nebeneinander auf Violas Bett. Lilly liest laut aus der Zeitschrift von Violas Mutter vor. Ab und zu macht sie eine Pause, wenn Violas Schluchzen zu laut wird. Sie versucht, die Tränen zurückzuhalten, aber das gelingt ihr nicht. Ihr Arm pocht, und das schmerzstillende Pulver, das sie ihr im Krankenhaus gegeben haben, wirkt nicht.

»Aus dem Todestag ist jetzt ein Zerstörungstag geworden«, stellt Lilly nüchtern fest.

»Oh, verzeih, ich habe ganz vergessen, was für ein Tag heute ist.« Viola streckt sich nach dem Kerzenständer, der auf dem Nachttisch steht.

»Ach, das macht nichts. Sie ist doch an jedem Tag tot. Heute tust du mir am meisten leid«, sagt Lilly. Sie setzt sich auf, schiebt eine Hand in ihre Tasche und holt ein kleines Päckchen heraus, das mit einer roten gekräuselten Schnur umwickelt ist. »Hier, das ist für dich.«

Unsicher mustert Viola das Päckchen, das Lilly ihr hinhält.

»Ein Geschenk? Warum das? Ich habe doch gar nicht Geburtstag.«

»Nein, aber du hast dir sehr wehgetan, und dann muss man ein bisschen verwöhnt werden.«

Vorsichtig setzt Viola sich ebenfalls auf, zieht an der Schnur und wickelt das Geschenk aus. Es ist eine kleine Schatulle, in der ein schwarzes Lederband mit einem kleinen silbernen Herz liegt. Eine Kette. Sie schüttelt den Kopf.

»Was hast du getan? Hast du das gestohlen?«, ruft sie erschrocken.

»Gestohlen? Nein, natürlich nicht. Ich habe mich wieder vor das *Strykan* gestellt und gesungen und ganz viele Münzen bekommen. Und ganz viel Applaus.«

»Du bist doch verrückt.«

Viola nimmt die beiden Enden des Lederbandes und legt es sich um den Hals, kann es jedoch wegen ihres Gipsarmes nicht verknoten. Lilly ist schon zur Stelle und hilft ihr dabei.

»Warte es nur ab«, sagt sie trotzig, »eines Tages singe ich vor einem viel größeren Publikum. Dann bekommst du von mir noch viel schönere Geschenke.«

Viola berührt mit ihrer Hand das kleine Herz und lächelt. Lilly summt vor sich hin. Dann verstummt sie und sieht ihre Freundin ernst an.

»Der Besitzer, du weißt schon, der hübsche Uno, hat mir auch ein Kompliment gemacht. Er hat gesagt, ich bin so schön wie eine Rose, und meine Stimme klingt wie die einer Nachtigall. Vielleicht darf ich ja eines Tages im Restaurant singen. Ich werde ihn mal fragen.«

»Wenn das klappt, dann komme ich auf jeden Fall vorbei und höre dir zu. Hoch und heilig versprochen.«

»Danke, du bist so süß. Ach, ich wünschte, meine Mama könnte auch zuhören. Sie hat mir immer gesagt, dass ich wie ein Engel singe.«

»Und jetzt ist sie selbst ein Engel.«

Lilly schnaubt, aber lächelt dabei.

»Stell dir vor, es wäre wirklich so. Manchmal wünsche ich mir, dass es stimmt und sie mich hören kann. Deshalb strenge ich mich auch so an.«

»Ich kann es nicht glauben, dass du dich auf die Straße stellst und einfach singst. Willst du so gerne Sängerin werden?«

»Ja, und ich glaube, dass mir Uno dabei helfen kann. Das spüre ich. Ich schaffe es, ihn zu überreden.«

»Hat er wirklich gesagt, dass du so schön bist wie eine Rose?«

»Genau das hat er gesagt. Und dabei hat er mich angesehen, und ich weiß, dass er es ernst meint.«

Viola wird auf einmal nachdenklich.

»Warum schaust du so? Stimmt etwas nicht?«

»Nein, alles ist in Ordnung. Und es ist stimmt ja, du bist sehr hübsch. Aber wie alt ist dieser Uno eigentlich?«

»Mach dir keine Sorgen, er ist wirklich nett. Ich werde ihm Honig um den Bart schmieren, damit er mich singen lässt. Komm das nächste Mal mit, dann wirst du ihn ja sehen. Du kannst das Geld einsammeln.«

Viola steht auf und tastet mit dem Fuß unter dem Bett. Bei der Bewegung schmerzt ihr ganzer Oberkörper. Endlich findet sie die rosa Blechdose und schiebt sie unterm Bett hervor. Das Metall schabt über den Boden.

»Hast du die noch hier? Ach, stimmt ja, wir wollten sie dann doch nicht vergraben«, sagt Lilly.

»Genau, deshalb habe ich sie versteckt. Es ist besser, dass wir wissen, wo sie ist. Ich finde, wir sollten heute Nacht noch mal versuchen, mit ihr Kontakt aufzunehmen«, sagt Viola.

Lilly sieht sie schweigend an, dann lässt sie sich rücklings aufs Bett fallen und streckt die Füße in die Luft.

»Hast du wirklich Lust dazu? Wollen wir nicht lieber noch ein bisschen in dem Heft hier blättern? Mama kommt nicht wieder zu mir zurück, auch nicht als Flattergeist, weder heute noch in irgendeiner anderen Nacht.«

»Sag so etwas nicht. Vielleicht hat sie Mitleid mit mir, weil ich mir den Arm gebrochen habe. So würde es mir gehen, wenn ich eine Tote wäre.«

»Willst du wirklich mit deinem Gips rausgehen? Nur für mich?« Lilly wirkt auf einmal aufgedreht und fröhlich. Sie nimmt die Dose und drückt sie sich an die Brust.

»Ja, komm, wir machen das jetzt. Ich bin mir ganz sicher, dass sie uns ab und zu von oben beobachtet«, sagt Viola. »Sie kann alles sehen, was wir tun, und alles hören, was wir sagen. Vielleicht hat sie dafür gesorgt, dass ich hingefallen bin, damit ich nicht die Schule wechseln kann.«

»Sag so etwas nicht! Das würde sie niemals tun!« Lilly zittert am ganzen Körper, zieht die Schultern hoch zu den Ohren und sieht tief betrübt aus. »Das ist so furchtbar traurig. Wäre sie doch nur ein bisschen mehr wie deine Mutter gewesen.«

»Was meinst du damit?«

»Na ja, dass ein Kind genug für sie gewesen wäre. Oder vielleicht zwei.«

»Aber dann würde es dich doch gar nicht geben.«

»Auch wieder wahr. Komm, lass uns gehen.«

Leise gehen sie die Treppe hinunter und hinaus in die Dunkelheit. Zwei schmale Schatten, die sich im Schutz des Zaunes durch den Garten schleichen, hinunter ans Meer. An den Platz, wo sie das Herz aus roten Steinen gelegt hatten.

Der Schweiß läuft ihr über die Stirn und zwischen den Brüsten hinunter auf den Bauch. Es kitzelt. Es ist unglaublich warm und stickig auf dem Dachboden. Viola bekommt kaum Luft, sie keucht und muss sich abstützen. Sie senkt den Kopf, ihr ist schwindelig. Mit dem Fuß schiebt sie die Tür der Kommode wieder zu und setzt ihre Erkundungstour fort.

Überall stehen Gegenstände, Möbel, Kerzenständer, Lampen und Gemälde; Kisten stapeln sich übereinander. Alles Dinge, die hier oben abgestellt und dann vergessen wurden. Sachen ihrer Eltern, ihre eigenen und die ihrer Kinder. Kartons mit alten Schulbüchern sowie Babysachen, die sie nicht in ihren eigenen Wohnungen unterbringen konnten.

Gunnars Sachen. Die sie nach seinem plötzlichen Herzinfarkt eilig zusammengepackt hatte, damit sie nicht ständig an die Leere erinnert wird, die er hinterlassen hat.

Sie seufzt. So vieles lagert hier, so vieles gesellt sich Jahr für Jahr hinzu, das unbedingt aufgehoben werden musste. Warum?, fragt sie sich, wenn sie dieses Chaos sieht, für das sich niemand mehr interessiert.

Die rosa Blechdose. In welchem der zahllosen Kartons ist sie? Wo soll sie mit der Suche anfangen? Vielleicht haben sie sie doch vergraben, oder möglicherweise hat Lilly sie irgendwann an sich genommen? Sie kann sich nicht erinnern. Es wird ihr nichts anderes übrig bleiben, als alles systematisch zu durchsuchen.

Unter der Decke sind Wäscheleinen von Wand zu Wand gespannt. An einigen hängen noch ein paar Kleidersäcke. Sie kann dem Impuls nicht widerstehen, sie zu öffnen. Einen nach dem anderen. Es ist wie eine kleine Reise durch die Geschichte der Mode. Weitgeschnittene schöne Kleider aus den 50er- und 60er-Jahren, Blusen mit riesigem Blumenmuster aus den 70ern. Pelze, Lederjacken, Wollmäntel. Es riecht nach Staub und Moder. Vielleicht sind einige der Kleidungsstücke ungewaschen hier oben entsorgt worden. Sie muss husten, sich räuspern. Im letzten Sack hängt ein Brautkleid. Weißer Tüll fällt ihr entgegen, als sie den Reißverschluss öffnet. Als hätte es sehr lange darauf gewartet, endlich gesehen und bewundert zu werden. Das Kleid ist wunderschön und sieht fast wie neu aus. Vielleicht ist es etwas vergilbter, als sie in Erinnerung hat. Vorsichtig berührt sie die zarte, schimmernd weiße Stickerei an der Taille des Kleides. Ihre Großmutter hatte sie angebracht.

Sie lehnt sich gegen einen Stapel von Umzugskartons, das Kleid im Arm. Lilly hat es nie gesehen. Sie war nicht dabei, als Viola es trug.

Plötzlich fällt ihr etwas ein, und sie tastet das Kleid ab, fährt mit den Fingern an den Säumen entlang. Und findet, wonach sie gesucht hat. Lillys Ohrring, den Viola als »etwas Geliehenes« zu ihrer Hochzeit getragen hatte. Ein kleiner goldener Stern.

Viola hatte ihn am Abend vor der Hochzeit aus der kleinen Schmuckschatulle in Lillys altem Zimmer genommen. Damals, als sie noch die Hoffnung gehabt hatte, Lilly bald wiederzusehen.

LILLY
12. AUGUST 1954

Lilly geht ein paar Schritte hinter Viola und ihrer Mutter. Ihre Schuhe sind ihr zu klein, obwohl ihre Füße nicht mehr weiterwachsen dürften. Schließlich wird sie bald fünfzehn. Sie hat die Zehen zusammengekrümmt, sodass das Leder schon ganz ausgebeult ist. Es tut weh, egal ob sie geht oder steht. Am liebsten würde sie die Schuhe ausziehen und barfuß weiterlaufen. Aber sie beißt die Zähne zusammen und stolpert weiter. Der Abstand zu den beiden wird immer größer. Viola dreht sich um und winkt sie genervt zu sich.

»Beeil dich, hast du Kleber unter den Füßen?«

Lilly wird schneller, humpelt ihnen hinterher. Die Haut an ihren Fersen brennt, als hätte sie sich abgelöst.

»Du brauchst dringend neue Schuhe«, sagt Violas Mutter und bleibt stehen.

Lilly meidet verlegen ihren Blick und sieht nach unten. Ihre Füße tun so weh, dass ihr die Tränen in die Augen steigen. Sie streift die Schuhe ab und schleudert sie im hohen Bogen über den Rasen.

»Die sind noch nicht einmal alt, ich habe sie erst vor Kurzem bekommen. Ich weiß auch nicht, warum sie so wehtun und warum sie jetzt schon wieder viel zu klein sind«, beschwert sie sich.

»Das spielt doch jetzt gar keine Rolle. Du wächst noch,

du bist jung. Ich schenke dir ein Paar neue Schuhe, damit du keine Schmerzen an den Füßen haben musst.«

Lilly starrt sie an, dann schüttelt sie energisch den Kopf und sammelt ihre Schuhe wieder ein. Als sie versucht, ihre Füße erneut hineinzupressen, hält Violas Mutter sie davon ab und zeigt auf ihre Ferse.

»Mädchen, lauf lieber barfuß. Du blutest ja. Wir kaufen dir nachher gleich ein neues Paar. Keine Widerrede«, sagt sie streng.

»Aber Papa ...«

»Walle hat doch mit euch Kindern genug zu tun, er wird kaum überprüfen, was ihr an den Füßen tragt. Du musst es ihm ja nicht erzählen, wir kaufen sie dir heimlich.«

Lilly presst die Lippen zusammen und nickt. Mit den Schuhen in der Hand läuft sie barfuß weiter. Sie sind auf dem Weg zur Schneiderin, weil Viola zwei neue Kostüme anprobieren soll, die eigens für sie genäht worden sind. Lilly soll sie begutachten, das Urteil ihrer Freundin ist ihr wichtig. Die Sommerferien sind bald zu Ende, und Viola wird dann ihre Ausbildung zur Sekretärin anfangen. Und da muss sie jeden Tag Kostüm tragen. Das ist Pflicht.

Lilly hat die Volksschule beendet und angefangen zu arbeiten, obwohl ihr Lehrer ihr nahegelegt hatte, weiter zur Schule zu gehen. Am Tag vor der Abschlussprüfung hat er sie beiseitegenommen und ihr gesagt, dass sie ein kluger Kopf sei und es noch weit bringen würde. Davon hat sie niemandem erzählt. Nicht einmal Walle. Sie weiß ja, dass sie zum Lebensunterhalt etwas beisteuern muss. Jetzt arbeitet sie in dem Restaurant, vor dessen Türen sie früher für den Besitzer und die Gäste gesungen hat, um sich ein paar Münzen dazuzuverdienen. Das Restaurant heißt eigentlich *Strykjärnet*, weil das schmale gelbe Gebäude mit seinem spitz zulaufenden Dach an ein Bügeleisen erinnert, aber die meisten nennen es nur *Strykan*. Sie schält Kartoffeln, wäscht ab und putzt. Eines Tages wird sie vielleicht auch als Kellnerin arbeiten dürfen, sich schön anziehen und die Gäste mit einem schwarzen Rock und einer weißen Schürze bedienen. Sie muss nur erst noch etwas älter werden und zeigen, was sie kann.

Und das versucht sie, jeden Tag aufs Neue. Sie strengt sich sehr an, um den Besitzer des Ladens, Uno Engström, wohlgesonnen zu stimmen. Oft bleibt sie länger und hilft nach der Sperrstunde mit. Dann singt sie für ihn und erinnert ihn daran, dass sie eines Tages auch vor den Gästen singen will. Ihr gefällt es dort. Aber vielleicht hatte ihr Lehrer doch recht damit, dass sie weiterlernen sollte. Vielleicht sollte sie auch Sekretärin werden.

»Ich habe vor, ein bisschen Geld zu sparen, bis ich mir eine Schreibmaschine kaufen kann«, sagt sie entschlossen, während sie auf Zehenspitzen über den Schotterweg balanciert, der zum Tor in der Stadtmauer führt. Die Steine sind scharfkantig und spitz, sie muss aufpassen, damit sie sich nicht verletzt.

»Wie schön, dass du Ziele hast«, antwortet Violas Mutter lächelnd.

»Ich meine es ernst. Dann übe ich zu Hause Tippen, jeden Tag. So kann man das doch auch lernen, man muss nicht auf eine schicke Schule gehen, um Sekretärin zu werden.«

»Natürlich muss man das, du brauchst einen richtigen Abschluss mit Prüfung und so, wenn du Sekretärin werden willst«, sagt Viola und hakt sie unter.

Lilly schüttelt sie ab und bleibt stehen.

»Und ob es geht. Wenn ich mich auf eine Stelle bewerbe und schneller als alle anderen tippe, wird man mich einstellen. Warum auch nicht? Ein Abschluss ist doch auch nur ein albernes Stück Papier.«

»Bist du neidisch, dass ich auf diese Schule gehen darf und du nicht?«, fragt Viola und sieht ihre Freundin von der Seite an.

»Ja, vielleicht bin ich das. Ist das denn so verwunderlich? Du bekommst zwei neue schöne Kostüme, und ich habe noch nicht einmal Schuhe, die mir passen.«

»Aber bald, Lilly«, sagt Violas Mutter ruhig. »Komm, lass uns weitergehen.«

»Außerdem will ich gar keine Sekretärin werden. Ich will Sängerin werden.« Lilly fängt an, eine ausgedachte Melodie zu trällern. Ihre Stimme ist hell und klar, wie die einer Nachtigall.

Viola und ihre Mutter gehen plaudernd über die Holzbrücke und durch das Snäckgärdsporten, eines der alten Stadttore. Lilly folgt ihnen humpelnd über die Pflastersteine, bleibt dann aber abrupt stehen. Sie sieht die beiden Arm in Arm die Straße hinunterlaufen. Ihr Lied verstummt.

»Ich muss zurück nach Hause und auf Sture aufpassen«, ruft sie den beiden hinterher.

Viola wirbelt herum.

»Du hast versprochen mitzukommen.«

»Ich habe es vergessen«, ruft Lilly, winkt ihnen zu und macht sich auf den Heimweg.

»Und was ist mit den Schuhen?«, ruft Violas Mutter zurück.

Lilly tut so, als würde sie nichts hören, sie will einfach nur weg.

Sie wird erst langsamer, als sie das Tor wieder erreicht hat. Auf der Holzbrücke bleibt sie stehen, lehnt sich über das Geländer und sieht aufs Meer. Spürt den Wind im Gesicht.

Dann hängt sie sich eine Weile kopfüber über das Geländer, bis ihr Kopf ganz heiß wird und das Blut in Stirn und Wangen pocht. Von Weitem sieht sie Alvin auf seinem Fahrrad den Hügel hinunterkommen. Er hat die Beine ausgestreckt und lässt sich rollen. Sein braunes Haar flattert im Wind.

Lilly richtet sich auf und winkt ihm wild zu, aber er sieht sie nicht und biegt ab.

Einer nach dem anderen verlässt das Elternhaus am Meer. Sie werden groß, flügge, es zieht sie in die weite Welt hinaus. Walle muss sich um immer weniger Kinder kümmern. Alvin war der Erste. Er ist jetzt Lehrling beim Schlachter und hat einen Schlafplatz in einem der Nebengebäude der Schlachterei. Er kommt ab und zu nach Hause und bringt Reste mit, die sonst weggeworfen werden würden. Knochen, Fleischfetzen, Eingeweide. Walle kocht die Knochen aus und hebt die Brühe auf. Aus allem Essbaren macht er Würste, würzt sie mit Kräutern aus dem Garten, um die sich Gertrud immer gekümmert hat. Auch sie ist mittlerweile weggezogen, hat geheiratet und lebt jetzt auf dem Festland. Ab und zu schreibt sie und erzählt von ihrem neuen, aufregenden Leben in der Hauptstadt. Sie ist schwanger und erwartet ihr erstes Kind. Was für ein Glück, dass sie so viel üben konnte. Eine bessere Mutter kann das Baby gar nicht bekommen.

Jetzt sind Birgitta und Lilly die ältesten Mädchen und kümmern sich um den Haushalt. Jetzt trösten sie die Kleinen und helfen Walle bei allen anfallenden Arbeiten.

Lilly rennt, so schnell sie kann. Das Kleid flattert um ihre Beine, ihre Fußsohlen sind zwar abgehärtet vom vielen Barfußlaufen, aber sie entscheidet sich doch lieber für das trockene Gras am Rand des Weges.

Sie vermisst Alvin sehr, alle vermissen ihn. Und jetzt kommt er endlich zu Besuch nach Hause, und sie will keine Sekunde davon verpassen.

Als sie außer Atem durch das Gartentor stürmt, steht er auf dem Rasen und hat Rosa und das Geburtstagskind Sture auf dem Arm. Er gibt ihnen abwechselnd Küsse auf die Wange und dreht sich mit ihnen im Kreis. So wie er es früher mit Lilly und Viola getan hat. Ohne nachzudenken, wirft sie sich ihm um den Hals, nimmt keine Rücksicht auf die Kleinen.

»Sag, dass du nach Hause gekommen bist und nie wieder gehen wirst«, flüstert sie, als er sie in seine starken Arme nimmt.

»Jetzt bin ich zu Hause und werde nicht gehen, bevor es dunkel ist. Das verspreche ich dir«, sagt er und küsst sie auf den Kopf.

»Kannst du mich ins Bett bringen und mir etwas vorsingen?«, bettelt sie mit zitternder Stimme.

»Singen? Nein, das kannst du selbst am besten. Aber ich kann dich ins Bett bringen.«

»Kannst du dich auch zu mir legen?«

»Gut, ich lege mich zu dir, obwohl du eigentlich schon zu groß dafür bist.«

»Das bin ich überhaupt nicht.«

»Es kann nämlich auch passieren, dass ich einschlafe.«

»Toll, das will ich ja.«

»Aber jetzt liegt erst einmal ein langer Abend vor uns«, sagt Alvin und nimmt die Treppe mit zwei großen Schritten.

* * *

Alvin hat Sture ein Geschenk mitgebracht, ein blaues Spielzeugauto aus glänzendem Metall. Es ist Stures erstes eigenes Auto. Ganz fest hält er es, als würde er es niemals wieder loslassen wollen. Walle findet so etwas vollkommen unnötig.

»Die Kleinen brauchen keine Spielsachen, Alvin. Sture spielt mit den Steinen am Strand, und das ist genauso gut.«

Sture fährt mit dem Auto über den Flickenteppich in der Küche. Die schmalen, bunten Streifen werden in seiner Fantasie zu Straßen.

Statt zu antworten, holt Alvin ein zweites, noch größeres Geschenk aus seiner braunen Ledertasche. Walle schüttelt den Kopf.

»Du hast doch hoffentlich nicht noch mehr dummes Zeug gekauft? Der Junge ist bald zu groß für Spielsachen, hör auf, ihn so zu verhätscheln«, schnaubt er und klopft mit dem Fuß auf den Boden. Zwei Zehen sind blau, und sein Fußrücken ist aufgeschürft. Die Wunde hat er sich bei seiner Arbeit am Meer zugezogen, wenn er frühmorgens barfuß das Boot an Land zieht.

Alvin hält ihm das schwere Paket hin, das sich zu beiden Seiten nach unten neigt.

»Bitte schön, Papa«, sagt Alvin. »Das sind neun Steaks von bester Qualität.«

Weit aufgerissene Augen verfolgen Walles Bewegungen, als er das Zeitungspapier auffaltet, in die das Fleisch gewickelt ist. Vorsichtig und langsam legt er die dunkelroten Steaks auf ein Schneidebrett. Hinter ihm drängelt sich ein ganzes Rudel von Kindern.

»So feines Fleisch habt ihr noch nie zu Gesicht bekommen«, sagt er zufrieden.

Alvin stellt sich neben ihn und klopft mit der Faust auf eines der Fleischstücke. »Sie sind zart und saftig.«

»Jetzt hört auf zu drängeln.« Walle hat sich zu den Kleinen umgedreht. »Holt Kartoffeln aus dem Garten. Heute wird gefeiert. Ich mache uns Soße mit richtiger Sahne. Heute kommt da nicht nur ein Spritzer Milch oder Wasser rein.«

Walle klopft Alvin auf die Schulter.

»Du bist ein guter Junge«, sagt er stolz und lässt seine Hand einen Augenblick dort liegen.

Lilly sieht, wie Alvin vor Freude den Rücken strafft. Er ist fast einen Kopf größer als sein krumm gebeugter Vater. Um seine Lippen spielt ein frohes Lächeln.

»Was soll an so einem Steak schon besonders sein? Bei Viola gibt es jeden Tag Fleisch«, brummt Lilly trotzig.

»Bist du deshalb immer dort drüben, statt uns hier zu helfen?«, kontert Walle spitz.

»Heirate Viola, Alvin, dann wirst du reich«, ruft Edgar kichernd und schlägt sich die Hand vor den Mund.

Lilly sieht ihn wütend an.

»Das ist das Dümmste, was ich je gehört habe«, faucht sie und springt von der Küchenbank. Sture liegt immer noch vollkommen selbstvergessen auf dem Teppich und spielt mit seinem Auto. Fast wäre sie über ihn gestolpert. Aber er bemerkt sie nicht, so versunken ist er in seiner Fantasiewelt.

Die Kartoffelpflanzen stehen dicht an dicht im Garten. Lilly kniet sich hin, zieht eine Pflanze nach der anderen heraus und schüttelt die Erde ab. Dann kommen sie in den Zinkeimer. Die Knollen sind groß, es war ein guter Kartoffelsommer mit viel Regen.

»Und, was sagst du?«

Lilly sieht über die Schulter, zu der vertrauten Stimme. Viola trägt ihr neues Kostüm. Ein schmaler taubenblauer Rock mit passender Jacke, die an der Unterkante ein bisschen absteht, wie ein Faltenrock. Ihr langes blondes Haar hat sie zu einem glatten Knoten geschlungen, und ihre Füße stecken in braunen Schuhen mit einem kleinen Absatz.

Lilly steht auf und bürstet sich die Erde von den Knien. Sie trägt eine einfache Kittelschürze mit kleinen gelben Blumen darauf. Sie ist schon alt und zerschlissen, das Kantenband am Halsausschnitt ausgefranst.

»Du siehst aus wie eine alte Frau«, sagt sie und mustert Viola von oben nach unten.

»Oder vielleicht doch eher wie eine erfolgreiche Sekretärin?«

»Wieso erfolgreich? Du kümmerst dich um Diktate von irgendeinem alten Kerl, der nicht richtig schreiben kann. Wofür soll das denn gut sein?«

»Wie gemein von dir. Das ist eine gute Arbeit. Du bist ja nur neidisch!«

»Auf was denn bitte? Mir geht es hervorragend, dass du

es nur weißt. Engström hat mir versprochen, dass ich bald kellnern darf. Bald bin ich die Chefin vom Restaurant, du wirst schon sehen«, sagt Lilly eingeschnappt und packt den Eimer.

Er ist schwer und stößt auf dem Weg in die Küche immer wieder auf dem Boden auf. Ihr kurzer, zerzauster Pagenkopf steht in alle Richtungen ab. Als sie sich die Haare aus dem Gesicht streicht, bleibt ein Streifen Erde auf ihrer Stirn zurück.

»Sei nicht so böse. Sag doch etwas. Findest du nicht, dass ich schön aussehe?«, ruft Viola und läuft ihr hinterher.

Lilly bleibt stehen und tritt gegen ein paar Steine. Dann endlich hebt sie den Kopf und sieht Viola in die Augen.

»Doch, du siehst sehr schön aus, und wie es sich gehört. Du passt da sehr gut rein. So, und jetzt muss ich gehen, wir essen heute Abend Fleisch, Alvin ist zu Besuch.«

Lilly stapft die Stufen hoch. Viola stellt sich auf die Zehenspitzen und versucht, durch das Küchenfenster zu sehen. Aber es ist zu hoch.

»Warum bist du so sauer auf mich?«, fragt sie.

Lilly hat die Hand auf die Türklinke gelegt und drückt sie herunter.

»Vielleicht, weil du das Hübscheste bist, was ich je gesehen habe«, zischt sie.

Alvin steckt seinen Kopf durch das offene Küchenfenster und pfeift.

»Da muss ich meiner Schwester aber recht geben. Eine richtige Schönheit haben wir da.« Er legt seine Unterarme auf das Fensterbrett und lehnt sich vor.

»Meine Kleine, wann bist du bloß so groß geworden?

Das Fräulein sieht aus, als würde sie gleich zum Tanzen gehen«, sagt er übertrieben gestelzt. Dann schwingt er sich nach draußen und landet vor ihr auf dem Boden.

»Darf ich bitten?«, sagt er und verbeugt sich tief vor ihr.

Lilly schüttelt genervt den Kopf und stellt den Eimer auf der Treppe ab. Sie sieht, wie Viola rot wird. Auch Alvin sieht es, aber er kommentiert es nicht, sondern legt seine Hand um ihre Taille und beginnt mit ihr über den Kiesweg zu tanzen. Viola kichert verlegen.

»Sei nicht so albern, Alvin, komm jetzt und hilf mir beim Essenmachen«, schimpft Lilly und greift wieder nach dem Eimer.

Sie geht in die Küche, schüttet die Kartoffeln in die Spüle und beginnt sie zu putzen. Achtzehn Stück hat sie, für jeden zwei. Alles muss gezählt, alles gerecht geteilt werden.

* * *

»Komm, Lilly, zieh dir auch ein schönes Kleid an, ich will mit euch heute Abend zum Tanz im Park gehen. Es ist doch Freitag«, sagt Alvin, nachdem sie aufgegessen haben und die Kleinen schon aufgestanden sind.

»Aber ich habe doch gar keins. Nicht einmal ein halb schönes!«

»Du kannst eins von Mamas alten anziehen, die müssten dir passen. Die schönsten haben wir aufgehoben, sie sind oben auf dem Dachboden.«

»Tanz? Sie muss sich um die Kinder und den Haushalt kümmern«, brummt Walle und steht auf, um den Tisch abzuräumen. Er stapelt die Teller nie aufeinander, sondern trägt sie einzeln zur Spüle, damit sie auf der Unterseite nicht dreckig werden. Er kratzt die abgenagten Knochen mit dem Messer von den Tellern, wobei ein durchdringendes Geräusch entsteht.

Birgitta schüttelt sich, nimmt ihm die Teller aus der Hand und legt sie in das kalte Wasser im Spülbecken. Mit einem Lappen reibt sie die Reste ab.

»Wenn hier jemand tanzen gehen sollte, dann bin das ja wohl ich«, sagt sie beleidigt. »Ich bin die Älteste.«

»Du kannst auch mitkommen. Ich bin gerne in Begleitung von drei jungen Damen. Dagegen habe ich nichts.«

»Damen. Das sind Mädchen, Kindsköpfe«, sagt Walle lachend und nimmt einen großen Schluck Wasser. Dann verzieht er das Gesicht. »Ach, zu so einer Mahlzeit wäre ein Bier genau das Richtige gewesen.«

Alvin macht ein paar Tanzschritte über den Fußboden. Lilly wirft ihm einen wütenden Blick zu.

»Hör auf, so fröhlich zu sein. Der zwölfte August ist ein Trauertag.«

»Das stimmt nicht, das ist ein schöner Tag. Mein Geburtstag«, protestiert Sture. Er hat sich das Auto in die Hemdtasche gesteckt, die Scheinwerfer und die Stoßstange sind noch zu sehen.

»Geburtstag, Todestag ... Tanztag«, ruft Alvin, nimmt Lillys Hand und dreht sie im Kreis. So schnell, dass ihr die Haare wie ein Fächer vom Kopf abstehen. Sie lacht übermütig.

»Ich bin noch nicht einmal fünfzehn, das werde ich doch erst im November.«

»Das interessiert die nicht. Du siehst viel älter aus. Außerdem bist du mit mir zusammen. Komm mit, das wird lustig.

Geh mit Birgitta auf den Dachboden, ganz hinten, hinter Papas Schaffelljacke, hängen die beiden Kleidersäcke mit Mamas Sachen. Ich habe sie selbst dorthin geräumt.«

Lillys Laune steigt. Sie nimmt ihre große Schwester an die Hand und zieht sie nach oben zu der kleinen Treppe, die zum Dachboden führt. In der hintersten Ecke hängen tatsächlich zwei große Kleidersäcke aus Stoff, so wie Alvin versprochen hat. Lilly atmet tief ein, so tief sie kann. Schnüffelnd nähert sie sich den Kleidersäcken.

»Was machst du da?« Birgitta sieht sie fragend an.

»Ich will sie riechen.«

»Ihr Tod ist sechs Jahre her, der Geruch ist schon längst verflogen. Du Dummerchen, du warst schon immer eine Träumerin.«

Lilly schubst sie.

»Sag so etwas nicht!«

»Warum denn nicht, du *bist* ein Dummerchen. Mama ist tot. Weg. Sie ist nicht mehr bei uns.«

»Doch, die Erinnerung an sie ist noch da. Und solange wir uns an sie erinnern, ist sie nicht tot. Nicht ganz. So ist das!« Lilly schreit die letzten Worte.

Birgitta verdreht die Augen, wendet sich ab und öffnet die Reißverschlüsse der Säcke. Berge von Kleidern kommen ihnen entgegen. Sie sind bunt, unmodern, haben Puffärmel und Knöpfe auf der Brust. Aber die Stoffe sind schön und glänzend.

»So, reiß dich zusammen. Dir steht Blau. Probiere das mal an«, sagt Birgitta und hält Lilly ein strahlend blaues Kleid hin. Der Stoff ist ziemlich dick und steif, der Rock steht unterhalb der Taille ab.

Lilly reißt sich die Kittelschürze vom Körper und zieht das Kleid an. Es ist ein bisschen zu groß, sie muss den Gürtel eng ziehen, und dadurch bauscht sich der Stoff vor der Brust.

»Es passt nicht. Keins davon wird mir passen. Ich werde ein Kleid von mir anziehen müssen«, sagt sie.

»Du hast aber kein feines Kleid. Du kannst doch nicht in deinen alten Fetzen gehen.«

»Dann werde ich mir wohl Hose und Hemd anziehen müssen.«

»Dann werden sie dich nicht reinlassen, das kannst du dir doch denken.«

Lilly fährt mit der Hand durch die Kleider. Sie wählt ein rotes aus und hält es Birgitta hin.

»Das hier wird dir stehen«, sagt sie.

Birgitta zieht das Kleid über ihr eigenes und dreht sich vor Lilly im Kreis. Es passt wie angegossen.

»Du siehst aus wie Mama«, flüstert Lilly mit der Hand vor dem Mund.

Dann macht sie auf dem Absatz kehrt und klettert die Treppe hinunter.

* * *

Lilly bleibt mit ihrem blauen Kleid hängen, als sie durch das Loch im Zaun kriecht. Die Öffnung ist viel kleiner als früher, es ist fast unmöglich, sich hindurchzuzwängen. Vorsichtig schiebt sie sich zurück und befreit den Stoff mit einer Hand. Kaum ist sie auf der anderen Seite, reißt sie ein paar abgebrochene Latten aus dem Zaun, um das Loch zu vergrößern.

Bei Viola in der Küche ist es unfassbar warm. Auf dem Herd steht ein Topf, in dem etwas vor sich hin köchelt und einen herrlich süßen Duft verbreitet. Vor Hitze sind die Fensterscheiben beschlagen. Am Küchentisch sitzen alle Erwachsenen des Hauses. Violas Mutter, ihr Vater und ihre Großmutter.

»Was für ein prachtvolles und schönes Mädchen kommt uns da besuchen«, ruft Violas Großmutter begeistert, als Lilly in der Tür erscheint. Sie dreht sich ein paarmal um die eigene Achse, damit der Rock und ihre Haare durch die Luft wirbeln.

»Das Kleid ist viel zu groß für mich«, sagt sie, als sie zum Stehen kommt. »Es sieht albern aus, aber es ist das einzige schöne Kleid, das ich besitze. Es hat Mama gehört. Wo ist Viola? Wir gehen mit Alvin zum Tanz in den Park.«

»Zum Tanz? Seid ihr nicht ein bisschen zu jung dafür?«, protestiert Violas Vater.

»Es ist Freitagabend, und es ist Sommer. Außerdem wisst ihr doch bestimmt, was heute für ein Tag ist?«, fragt Lilly.

Violas Mutter steht auf und stellt sich an den Herd, rührt mit einem Holzlöffel im Topf und wischt dann mit einem Lappen die Spüle. Das macht sie immer, wenn sie angespannt ist, dann putzt und wischt sie. Lilly verfolgt ihre Bewegungen. Gleich wird sie fragen, ob sie etwas zu essen haben wollen. Lilly kichert, als sich ihre Vorahnung bestätigt.

»Wollt ihr nicht lieber etwas Proviant mitnehmen und nach unten an den Strand gehen, so wie immer?«, schlägt Violas Mutter vor.

»Wenn Alvin die Mädchen begleitet, wird das schon in

Ordnung sein«, wendet Violas Großmutter ein. »Die jungen Leute werden langsam älter, wir können das nicht aufhalten.«

Lilly schwingt tanzend ihr Kleid hin und her.

»So ist es!« Sie kichert fröhlich.

Violas Mutter mustert sie eingehend. Dann schüttelt sie den Kopf.

»Meinetwegen, aber dann müssen wir was mit deinem Kleid machen«, sagt sie entschlossen. »So kannst du nicht gehen. Es ist viel zu groß, da gebe ich dir recht.«

Sie zupft am Stoff, klappt auf jeder Taillenseite ein paar Zentimeter ein. Dann holt sie aus ihrem hölzernen Nähkästchen eine Handvoll Stecknadeln heraus, klemmt sie zwischen die Lippen und steckt die Umschlagfalte fest. Als Viola in die Küche kommt, steht Lilly in der Mitte des Raumes und streckt die Hände in die Luft.

»Oh, wie hübsch!«, ruft sie begeistert.

Lilly runzelt die Stirn.

»Was? Findest du wirklich?«

»Ja, Blau steht dir fantastisch. Wo hast du das Kleid gefunden?«

»Das ist eins von Mamas alten. Was wirst du anziehen? Du willst doch nicht so gehen?«

»Wohin denn?«

»Wir gehen mit Alvin zum Tanz in den Park.«

»Das hat er doch bestimmt nicht ernst gemeint.«

»Doch, das hat er. Er hat gesagt, heute ist kein Geburtstag und kein Todestag, heute ist Tanztag.«

»Tanztag?«

»Ja, an so einem Tag muss man tanzen und Spaß haben,

statt zu Hause zu sitzen und zu jammern. Also, zieh dir etwas Feines an, du hast doch bestimmt tausend Kleider zur Auswahl.«

Violas Mutter öffnet den Gürtel um Lillys Taille und steckt weiter Stoff ab.

»So, das wäre erledigt. Das wird schön aussehen. Zieh es bitte aus, dann nähe ich es dir zusammen.«

Lilly stellt sich auf die Zehen und gibt ihr einen Kuss auf die Wange.

»Du bist die beste Mama der Welt«, sagt sie. »Ich wünschte, du wärst meine.«

»Das bin ich doch auch ein bisschen. Hier und da, wenn du mich brauchst«, meint Violas Mutter lachend.

»Hier bei euch leben so viele Erwachsene, wie haltet ihr das aus ohne Kinder? Ist euch nicht schrecklich langweilig?«

»Doch, es ist schrecklich langweilig. Deshalb freuen wir uns auch immer so sehr, wenn du zu Besuch kommst und ein bisschen Leben in die Stube bringst«, sagt Violas Großmutter und sieht Lilly über den Rand ihrer Brille an. Dann näht sie zusammen mit Violas Mutter das Kleid um.

Als Viola in die Küche zurückkommt, trägt sie ein Kleid in einem strahlenden Lila, mit einer figurbetonten Taille und einem weiten Tüllrock.

»Wo hast du das denn her?«, fragt Lilly staunend.

»Das haben wir heute gekauft. Das ist jetzt ganz modern.«

Lilly, die in Unterhose und Unterhemd vor Viola steht, lässt die Schultern sinken.

»Neben dir werde ich nie jemanden kennenlernen, der

sich für mich interessiert«, sagt sie und berührt den Tüll, der steif und ein bisschen kratzig ist.

»Natürlich wirst du das. Mit deinem Charme kannst du jeden haben. Außerdem willst du doch hoffentlich niemanden, der sich in dein Kleid verliebt und nicht in dich?«, erwidert Viola und streicht ihren Rock glatt.

»Ach, du verstehst mich einfach nicht.«

»Oh doch, das tue ich. Wollen wir Kleider tauschen? Ich kann dein blaues anziehen.«

Aber das will Lilly auch nicht. Violas Mutter hilft ihr, das Kleid über den Kopf zu ziehen, und knöpft es ihr am Rücken zu. Es sitzt jetzt viel besser als vorher.

»Und was machen wir mit den Schuhen?«, fragt Violas Mutter und zeigt auf Lillys nackte Füße. Sie zwinkert ihr zu. »Du hast doch nicht vor, barfuß zum Tanz zu gehen?«

Ehe Lilly etwas sagen kann, hat Viola ihr ein Paar nagelneue braune Lederschuhe hingestellt. Sie haben einen kleinen Absatz und Schnürsenkel.

»Du warst ja leider nicht dabei, deshalb sind wir nicht sicher, ob sie dir passen. Viola hat die Größe deiner alten Schuhe genommen, und wir haben eine Nummer größer gekauft. Du kannst sie umtauschen, wenn sie nicht passen«, sagt Violas Mutter.

»Ihr habt mir diese Schuhe gekauft?« Lilly starrt alle der Reihe nach an. Sie wagt kaum zu atmen oder sich zu bewegen.

»Ja, Engström wird dich ja wohl kaum zur Kellnerin machen, wenn du keine passenden Schuhe hast und barfuß laufen musst«, meint Viola lachend. »Komm schon, probiere sie mal an!«

Lilly schiebt einen Fuß in den Schuh. Die gepolsterte Innensohle fühlt sich himmlisch weich an.

»Sie sind so neu. Ich habe noch nie neue Schuhe gehabt«, sagt sie und dreht ihren Fuß bewundernd hin und her.

* * *

Lilly, Viola und Birgitta quetschen sich auf den Rücksitz von Einars Auto, einem guten Freund von Alvin. Das Dach ist so niedrig, dass sie gebückt sitzen müssen. Der Motor dröhnt, und sie verstehen nicht, worüber Alvin und Einar auf den vorderen Sitzen reden. Sie hören nur Gemurmel. Sie sind auf dem Weg zum Murgrönan, dem Volkspark von Visby, in dem sich die jungen Menschen im Sommer zum Tanz treffen. Alvin trinkt immer wieder aus einem silbernen Flachmann. Ab und zu reicht er ihn Einar, der auch einen Schluck nimmt. Die Mädchen auf dem Rücksitz dürfen nicht probieren.

»Ihr seid noch zu klein für so starke Sachen. Aber ihr bekommt gleich jede eine Coca-Cola«, ruft Alvin und sieht über die Schulter nach hinten. Sein alkoholgeschwängerter Atem mischt sich mit den Abgasen.

Lilly rümpft die Nase und klammert sich an Violas Arm fest, wenn sie um eine Kurve biegen. Sie ist noch nie in ihrem Leben mit einem Auto gefahren und findet das alles viel zu schnell. Sie rutscht auf ihrem Platz hin und her und zieht an ihrem Kleid, weil sich Birgitta daraufgesetzt hat. Irgendetwas kratzt an ihrem Bein, vielleicht hat Violas Mutter eine Stecknadel vergessen?

Einar ist Soldat, sie haben ihn schon oft in seiner grünen Uniform gesehen, die er wochentags immer trägt. Er hat braune, freundliche Augen, und sein Haar ist zwar kurz geschnitten, aber trotzdem unordentlich. Weil er nicht im Dienst ist, trägt er heute ein weißes Hemd und eine braune Hose mit breiten Hosenträgern. Genauso wie Alvin, die beiden könnten Brüder sein.

Einar parkt unter einem Baum, Alvin springt aus dem Wagen, klappt seinen Sitz nach vorne und hilft den Mädchen beim Aussteigen. Viola hakt sich bei ihm ein. Einar hält Birgitta seinen Arm hin.

»Und was ist mit mir?«, schmollt Lilly. »Wer geht mit mir? Ich bin doch die Jüngste.«

Alvin zeigt auf Einar. »Du kannst dich auf der anderen Seite einhaken. Einar hat Glück, er hat gleich zwei schöne Mädchen an seiner Seite.«

Doch Lilly läuft hinter ihnen. Allein. Beobachtet, wie Viola und Alvin dicht aneinandergeschmiegt gehen, wie ihr Bruder sich zu ihrer besten Freundin hinunterbeugt und ihr etwas zuflüstert. Sie wird schneller und greift von hinten nach Violas Arm.

»Nur damit das klar ist, der erste Tanz mit Viola gehört mir, keine Widerrede«, ruft sie.

Alvin lacht laut auf.

»Mädchen tanzen nicht zusammen, Lilly. Du musst dich umsehen und dir einen jungen Kerl aussuchen, der dir gefällt. Wer weiß, vielleicht findest du heute Abend deinen Zukünftigen, der dich heiratet und dich vom Geschirrspülen befreit. Papa würde das sehr freuen, ein Maul weniger zu stopfen.«

»Ich werde niemals heiraten«, brummt Lilly. »Außerdem tanze ich, mit wem ich will. Oder, Viola?«

Als ihre Freundin nicht sofort antwortet, zieht sie sie von Alvin weg.

»Ich habe deinem Bruder schon den ersten Tanz versprochen«, flüstert Viola kaum hörbar. Sie ist ganz rot geworden, vor allem als Alvin sie überrascht ansieht.

»Aha, ach so, ja natürlich«, sagt er dann und lächelt. »Meine Zuckerschnecke und ich wollen gleich mal das Tanzbein schwingen.«

Von der Bühne strömt ihnen Jazzmusik entgegen. Die Blasinstrumente leuchten golden, und über die Tanzfläche wirbeln schön gekleidete Paare im Foxtrott. Die meisten Frauen tragen weite Röcke, die sich bei jeder Bewegung auffächern und glockenförmig drehen. Ab und zu hört man sanftes Lachen, wenn die Paare sich etwas zuflüstern.

Bunte Wiesenblumen wachsen wild am Rand der Tanzfläche und finden ihren Weg zwischen den ungeschliffenen Holzplanken. Dunkelroter Klee, Kerbel, Glockenblumen und der Blaue Heinrich, der schon zum zweiten Mal in diesem Jahr blüht.

Viola lässt Alvins Arm los und bleibt stehen, weil ihr etwas eingefallen ist.

»Ich kann doch gar nicht tanzen«, meint sie plötzlich traurig.

»Richtig, und ich auch nicht«, sagt Lilly und zieht sie hinter sich her. »Sie kann leider nicht mit dir tanzen, Alvin. Wir müssen erst noch ein bisschen üben.«

Gemeinsam hüpfen sie davon, weg von der Tanzfläche hinunter zur Stadtmauer und dem Teil des Parkes, in dem es etwas ruhiger ist. Viola protestiert nicht, wirft Alvin und Einar aber über die Schulter ein schwaches Lächeln zu.

»Hast du ein Glück, dass ich dich gerettet habe«, sagt Lilly. Sie lehnen sich gegen die Mauer.

Die Steine sind mit Efeu bewachsen, Viola zupft ein paar Blätter ab und lässt sie zu Boden fallen. Von dort können sie die Tanzfläche sehen und die Musik und das Stimmengemurmel hören.

»Wollen wir es ausprobieren?«, fragt Lilly und hüpft vor ihr auf und ab.

»Was denn?«

»Na, tanzen natürlich! Komm!«

»Aber ich weiß doch gar nicht, wie das geht.«

Lilly streckt ihr die Arme entgegen, legt eine Hand auf Violas Hüfte und nimmt mit der anderen ihre Hand.

»Dann müssen wir uns wohl etwas ausdenken, ich kann der Junge sein.«

»Ach, gibt es da einen Unterschied?«

»Ich glaube schon. Es sieht aus, als würden sie bestimmen, wo es langgeht. Du machst das hier: einen großen Schritt zur Seite, dann einen zu der anderen und dann einen kleinen Hüpfer. Wie schwer kann das schon sein?«

Am Anfang sind ihre Bewegungen steif, sie schwanken von Seite zu Seite. Aber dann werden sie schneller, ruckartiger. Sie kichern, wenn sie sich gegenseitig auf die Füße treten und aus dem Takt kommen.

Lilly lässt Viola los und dreht sich um die eigene Achse, immer schneller und schneller. Sie trippelt auf der Stelle und wirft den Kopf in den Nacken. Viola macht es ihr nach. Sie drehen sich, bis ihnen schwindelig wird und sie sich nebeneinander ins Gras fallen lassen. Dort bleiben sie liegen und sehen hinauf in den Abendhimmel.

Es wird langsam dunkel, die Wolken färben sich dunkel-rosa. Lilly singt zur Musik. Sie kennt den Text auswendig, obwohl er auf Englisch ist und sie nicht weiß, was die Worte bedeuten. Sie hört die Lieder im Radio und singt immer mit, wenn sich die Gelegenheit dazu bietet.

»Ist es nicht unglaublich, wie schön das Leben sein kann«, sagt Viola schwärmerisch.

Lilly verstummt mitten im Wort.

»Schön? Wir können doch nicht einmal tanzen …«, erwidert sie resigniert.

»Nein, das können wir nicht, aber es ist trotzdem herrlich. Wir dürfen hier in der Dämmerung draußen sitzen, die Musik und das Lachen der anderen hören. Und bald sind wir erwachsen.« Viola sieht ihre Freundin mit einem verklärten Blick an und lächelt. Aber Lilly schüttelt energisch den Kopf.

»Und wozu ist das gut? Erwachsene arbeiten die ganze Zeit und machen sich Sorgen ums Geld, und dann sterben sie.«

»Aber sie verlieben sich auch und heiraten und bekommen süße kleine Kinder. Das hört sich alles herrlich an, wenn du mich fragst.«

»Ja, wenn man nicht stirbt, weil man diese süßen Kinder auf die Welt bringt …«, sagt Lilly und steht auf. Sie winkt Alvin zu, der auf sie zukommt.

»Habt ihr aufgegeben? Tanzt ihr heute nicht?«

Er hat zwei Glasflaschen in der Hand, und in seiner Jackentasche stecken zwei Strohhalme.

»Darf ich?«, fragt er und stellt die Flaschen auf den Boden. Dann wirft er sein Jackett daneben, nimmt Violas Hände und zieht sie zu sich hoch.

»Wo ist Birgitta?«, fragt Lilly besorgt.

»Sie tanzt mit Einar. Dort hinten, sie verstehen sich richtig gut.«

Lilly sieht angestrengt zur Tanzfläche und versucht, ihre Schwester unter den vielen Paaren zu entdecken, die über die Tanzfläche schweben. Da sieht sie Birgitta in ihrem roten Kleid vorbeiwirbeln. Sie hat ein fröhliches Lächeln auf den Lippen. Einars Hand liegt auf ihrem Rücken, ihre Köpfe sind dicht beieinander.

Lilly entdeckt noch weitere Paare, die sie kennt. Uno Engström zum Beispiel, ihr Chef vom Restaurant. Er tanzt mit seiner Frau Emma. Sie sind ein schönes Paar, er mit seinen goldbraunen Locken und den funkelnden grünen Augen, sie mit ihrem blonden, glänzenden Haar, das im Nacken modisch kurz geschnitten ist. Lilly beobachtet die beiden eine Weile.

»Du solltest mit Engström tanzen, Lilly«, sagt Alvin. »Dann könntest du ihn gleich überreden, dich statt zu spülen, singen zu lassen. Er weiß doch, was für eine schöne Stimme du hast. Schau, so geht das.«

Alvin legt seine Hand um Violas Taille und geht mit ihr die Schritte durch.

»Das ist eigentlich ganz einfach. Entspann dich und lass mich führen. Und eins, zwei, drei, vier. Und eins, zwei, drei, vier«, zählt er mit.

Lilly verfolgt jeden ihrer Schritte, ihr Blick ist fest auf ihre Beine und Füße gerichtet. Ab und zu kommt Viola aus dem Takt, aber Alvin tut so, als wäre nichts passiert. Geduldig und sanft schmiegt sich sein Arm um ihre Taille und führt sie durch den Tanz.

»Verstehst du es jetzt?«, sagt er und umarmt Viola. »Mit ein bisschen Übung wirst du es lernen. Wir können gerne üben, zu Hause in der Laube.«

Lilly drängt sich zwischen die beiden.

»Ich will das auch lernen«, sagt sie.

Alvin lässt Viola los, aber statt mit seiner Schwester die Tanzschritte zu üben, hebt er die beiden Glasflaschen vom Boden auf.

»Ich hatte den Damen Coca-Cola versprochen, und ich halte meine Versprechen.«

Die grünlich schimmernden Flaschen sind wunderschön, schmal in der Mitte und mit verschnörkelten Buchstaben.

»Sind die für uns?«, fragt Lilly unsicher.

»Natürlich.«

Er schlägt die Kronkorken mit einem Stein ab und reicht ihnen die Flaschen und je einen Strohhalm.

»Bitte sehr, meine Fräuleins. Und jetzt müsst ihr einen Augenblick ohne mich auskommen, ich muss tanzen gehen«, sagt er und schnappt sich sein Jackett vom Boden.

Lilly und Viola lehnen sich gegen die Mauer und stecken die Strohhalme in ihre Flaschen. Sie kichern nach dem ersten Schluck, als die Kohlensäure im Gaumen kitzelt.

»Man kann davon betrunken werden, habe ich gehört. Vielleicht sollten wir nicht so viel davon trinken«, warnt Viola und pustet in den Strohhalm, statt daran zu saugen. Es blubbert.

»Betrunken? Von Coca-Cola?«

»Na ja, so zappelig und nervös eben.«

»Zappelig ist kein Problem, das gefällt mir.« Lilly kichert und trinkt so viel auf einmal, dass ihr die Kohlensäure in die

Nase schießt. Sie muss husten und schneidet Grimassen. Es ist zuckersüß, sie reibt mit ihrer Zunge über den Gaumen. »Hm, schmeckt das gut.«

»Hast du noch nie Coca-Cola getrunken?«

»Nein, du?«

Viola nickt.

»Aber ihr verkauft das doch auch im Restaurant?«, fragt sie erstaunt. »Hast du nicht schon einmal davon gekostet?«

Lilly schüttelt den Kopf.

»Nein, wenn die Flaschen zurück in die Küche kommen, sind sie immer leer«, sagt sie betrübt.

»Unsere Kinder werden später jeden Sonntag Coca-Cola bekommen, oder?«

»Auch am Samstag. Am besten an jedem Tag.«

Lilly greift nach hinten und hat plötzlich einen silbernen Flachmann in der Hand. Sie schraubt den Deckel ab und gießt etwas von dem Schnaps in die halbvollen Flaschen.

»Davon werden wir bestimmt betrunken«, sagt sie geheimnisvoll.

Viola zieht ihre Flasche an sich, sodass Lilly die Flüssigkeit verschüttet.

»Was tust du da? Wir dürfen doch keinen Alkohol trinken. Woher hast du das?«

»Ich habe ihn Alvin aus der Tasche stibitzt, er wird bestimmt bald merken, dass er ihn verloren hat«, antwortet Lilly und legt den Flachmann zurück auf den Boden. »Jetzt komm schon, lass uns trinken. Das soll ein ganz tolles Gefühl sein, habe ich gehört, und überall kribbeln.«

»Aber Lilly, das dürfen wir nicht.«

»Wir dürfen so vieles nicht. Du hast es doch selbst gesagt,

wir sind bald erwachsen. Dann macht man so etwas. Man trinkt Alkohol und tanzt und hat Spaß. Entspann dich ein bisschen, Viola.« Lilly hebt die Flasche an den Mund und nimmt einen großen Schluck. Angewidert verzieht sie das Gesicht. »Igitt, schmeckt das scheußlich!«

Viola starrt auf die Flasche in ihrer Hand. Lilly greift danach und hebt sie an den Mund ihrer Freundin. Die trinkt widerwillig, spuckt aber sofort alles wieder prustend aus. Dabei spritzen ein paar Tropfen auf ihr neues Kleid.

»Halt dir die Nase zu und trink alles auf einmal aus. So habe ich das gemacht«, sagt Lilly und schiebt Viola die Flasche erneut an den Mund.

Am Ende gehorcht Viola, kneift Nase und Augen zu und trinkt die starke Mischung in einem Zug aus.

»Wollen wir jetzt tanzen gehen?«, fragt Lilly, als beide Flaschen leer sind. Sie muss von der vielen Kohlensäure lauthals rülpsen und grinst.

»Wie meinst du das? Auf die Tanzfläche? Nein, natürlich nicht. Am Ende fordert uns jemand zum Tanzen auf. Wir bleiben schön hier«, protestiert Viola.

Aber Lilly steht schon und macht lustige Verrenkungen. Hüpft und schlackert mit den Füßen.

»Oh, geht das so schnell, dass man so fröhlich wird?«, fragt Viola und steht ebenfalls auf.

»Heute ist Zappeltag.«

»Das kann sein. Das ist besser als das andere.«

»Als was?«

»Als der Tod, natürlich. Todestage sind etwas Schreckliches.«

»Ja, das sind sie wirklich. Pfui! Komm, darauf nehmen

wir noch einen Schluck, dann wird das schon werden.« Lilly kichert und bückt sich, um den Flachmann aufzuheben. Viola versucht vergeblich, sie aufzuhalten.

»Mein Vater wird furchtbar wütend werden.«

»Ach, komm schon. Er wird das doch gar nicht merken. So stark wird es schon nicht sein. Nimm einen Schluck, dann gehen wir tanzen.«

* * *

Die Nacht ist schwarz, als sie durch die Gassen von Visby nach Hause laufen. Lilly hüpft hin und her, geht mal rückwärts, mal vorwärts. Ihr Mund ist taub, es kribbelt, wenn sie mit der Zunge über die Zähne fährt. Sie ist glücklich und summt die Lieder, die gespielt wurden.

Sie haben Wildblumen gesammelt, Lilly hält einen Strauß in der Hand. In Violas Haarband stecken weiße und blaue Blüten, die wie ein Kranz ihre blonden Locken zieren. Sie geht langsam, eine Hand liegt auf ihrem Bauch. Lilly versucht, sie zu einem Tanz zu überreden, aber da senkt Viola den Blick, stützt sich an einer Hauswand ab und holt angestrengt Luft.

»Oh, du Arme. Ist dir schlecht?«, fragt Lilly und lehnt ihren Kopf auf Violas Rücken. Plötzlich fängt sie an zu kichern. Sie verbeugt sich vor zwei jungen Männern, die an ihnen vorbeikommen.

»Geht einfach weiter, hier gibt es nichts zu sehen«, flötet sie.

»Kannst du bitte Alvin holen?«, stöhnt Viola. »Ich setze mich so lange hier hin.«

»Alvin? Und was soll er tun? Dir den Alkohol mit einem Kuss heraussaugen, oder was?« Lilly lacht laut über ihren eigenen Witz.

Viola lässt sich auf den Boden sinken, schlingt die Arme um die angezogenen Knie und legt den Kopf darauf.

»Bitte hol ihn«, keucht sie. »Es dreht sich alles, ich kann nicht nach Hause laufen.«

Aber Lilly muss ihn gar nicht holen, denn er eilt bereits auf sie zu. Seine Lackschuhe klappern über das Kopfsteinpflaster, sein Jackett flattert im Wind.

»Da seid ihr ja, ich habe euch überall gesucht. Einar hat gesagt, er hätte euch gehen sehen«, sagt er keuchend. Er stützt sich an einem Laternenpfahl ab, kommt langsam wieder zu Atem. Dann sieht er den beiden in die Augen und schüttelt den Kopf.

»Was habt ihr denn angestellt? Ihr seht ja wild aus«, meint er und bricht in schallendes Gelächter aus.

Dann greift er nach Violas Handgelenk und zieht sie sanft zu sich hoch. Ihre Arme und Beine sind schwach, sie stöhnt und lehnt sich gegen ihn. Alvin schiebt einen Arm unter ihre Achsel, um sie zu stützen.

»Komm, wir gehen nach Hause. Vielleicht hilft es dir, wenn du dich ein bisschen bewegst«, sagt er tröstend.

»Es dreht sich alles«, murmelt Viola undeutlich und macht schmatzende Geräusche.

»Ich habe euch doch gar nicht so lange allein gelassen. Wo habt ihr denn den Schnaps her?«, fragt Alvin und küsst Viola auf die Stirn. Er beobachtet Lilly, die durch die Straßen tanzt, die Schuhe in der Hand, die Arme weit ausgestreckt.

»Ach was, wir hatten nur die Coca-Cola«, erwidert sie und sieht ihn unschuldig an.

»Niemals, ihr stinkt wie eine ganze Kneipe. Papa wird mich totschlagen. Und Violas Vater auch.«

»Dann sollten wir jetzt noch nicht nach Hause gehen«, schlägt Lilly kichernd vor und hüpft wie eine Ballerina auf und ab. »Es ist Sommer, es ist warm, und wir können am Strand schlafen.«

Alvin hält Viola in seinem Arm aufrecht, die ihr Gesicht an seine Brust drückt.

»Du hast recht. Wir gehen runter zum Strand. Vielleicht macht euch ein Sprung ins Wasser wieder nüchtern.«

Viola hat das Brautkleid aus dem Sack genommen und es aufgehängt. Der Tüll schimmert noch so wie früher, obwohl er schon so alt ist. Aber der Stoff ist an einigen Stellen brüchig geworden und eingerissen. Ihre Kinder und Enkelkinder haben es anprobiert, und dabei sind vielleicht die Risse entstanden. Sie weiß, dass sie sich gerne hier oben auf dem Dachboden aufhalten, um die alten Sachen anzuprobieren und nach Fotos und Erinnerungsstücken aus längst vergangenen Zeiten zu suchen. Vielleicht haben sie sich nicht getraut, ihr davon zu erzählen. Sie wird sie gleich fragen, wenn sie vom Strand zurückkommen.

Sie bringen auch ihre eigenen Sachen hierher. Die Gegenstände, die in den zu kleinen Wohnungen in der Stadt keinen Platz haben. Sie glauben, sie würde es nicht merken, aber das tut sie. Überall stehen Kisten, die nicht ihr gehören. Zwei sind seit dem letzten Mal dazugekommen, die müssen sie schon im Juli dort abgestellt haben.

Sie lässt sie gewähren, sagt nichts dazu. Schließlich werden die Kinder alles sichten und aufräumen müssen, wenn sie nicht mehr da ist. Wenn sie ihren letzten Atemzug getan hat und tot ist.

Tot.

Ihr Herz schlägt schneller. Es ist unvorstellbar, dass Lilly bald nicht mehr da sein soll. Dass sie ihr niemals die Fragen wird stellen können, die sie ihr Leben lang beschäftigt haben. Dass sie nie eine Antwort auf das bekommen wird, was sie immer vermutet hat.

Sie schaudert und öffnet den nächsten Kleidersack, sucht nach einem ganz bestimmten Kleid. Es ist lila, und sie hat es bei ihrem ersten Tanz getragen. Als Lilly und sie jung waren und eine Flasche Coca-Cola der größte Luxus war, den man sich vorstellen konnte. Heute kann man jederzeit Limonade trinken. Sogar zum Mittagessen.

Sie setzt sich auf einen Stuhl, gibt ihre Suche enttäuscht auf. Das Kleid scheint nicht mehr hier zu sein. Hat sie es weggeworfen? Oder hat sie es Siv geschenkt, der kleinen Schwester von Lilly? Sie erinnert sich gut daran, wie hübsch sie sich darin gefühlt hat. Sie erinnert sich an die Tanzschritte, die sie damit im Gras geübt hat. Wie sie sich gegenseitig auf die Füße getreten sind, Lilly und sie.

Sie lacht laut, gluckst vor Freude. Vor allem, weil sie sich an den weiteren Verlauf des Abends erinnert. Schwindelig war ihnen geworden, und das nicht nur vom Tanzen. Und sie hatten Angst, nach Hause zu gehen. Alvin hatte sich zum Glück um sie gekümmert, war mit ihnen hinunter zum Strand gegangen, wo sie sich beide hatten übergeben müssen.

Sie lehnt sich in dem Korbstuhl zurück, der mitten im Chaos steht. Er knirscht und knarrt, die Lehne gibt leicht nach.

In einer Ecke stehen Kerzenständer in allen möglichen Größen und Formen. An einigen kleben noch Wachsreste. Einer von ihnen ist aus Glas und hat die Form eines Herzens. Er hatte immer in ihrem Zimmer gestanden, und wenn darin eine Kerze brannte, dachte sie an Lisbeth, Lillys Mutter. Wann hatte sie damit aufgehört, eine Kerze für sie anzuzünden? Warum war der Kerzenständer auf dem Dachboden gelandet? Sie wird ihn mitnehmen und eine Kerze anzünden. Allerdings wird sie dieses Mal für Lilly brennen.

Wieder steigen ihr die Tränen in die Augen. Schnell wischt sie sie mit dem Handrücken weg. Schnieft.

Der Kerzenständer steht auf einem Schuhkarton. Sie stellt ihn auf den Boden und legt den Karton auf ihren Schoß. Der Karton hat sich verzogen, der Deckel sitzt fest. Sie zieht und zerrt daran, bis er endlich nachgibt und zu Boden fällt. Der Karton ist voller Zeitungsausschnitte. Vergilbte, dünne Artikel aus Tageszeitungen, dickeres und weißeres Papier von Zeitschriften und Hochglanzmagazinen. Versunken blättert sie durch den Haufen und begegnet doch immer wieder derselben Person. An unterschiedlichen Orten, in unterschiedlicher Kleidung und mit unterschiedlichem Gesichtsausdruck.

Sie seufzt tief. Sehnsuchtsvoll.

VIOLA
12. AUGUST 1955

Unten im Flur ertönt ein ohrenbetäubender Lärm. Als wäre jemand gestürzt und auf dem Boden aufgeschlagen. Viola rennt aus ihrem Zimmer und stürmt die Treppe hinunter.

»Großmutter!«, schreit sie. »Was ist passiert?«

Aber nicht ihre Großmutter ist gefallen. Auf der Treppe trifft sie Lilly, die ihr barfuß entgegenkommt. Ihre Schürze ist voller Fettflecken, das Haar klebt ihr schweißnass in der Stirn.

»Was machst du hier? Musst du heute nicht arbeiten?«

Lilly hält sich am Geländer fest und senkt den Kopf, ist außer Atem und keucht beim Sprechen.

»Uno. Sie haben Uno mitgenommen.«

Sie gestikuliert wild mit den Armen, ist außer sich. Viola packt sie am Arm und zieht sie neben sich auf eine Treppenstufe.

»Beruhige dich. Wer hat wen mitgenommen?«, fragt sie.

»Die Polizei«, stöhnt Lilly. »Die Polizei ist gekommen und hat Uno verhaftet. Sie waren zu mehreren.«

»Aber warum? Er hat doch nichts gemacht, oder?«

Lilly schüttelt verwirrt den Kopf.

»Ich weiß es nicht.«

Viola streichelt ihrer Freundin beruhigend über Schulter und Arm. Lilly drängt sich an sie.

»Es wird alles wieder gut, du wirst sehen. Das war bestimmt ein Missverständnis.«

»Uno Engström ist der netteste Mensch der Welt. Er hat doch nichts falsch gemacht. Er hilft allen, immer. Hat Alvin und mir Arbeit gegeben. Und die armen Kinder können immer kommen, und dann gibt er ihnen die Essensreste vom Restaurant.«

Viola steht auf und geht die Treppe hinunter.

»Komm, wir setzen uns in die Küche. Dann kannst du mir alles von vorne erzählen.«

Lillys Atem hat sich wieder beruhigt, als sie sich in der Küche auf einen Stuhl setzt, aber sie ist immer noch aufgebracht. Verzweifelt und traurig nimmt sie einen großen Schluck Wasser aus dem Glas, das ihr Viola gibt.

»Willst du noch mehr?«, fragt Viola und zeigt auf das leere Glas.

»Am liebsten Saft«, sagt Lilly. Dann stützt sie ihren Kopf in die Hände und schluchzt.

»Jetzt erzähl mal, was genau ist passiert? Wie viele Polizisten waren es denn?« Viola tut so, als hätte sie Lillys Tränen nicht bemerkt. Sie will unbedingt erfahren, was passiert ist. Aber Lilly antwortet nicht, sondern murmelt unzusammenhängende Worte vor sich hin.

»Er muss … Das muss es sein …«

»Es hat doch bestimmt mit dem Restaurant zu tun? Seinen Geschäften? Weißt du irgendetwas davon?«

Lilly wischt sich mit dem Handrücken über die Augen und schüttelt den Kopf. Zieht die Nase hoch.

»Sie haben einen Zettel an die Tür gehängt. Das Restaurant ist bis auf Weiteres geschlossen.«

»Geschlossen? Warum das denn? Hat er die Rechnungen nicht bezahlt?«

»Deswegen wird man doch nicht festgenommen!«

»Aber was hat er dann getan?«

»Ich weiß es nicht, das habe ich doch schon gesagt. Sie haben uns alle nur nach Hause geschickt und dann abgeschlossen.«

»Aber warum bist du so traurig? Wenn du gar nicht weißt, worum es geht?«

»Weil ich endlich die Erlaubnis bekommen habe, einmal in der Woche auftreten zu können«, schluchzt Lilly und bricht erneut in Tränen aus. »Und jetzt verliere ich vielleicht sogar noch meine Arbeit.«

»Das wird sich bestimmt aufklären. Du wirst bald singen dürfen.«

»Glaubst du wirklich?«

Viola nickt.

»Du bleibst jetzt ein bisschen hier bei mir, bis du dich wieder beruhigt hast. Ich habe nichts vor. Ich wollte schwimmen gehen, weil es so warm ist, aber das kann warten. Meine Mutter hat mich heute gezwungen, in den Rosenbeeten Unkraut zu jäten. Sieh dir mal meine Hände an.«

Sie hält Lilly ihre roten, zerkratzten und dreckigen Hände hin. Die Haut brennt, wenn man sie berührt. Aber Lilly sieht nicht hin. Sie hebt nur die Augenbrauen und streckt statt einer Antwort ihre Hände aus. Sie sind rissig, rau und voller Narben und Blasen.

»Oh nein, wie siehst du denn aus? Kommt das vom Spülen? Tut das nicht schrecklich weh?«

Lilly nickt.

»Verstehst du jetzt, warum ich unbedingt singen will?«

»Hm. Vielleicht ist es ganz gut, dass du da nicht mehr

arbeiten musst. Vielleicht solltest du dir etwas Neues suchen?«

»Aber das will ich doch gar nicht. Es ist so ungerecht. Ich war so glücklich, als ich vorgestern das erste Mal singen durfte. Uno hat mich auf einen Stuhl gehoben, und die Gäste haben mir applaudiert. Das war wie Fliegen, als würde ich über ihren Köpfen schweben.«

»Ist das nicht ein bisschen egoistisch? Solltest du dir nicht lieber Sorgen um Uno machen?«

»Doch. Der Arme!«

»Wann wurde aus Engström eigentlich Uno? Seit wann duzt ihr euch?«

»Seit er mich singen lässt. Er ist nett, er ist ein Guter. Er kann nichts falsch gemacht haben.«

Plötzlich scheppert es draußen vor dem Fenster, Viola sieht hinaus. Alvin ist von seinem Fahrrad gesprungen und hat es auf den Boden fallen lassen. Einer der Reifen dreht sich noch. Sekunden später reißt er die Tür auf.

»Lilly!«, ruft er und stürmt ins Haus. »Bist du hier?«

Lilly läuft ihrem Bruder entgegen, stürzt sich in seine Arme.

»Hast du schon gehört, dass ich meine Arbeit verloren habe? Aber es ist nicht meine Schuld.«

»Ob ich es gehört habe? Natürlich habe ich das. Ganz Visby spricht über nichts anderes. Sie haben Engström wegen Mordes verhaftet. Gestern Abend ist jemand umgebracht worden. Und ich hatte schreckliche Angst, dass du das bist.«

Alvin ist außer Atem und hochrot im Gesicht. Auch er wirkt, wie Lilly vorhin, außer sich. Lilly schiebt ihn von sich.

»Mord?«, ruft sie. »Das kann nicht sein. Engström würde niemandem etwas antun. Er schlägt ja noch nicht einmal die Fliegen in der Küche tot. Die tun ihm leid, sagt er immer.«

Alvin nimmt seine Kappe vom Kopf und wedelt sich damit Luft zu.

»Aber irgendetwas muss er ja getan haben, sonst hätte ihn die Polizei doch nicht verhaftet.«

»Vielleicht hat er Geld unterschlagen«, bemerkt Viola, die aus der Küche dazugekommen ist.

»Ja, er hat auf keinen Fall jemanden umgebracht. Niemals. Uno Engström ist viel zu nett dafür«, sagt Lilly und verschränkt die Arme vor der Brust.

Alvin zieht sie zu sich und hebt sie hoch.

»Was für ein riesengroßes Glück, dass dir nichts passiert ist, meiner süßen kleinen Schwester.«

Lilly zappelt, um sich aus seinen Armen zu befreien.

»Engström würde mir niemals auch nur ein einziges Haar krümmen. Du kennst ihn doch.«

Alvin lässt sie wieder los. Sie streicht ihr Kleid glatt und fährt sich durch die Haare.

»Es gibt einiges, was du nicht über ihn weißt«, erwidert er. »Warum, glaubst du, habe ich in der Arbeit alles stehen und liegen lassen und bin sofort losgefahren?«

»Ach, hau schon ab«, sagt Lilly und tritt ihrem Bruder gegen das Schienbein. Dann dreht sie sich um und geht zurück in die Küche.

Viola bleibt stehen. Alvin setzt sich seine braune Kappe wieder auf.

»Unsere Lilly ist ganz schön wild, was? Mich wundert, wie du das immer aushältst.« Er zwinkert Viola zu.

»Das tue ich auch nicht immer«, erwidert sie trotzig und bringt ihn damit zum Lachen.

Er legt eine Hand auf ihre Wange, sie ist schwer und warm und weich. Verlegen senkt sie den Blick und wagt nicht, ihm zum Abschied in die Augen zu sehen.

* * *

Viola sieht Alvin vom Balkon hinterher, wie er Lilly nach Hause bringt. Das Loch im Zaun, durch das sie früher immer gekrochen sind, ist repariert worden, als Walles Jüngste vor einiger Zeit den Zaun gelb gestrichen haben. Besonders sorgfältig haben sie allerdings nicht gearbeitet; wenn man nahe herangeht, sieht man noch dicke Farbnasen, die von den Pinseln getropft sind.

Die Geschwister verschwinden um die Ecke und tauchen erst wieder auf, als sie den Gartenweg entlanggehen, der zum Elternhaus der beiden führt. Alvin lehnt sein Fahrrad gegen den Zaun und sieht hinüber zu Viola. Sie winkt, und er wirft ihr einen Luftkuss zu, den sie lächelnd fängt.

»Wollen wir nicht schwimmen gehen?«, ruft sie den beiden zu, so laut sie kann. Dabei reißt sie ein Badetuch von der Wäscheleine und schwenkt es durch die Luft.

Aber die beiden hören sie nicht, sondern gehen ins Haus. Nur noch sechs Kinder wohnen dort. Birgitta hat Einar geheiratet und ist mit ihm aufs Land gezogen, auf den Hof seiner Eltern in Roma. Einmal die Woche fährt sie mit dem Bus in die Stadt und kommt zu Besuch. Sie bringt eine Kanne frische Milch mit und erzählt ihren Geschwistern Geschichten vom Bauernhof, von Kühen und

Schafen, den Katzen und dem Hund, der Türen öffnen und schließen kann.

Viola schlüpft aus ihren glänzenden Lederschuhen und knöpft sich, so schnell sie kann, die Bluse auf. Rock und Bluse landen auf dem Sofa, sie zieht sich den Badeanzug und ein schlichtes Sommerkleid darüber an. Dann schnappt sie sich das Handtuch und rennt barfuß auf das Nachbargrundstück. Alvin steht neben seinem Fahrrad, seine Kappe sitzt so schräg auf dem Kopf, als könnte sie jeden Augenblick herunterrutschen. Um sich den Umweg zu sparen, springt Viola über den Zaun. Die spitzen Latten schaben gegen ihr Schienbein, aber sie kümmert sich nicht darum. Alvin applaudiert ihr.

»Ich wusste nicht, dass du so sportlich bist«, sagt er und schwingt sich aufs Fahrrad.

»Gehst du schon wieder?«, fragt Viola und kann ihre Enttäuschung kaum verbergen. »Willst du nicht mit uns schwimmen gehen? Es ist so ein schöner Tag. Und so heiß.«

Sie legt eine Hand auf den Gepäckträger, hält das Rad fest, damit er nicht losfahren kann.

»Ich muss zur Arbeit. Die merken bestimmt bald, dass ich nicht da bin. Ich wollte doch nur sichergehen, dass es Lilly gut geht.«

Er rüttelt am Rad.

»Komm, lass los.«

Viola kichert, gibt den Gepäckträger aber nicht frei. Alvin kitzelt sie so lange, bis sie schließlich loslassen muss. Er springt aufs Rad und tritt fest in die Pedale. Bevor er um die Ecke auf die Straße biegt, winkt er ihr zu.

»Ich freue mich, dass es euch beiden gut geht«, ruft er.

Viola rennt ihm hinterher, der Asphalt ist hart unter ihren Fußsohlen.

»Komm nach der Arbeit zurück, bitte! Alvin, versprich es mir!«

Alvin bremst, stellt einen Fuß auf den Boden und schüttelt den Kopf.

»Nein, das kann ich nicht. Nachher treffe ich ein Mädchen, das ich sehr mag.«

Viola bleibt abrupt stehen, senkt den Blick, dreht sich um und geht langsam zurück.

»Was willst du denn mit einem anderen Mädchen? Du hast doch uns!«, ruft Lilly, die aus dem Haus gekommen ist und Violas traurigen Blick sieht.

»Soll er gehen, wir haben doch uns«, tröstet sie Viola und nimmt ihre Hand. »Es hat doch keinen Sinn, traurig zu sein, wenn er so gemein ist und uns im Stich lässt.«

»Euch im Stich lassen? Nein, das werde ich niemals tun. Nicht, solange ich lebe«, ruft Alvin und fährt davon.

Viola hat ihr Handtuch um den Hals gelegt, Lilly trägt einen alten, verschlissenen braunen Morgenmantel. Arm in Arm gehen sie hinunter ans Wasser. Die glitzernden Wellen blenden sie, sie kneifen die Augen zu, und Viola wickelt sich das Handtuch als Sonnenschutz um den Kopf.

»Stell dir vor, es ist wahr? Was ist, wenn er es wirklich getan hat?«, sagt sie und lässt sich in den warmen Sand sinken. Sie legt sich auf den Bauch und stützt den Kopf in die Hände.

»Was getan?« Lilly lässt den Sand immer wieder durch ihre Finger rieseln.

»Na, dass er jemanden umgebracht hat. Engström.«

»Du glaubst das doch nicht? Das sind doch nur dumme Gerüchte. Du kannst mir glauben, ich kenne Engström.«

»Wie kannst du dir so sicher sein? So gut kennst du ihn doch auch nicht. Wollen wir lieber in die Stadt gehen und uns umhören, ob jemand etwas weiß?«

Lilly springt auf und zieht sich den Morgenmantel und das Kleid aus, das sie darunter trägt.

»Jetzt nicht, ich muss erst ins Wasser«, ruft sie und stürmt los.

Sie rennt ins Wasser und springt kopfüber in die Wellen. Viola geht ihr hinterher, bleibt aber am Ufer stehen und begnügt sich damit, die Zehen ins Wasser zu tauchen. Ihre Füße versinken in dem weichen Sand, und sie gräbt kleine Kuhlen mit den Zehen.

»Was ist, wenn es jemand ist, den wir kennen? Jemand aus dem Restaurant?«, ruft sie.

Lilly antwortet nicht. Sie schwimmt ein Stück hinaus, legt sich auf den Rücken und lässt sich treiben. Die Wellen schwappen ihr über den Kopf und sind wunderbar erfrischend.

»Wie meinst du das? Wen kennen?«, fragt sie und taucht unter.

Viola zieht ihr Kleid hoch und watet tiefer ins Wasser auf Lilly zu.

»Na, den Toten. Wenn sie ihn wegen Mordes festgenommen haben, dann muss doch jemand gestorben sein.« Viola kann nicht aufhören, an die schreckliche Tat zu denken, derer Uno Engström verdächtigt wird.

Lilly stellt sich aufrecht hin, das Wasser läuft ihr über die Schultern. Sie drückt ihre Haare aus.

»Ich habe dir doch schon gesagt, dass er nichts getan hat. Zumindest nicht gestern Abend, das weiß ich ganz genau.« Sie lässt Viola stehen, stapft an den Strand und schnappt sich ihr Kleid und den Morgenmantel.

»Wie kannst du dir da so sicher sein? Das kannst du doch gar nicht wissen?«

»Ich weiß es einfach. Du kannst mir glauben. Es muss jemand anderes gewesen sein.«

Ein leises Lächeln umspielt ihre Lippen. Viola beobachtet ihre Freundin beim Anziehen. Das Kleid über dem nassen Badeanzug klebt feucht an ihrem Körper. Den Morgenmantel legt sie sich über die Schulter.

»Ich muss mir eine neue Arbeit suchen, bis das geklärt ist. Damit muss ich gleich morgen anfangen. Ich finde bestimmt etwas.«

»Aber vielleicht musst du das gar nicht. Wenn es so ist, wie du sagst, dass Engström niemanden ermordet hat, dann wird das Restaurant bestimmt bald wieder aufmachen. Und du kannst weiterarbeiten.«

Lilly fängt an, ein Lied zu trällern.

»Und dann darf ich endlich für mein Publikum singen«, sagt sie schwärmerisch.

»Dein Publikum? Du meinst die Gäste?«

Lilly nickt und singt weiter.

»Im *Strykan* wird doch eigentlich keine Musik gespielt, oder?«

»Aber bald, dafür werde ich schon sorgen. Und dann gibt es jede Woche einen Auftritt. Uno liebt es, wenn ich singe.«

»Wie schön. Ich bin mir sicher, dass du bald wieder arbeiten kannst. Und wenn nicht, dann stellst du dich einfach hier an den Strand und singst. Damit wirst du eine Menge Geld verdienen können. Davon kannst du bestimmt gut leben.«

»Ach, hör auf, dich darüber lustig zu machen. Du hast leicht reden mit deiner feinen Sekretärinnenausbildung und deinem roten Lippenstift. Und einem Vater, der alles bezahlt. Aber ich muss arbeiten, wir leben von meinem Lohn. Papa war so lange krank, und ihm tut alles weh. Wir brauchen das Geld fürs Essen, damit wir nicht verhungern und sterben. Verstehst du?«

Viola nimmt ihr Handtuch und schüttelt den Sand ab.

»Ich kann dir was von meinem Lohn geben. Du kannst alles haben. Ich helfe euch, ich würde dich niemals im Stich lassen. Das weißt du doch.«

Lilly nickt.

»Entschuldige, dass ich so wütend geworden bin. Vielleicht ist es so, wie du sagst, ein großes Missverständnis. Kann sein, dass Engström schon wieder freigelassen wurde. Komm, wir gehen in die Stadt und hören uns um.«

* * *

Sie sind nicht die Einzigen, die mehr wissen wollen. Vor dem schmalen hellgelben Haus mit dem schmal zulaufenden Giebel hat sich eine Menschentraube gebildet. Lilly geht mit resolutem Schritt auf die Menge zu. Viola läuft ihr hinterher, nickt denjenigen entschuldigend zu, die Lilly mit ihren spitzen Ellenbogen beiseitestößt.

»Hier gibt es nichts zu sehen«, brüllt Lilly. »Ihr könnt alle wieder nach Hause gehen. Habt ihr nichts zu tun?«

Viola versucht, sie zu besänftigen, erntet aber nur einen erbosten Blick. Sie versteht nicht, was Lilly so wütend macht.

Sie kämpfen sich bis zum Eingang durch. Auf dem gelblichen Anschlag an der graublauen Tür ist das Polizeiwappen zu erkennen. Darauf steht, dass das Restaurant Gegenstand einer polizeilichen Ermittlung ist und deshalb bis auf Weiteres geschlossen bleibt. Der Grund steht dort jedoch nicht.

Die Tür wird von einem Polizisten bewacht. Kerzengerade steht er auf seinem Posten, aber sein Blick ist irgendwie verträumt, als wäre er in Gedanken an einem anderen Ort. Die goldenen Knöpfe an seiner Uniform glänzen tadellos, und auch die Krawatte sitzt ordentlich. Er verzieht keine Miene, als Lilly mit der Hand vor seinem Gesicht herumwedelt.

»Warum stehen Sie hier und glotzen?«, fragt sie. »Was ist passiert? Was wird Engström vorgeworfen?«

Er antwortet ihr nicht, sondern hebt nur leicht den Kopf mit dem schwarzen Helm und nickt zu dem Anschlag an der Tür.

Lilly wirft ihm einen verächtlichen Blick zu und klettert auf einen der kleinen Tische, die vor dem Restaurant auf dem Kopfsteinpflaster stehen. Dann hält sie sich die Hände wie einen Trichter an den Mund und ruft in die Menge.

»Kann mir einer von euch sagen, was passiert ist? Wer ist ermordet worden? Und wo?«

Augenblicklich verstummt das Gemurmel, und die ganze Aufmerksamkeit richtet sich auf das junge Mädchen auf dem Tisch.

»Es ist jemand ermordet worden?«, schreit eine Frau.

Sofort wird getuschelt und geflüstert. Die Menschenmenge will Antworten haben, bedrängt den armen Polizeibeamten, kommt immer näher, die Leute fallen sich gegenseitig ins Wort und rufen ihre Fragen.

Viola streckt Lilly ihre Hand hin und hilft ihr, vom Tisch herunterzuklettern.

»Morgen wissen wir mehr, es wird bestimmt etwas darüber in der Zeitung stehen«, sagt sie besänftigend. »Komm, wir gehen nach Hause.«

Aber Lilly ignoriert sie. Sie schiebt sich durch die Menschenmenge, Viola muss sich auf die Zehen stellen, um zu sehen, wohin sie geht. Ein Mann mit einer Kamera nähert sich, ihn hat Lilly wahrscheinlich vom Tisch aus entdeckt. Er macht Fotos, man hört das Knacken des Blitzes. Ihm folgt ein Mann, der mit Block und Stift bewaffnet ist und die Passanten befragt.

Viola eilt Lilly hinterher und hat sie gerade eingeholt, als der Reporter vor ihr stehen bleibt.

»Du arbeitest in dem Restaurant, stimmt's? Ich habe dich dort schon einmal gesehen. Lilly, oder?«, fragt er und setzt den Stift aufs Papier. Das Ende seines Bleistiftes ist zerbissen.

Lilly nickt.

»Wir sind von der Zeitung *Gotlands Allehanda*, darf ich dir ein paar Fragen stellen?«

Lilly sieht über die Schulter, weiß Viola hinter sich.

»Klar«, sagt sie lässig, ohne ihm in die Augen zu sehen. »Aber ich weiß nichts.«

»Wie lange arbeitest du schon im *Strykan*?«

»Erst seit etwa einem Jahr.«

»Dann kennst du Engström ganz gut?«

Lilly brummt und zeichnet mit den nackten Zehen Kreise

auf die Pflastersteine. Bevor sie antwortet, wirft sie einen Blick hinüber zu dem Polizisten, der seinen Posten nicht verlassen hat. Die Menge der Schaulustigen löst sich langsam auf.

»Sie werden doch nicht in Ihrer Zeitung schreiben, dass er schuldig ist, oder? Er hat nichts getan.«

»Woher weißt du das so genau? Kannst du ihm ein Alibi geben?«, fragt der Mann, während sein Stift übers Papier kratzt. Er schreibt schnell, unleserliches Gekrakel.

»Alibi? Was ist das?«, fragt Lilly.

»Weißt du, wo er sich gestern Abend aufgehalten hat?«

»Natürlich weiß ich das. Im Restaurant. Ich war auch da. Ich habe gespült und gesungen, und er hat die Buchführung gemacht, glaube ich. Warum fragen Sie? Wissen Sie, was ihm vorgeworfen wird?«

Der Mann hebt den Kopf, senkt den Stift.

»Ich dachte, du wüsstest das?«, erwidert er überrascht.

Lilly nickt.

»Ja, Mord. Aber wo und wer?«

»Sie haben eine Leiche im Burggraben Nordergravar gefunden. Weiblich, noch nicht identifiziert. Niemand weiß, wer sie ist. Sie ist erwürgt worden und lag unter einem Baum. Es heißt, dass neben der Leiche eine Serviette aus dem Restaurant gefunden wurde.«

»Eine Serviette? Das beweist doch gar nichts. Die kann sich doch jeder mitnehmen.«

»Man hat anscheinend noch einen Picknickkorb gefunden mit einer Flasche Wein und zwei Gläsern.«

»Engström wohnt nicht einmal im Norden, er wohnt hier in der Innenstadt. Außerdem hat er ...«

Lilly presst die Lippen aufeinander, zögert.

»Du hast ihn also gestern spätabends noch gesehen? Wann habt ihr denn abgeschlossen?«

»Es war schon spät. Ich habe nicht auf die Uhr gesehen. Aber Engström war es nicht. Das weiß ich ganz genau.«

»Hat er sich in letzter Zeit dir gegenüber merkwürdig verhalten? Oder Annäherungsversuche unternommen?«

»Sie hören sich an wie die Polizei. Lassen Sie das«, sagt Lilly trotzig. »Ich weiß nichts. Ich weiß nur, dass Engström nett und gut und ehrlich ist. In jeder Hinsicht. Schreiben Sie sich das auf. Schreiben Sie, dass er so etwas Schreckliches nicht getan haben kann. Niemals.«

Viola greift nach Lillys Hand, drückt sie. Sie spürt Lillys Herzschlag, sieht, wie sie am ganzen Leib zittert.

»Wir sollten jetzt gehen«, sagt sie und zieht sie mit sich. »Wir gehen jetzt nach Hause und singen Sture ein Lied vor.«

»Ach, dieser Rotzbengel kommt auch ohne Lied zurecht«, schimpft Lilly leise.

Lilly sieht auf jedem einzelnen Bild umwerfend aus. Sie trägt himmlisch schöne Kleider, teuren Schmuck, hat dunkel geschminkte, ausdrucksstarke Augen und rote Lippen. Viele Jahre lang hat Viola jeden Artikel gesammelt, der über Lilly geschrieben wurde. Sie gab Geld für Zeitschriften aus, die sie sich ansonsten niemals gekauft hätte. Den anderen Artikeln schenkte sie keine Aufmerksamkeit, sie riss nur die Seiten aus, auf denen es um Lilly ging, und legte sie in die Kiste, sorgfältig nach Datum sortiert. Der Stapel ist dick, verträumt blättert sie ihn durch. Unvorstellbar, dass mal so viel über sie geschrieben wurde. Über unsere kleine Puppe Lilly.

Wenn Gotlands Rose singt, verstummen die Herrscher der Welt, lautet eine der Überschriften. Viola überfliegt den Artikel und erinnert sich. An die Sensation, an den Klatsch und Tratsch. Sie muss die Augen zusammenkneifen, um den Text lesen zu können. Die Buchstaben sind so klein. Das Datum findet sie ganz oben in der Ecke, sie hat es selbst mit blauer Tinte notiert. 2. Juni 1961.

Juni.

Mühsam erhebt sich Viola aus dem knarzenden Korbstuhl und schlurft zu dem Dachbodenfenster, von dem aus sie hinunter zum Strand sehen kann. An der Straße parken nur wenige Wagen. Im Hochsommer ist es dort viel voller, aber jetzt ist die Saison bald vorbei, der Herbst steht vor der Tür.

Die Leute am Strand sind nur kleine Punkte. Aber Viola entdeckt den großen, aufblasbaren Flamingo und lächelt. Dort sind sie. Ihre Kinder und Enkelkinder. Sogar eine Urgroßenkelin ist dieses Jahr mit dabei und weckt alle frühmorgens. Wie ein kleines Nebelhorn, das jeden Wecker überflüssig macht. Zum Glück ist die Kleine so niedlich. Viola freut sich auf den Moment, wenn sie vom Strand nach Hause kommen. Ihre Töchter Juni und Maj, das Enkelkind Sara mit ihrer kleinen Ellen. Sie mag es, wenn das Haus voller Lachen und Leben ist. Ihr Besuch macht den Alltag immer so viel bunter und steht in großem Kontrast zu den einsamen Tagen des restlichen Jahres. Keiner von ihnen lebt auf der Insel, alle sind mindestens eine Schiffsreise entfernt. Manchmal fährt sie aufs Festland und besucht sie, aber das passiert immer seltener.

Suchend gleitet ihr Blick über die Sachen auf dem Dachboden, die Kisten und Kartons, das vergessene Gerümpel. Wo steckt bloß die rosa Blechdose? Die sie damals mit Erinnerungsstücken von Lillys Mutter Lisbeth gefüllt hatten, um bei Gelegenheit mit ihrem Geist in Kontakt zu treten. Lilly hatte einen verrosteten Schlüssel mit einem rosa Häkelband hineingelegt. Ihren Hausschlüssel.

»Was ist, wenn unser Haus abgeschlossen ist, und ihr Geist kommt vorbei? Und sie kann nicht durch die Wand gehen? So können wir sicher sein, dass sie wirklich zu mir findet«, hatte sie damals erklärt. So viele Jahre war das her.

Sie hatte damals weinen müssen, und auch heute kommen ihr wieder die Tränen, wenn sie daran zurückdenkt. Wie jung sie gewesen waren, wie verloren in ihrer Trauer.

Lilly hatte auch ein gebrauchtes Taschentuch zu den Andenken gelegt, in das Lisbeths Initialen mit weißem Seidengarn gestickt waren. Auch Lillys Tränen und Schnodder waren in dem zarten Stoff verewigt. Eingetrocknet. Als Letztes hatte sie noch ein kleines Lavendelsäckchen aus Lisbeths Kleiderschrank dazugetan. Deshalb hatten ihre Sachen immer so gut geduftet.

Viola hatte das Tuch von ihrem Nachttisch beigesteuert, das Lisbeth ihr einmal geschenkt hatte. Und ein paar Gänseblümchen, weil der Rasen vor dem Haus immer damit übersät war.

Was hatten sie sonst noch in die Kiste gelegt? Sie kann sich nicht mehr erinnern. Nur, dass sie am Ende so voll war, dass sie den Deckel fest zudrücken musste, als sie Jahre später einen weiteren Gegenstand hineingelegt hatte. Einen Brief von Lilly. Sie muss die Dose finden, denn vielleicht enthält er eine Adresse.

Langsam schiebt sie sich zwischen den Kartons und Kisten hindurch, drückt sie mit Beinen und Hüfte beiseite. Sie öffnet hier eine Schachtel, dort einen Karton. Dabei entdeckt sie eine kleine Vase, die zwischen dem Gerümpel auf dem Boden steht. Sie bückt sich, aber ist zu steif, ihre Finger kommen nicht bis auf den Boden. Die helle Oberfläche ist mit vier kleinen, zarten Blumen bemalt. Sie hat die Vase damals in der Schule angefertigt. Die Stiele sind zittrige unebene Striche, die Blumenblätter unterschiedlich groß und farbig. Beim zweiten Versuch gelingt es ihr, sie kann den Rand mit zwei Fingern greifen und richtet sich wieder auf. Dabei stößt sie mit dem Kopf gegen etwas. Über ihr hängt ein weißer, geflochtener Korb an einem dicken Seil und schaukelt sanft knarrend von einer Seite zur anderen. An einem der Griffe hängt ein goldener Gegenstand, der funkelt, wenn der Korb von den zaghaften Sonnenstrahlen gestreift wird, die durch das kleine Giebelfenster fallen. Sie streckt die Hand aus und berührt ihn.

Es ist Junis Korb, sie hat ganz vergessen, dass er hier hängt, zwischen diesem ganzen Gerümpel versteckt.

Liebste kleine Juni.

LILLY

12. AUGUST 1956

Die Pflastersteine vor dem Restaurant sind schmutzig und voller Krümel, Essensreste und verschüttetem Bier. Das muss alles weg. Lilly ist eifrig mit dem Besen zugange. Ab und zu taucht sie ihn in einen Eimer mit Wasser und Seife. Die Schaumbläschen, die sich zwischen den Steinen bilden, zerplatzen und sickern ins Erdreich. Sie spielt mit ihnen, fängt sie mit den Zehen.

Ein Auto fährt die Hästgatan hinauf, das dumpfe Motorengeräusch ist schon von Weitem zu hören. Sie streckt den Hals, versucht um die Ecke zu sehen. Ein hellblauer Buckelvolvo rollt heran und bleibt direkt vor ihr stehen. Die Fahrertür öffnet sich, und Alvin steigt aus. Er trägt einen braunen Anzug und einen Hut. Das Jackett ist aufgeknöpft, sie kann zwei braune Hosenträger über dem weißen Hemd erahnen. Er sieht schick aus, wie immer in letzter Zeit. Die Kleidung ist nagelneu und der Wagen auch.

»Wem gehört das Auto?«, fragt Lilly und stützt sich auf dem Besen ab.

Alvin streicht mit beiden Händen über die glänzende Motorhaube.

»Es gehört mir. Da siehst du mal. Aus deinem Bruder ist etwas geworden. So kann es gehen, wenn man hart arbeitet.«

»Das ist deins?«

»Ja, und ich habe vor, mit Viola eine kleine Spritztour zu machen. Aber vorher muss ich ein paar Kisten aus dem Keller holen. Du hast Viola doch nichts verraten?«

Lilly tritt gegen einen kleinen Stein, der über die Pflastersteine springt.

»Nein, aber ich finde es nicht gut, Geheimnisse vor ihr zu haben«, sagt sie.

»Aber das musst du.«

»Sie glaubt, dass der Schlüssel verschwunden ist, dass man in den Raum nicht reinkommt. Sie hat schon alle Schlüssel ausprobiert.«

»Der Vorrat nimmt ab, wir müssen bald wieder …«

Lilly hält sich die Ohren zu.

»Ich will gar nicht wissen, was ihr mit dem Alkohol macht. Was du und Engström für krumme Sachen dreht. Ihr müsst damit aufhören, ihm gehört noch nicht einmal mehr das Restaurant.«

»Kannst du Schmiere stehen, während ich kurz in den Keller gehe?«

Lilly nickt. Sie lehnt den Besen gegen einen der Tische und begleitet ihn hinunter in den kleinen Innenhof, wo sich auch die Tür in den Keller befindet. Auf dem Weg sieht sie Viola in der Küche. Sie steht mit dem Rücken zum Fenster und poliert Gläser.

»Beeil dich«, flüstert sie Alvin zu, der schnell durch die offene Tür schlüpft. Sie hört es rasseln, als er die Tür zur Vorratskammer aufschließt.

Kurz darauf kommt er mit einer großen Kiste im Arm zurück. Er nickt in Richtung Auto.

»Mach den Kofferraum auf.«

Lilly gehorcht wortlos. Es klirrt, als er die Kiste in den Kofferraum stellt. Sie weiß, dass in den Flaschen Alkohol ist. Und sie weiß, dass dort unten im Keller Schnaps gebrannt wird. Schließlich hilft sie Engström dabei. Sie schmuggelt Zucker in den Keller, kiloweise Zucker, mischt Maische an und achtet darauf, dass es im Destillator ordentlich blubbert und es zu keiner Verstopfung in den Schläuchen kommt.

»Ist Viola da?« Alvins Augen funkeln, wenn er ihren Namen sagt.

»Ja, aber sie arbeitet. Sie hat keine Zeit für dich.«

Alvin reißt die Tür auf, sieht sich dann aber noch einmal um.

»Sie ist jetzt deine Chefin, nicht umgekehrt. Sie entscheidet ganz allein, mit wem sie zusammen sein will und mit wem nicht.«

»Das kann schon sein. Aber sie wird nicht mit deinem Schrottauto fahren wollen. Warum sollte sie darauf Lust haben?«

»Das werden wir ja sehen«, sagt Alvin und hebt vielsagend die Augenbrauen.

Die Tür schlägt hinter ihm zu, und Lilly säubert weiter die Pflastersteine auf dem schmalen Streifen, auf dem die kleinen Tische aufgereiht stehen, weil es vor dem Restaurant keine Stellfläche gibt.

Sie putzt wie eine Besessene, drückt die Borsten so fest in die Spalten, dass sich die kleinen Kiessteinchen in den breiten Fugen zwischen den Pflastersteinen verkeilen. Der Regen von letzter Nacht steht noch in kleinen Pfützen auf den metallenen Tischplatten. Sie wischt mit der Hand das Wasser auf den Boden. Die Oberflächen sind zwar alle noch feucht, aber das wird in der Sonne schnell trocknen. Sobald sie hinter den Wolken hervorkommt.

Dieser Sommer war bisher ungewöhnlich feucht und ungemütlich. Aber an diesem besonderen Datum ist das Wetter eigentlich immer schön. Es ist keine Kunst, sich an diesen schrecklichen Tag zu erinnern. Den Todestag. Lilly schirmt die Augen mit der Hand ab und sieht zum Himmel hinauf. Es ist bewölkt, keine Anzeichen, dass die Wolkendecke jemals aufbrechen wird.

Sie späht durch das kleine Fenster in der Eingangstür, aber die innere Tür ist auch geschlossen, deshalb ist es pechschwarz, und sie kann nichts sehen. Diese Schleuse zwischen den beiden Türen wurde im Zweiten Weltkrieg eingebaut, als das Restaurant jeden Abend alle Fenster und Öffnungen verdunkeln musste. Kein Licht durfte nach draußen dringen, wenn die Gäste kamen und gingen. Eine Tür nach der anderen wurde geöffnet, und dazwischen schützte ein dickes schweres Tuch vor möglichen Nachlässigkeiten.

Lilly hüpft zur Seite, als die innere Tür plötzlich aufspringt und Alvin und Viola Arm in Arm herauskommen.

»Ich bin bald zurück«, sagt Viola. »Du schaffst das hier so lange, oder? Wir machen eine Spritztour mit Alvins neuem Auto.«

Lilly schnaubt verächtlich, als die beiden an ihr vorbeigehen. Sie dreht sich weg und schrubbt weiter den Gehsteig. Aber sie belauscht die beiden.

»Und der Wagen ist ganz neu? Wie schön er ist«, flötet Viola und öffnet die Beifahrertür. Es knarrt und knirscht, als sie sich auf das Polster setzt.

Lilly dreht sich abrupt um.

»Und wie kannst du dir das leisten?«, ruft sie ihrem Bruder zu und lässt den Besen los, der auf den Boden fällt.

Alvin hält lächelnd den Autoschlüssel hoch und lässt ihn an seinem Zeigefinger baumeln. Dann zwinkert er ihr zu und steigt ein. Es knallt im Auspuff, als er den Motor startet. Eine dicke graue Abgaswolke steigt auf, zieht in den Himmel und löst sich schließlich auf.

Während das Motorengeräusch verklingt, hebt Lilly den Besen wieder auf und geht zurück zur Eingangstür. Dort stellt sie sich auf die Zehen und richtet das Schild gerade, das am Eingang hängt. *Restaurant Strykjärnet* steht dort in rosa Blockbuchstaben. Als Engström in den Knast kam, hat Violas Vater das Haus gekauft, oder vielleicht auch nur gemietet, das weiß sie nicht so genau. Uno ist wegen Mordes verurteilt worden, obwohl er die Tat bis heute leugnet. Die Zeitungen waren während der Gerichtsverhandlung voll davon, auch heute weiß noch immer niemand, wer die Tote ist. Lilly hat jedes Wort verschlungen. Ihr Versuch, Engström ein Alibi zu geben, schlug fehl, weil jemand sie gesehen hatte, wie sie das Restaurant doch früher verlassen hatte als angenommen.

Viola hat ihre Stelle als Sekretärin aufgegeben und ist Lillys Chefin geworden. Und Chefin aller anderen Angestellten im *Strykan*. Aber bisher läuft es nicht so gut, Viola muss Lilly wegen jeder Kleinigkeit fragen. Sie arbeiten deshalb zusammen, bestimmen alles gemeinsam. Die Speisekarte, die Lebensmittelbestellungen und das Mobiliar. Lilly hätte den Laden am liebsten rosa gestrichen, die Wände und die Tische. Aber das wollte Viola auf keinen Fall, und jetzt ist alles weiß. Bis auf die kleinen Tischdecken, die sind rosa. Und eben das Schild. Das hat Lilly selbst gemalt.

Ein Lastwagen kämpft sich die steile Straße hinauf und bleibt zischend stehen. Der Fahrer springt heraus und entlädt drei große Kisten mit Gemüse. Wortlos stellt er sie vor Lilly ab, geht zurück zum Wagen und kehrt dann mit einem riesigen Mehlsack über der Schulter zurück, der staubt, als er ihn auf den Boden wirft.

»Am besten bringst du die Sachen schnell ins Trockene, es wird bald regnen. Als ich unten in Väskinde das Gemüse abgeholt habe, hat es geschüttet. Da liegt was in der Luft«, sagt er und zeigt in den Himmel.

Lilly legt den Kopf in den Nacken. Er hat recht, sie spürt schon winzige Tröpfchen auf Stirn und Wange. Wie kleine Nadelstiche. Sie hebt den Mehlsack auf und schleppt ihn hinein. Der Fahrer hält ihr die Tür auf. Das Mehl darf auf keinen Fall feucht werden, und dieser Vorrat muss lange halten. Der Sack ist so schwer, dass sie tief gebeugt geht.

In der Küche rührt Nils gerade in einem großen Topf. Zum Mittagessen gibt es Karottensuppe mit Lauch und Bacon. Und natürlich das, was auf der Karte steht. Kotelett mit Zwiebeln und Kartoffelmus. Und gebratener Hering.

Die Küche ist winzig, viel zu klein für ein Restaurant, und es ist sehr heiß darin. Nils steht der Schweiß auf der Stirn. Als er Lilly sieht, zeigt er auf die Arbeitsfläche.

»Es ist schon wieder ein Brief gekommen. Antwortest du ihm eigentlich auch?«

Lilly schielt zu dem Stapel hinüber. Da sind auch Rechnungen dabei, das kann sie sehen. Mit geübter Hand blättert sie die Post durch und sortiert einen Briefumschlag aus, den sie in ihre Schürze steckt.

»Willst du ihn nicht aufmachen?«

Sie legt eine Hand auf die Schürze, spürt die Konturen des Briefs unter dem Stoff. Aber sie holt ihn nicht heraus.

»Später vielleicht«, vertröstet sie ihn. »Ich muss arbeiten, Viola ist weggefahren.«

»Was will Engström denn von dir? Warum schreibt er dir so oft?«

Nils ist hartnäckig, er rührt bedächtig mit der Kelle in seinem Topf, lässt sie aber nicht aus den Augen.

»Engström«, sagt sie und hebt eine Augenbraue. »Wer sagt denn, dass die Briefe von ihm sind?«

Nilas lacht.

»Ich erkenne seine Handschrift. Ich kenne sonst niemanden, der so schreibt. Er bringt die großen und kleinen Buchstaben immer durcheinander. Wie ein kleines Kind.«

»Ja, ja, schon gut. Ich weiß nicht, was er von mir will.«

»Sei vorsichtig. Vergiss nicht, dass er ein kaltblütiger Mörder ist. Du kannst von Glück reden, dass es dich nicht erwischt hat.«

Lilly tritt so fest gegen die Tür, dass sie aufliegt und gegen die Wand knallt.

»Hör schon auf, Nils. Engström würde keiner Fliege etwas antun. Das weißt du genauso gut wie ich«, sagt sie und verlässt die Küche.

* * *

Als Viola ins Restaurant stürmt, sind die ersten Mittagsgäste schon eingetroffen. Sie hat rote Wangen und bindet sich hastig die Schürze um.

»Es tut mir so leid, Lilly«, formt sie mit den Lippen, als diese mit zwei vollen Tellern aus der Küche kommt.

Lilly wirft ihr einen wütenden Blick zu und geht wortlos an ihr vorbei. Gekonnt balanciert sie zwischen den engstehenden Tischen hin und her und serviert zwei Männern in Anzügen im hinteren Teil des Raumes das Essen. Als sie zurückkommt, hebt sie ihren Zeigefinger und wischt Viola Lippenstift von der Oberlippe. Viola presst die Lippen aufeinander und verteilt das bisschen an Farbe, die noch vorhanden ist.

»Ich kann übernehmen, haben alle schon bestellt?«, fragt sie.

»Wenn du pünktlich gewesen wärst, wüsstest du Bescheid.«

Viola reibt sich mit dem Finger über die Oberlippe.

»Ist jetzt alles weg?«

Lilly nickt.

»Wir haben nur eine kleine Spritztour gemacht«, verteidigt sich Viola.

»Eine kleine!«

»Ja, und dann haben wir geparkt und aufs Meer gesehen. Ein Sturm zieht übrigens auf, der Himmel ist ganz schwarz.«

»Und dann habt ihr euch geküsst. Du kannst ruhig die Wahrheit sagen, das sieht man doch von Weitem«, sagt Lilly. »Mein Bruder. Igitt. Das ist so eklig.«

Viola erwidert nichts darauf, aber ihre geröteten Wangen verraten sie.

»Er steht draußen und wartet auf dich, wenn du auch eine Spritztour machen willst. Ich kann mich eine Weile allein um alles kümmern.«

»Ich habe für heute genug von ihm. Der kann mit seinem Protzauto wieder wegfahren. Ich habe sehr schlechte Laune, also aufgepasst!«

»Ich habe ihn auch gefragt, wo er das Geld dafür herhat, aber er wollte es mir nicht sagen. Weiß du es?«

»Na, geerbt hat er es auf jeden Fall nicht, so viel steht mal fest.«

Lilly schiebt die Tür zur Küche mit der Hüfte auf und zeigt mit der Hand auf die Gäste.

»Wir müssen arbeiten. Der Tisch dort hinten hat noch nicht einmal eine Bestellung aufgegeben.«

Viola sieht Lilly an, dann streckt sie die Hand aus und greift nach dem Brief, der in ihrer Schürze steckt. Lilly versucht, ihr den Umschlag zu entwenden, aber Viola hat ihren Arm nach oben gestreckt.

»Ich will endlich wissen, was er dir die ganze Zeit schreibt. So viele Briefe hat er dir schon geschickt. Liest du die alle?«

Lilly springt hoch, schnappt sich den Umschlag und knüllt ihn zusammen.

»Nein, das tue ich nicht«, sagt sie und verschwindet durch die Schwingtür in die Küche.

* * *

Lilly hat sich umgezogen und trägt jetzt ein grünes Kleid mit Faltenrock und schmaler Taille. In ihrem lockigen Haar sitzt ein breites weißes Haarband. Ihre Lippen leuchten tiefrot. Sie singt mit geschlossenen Augen, taucht ein in die fremde Sprache.

Lullaby of birdland whisper low
Kiss me sweet, and we'll go
Flying high in birdland, high in the sky up above
All because we're in love

Sie hat den Text und die Betonung von Ella Fitzgerald auswendig gelernt. Im Radio gehört, zu Hause in der Küche. Hinter ihr stehen Roland, Lars und Gunnar und begleiten sie an Klarinette, Kontrabass und Klavier. Roland tritt nach vorne, stellt sich neben sie und spielt ein Solo auf seiner Klarinette. Er lehnt sich nach hinten, geht geschmeidig in die Knie und hält die Töne so lange, bis er ganz rot im Gesicht ist. Lilly wiegt sich sanft in den Hüften, das Kleid folgt ihren Bewegungen. Als sie weitersingt, kommt ihre Stimme tief aus ihrem Bauch, um den Applaus für Rolands Solo zu übertönen.

Have you ever heard two turtle doves …

Die Tage im Restaurant sind lang. Sie haben sowohl mittags als auch abends geöffnet und bieten dazwischen noch Kaffee und Kuchen an. Lilly ist oft schon morgens vor acht Uhr vor Ort und kommt selten vor zehn Uhr nach Hause. Für Viola gilt dasselbe. Das *Strykan* ist ihr zweites Zuhause geworden. Die Buchhaltung und den Einkauf der Waren erledigen sie selbst, mit ein bisschen Unterstützung von Violas Vater. Lilly lockt die Gäste mit ihrem Gesang an.

Wenn sie anfängt zu singen, füllt sich das Lokal mit ausgelassenem Lachen und Applaus. An einigen Abenden bilden sich draußen sogar Schlangen.

Am Ende ihrer Vorführung geht sie mit Gunnars Kappe durch die Reihen und sammelt Trinkgeld ein. Sie macht für jeden noch so kleinen Beitrag einen Knicks. Manchmal streckt sie den Arm aus dem Fenster und bittet auch die Zuhörer um eine kleine Spende, die draußen in der Nacht dem Gesang gelauscht haben.

Das Geld wird immer geteilt, Lilly gibt ihres für Kleidung aus. Und Haarbänder und Lippenstift. Zum ersten Mal in ihrem Leben hat sie genug Geld, um sich neue Kleider zu kaufen.

»Du warst fantastisch heute Abend«, sagt Viola, als sie sich mit einem Tablett voller Geschirr an Lilly vorbeischiebt. »Wir haben den Rekord gebrochen. Ihr solltet jeden Abend spielen.«

Lilly folgt ihr und sammelt auf dem Weg Gläser ein, die sie zu einem riesigen Turm stapelt und in Richtung Küche balanciert.

Der ein oder andere Gast kneift ihr dabei in den Po. Gekonnt schlägt sie die aufdringlichen Hände weg, schimpft und zetert, aber das Funkeln in ihren Augen erlischt nicht. Ein Gast brüllt seinen Wunsch so laut, dass es durch das ganze Lokal hallt.

»Lilly, wunderschöne Lilly, komm und küss mich, sonst muss ich sterben.«

Sie bleibt neben ihm stehen und sieht ihn an.

»Halt die Klappe, Backa-Tom. Du bist voll wie eine Haubitze. Ab nach Hause mit dir und schlaf deinen Rausch aus«, sagt sie und verpasst ihm mit der freien Hand einen Klaps auf den Arm. Dadurch gerät der Gläserturm in gefährliche Schräglage, aber sie kann verhindern, dass er umkippt.

Unwillig erhebt sich der Mann und schwankt auf die Tür zu, wobei er mürrisch etwas Unverständliches vor sich hin brummelt.

»Letzte Bestellung für heute«, ruft Viola. Sie hat sich auf einen Stuhl gestellt, damit alle sie sehen und hören können, doch niemand beachtet sie. Sie versucht es erneut, mit mehr Nachdruck. Aber die Gäste machen zu viel Lärm. Die Fensterscheiben sind beschlagen, es riecht säuerlich nach Schnaps und Bier und Schweiß. Da klettert Lilly neben sie auf den Stuhl und legt Viola den Arm um die Taille.

»Unten im Hafen gibt es gratis Schnaps!«, brüllt sie. Sofort springen die Gäste auf und verlassen das Restaurant.

»Das kannst du wirklich gut!«, meint Viola kichernd, als sie endlich allein sind. Sie setzen sich ins Büro, um kurz zu verschnaufen. »Was für ein Abend. Was für ein Glück, dass sie am Ende doch noch gegangen sind.«

Lilly stapelt die Münzen sorgfältig aufeinander, Viola notiert sich die Summe.

»Rekord. Wie ich gesagt habe. Du ziehst die Leute magisch an mit deinem Gesang«, sagt sie zufrieden, als auch die letzte Öre ihrer Einnahmen verbucht ist.

»Wir haben auch einiges an Trinkgeld bekommen. Hier, das ist dein Anteil.« Lilly holt die Scheine und Münzen aus ihrer Tasche, dabei rutscht der Brief von Engström heraus und fällt auf den Boden. Viola hebt ihn auf, dreht und wendet ihn in den Händen.

»Es muss wirklich um etwas Wichtiges gehen, wenn er

dir so oft schreibt. Fast jeden Tag. Willst du mir nicht erzählen, was er von dir will?«

Lilly reißt ihr den Brief aus der Hand.

»Hör auf, so neugierig zu sein. Das bedeutet gar nichts. Ihm ist wahrscheinlich nur furchtbar langweilig. Das kann man sich doch vorstellen, dort nur herumzusitzen, tagein, tagaus.«

»Ja, aber warum schreibt er ausgerechnet dir? Der Tellerwäscherin? Das verstehe ich einfach nicht.«

Lilly nimmt die Schürze ab und wirft sie über die Stuhllehne.

»Aha, so siehst du mich also. Als einfache Tellerwäscherin?«

»Nein, natürlich nicht. So war das nicht gemeint.«

»Engström hat wenigstens immer an mich geglaubt. Er hat gesehen, dass ich Talent habe, dass aus mir was werden kann. Er hatte mir versprochen, dass ich jede Woche singen darf, und zwar an dem Tag, als ...«

»Und damit hatte er auch so recht. Er sollte dich sehen, wie du strahlst und alle glücklich machst.« Viola lächelt und konzentriert sich wieder auf ihre Unterlagen, trägt die letzten Zahlen ein. Sie nimmt die Arbeit sehr genau, fährt mit dem Zeigefinger die Linien ab, damit sie nicht in der Zeile verrutscht.

»Er wäre nicht überrascht, falls du das glaubst.«

»Oh nein, er wäre sehr stolz auf dich, so wie ich«, sagt Viola und sieht ihre Freundin an. Dann streckt sie die Arme in die Luft und gähnt herzhaft, ohne die Hand vor den Mund zu nehmen. »Wir müssen nach Hause ins Bett. Morgen ist auch noch ein Tag.«

»Geh du ruhig schon vor, ich habe hier noch etwas zu erledigen.«

Lilly nimmt den Besen, geht ins Lokal und stellt die Stühle mit der Sitzfläche auf die Tischplatten. Bevor sie den Boden fegt, setzt sie sich kurz ans Klavier und spielt mit dem Zeigefinger eine kleine Melodie. Dazu summt sie leise mit und nickt zerstreut, als Viola hinter ihr das Restaurant verlässt.

* * *

Die Gassen sind menschenleer, als Lilly die Tür hinter sich abschließt und sich auf den Weg macht. Am Himmel über Visby funkeln unzählige Sterne. Andächtig bleibt sie stehen und sieht hinauf. Vielleicht ist ihre Mutter dort oben, irgendwo in dem großen Durcheinander. Sie will so gerne daran glauben. Vielleicht feiert sie ja. Ihren Todestag. Oder wie man das da oben im Himmel nennt.

Den zerknüllten Brief streicht sie glatt, bevor sie ihn in ihre Tasche steckt. Sie hat ihn aus dem Papierkorb genommen, bevor sie den Müll nach draußen gebracht hat. Eigentlich muss sie den Brief gar nicht öffnen und lesen. Sie weiß, was sie zu tun hat und benötigt keine Instruktionen mehr. Der Schlüssel hängt an einer Kette um ihren Hals, damit Viola ihn nicht aus Versehen in die Hände bekommt.

Sie macht sich auf den Nachhauseweg, dreht dann aber kurzentschlossen um und geht hinunter Richtung Donnersplats und Hafen. Sie ist barfuß, spürt die glatten, weichen Steine unter sich, ihre Schuhe baumeln an der Hand.

Das gelbe Gefängnisgebäude ist nicht beleuchtet, die

Fenster sind wie schwarze Löcher. Sie sieht hinauf, weiß genau, in welcher Zelle er sitzt. Er kann von seinem Fenster aus das Meer sehen und jeden Abend den Sonnenuntergang, bevor er schlafen geht. An den dicken Eisenstangen vorbei. Dem Gitter, hinter dem er gefangen gehalten wird. Hinter dem das Böse gefangen gehalten wird.

Böse. Engström. Sie kann es auch jetzt noch nicht glauben. Seine weichen Hände an ihrer Wange haben etwas vollkommen anderes erzählt.

Sie setzt sich ins Gras und lehnt sich gegen die Mauer, öffnet mit dem Zeigefinger den Brief. Liest ihn. Zuerst gibt er ihr die üblichen Anweisungen und Instruktionen, wie sie seine Geschäfte führen soll. Dann kommen die schönen Worte, die ihr viel besser gefallen. Und am Ende das Flehen und Betteln und Bitten.

Du weißt, dass ich unschuldig bin.
Nur du kannst meine Unschuld beweisen.
Erzähl es bitte, ich glaube, es ist besser so.

Er hat recht. Sie weiß es. Sie weiß, dass sie zu Protokoll geben müsste, dass sie in der besagten Nacht mit ihm zusammen war. Aber die Scham macht es ihr unmöglich. Engström ist schon alt, und sie ist noch so jung.

Außerdem ist er verheiratet.

Engströms schöne Frau kam kurz nach der Verhaftung bei Lilly vorbei. Obwohl, so schön war sie da nicht mehr. Sie weinte die ganze Zeit und sah aus, als hätte sie schon seit Tagen nicht mehr geschlafen. Sie hätte genau gesehen, wie ihr Mann Lilly angestarrt habe. Sie hätte geahnt, dass die beiden etwas miteinander haben. Und dann fragte sie Lilly direkt, wie sie sich das in Zukunft vorstellte. Ob sie wirklich wollte, dass seine fünf Kinder nicht nur die nächsten Jahre in Armut leben müssten, sondern danach auch vaterlos seien? Ob es ihr Ernst wäre mit Uno und sie ihr den Mann wegnehmen wollte?

Als Lilly nicht antwortete, war sie wütend geworden. Sie drohte ihr, dass sie ihr Leben zerstören würde, wenn sie darüber auch nur ein Wort verliere.

Lilly hatte Angst, und sie schämte sich. Sie versprach Unos Frau, dass sie sich von ihm fernhalten würde. Und sie versprach, dass sie niemandem von ihrer Affäre mit ihm erzählen würde. Niemals.

Und das tut sie bis heute nicht. Obwohl er sie immer wieder anfleht. Und obwohl sie fast sicher ist, dass er unschuldig ist. Aber ganz sicher kann sie nicht sein. Niemand weiß, was in dieser Nacht passiert ist. Und wann genau die arme Frau ermordet wurde. Was wäre, wenn …

Sie zerreißt den Brief in viele kleine Schnipsel und verstreut sie auf dem Boden. Dann steht sie auf und läuft hinunter an die Strandpromenade. Die Stadt schläft. Kein einziger Nachtschwärmer ist unterwegs. Die Sommerferien sind für die meisten vorbei. Bald kommt der Herbst und dann der Winter. Sturm und Kälte.

Sie wirft einen letzten Blick hoch zu seinem Zellenfenster. Jetzt brennt sein Licht. Vielleicht hat er gespürt, dass sie da ist. Sie hebt den Arm und winkt in die Dunkelheit.

Sie vermisst ihn. Sein fröhliches ausgelassenes Lachen. Seine Witze. Seine zarten, verbotenen Küsse, wenn niemand sie sah, bei denen es in ihrem Bauch kribbelte.

Vielleicht sollte sie ihm doch ein paar Zeilen schreiben. Ihn beruhigen, dass alles seinen Gang geht und sie das tut, worum er sie gebeten hat. Und dass sie jetzt für die Gäste singt.

Für ihn hat sie auch gesungen, nach Feierabend, mit einer Schöpfkelle als Mikrofon. Das gefiel ihm, das konnte sie am Funkeln seiner Augen sehen. Seine schönen grünbraunen, immer lachenden Augen, die von unzähligen Lachfältchen umrahmt waren.

Ein Auto kommt auf sie zu. Ein paar Wolken haben sich vor den Mond und die Sterne geschoben. Es ist dunkler als vorher, und die Scheinwerfer leuchten gelb in der Nacht. Der Wagen fährt sehr langsam. Plötzlich hält er abrupt an, und die Beifahrertür wird aufgerissen. Viola springt heraus.

»Wir hatten Angst, dass dir etwas passiert ist, weil du nicht nach Hause gekommen bist. Wo warst du?«

»Ich bin spazieren gegangen.«

»Es ist fast Mitternacht, und ich hätte beinahe vergessen, was für ein Tag heute ist«, sagt Viola und nimmt Lilly in den Arm.

»Der Todestag«, flüstert Lilly. Sie erwidert die Umarmung nicht, ihre Arme hängen schlaff an ihrem Körper herunter. Sie lehnt nur ihren Kopf an Violas Schulter.

»Wir haben noch Zeit. Darf Alvin dabei sein?«

Lilly weicht zurück und nickt.

»Natürlich, sie ist doch auch seine Mutter gewesen.«

Sie gehen hinunter ans Wasser. Lilly tritt ein paar Steine weg, das Geräusch hallt durch die Nacht und über das Wasser.

»Hast du auch eine Kerze dabei?«, fragt sie.

Viola hält einen kleinen Kerzenstumpen und eine Schachtel Streichhölzer hoch.

»Ich habe sie vom Küchentisch mitgenommen.«

Lilly setzt sich an den Strand, sammelt passende Steine und legt daraus ein dickes Herz. Viola steckt die Kerze in die Mitte und zündet sie an. Die Flamme flackert in der leichten Brise.

»Das macht ihr jedes Jahr?«, fragt Alvin, der an der Motorhaube lehnt und ihnen mit verschränkten Armen zusieht.

Viola streckt eine Hand nach ihm aus, winkt ihn zu sich.

»Alles Gute zum Todestag, liebe Mama«, sagt Lilly und legt ihre Hände auf das Herz.

Alvin setzt sich zwischen die beiden. Er zieht sie an sich, nimmt sie in den Arm. Sein Bart kratzt an ihrer Stirn, als Lilly ihren Kopf an seinen Hals legt. Er riecht stark nach Rasierwasser.

Lange sitzen sie im schwachen Schein des Kerzenlichtes und lauschen dem rhythmischen Glucksen der kleinen Wellen, die am Strand brechen. Und leise geht ein Tag in den nächsten über.

Viola streckt sich nach dem Seil, an dem der Korb hängt, aber ihre Hand greift ins Leere. Sie muss näher heran, aber es stehen so viele Sachen im Weg. Sie hat nie entrümpelt, hat es einfach geschehen lassen, dass sich im Lauf der Jahre immer mehr angesammelt hat.

Ihr Vater hat das Haus gebaut, und seitdem hat keine andere Familie darin gewohnt. Sie alle haben die Stufen der Treppe mit ihren Füßen abgenutzt, an einigen Stellen so sehr, dass sich kleine Vertiefungen gebildet haben. Wie Schalen. Sie müssten unbedingt geschliffen und gestrichen werden. Aber die Jahre gehen ins Land, und nichts passiert. Sie lebt allein, seit Gunnar gestorben ist. Viel zu früh. Herbst und Winter sind ein Kampf, aber dann kommt der Frühling, und alles blüht. Und im Sommer freut sie sich auf den Besuch ihrer Kinder und Enkelkinder. Da kehrt Leben ins Haus ein.

Hinten in der Ecke steht ein rotes Schaukelpferd aus Holz, mit Zaumzeug aus Leder. Ihr stockt der Atem, als sie es entdeckt. Sie hat ganz vergessen, dass es hier oben steht.

Mit dem Fuß tippt sie auf den Rand. Es schaukelt hin und her. Das Knarren versetzt sie schlagartig in einen anderen Raum, in eine andere Zeit. Sie sieht zwei kleine Mädchen vor sich. Juni und Maj. Sie stritten und zankten, aber vertrugen sich immer wieder und schaukelten zusammen. Oder trügt sie ihre Erinnerung?

Sie berührt das Schaukelpferd, seine Oberfläche ist rau, die Farbe blättert ab und fällt in roten Flocken zu Boden. Mit dem Fuß schiebt sie es zur Seite, um mehr Platz zu haben. Sie streckt die Arme nach oben, nimmt den Korb vom Haken. Doch es ist immer noch eng, der Korb viel zu schwer für sie. Sie verliert das Gleichgewicht und fällt vornüber, hört wie Porzellan in der Kiste zerbricht, auf die sie stürzt. Sie schreit auf.

»Mama! Was ist passiert?«

Schritte poltern die Treppe hinauf und kommen näher. Viola versucht, sich auf dem Karton abzustützen und aufzurichten.

»Mama, was machst du denn hier?«, fragt Maj.

»Alles in Ordnung«, flüstert Viola leise und winkt abwehrend mit der Hand.

Aber Maj lässt sich nicht abwimmeln, sie hilft ihrer Mutter hoch und legt ihr zur Stütze einen Arm um die Schulter.

»Du hättest dir den Oberschenkelhals brechen können, Mama«, sagt Maj vorwurfsvoll, schiebt mit dem Fuß Hindernisse weg und hält ihre Mutter fest.

»Versuch, ein paar Schritte zu machen. Tut es irgendwo weh?«, fragt sie ihre Mutter und nimmt ihre Hand.

Viola schüttelt den Kopf.

»Sei nicht albern. Ich wollte nur den Korb herunterheben. Kannst du ihn bitte holen?«

Maj sieht sich um, findet ihn hinter dem plattgedrückten Karton, auf den Viola gestürzt ist.

»Bist du sicher? Den weißen Korb? War das nicht der, in dem ... «

Maj hebt ihn an den beiden Griffen hoch. An einem hängt

eine kleine Goldkette mit zwei Anhängern. Einem Herz und einem Stern. Und ein kleiner silberner Schlüssel.

»In dem könnte doch Ellen schlafen, was meinst du?«, sagt Viola.

»Bist du dir sicher? Wir durften ihn doch nie berühren. Der gehört Juni, stimmt's?«

»Ja, aber jetzt soll er Ellen gehören. Sieh mal nach, ob die rosa Decke hier noch irgendwo liegt.«

»Die ist bestimmt schmutzig, Mama. Außerdem hat Ellen ihre eigene Decke.«

»Das nehmen wir auch mit runter.« Viola zeigt auf das Schaukelpferd.

»Aber Ellen ist doch noch viel zu klein, Mama. Sie ist erst ein halbes Jahr alt, sie kann noch nicht allein auf einem Schaukelpferd sitzen.«

»Natürlich kann sie das, wenn ich sie festhalte. Es ist doch viel gemütlicher, wenn wir unten ein paar Spielsachen für sie haben. Vielleicht findest du ja noch etwas für sie. Dort in der Ecke sind die Sachen aus eurem alten Kinderzimmer.«

Maj holt das Schaukelpferd und stellt es vor ihre Mutter auf den Boden.

»Kannst du dich daran erinnern?«, fragt Viola.

Maj inspiziert das Pferdchen, seinen Kopf und die aufgemalten Augen, die kaum noch zu sehen sind, weil die Farbe so abgeblättert ist.

»Nein, wenn ich ehrlich bin, nicht«, antwortet sie und stupst es an. »Haben wir darauf geschaukelt?«

»Ihr habt es geliebt.«

Maj berührt das Zaumzeug, das von den spielenden Kinderhänden ganz abgewetzt ist.

»Das ist ja richtiges Leder. Wie schön«, sagt sie. »Ich weiß nicht, ob ich mich daran erinnern kann. Vielleicht? Irgendwie kommt es mir bekannt vor.«

»Es stand in eurem Zimmer, damals im Reihenhaus. Alle Möbel waren rot, wie das Pferd.«

Maj lächelt und nickt.

»Doch, stimmt. Jetzt weiß ich es wieder. Wie toll, dass du es all die Jahre aufgehoben hast.«

Maj trägt den Korb in der einen Hand und hält mit der anderen Violas Hand. Auf dem Weg zur Treppe kommen sie an dem Karton mit den Zeitungsausschnitten vorbei, Viola hat vergessen, den Deckel wieder zu schließen.

»Was ist das denn?«, fragt Maj. Sie hebt die Seite aus dem Hochglanzmagazin, die zuoberst liegt, auf und betrachtet sie. »Hast du die Suche nach Lilly noch immer nicht aufgegeben?«

Viola nimmt ihr den Ausschnitt aus der Hand und legt ihn vorsichtig zurück in den Karton.

»Ich habe die Schachtel nur durch Zufall gefunden und geöffnet. Geh du schon mal vor, ich komme gleich nach«, sagt sie, ohne den Blick von dem Artikel zu nehmen.

VIOLA

12. AUGUST 1957

Es dämmert schon, als Alvin lautlos vor Violas Gartentor zum Stehen kommt. Den Motor hat er oben am Hügel ausgeschaltet, um niemanden zu wecken. Er beugt sich zu ihr und gibt ihr einen Kuss auf die Wange.

»Guten Nacht, kleines Fräulein«, sagt er.

Sein warmer Atem streichelt ihre Haut. Viola legt ihre Hand auf die Wange, als könnte sie so den Moment bewahren.

»Eher guten Morgen.« Sie kichert mit hochrotem Kopf.

»Du hast recht. Es war ja keine Absicht, dass wir eingeschlafen sind. Aber ich habe es genossen, deinen schönen Kopf auf meinem Arm zu wissen. Das hat mir sehr gefallen.«

»Was Lilly wohl sagen würde, wenn sie von uns beiden wüsste?«

»Solltest du nicht viel mehr Angst vor deinem Vater haben?«, fragt Alvin und nickt zu dem Fenster, hinter dem Violas Vater steht und sie mit verbissener Miene zwischen den Gardinen hervor anstarrt.

Viola öffnet die Tür und springt schnell aus dem Wagen. Aber ehe sie die Tür schließt, streckt sie die Hand aus und greift nach seiner.

»Ich sage ihm, dass ich lange arbeiten musste. Buchführung und so«, sagt sie so schnell, dass sich die Worte überschlagen.

»Und wenn er dir nicht glaubt?«

»Das wird er.«

»Aber versprich, dass du kein Wort über uns beide verrätst. Das ist unser kleines Geheimnis.«

Da klopft Violas Vater laut gegen das Küchenfenster. Sie lässt Alvins Hand los und schlägt die Autotür zu. Als sie durch das Gartentor geht, hat ihr Vater seinen Platz hinter der Gardine verlassen und kommt ihr auf der Treppe entgegen.

»Wo treibst du dich die ganze Nacht herum? Das gehört sich nicht«, knurrt er.

»Ich komme direkt von der Arbeit. Es ist leider später geworden. Alvin hat mir geholfen und mich dann nach Hause gefahren.«

Ihr Vater schnaubt verächtlich.

»Ich bin auch einmal jung gewesen. Diese Geschwister Wallin bedeuten nichts als Ärger. Manchmal denke ich, du wärst besser dran ohne sie.«

Viola schiebt sich an ihm vorbei und stellt ihre Tasche im Flur auf den Boden. Als er die Nase in die Luft hebt und schnüffelt, dreht sie sich um und atmet ihm ins Gesicht.

»Mach dich nicht lächerlich, Papa. Ich habe keinen Tropfen getrunken, das schwöre ich. Sei bitte nett zu Lilly und Alvin. Ohne sie würde ich sterben. Sie sind meine besten Freunde.«

Ihr Vater gähnt hinter vorgehaltener Hand.

»Bis jetzt arbeiten? Das soll ich dir glauben?«, sagt er und verdreht die Augen.

»Du kannst glauben, was du willst. Ich arbeite wirklich hart, tagein, tagaus und manchmal bis tief in die Nacht.«

»Aber Lilly ist schon Stunden vor dir nach Hause gekommen. Ich habe sie gesehen.«

»Lilly hat für unsere Gäste gesungen. Das ist anstrengend, deshalb ist sie früher gegangen. Du solltest auch mal kommen und sie dir anhören. Sie ist fantastisch, die Gäste lieben sie.«

»Und Alvin? Was hatte er noch im Restaurant zu suchen? Soweit ich weiß, arbeitet er dort nicht.«

»Er hat mir Gesellschaft geleistet und ist mir ein bisschen zur Hand gegangen.«

»Er wirft mit Geld nur so um sich. Woher hat er das? Er dreht doch hoffentlich keine krummen Dinger?«

»Papa, jetzt hör auf damit. Ich bin zu müde. Du kennst doch Alvin. Er würde niemals etwas Dummes tun.«

»Da wäre ich mir nicht so sicher. Da ist irgendetwas, das spüre ich.«

»Er arbeitet hart und spart, so wie alle anderen auch. Kannst du ihm das nicht ein bisschen gönnen? Du weißt doch, wie schwer es Walles Kinder gehabt haben.«

»Ich hoffe sehr, dass du recht hast«, sagt Violas Vater und gähnt erneut. »Und jetzt gehe ich schlafen, ich habe die ganze Nacht kein Auge zugetan.«

* * *

»Endlich! Warum schläfst du so lange?«, sagt Lilly, als Viola die Augen aufschlägt und sich genüsslich unter der Bettdecke räkelt. Sie sitzt zusammengekauert am Fußende des Bettes und sieht ihre Freundin aus großen Augen an, die von den Resten des gestrigen Make-ups schwarz umrandet sind. Viola kneift die Augen zusammen, bis sie sich an das Licht gewöhnt haben.

»Was machst du hier?«, fragt sie, während sie herzhaft gähnt.

»Ich habe dich einfach so schrecklich vermisst. Ist das verboten?«

Viola rollt sich ein und schließt erneut die Augen. Ihr Nachthemd ist zerknittert und viel zu groß, es ist verrutscht und entblößt ihre Schulter. Sie friert und zieht die Decke bis zum Kinn hoch.

»Es ist so kalt, ist der Herbst schon da?«

»Nein, du bist müde, deswegen frierst du. Draußen ist noch Sommer, und es ist schön warm.«

»Aber der Herbst kommt bald. Ich habe heute Nacht den Wind gespürt, er war so kalt, dass ich gezittert habe.«

»Vielleicht hat etwas anderes das Zittern ausgelöst? Oder jemand anderes?«, sagt Lilly und zieht die Schultern hoch. Dann sieht sie ihre Freundin streng an. »Hast du vor, ihn zu heiraten?«

»Wen?«

»Ach, hör auf, dich dumm zu stellen. Ich weiß es doch schon längst. Alvin natürlich. Wirst du ihn mir wegnehmen?«

»Du hast wirklich eine lebhafte Fantasie, die hattest du schon immer.«

»Heiratet bitte, damit es keinen Skandal gibt. Die Insel ist zu klein für Skandale.«

Eine Windböe drückt das Fenster auf. Viola streckt sich und schiebt es wieder zu. Der Himmel ist strahlend blau mit ein paar Wolkentupfern, und unten am Strand springen die

Menschen ausgelassen in die Wellen. Sie vergräbt ihr Gesicht im Kissen.

»Wir haben nichts Unrechtes getan«, sagt sie.

»Aha. Du steckst dein Gesicht ins Kissen, damit ich nicht sehen kann, dass du lügst.«

»Das stimmt nicht.«

»Außerdem werde ich mich vielleicht auch bald verloben.«

Viola setzt sich abrupt auf und drückt ihr Kissen vor die Brust.

»Mit wem denn?«, fragt sie verwundert. »Du warst doch noch nicht mal mit irgendwem beim Tanz?«

»Nein, getanzt haben wir noch nicht zusammen. Aber er hat mir gesagt, dass er mich heiraten will.«

»Und wer ist es?«

»Es gibt nur ein kleines Problem«, sagt Lilly und senkt betrübt den Kopf. »Er ist schon verheiratet.«

Viola schlägt die Hand vor den Mund, weil sie sich den Rest zusammenreimen kann.

»Engström!«, stöhnt sie auf. »Schreibt er dir deshalb so oft? Sind das Liebesbriefe?«

»Er sitzt seit zwei Jahren im Gefängnis. Ich vermisse ihn und kann nicht länger schweigen.«

»Aber er hat seine Strafe doch noch längst nicht abgesessen. Er ist ein Mörder, Lilly. Halte dich bloß fern von ihm.«

Viola steht auf, zieht sich das Nachthemd aus und streift hektisch ihre Kleider über.

»Er ist unschuldig«, beharrt Lilly.

Viola legt das Nachthemd zusammen und macht ihr Bett, während Lilly am Fußende sitzen bleibt.

»Du bist wohl nicht mehr ganz bei Trost, Lilly. Du hast doch auch alle Artikel über ihn gelesen. Du weißt, was passiert ist. Jemand hat ihn am besagten Abend mit einer Frau auf einer Parkbank gesehen.«

»Das war ich«, flüstert Lilly mit kaum hörbarer Stimme.

»Was?«

»Ich saß mit ihm auf der Bank. Wir haben Wein getrunken und uns geküsst. So hat es ja auch in der Zeitung gestanden. Das war ich.«

»Aber warum hast du das niemandem erzählt?«

»Emma hat mir gedroht, dass sie mein Leben zerstört, wenn ich es erzähle.«

»Emma?«

»Engströms Frau. Sie kam nach seiner Verhaftung zu mir und hat geweint und war wütend. Sie und die Kinder haben mir so leidgetan. Und ich hatte Angst. Deshalb habe ich geschwiegen.«

Viola setzt sich neben Lilly und legt den Arm um ihre Freundin, die ihr Gesicht in den Händen verbirgt.

»Lilly«, sagt Viola. »Das ist doch schrecklich, wenn er unschuldig im Gefängnis sitzt. Wusste Emma, dass du an dem Abend mit ihm zusammen warst?«

Lilly zuckt mit den Schultern.

»Das glaube ich nicht. Ich habe niemandem davon erzählt. Du bist die Erste. Ich bin früh nach Hause gegangen, deswegen weiß ich nicht, was Uno danach gemacht hat.«

»Aber du solltest das bei der Polizei zu Protokoll geben.«

»Papa würde so wütend werden.«

»Walle wird nie wütend. Er wird das schon verstehen, glaubst du nicht?«

Lilly stöhnt auf.

»Oh, Himmel, was habe ich bloß getan. Ich bin so ein schrecklicher Mensch.«

»Geh zur Polizei, jetzt gleich. Das ist das einzig Richtige. Du musst es ihnen sagen, du hast nichts falsch gemacht.«

»Doch, das habe ich«, wimmert Lilly und rollt sich auf den Bauch.

* * *

Die ersten Gäste stehen bereits vor der Tür des Restaurants und warten darauf, dass geöffnet wird. Auch Alvin ist da. Er sitzt mit offener Fahrertür in seinem Wagen und streckt ein Bein nach draußen. Der Kofferraum steht ebenfalls offen, als würde er auf etwas warten. Als er Viola sieht, springt er auf sie zu.

»Wo ist Lilly? Sie hätte schon vor einer Stunde hier sein sollen«, sagt er und kratzt sich am Kopf. Nervös tritt er von einem Fuß auf den anderen und folgt ihr zur Tür. Viola lächelt ihn an.

»Dir auch einen wunderschönen guten Tag und danke für gestern Nacht«, sagt sie leise.

Aber Alvin scheint ihr gar nicht zuzuhören, wirkt ganz in Gedanken versunken.

»Kommt sie gleich? Ich muss … Ich brauche dringend ihre Hilfe …«

»Warum bist du so angespannt? Ist etwas passiert?«

»Nein, nein, überhaupt nicht. Weißt du was, ich warte hier draußen auf sie. Sie wird ja bald auftauchen.«

»Es könnte sein, dass es noch ein bisschen dauert, sie

hatte noch etwas Wichtiges zu erledigen. Ich bringe dir gleich eine Tasse Kaffee raus.«

Als Viola die Tür aufschließt, folgt ihr ein ganzer Strom von Gästen, die zielsicher auf ihre Stammplätze zusteuern. Sie lächelt und begrüßt sie mit Namen. Sie kennt fast alle und weiß sogar, was sie bestellen werden. Viele von ihnen sind Regimentsoffiziere, die sich in ihren grünen Uniformen alle ähneln. Adrett sehen sie aus. Rasiert und ordentlich frisiert. Sie albern immer mit ihr herum, machen ihr Komplimente zu ihrer schönen Figur und den funkelnden Augen. Manchmal werden sie zu frech, dann bringt Viola sie mit scharfen Bemerkungen zum Schweigen, die sie im Lauf der Zeit perfektioniert hat.

»Geh nach Hause und wasch dir den Mund aus, Lundström«, sagt sie zum Beispiel.

Lilly ist da wesentlich deutlicher. Sie schnauzt sie unverblümt an, schlägt ihnen auf die Hände und sagt ihnen direkt ins Gesicht, dass sie die Klappe halten sollen.

Nils hat den ganzen Morgen in der Küche gestanden und alles fürs Mittagessen vorbereitet.

»Das wird auch allerhöchste Zeit!«, sagt er, als Viola in der Tür auftaucht.

»Es tut mir leid, gestern ist es so spät geworden, und ich musste dringend noch etwas schlafen.«

»Und wo ist Lilly?«

»Sie kommt heute nicht, wir müssen es heute Mittag zu zweit schaffen.«

Nils schneidet drei Karotten auf einmal in schmale Scheiben und wirft sie in einen großen Kochtopf.

»Das werden wir. Kannst du mir unten aus dem Keller einen Sack Kartoffeln holen? Ich brauche noch welche«, sagt er und widmet sich einer Lauchstange.

Auch die wird in demselben Tempo mit dem Messer kleingeschnitten und landet bei den Karotten. Viola bindet sich die Schürze um und schlüpft in ein Paar Schuhe, die sie nur bei der Arbeit trägt. Dann macht sie sich auf den Weg in den Keller. Mit der Hand tastet sie in der Dunkelheit nach dem Lichtschalter, der jedoch nicht funktioniert.

Es klingt, als wäre jemand dort unten. Sie lauscht. Es klappert und raschelt. Hoffentlich sind es keine Ratten.

»Hallo?«, ruft sie.

Augenblicklich verstummen die Geräusche. Sie nimmt die Taschenlampe, die an einem Haken in der Wand hängt und schaltet sie ein, bevor sie unten um die Ecke biegt. Als sie Alvin sieht, der sich gegen die Kellerwand drückt, zuckt sie zusammen.

»Alvin, was machst du denn hier unten? Du hast mir einen solchen Schrecken eingejagt.«

Er tritt von einem Bein aufs andere und hebt die Augenbrauen.

»Toilette!«, formt er mit den Lippen.

»Das Klo ist draußen im Hof, das weißt du doch. Hast du jetzt den Verstand verloren?«

Alvin dreht ihr den Rücken zu und rennt aus dem Kellereingang hinaus in den Hof. Sie hört, wie die Tür des Toilettenschuppens aufgerissen wird. Viola holt den Sack Kartoffeln und will schon die Treppe hoch zurück in die Küche gehen, als sie den Schraubenzieher sieht, der im Schloss der Tür steckt, für das sie keinen Schlüssel haben. Sie legt den Kartoffelsack zurück und rüttelt an der Türklinke. Der Schraubenzieher fällt zu Boden, und die Tür schwingt auf. Viola wirft nur einen kurzen Blick in den Raum. Als sie sieht, was sich darin befindet, wirft sie die Tür zu und rennt hinter Alvin her. Aber er ist weg, die Schuppentür steht offen. Die Worte ihres Vaters hallen in ihrem Kopf wider. *Halte dich von ihm fern. Diese Geschwister Wallin bedeuten nichts als Ärger.*

* * *

Am Abend ist von Lilly immer noch nichts zu sehen. Viola bleibt nach Feierabend im Restaurant und wartet auf sie. Sie sitzt in dem kleinen Büro, das Kassenbuch vor sich aufgeschlagen, aber starrt die meiste Zeit an die gegenüberliegende Wand. Sie kann sich nicht konzentrieren. Mehrmals schon war sie unten im Keller und hat den Raum inspiziert, der bis zu diesem Tag verschlossen gewesen ist. Engström hätte dort seine Sachen untergestellt, hatte Lilly ihr erzählt.

Als Nils seinen Kopf durch den Türspalt steckt, wird sie aus ihren Gedanken gerissen. Seine Hände sind nass vom Spülen, er trocknet sie an seinem Pullover ab, auf dem sich dunkle Streifen bilden.

»Weißt du, wo Lilly ist? Das passt gar nicht zu ihr, den ganzen Tag einfach so wegzubleiben. Sie ist doch nicht krank geworden?«, fragt er.

Viola dreht den Stift zwischen den Fingern.

»Nein. Ich habe sie heute früh überredet, zur Polizei zu gehen. Das hat wohl länger gedauert. Aber ich weiß nicht, warum sie noch nicht hier ist.«

»Zur Polizei? Warum das denn?«

Nils setzt sich auf den Stuhl vor dem Schreibtisch, will mehr erfahren. Viola notiert ein paar Zahlen, während sie spricht.

»Nichts Wichtiges. Sie wollte eine Aussage machen, wegen Engström. Und Details weitergeben, die sie bisher geheim gehalten hat.«

»Hat sie Meineid begangen?«

Viola legt den Stift auf das Kassenbuch und sieht hoch, runzelt die Stirn.

»Meineid, wie meinst du das?«

»Na, das ist eine Straftat, wusstest du das nicht? Wenn man in einem Verhör nicht die Wahrheit sagt.«

»Aber sie hat nicht gelogen, sie hat es nur nicht erzählt.«

»Das ist ein und dasselbe.«

Viola springt auf und stößt dabei gegen den Schreibtisch. Einige Unterlagen fallen zu Boden. Sie lässt sie liegen. Dafür ist keine Zeit.

»Heute musst du alles ausmachen und hinter dir abschließen«, ruft sie und greift nach ihrer Jacke. »Den Boden musst du nicht wischen, das mache ich morgen früh.«

Sie rennt den ganzen Weg nach Hause, ohne einmal anzuhalten. Als sie stolpert und stürzt, rappelt sie sich sofort wieder auf und stürmt weiter, so schnell sie kann, obwohl ihr das Blut aus dem aufgeschlagenen Knie das Schienbein hinunterläuft.

Kein Licht brennt in den Häusern. Weder in ihrem noch in dem von Lillys Familie. Alle schlafen. Darauf kann sie keine Rücksicht nehmen, sie springt die Stufen der Eingangstreppe hoch und reißt die Tür auf. Zum Glück ist sie nicht verschlossen. Mit wenigen Schritten ist sie oben in Lillys Zimmer, das sie sich mit ihrer Schwester Siv teilt. Aber Lillys Bett ist leer. Siv schläft tief und fest, die Arme weit über den Kopf gestreckt. Viola schüttelt sie.

»Wach auf«, sagt sie. Siv sieht sie aus verschlafenen Augen an und gähnt herzhaft. Sie setzt sich auf und zieht die Decke bis zum Kinn.

»Was machst du denn hier? Wo ist Lilly?«, fragt sie schlaftrunken.

»Ich hatte gehofft, dass sie hier ist. War sie den ganzen Tag nicht da?«

Siv schüttelt den Kopf und lässt sich zurücksinken, vergräbt das Gesicht im Kissen.

»Lass mich weiterschlafen«, jammert sie. »Lilly kommt bestimmt bald. Sie geht manchmal spazieren, wenn sie nicht schlafen kann. Mach dir keine Sorgen. Du weißt doch, Walles Kinder kommen immer zurecht.«

Viola eilt wieder nach unten und stürmt hinaus in die dunkle Augustnacht, rennt bis zur Polizeiwache in der Stadt. Aber auch hier steht sie vor einem dunklen Haus. Nur die kleine Lampe am Gebäude und natürlich die Straßenlaternen brennen.

Resigniert macht sie sich auf den Heimweg. An der Stadtmauer aber biegt sie kurzentschlossen ab und geht durch den Burggraben Nordergravar, obwohl es dort menschenleer ist. Der Kalksteinschotter leuchtet hell im Mondlicht und zeigt ihr den Weg, auch ohne Straßenlaterne.

Vor dem Stadttor Sankt Göransporten sieht sie plötzlich eine einsame Gestalt auf einer Bank unter dem großen Ahornbaum sitzen. Trotz des Mondlichtes ist nicht zu erkennen, ob es sich bei der schwarzen Silhouette um einen Mann oder eine Frau handelt. Viola hält die Luft an und weicht zurück. Das Herz schlägt ihr bis zum Hals. Sie schleicht auf Zehenspitzen davon, um bloß nicht entdeckt zu werden. Gerade will sie sich umdrehen und davonrennen, als sie lautes Schluchzen hört. Die Stimme kennt sie.

»Lilly, bist du das?«

Die Gestalt auf der Bank zuckt zusammen und dreht sich um.

»Viola«, schluchzt sie. »Ich war nicht bei der Polizei. Ich habe mich nicht getraut.«

»Sehr gut«, sagt Viola, setzt sich neben sie und nimmt sie fest in den Arm. »Ich hatte solche Angst, dass dich die Polizei festgenommen hat.«

»Warum hätten sie das denn tun sollen?«

»Weil du bei deinem ersten Verhör gelogen hast.«

»Aber das habe ich nicht. Ich habe nur nicht alles erzählt.«

»Nils sagt, dass das keinen Unterschied macht.«

»Hier haben wir gesessen, Uno und ich«, sagt Lilly und zeigt auf das Gebüsch vor ihnen. »Und dort unten soll er passiert sein, der Mord.«

»Ja, ich weiß. Lass uns nicht davon sprechen. Es ist mir zu dunkel. Ich hatte furchtbare Angst, als ich sah, dass hier jemand sitzt.«

»Ich bin vorhin nicht zur Polizei gegangen, sondern zum Gefängnis. Ich habe ihn besucht«, flüstert Lilly und legt ihren Kopf auf Violas Schulter. »Er ist so alt geworden und sah so mager aus.«

»Alt war er schon, bevor das alles passiert ist.«

Lilly schnaubt.

»Ja, das kann schon sein, aber so sah er nicht aus. Er sah gut aus. Daran kannst du dich doch noch erinnern? Aber jetzt ist er blass und hohläugig und furchtbar unglücklich.«

»Und was hat er gesagt?«

»Nichts, was er nicht schon vorher gesagt hat.«

»Will er, dass du zur Polizei gehst?«

Lilly nickt und schiebt mit der Schuhspitze den Schotter zu einem kleinen Haufen zusammen.

»Er sagt, dass er mich liebt. Und dass er seine Frau nicht mehr liebt. Aber ich kann das nicht, ich weiß nicht, ob ich bereit bin ... Stiefmutter für diese vielen Kinder zu werden. Doch nicht jetzt, ich bin noch viel zu jung.«

»Liebst du ihn denn?«

Lilly schnieft und wischt sich mit dem Unterarm die Nase ab.

»Oh, ich bin so müde. Ich habe den ganzen Tag nur geweint. Ich vermisse ihn sehr, er war immer so lieb zu mir. Und er hat mich zum Lachen gebracht.«

»Weißt du, was in dem verschlossenen Raum im Keller ist?«

Viola spürt, wie Lilly in ihrem Arm erstarrt, als würde sie den Atem anhalten.

»Warum fragst du?«

»Weil ich es jetzt weiß.«

»Woher denn? Hast du die Tür aufgebrochen?«

Viola kann Lillys Gesicht nur schemenhaft erkennen, spürt aber ihre Nervosität. Sie sieht auf die Uhr an ihrem Handgelenk, die Ziffern leuchten grün.

»Es ist schon nach Mitternacht, kein Wunder, dass du

müde bist«, sagt sie. »Komm, wir gehen nach Hause und schlafen uns aus. Wir können morgen darüber reden und uns den Raum gemeinsam ansehen.«

Sie erzählt absichtlich nicht davon, dass Alvin versucht hat, in den Kellerraum zu gelangen. Dass er etwas mit Engströms krummen Geschäften zu tun haben muss. Sie weiß jetzt, was sie da treiben. Aber sie will Lilly nicht unnötig beunruhigen.

»Nach Mitternacht. Dann haben wir jetzt den 13. August«, schnieft Lilly und überprüft die Zahlen auf Violas Armbanduhr.

Viola schlägt sich mit der flachen Hand gegen die Stirn.

»Oh nein, entschuldige bitte. Ich habe es vergessen.«

»Ich auch. Mir ist es erst gerade eben eingefallen, ich habe den ganzen Tag nicht daran gedacht. Habe ich sie jetzt für immer vergessen? Ist die Trauer überstanden?«

»Natürlich hast du sie nicht vergessen. Deiner Mutter ist es doch gleich, welcher Tag es ist, vielleicht gibt es oben im Himmel gar keine Tage.«

Lilly seufzt, winkt in den mit Sternen übersäten Himmel.

»Hallo, liebe Mama. Hier unten ist es viel schlimmer als da oben«, sagt sie mit erstickter Stimme.

Viola bleibt noch eine Weile auf dem Dachboden sitzen und hört, wie das Haus sich mit Stimmen und Lachen füllt. Die Geräusche dringen zu ihr nach oben und legen sich wie eine warme Decke um sie.

Den Karton mit den Zeitungsausschnitten schiebt sie weg. Es ist lange her, dass sie etwas Neues hineingelegt hat. Sie hat aufgehört zu suchen, alles zu lesen, sie hat das Interesse daran verloren, was Lilly gerade macht. Vielleicht haben die ernsthaften Journalisten das auch getan. Wenn sie heute durch Zufall auf ein Foto von ihr stößt, geht es meistens um irgendwelche Gerüchte. Und Lilly trägt fast immer riesige Sonnenbrillen. Sie ist scheu geworden und schreckt offensichtlich vor dem Blick der Welt zurück.

Früher funkelten Lillys braune Augen. Aus ihnen strahlte großer Unfug und pralles Leben. Aber das ist Jahre her. Wie sie wohl heute aussehen? Sind sie von Lachfältchen umgeben, wie ihre eigenen? Hängen ihre Augenlider, oder hat sie sich operieren lassen, wie so viele andere?

Bestimmt nicht, eitel ist Lilly nie gewesen. Zumindest kann sich Viola nicht daran erinnern. Aber vielleicht ist sie es geworden, Menschen ändern sich. Die Bösen können gut werden, die Fröhlichen traurig und die Schönen hässlich. Der Mensch bleibt nicht sein Leben lang der, der er mal war.

Viola will sich den Karton noch ein letztes Mal vornehmen, aber da ruft ihre Familie von unten. Sie schaukelt

ein paarmal hin und her, dabei knarzt und knackt es gefährlich, und als sie schließlich aufsteht, kippt der Stuhl hinter
ihr um. Sie lässt ihn liegen und macht sich auf den Weg nach
unten, vorbei an den fast vergessenen Erinnerungen. Vorsichtig, Schritt für Schritt geht sie die Treppe hinunter, macht
kleine Pausen auf den Absätzen, stützt sich an der Wand ab.

Ihre Kinder und das Enkelkind sind schon groß, trotzdem
lassen sie ihre Schuhe kreuz und quer in der Diele liegen.
Sie schiebt den Schuhberg mit der Fußspitze an die Seite.
Sand rieselt zu Boden und bildet feine Spuren. So ist das im
Sommer, wenn man am Meer lebt und die Tage aus Strand
und Baden bestehen. Sie will den Sand mit dem Besen weg-
fegen, aber er steht nicht an seinem angestammten Platz an
der Tür.

»Maj, kannst du bitte kurz herkommen?«, ruft sie.
»Könntest du hier fegen, wir tragen sonst den ganzen Sand
rein.«

Maj ist Sekunden später bei ihr, aber statt zu fegen, greift
sie ihrer Mutter unter den Arm und führt sie mit sich.

»Entspann dich, Mama. Das macht doch nichts, wenn es
ein bisschen unordentlich ist. Außerdem sieht es nach fünf
Minuten wieder so aus. Es ist sinnlos zu putzen.«

Das Schaukelpferd steht auf dem Küchenfußboden und
wippt sanft hin und her. Jemand hat es angestoßen. Das
leise Knirschen weckt Erinnerungen. Viola lächelt, jetzt
fehlt nur noch ein Kind, das sich daraufsetzen kann.

Ellen ist allerdings tatsächlich noch viel zu klein dafür. Da
hat Maj recht. Sie sitzt auf einer Decke, umgeben und gestützt von mehreren Kissen, und fuchtelt aufgeregt mit ihren
Ärmchen in der Luft.

»Hallo, meine kleiner süßer Schatz«, sagt Viola mit heller Stimme und berührt die zarten Kinderhände mit ihren rauen Fingern. Ellen sieht sie aus kugelrunden blauen Augen an. Ihr dünnes blondes Haar lockt sich in der feuchten, salzigen Luft.

»Willst du sie mal auf den Arm nehmen, Oma?«, fragt Sara und hebt ihre Tochter hoch. Auf Saras Kleid sieht man den feuchten Abdruck ihres Bikinis, ihr Haar ist nass und nach hinten gestrichen.

Viola nickt. Sie nimmt den kleinen, kompakten Babykörper in die Arme und drückt ihn an die Brust. Ellen ist erst ein halbes Jahr alt, aber schon ziemlich schwer. Violas Arme verkrampfen sich schon nach wenigen Minuten. Sie küsst Ellen sanft auf die Stirn und sieht sich hilfesuchend nach Sara um.

»Du musst sie mir leider wieder abnehmen, ich bin nicht mehr so stark wie früher. Ich habe Angst, sie fallen zu lassen.«

Juni trocknet sich die Hände an der Schürze ab und nimmt das kleine Mädchen von Viola entgegen.

»Erste!«, sagt sie glucksend und drückt ihre Nase gegen Ellens dicke Wange. »Du süße, süße, süße Maus, du.«

»Ist das nicht verrückt, dass du jetzt Großmutter bist und nicht mehr nur ich?«, sagt Viola lächelnd. »Wie ist das denn so schnell passiert, meine kleine Juni?«

Viola dreht an ihrem Ehering, dann faltet sie ihre Hände und betrachtet sie. Alt sehen sie aus, als würden sie jemand anderem gehören.

»Uroma ist doch auch nicht so schlecht«, meint Juni und beugt sich vor, legt ihre Wange an Violas Haar.

»Uralt«, seufzt Viola.

»Ach, sag so was nicht. Du bist total fit. Das ist alles nur im Kopf. Du kannst viel mehr, als du glaubst.«

»Ja, vielleicht hast du recht.«

Viola sieht aus dem Fenster, in die üppige Natur dort draußen. Sie reibt ihre Hände aneinander und sitzt schweigend eine Weile bei ihren Kindern. Denkt nach. Vielleicht stimmt das wirklich, vielleicht kann sie viel mehr, als sie denkt.

»Ich möchte nach Paris fahren«, sagt sie schließlich.

Maj hält mitten in ihrer Bewegung inne, in der einen Hand eine zur Hälfte geschälte Kartoffel, in der anderen ein Messer.

»Paris? Wohnt Lilly jetzt in Paris?«

Viola nickt.

»Sie liegt im Sterben«, erklärt sie. »Sie hat mich heute früh angerufen.«

Maj fällt die Kartoffel aus der Hand, sie rollt über den Boden. Juni hockt sich vor ihre Mutter, legt die Hände auf ihr Bein und sieht sie verwundert an.

»Was erzählst du denn da, Mama? Ist dir da oben auf dem Dachboden schwindelig geworden? Du hast doch nicht tatsächlich mit ihr telefoniert?«

»Doch.«

»Nach so vielen Jahren?«, sagt Maj. »Was wollte sie denn von dir?«

»Ja, worüber habt ihr geredet, Mama? Ihr müsst doch unendlich viel haben, worüber ihr reden wollt.«

Viola schüttelt langsam den Kopf.

»Nein, wir haben kaum geredet. Sie hat sich verabschiedet. Es war ein sehr kurzes Gespräch. Sie sagte nur: ›Ich sterbe. Jetzt.‹ Und ich habe geantwortet: ›Heute ist der Tag, an dem …‹«

Maj, Juni und Sara sehen sich fragend an. Schütteln alle den Kopf. Sie haben keine Ahnung, um welchen Tag es geht.

»Heute ist der Tag, an dem was passiert ist, Mama?«

Die Decke ist voller Flecken. Gelbe Ränder breiten sich von dem dunkelbraunen Fleck in der Ecke kreisförmig aus. Lilly liegt oft im Bett und stellt sich vor, dass die Linien Straßen sind, sie frei ist und hinfahren kann, wo sie will. Sie stellt sich vor, dass sie zu Abenteuern aufbricht und ihr momentanes Leben nur ein böser Traum ist.

Das Bett ist hart und unbequem. Die dünne Matratze schützt nicht genug vor den groben Federn. Sie hat sich daran gewöhnt und schläft ganz ordentlich darauf. Aber wenn sie wach ist, tut ihr alles weh.

Sie zählt die gelben Linien und die kleineren dunkleren Flecken. Jedes Mal kommt eine andere Zahl dabei heraus, das hat mit der Feuchtigkeit zu tun. Von oben kommt immer neue nach.

Vielleicht leckt ein Waschbecken in der Zelle über ihr. Oder noch schlimmer, eine Toilette. Lilly hat sich schon mehrmals erkundigt, aber keine Antwort erhalten. Und repariert wird es auch nicht.

Von ihrem Fenster aus kann sie aufs Meer sehen, das in der Sonne glitzert. Sie hört, wie die Wellen am Strand brechen. Das Gefängnis in Visby liegt besonders schön, direkt am Wasser. Wie eine zusätzliche Strafe für die Insassen, die in ihren engen Zellen sitzen und die schöne Welt dort draußen nur durch ein Gitter sehen können, ohne daran teilzuhaben.

Lilly ist eine von ihnen. Eine der Bösen, eine Verbrecherin.

Sie seufzt, die Zeit vergeht so unendlich langsam. Zwölf Monate muss sie hier absitzen, zehn davon sind schon vergangen. Uno Engström ist in der Zelle nebenan untergebracht. Sie unterhalten sich mit Klopfzeichen. Einmal Klopfen bedeutet Hallo, zwei Tränen, drei Liebe. Manchmal aber klopft sie einfach drauflos, hämmert kleine dumpfe Melodien, die durch die Steinmauern in seine Zellen gelangen. Gesellschaft in der Einsamkeit.

Lillys Körper verkrampft sich, wenn sie an ihre Tat denkt, der Grund für ihre Strafe. Dann kann sie weder schlafen noch essen. Die Scham lastet tonnenschwer auf ihr und ist kaum zu ertragen.

Schuld waren Unos Briefe, die er ihr geschickt hat. Voller Worte der Liebe, der Sehnsucht.

Aber auch mit Instruktionen.

Am Anfang hatte sich alles so unschuldig angefühlt, nicht wie ein Verbrechen. Sie hatte ihm doch nur mit seiner kleinen Schnapsbrennerei im Keller geholfen. Nur sie hatte den Schlüssel und kümmerte sich um die Herstellung. Alvin war für den Vertrieb und den Verkauf zuständig gewesen. Er brachte leere Flaschen, und sie füllte sie wieder auf. Aber davon weiß die Polizei nichts. Sie gehen davon aus, dass sie allein dafür verantwortlich war. Ein Wachmann hatte einen der Briefe an sie gelesen, und daraufhin gab es eine Hausdurchsuchung im Restaurant, wo sie die Apparatur und den Schnaps gefunden haben. Zum Glück hat Engström Alvin nie in seinen Briefen erwähnt. Seine Instruktionen waren immer sehr knapp gefasst und standen gleich am Anfang, danach kamen die Worte der Sehnsucht und der Liebe.

Lilly war sofort geständig. Sie hatte auch keine andere Wahl. Sie zeigte den Beamten den Schlüssel, den sie um den Hals trug, und schwor, dass nur sie Zugang zu der heimlichen Destillerie gehabt habe. Viola habe von nichts gewusst, sie sei in dem Glauben gewesen, dass Engström dort seine Habseligkeiten untergestellt hatte.

Es kam zum Gerichtsverfahren, und sie wurde wegen illegaler Herstellung alkoholhaltiger Erzeugnisse und Verkauf an Minderjährige verurteilt. Auch Alvin und Viola wurden in der Sache verhört, aber sie machten auf Lillys Wunsch Falschaussagen.

Und jetzt sitzt sie im Gefängnis. Ganz allein.

Die Tage vergehen im Schneckentempo. Sie verbringt sie damit sich auszumalen, was sie machen wird, wenn sie entlassen wird. Wie es wohl Viola geht? Schafft sie die Arbeit im Restaurant wirklich so gut, wie sie immer behauptet?

Zwei, drei, vier ... Es sind tatsächlich neue Linien hinzugekommen.

Da rasselt es draußen vor ihrer Zellentür. Lilly springt auf und stellt sich neben ihre Pritsche. Sie kennt das Geräusch, es ist der große Schlüsselbund, den der Wachmann an seinem Gürtel trägt. Als die Tür aufgeht, steht Viola vor ihr.

* * *

»Mittwoch!«, ruft Lilly begeistert. »Mein Lieblingstag!«

Sie wirft sich Viola in die Arme, will sie gar nicht wieder loslassen. Genüsslich atmet sie den herrlichen Duft ihres Parfüms ein.

Viola befreit sich aus der Umarmung und stellt ihren

Korb aufs Bett. Sofort durchsucht Lilly gierig den Inhalt. Zimtschnecken, Brot, Marmelade, Karotten, Äpfel und Haselnüsse. Und einen Brief. Lilly drückt ihn sich an die Brust.

»Ist das nicht verrückt? Da lebt ihr Wand an Wand und müsst euch doch Briefe schreiben«, sagt Viola.

»Ja, zum Glück haben wir dich. Kannst du ihm meine Antwort bringen?«

»Ja, das mache ich, wenn ich nachher gehe. Der Wachmann lässt mich ihn durch seinen Türschlitz schieben. Er stellt sich vor mich, damit mich niemand sieht.«

»Hast du ihm Küsse versprochen?«

»Küsse? Nein, um Gottes willen.«

»Ach, stimmt ja. Du küsst nur meinen Bruder. Wie läuft es denn in der Liebe?«

»Er hält sich fern. Mein Vater will ihn nicht sehen. Er würde wahnsinnig wütend werden, wenn er wüsste, dass ich hier bin. Er sagt immer, dass Walles Kinder nur Ärger bedeuten.«

»Das stimmt ja auch.«

»Ja, vermutlich hat er recht.«

»Aber du liebst mich trotzdem, oder?«

Viola nickt und reicht ihr eine Zimtschnecke. Auch sie nimmt eine, beißt herzhaft hinein und kaut langsam und genüsslich.

»Hm. Da du keine Mutter mehr hast, muss dich jemand anderes bedingungslos lieben, ganz gleich, was du anstellst.«

»Wie gut, dass ich dich habe«, sagt Lilly mit vollem Mund. Ein paar Krümel fallen dabei heraus, die sie gekonnt auffängt und zurückschiebt.

»Erst kauen, dann sprechen«, meint Viola lachend. »Du bist hier regelrecht verwildert.«

Lilly plappert ungehindert weiter. Isst und spricht gleichzeitig, kaut mit offenem Mund.

»Was sagen die Leute? Zerreißen sie sich noch immer das Maul?« Sie wischt sich den Zucker aus dem Mundwinkel und wartet nervös auf Violas Antwort.

»Komm, sag es. Ich kann dir ansehen, dass wieder neue schreckliche Gerüchte im Umlauf sind«, drängt sie, als Viola schweigt.

»Es wird eine ganze Menge getratscht, das ist richtig«, gibt Viola zögernd zu. »Es geht um die Briefe, die er dir geschrieben hat. Jemand hat geredet und erzählt, was in ihnen stand.«

Lilly nickt verlegen, wird ganz rot im Gesicht.

»Dann wissen es jetzt alle? Papa auch?«

Viola nickt.

»Ich glaube schon. Aber lass die Leute doch reden. Nicht alle machen da mit. Viele vermissen dich. Die Offiziere erkundigen sich immer nach dir.«

Lilly zieht ihr Hemd gerade, streicht den steifen Stoff glatt. Es ist viel zu groß für sie und reicht ihr bis zu den Oberschenkeln.

»Die sollten mich jetzt mal sehen«, flüstert sie.

»Du bist so schön wie vorher. Eins wollte ich dir noch erzählen, vor ein paar Tagen kam ein Mann aus Stockholm und hat gefragt, wann dein nächster Auftritt ist. Er hat dich vor einem Jahr gehört und dich nicht vergessen können. Deinetwegen ist er wieder nach Visby gekommen.«

»Meinetwegen? Bist du dir sicher?« Lilly fängt an zu trällern. »Oh, du weißt nicht, wie sehr ich mich danach sehne, wieder zu singen.«

»Bald kannst du es wieder tun. Deine Stelle hast du noch. Ich habe das Sagen, nicht mein Vater.«

»Hast du diesem Mann gesagt, dass ich im Gefängnis sitze?«

»Nein, natürlich nicht. Ich habe in den Kalender gesehen und ihm geantwortet, dass dein nächster Auftritt für Anfang Dezember geplant ist. Du seist gerade auf Tournee, und ich wüsste nicht genau, wann du zurückerwartet wirst.«

»Du Lügnerin, du. Und was hat er gesagt?«

»Er war enttäuscht. Dann hat er mir seine Karte gegeben, mit Adresse und Telefonnummer.«

Lilly durchwühlt den Korb.

»Ist die Karte hier drin? Ich kann ihm doch schreiben. Herausfinden, wer es ist. Was, wenn er berühmt ist? Oder ihm ein schönes Restaurant in Stockholm gehört und ich für ihn singen soll?«

»Es gibt keine besseren Restaurants als unser *Strykan*. Du hast doch nicht etwa vor, mich im Stich zu lassen?«

»Nein, niemals. Ich will nur endlich wieder arbeiten. Ich will hier raus. Was ist daran bloß so gefährlich und böse, ein bisschen Schnaps zu brennen?«

»Dumm war es, das musst du zugeben. Ich kann es bis heute nicht verstehen, dass du es getan hast.«

»Engström hat mir geholfen, also habe ich ihm geholfen. Er sollte auch entlassen werden. Ich glaube nicht, dass er etwas Schlimmeres getan hat, als illegal Schnaps zu brennen. Der eigentliche Mörder läuft dort draußen noch frei herum. Sei bloß vorsichtig, wenn du nachts allein nach Hause gehst.«

Viola holt eine kleine cremefarbene Weihnachtsbaumkerze aus ihrer Jackentasche, steckt sie in einen kleinen Kerzenständer aus Messing und stellt sie dann auf Lillys Nachttisch.

»Der Wachmann hat mir leider die Streichhölzer abgenommen, als er den Korb kontrolliert hat. Aber die Kerze darfst du behalten. Du kannst so tun, als würde sie brennen, wenn es abends dunkel wird.«

Lilly runzelt fragend die Stirn.

»Heute ist der zwölfte August«, erklärt Viola.

»Stures Geburtstag«, sagt Lilly leise. Sie greift nach der Kerze und dreht sie zwischen den Fingern. »Aha, der Tag ist heute also. Können wir nicht jetzt so tun, als würden wir sie anzünden, solange du noch hier bist? Ich will an nichts Trauriges denken, wenn ich allein bin.«

* * *

Lilly kauert sich aufs Fensterbrett, nachdem Viola gegangen ist. Sie sieht ihr hinterher, wie sie das Gebäude verlässt, zwei Stockwerke unter ihr, und winkt eifrig, als sie sich umdreht und zu Lilly hochschaut. Aber Viola erwidert den Gruß nicht. Die Fensterscheiben spiegeln so, deshalb kann sie Lilly nicht sehen, die winkt, bis ihr das Handgelenk wehtut. Tränen laufen Lilly über die Wangen, als die Einsamkeit sich wieder in der winzigen Zelle ausbreitet und alles verschluckt.

Viola kommt sie jeden Mittwoch besuchen. Sie macht ihr keine Vorwürfe. Im Gegenteil, sie hat monatelang das Geheimnis um Engströms sogenannte Abstellkammer gewahrt, bis die Polizei zuschlug und die Wahrheit ans Licht kam. Das ist wahre Freundschaft. Und sie bringt Essen mit, seit sie festgestellt hat, wie mager Lilly geworden ist. Eigentlich ist das verboten, aber der Wachmann ist ein alter Schulkamerad von Lillys Mutter, deshalb lässt er sie gewähren.

Das Essen im Gefängnis ist farblos und schmeckt nach nichts. Lilly bringt es nicht hinunter, so sehr sie sich auch bemüht. Die Leckereien von Viola versteckt sie unter der Matratze. Das Brot und die Zimtschnecken werden zwar plattgedrückt, schmecken aber nicht weniger himmlisch.

Bei dem Gedanken an die Zimtschnecken springt sie schnell vom Fensterbrett hinunter und holt sich eine. Dann klettert sie wieder hoch. Der Platz reicht gerade so. Sie liebt es dort zu sitzen, aufs Meer zu schauen und den kleinen Fischerbooten im Hafen, mit ihren roten Netzflaggen, funkelnden Glasschwimmern und Kisten für den Fang zuzusehen.

Sie schlingt die Arme um ihre Knie und lässt den Blick auf den Wellen ruhen. Es ist windig, die weiße Gischt der Wellenkämme bildet einen scharfen Kontrast zu dem dunkelblauen Wasser. Aber sie kann den Wind nicht auf ihrer Haut spüren, sie kann ihn nur sehen. Darunter leidet sie schrecklich. Das Meer ist so nah, und sie sitzt allein und einsam in der kalten Zelle.

Es ist der erste Sommer ihres Lebens, in dem Lilly nicht in die Wellen gesprungen ist oder Walle beim Einholen der Netze geholfen hat. Sie hatte noch nicht einmal die Gelegenheit, ihre Zehen ins Wasser zu tauchen.

In der Gefängnisdusche gibt es nur kaltes Wasser, und sie darf sie auch nur zweimal in der Woche benutzen. Dann holt sie die Luxusseife aus ihrem Versteck, die Viola hereingeschmuggelt hat und benutzt sie für den ganzen Körper, auch die Haare. Sie duftet so gut, so sauber. An den Tagen dazwischen muss sie es manchmal ertragen, wenn ihre Haut sich klebrig und schmutzig anfühlt.

Das Klopfen an der Wand reißt sie aus ihren Träumen. Viermal kurz. *Ich habe deinen Brief bekommen*, bedeutet das. Wie der Blitz ist sie an der Wand und klopft ebenfalls viermal kurz. *Und ich habe deinen bekommen.*

Lilly setzt sich mit angezogenen Knien aufs Bett und liest den Brief noch mal. Er schreibt so lustig und bringt sie immer wieder zum Lachen. Dieses Mal erzählt er die Geschichte von einer Maus, die unter seinem Bett lebt. Er behauptet, dass sie mittlerweile handzahm ist und sprechen kann. Herbert Karlsson heißt sie und kennt eine ganze Menge Geschichten von den Insassen, die vor Uno in der Zelle ihre Strafe absitzen mussten. Es ist wahrscheinlich die älteste und klügste Maus der Welt. Lilly kann sie vor sich sehen. Sie trägt ein kleines rotes Hemd und blaue Shorts mit einem Loch für den langen Schwanz.

Sie kichert beim Lesen. Sonst steht nicht viel mehr in dem Brief, nur ein Haufen Unsinn über seinen erfundenen Mitbewohner und über ehemalige Bösewichte. Aber wenigstens vertreiben sie die schweren Gedanken für eine Weile, und dafür ist Lilly sehr dankbar.

Wenn der Wachmann das nächste Mal kommt, wird sie ihm wie so oft zuvor sagen, dass Engström niemand ermordet haben kann, weil er an jenem Abend mit ihr zusammen gewesen ist. Jetzt wissen es sowieso alle. Jetzt kann sie auch endlich eine Aussage machen.

Eines Tages werden sie ihr zuhören. Eines Tages werden sie beide wieder in Freiheit sein.

»Heute ist der Tag, an dem was passiert ist, Mama?«

Maj, Juni und Sara sehen Viola neugierig und fragend an. Sie wollen die ganze Geschichte hören. Aber Viola weiß nicht, wo sie anfangen soll. Gedankenverloren fingert sie an dem weißen Korb, in dem Juni als Baby gelegen hat. Sie hat schon so lange nicht mehr über Lilly gesprochen, warum soll sie jetzt damit anfangen.

Sie räuspert sich, legt ihre Hände aufeinander.

»Es muss etwa 1948 gewesen sein. Ist das wirklich so lange her?«

Viola verstummt und sieht mit gerunzelter Stirn aus dem Fenster, denkt nach.

»Da warst du neun Jahre alt, Mama. Was ist damals passiert?«, fragt Maj und setzt sich neben sie. Sie legt die Ellbogen auf die Tischplatte und stützt ihren Kopf in eine Hand.

»Ja, das ist richtig. Wir waren neun Jahre alt. An diesem Tag starb Lillys Mutter im Kindbett, an Stures Geburtstag.«

»Du meinst den Sture, der im ICA-Supermarkt gearbeitet hat? Sonjas Bruder?«, fragt Juni. Sie lehnt an der Spüle und hat die Arme vor der Brust verschränkt.

Sara sitzt auf dem Boden und spielt mit Ellen, sie schüttelt eine Rassel, und die Kleine gluckst vor Freude. Sie erinnert Viola an den kleinen Sture von damals, den sie immer auf dem Arm herumgetragen hat. Die feinen blonden Haare, die mandelförmigen braunen Augen. Einige Babys ähneln einander mehr als andere.

»Ja, ganz genau. Der kleine, zarte Sture. Er hat im Nachbarhaus gewohnt. Oh, er hat so viel Unsinn mit euch angestellt und gespielt, als ihr klein wart. Ihr erinnert euch vielleicht nicht mehr daran.«

»Doch, ich weiß noch, dass er immer im Garten mit uns Verstecken gespielt hat. Jetzt erinnere ich mich wieder. Aber so zart war er nicht gerade.«

»Nein, er ist mit den Jahren kräftiger geworden. Aber als Kleinkind war er sehr dünn. Das kann man sich heute gar nicht mehr vorstellen«, sagt Viola lachend.

»Eigentlich ist es ein ganz schöner Gedanke, dass Lilly vielleicht am Todestag ihrer Mutter stirbt«, meint Juni und umarmt ihre Mutter innig. Viola tätschelt ihre Wange.

»Ach was, am Tod ist nichts schön. Er macht nur traurig. Er ist hinterlistig und gemein.« Viola überkommt eine große Trauer, sie beißt sich auf die Lippe. »Ich habe mich mein ganzes Leben danach gesehnt, sie wiederzusehen. Noch einmal mit ihr reden zu können. Ich habe so viele Fragen, auf die ich nie eine Antwort bekommen habe.«

»Was denn für Fragen? Gibt es etwas Ungeklärtes zwischen euch?«, fragt Maj und umarmt ihre Mutter von der anderen Seite. Viola genießt den Moment, beide Töchter im Arm zu haben. Sie ist nicht allein. Sie nimmt ihre Hände und drückt sie, so fest sie kann.

»Das gibt es doch immer. Eine Freundin, die einem so nah war, die vergisst man nicht mehr. Da spielt es keine Rolle, wie oft man sich sieht. Sie ist immer in meinem Herzen gewesen. All die Jahre. Und jetzt wird sie …« Ihre Stimme versagt. »… zu einer Erinnerung.«

»Hat sie eigentlich Familie, einen Mann, Kinder? Was hat sie denn gesagt?«

Viola schüttelt den Kopf.

»Fast nichts. Und ich war so überrumpelt, ich habe auch nichts gefragt. Sie hat sich verabschiedet. Diesen Tag heute haben wir viele Jahre lang gefeiert. Den Todestag.«

»Das hört sich sehr traurig an«, sagt Sara. Sie hat sich ihre Tochter auf die Hüfte gesetzt und wiegt sie rhythmisch hin und her. Wie ein Tanz zu einer Melodie, die niemand hören kann.

»Wir haben eine Kerze angezündet und an die Engel im Himmel gedacht.«

Maj greift nach der Streichholzschachtel.

»Das können wir auch tun. Wir zünden eine Kerze für Lilly an und singen eines von ihren Liedern zusammen. Sie hat ja so viele gute. Ich höre sie manchmal beim Arbeiten auf Spotify.«

»Aber das genügt mir nicht. Ich will sie wiedersehen. Ich will nicht, dass es so endet. Ich bin noch nicht so weit. Ich will noch nicht sterben.«

»Aber du stirbst doch nicht, Mama!« Juni drückt ihre Mutter fest an sich.

»Doch, das nächste Mal bin ich an der Reihe.«

Sara hält ihr Ellen hin, will sie ihr auf den Schoß setzen, aber Viola winkt ab. Dann holt sie Schwung und steht auf.

»Sara«, sagt sie und klopft mit der Hand auf den Tisch. »Du bist doch so klug, kannst du mir bitte ein Flugticket nach Paris buchen? Jetzt, heute. Geld spielt keine Rolle, davon habe ich genug. Ich muss dorthin.«

Die drei jüngeren Frauen sehen einander verwirrt an.

»Was sagst du da? Jetzt? Nach Paris?«, fragt Juni ungläubig.

»Das geht nicht, Mama. Du … Du bist zu alt«, stottert Maj.

»Das ist sie überhaupt nicht«, widerspricht Juni.

»Du bist also der Meinung, Mama soll einfach so nach Paris fliegen? Allein?«, protestiert Maj und hebt die Augenbrauen.

»Wir können doch alle mitkommen. Wir haben Ferien, und ich wollte schon immer mal nach Paris. Mach, was sie sagt, Sara, und such Flüge raus. Es ist ja schon spät. Mama, wo ist deine Kreditkarte?«

Juni ist aufgesprungen, die Aussicht auf eine Reise macht sie ganz ausgelassen. Viola holt ihre kleine schwarze Handtasche von der Anrichte und zieht die rote Kreditkarte aus dem Portemonnaie.

Sara ist bereits tief versunken in ihre Recherche auf dem Handy. Die Sonne fällt durch das Fenster auf ihr kastanienbraunes Haar und lässt es wie Kupfer glänzen. Es ist nach vorne gefallen, verdeckt ihr Gesicht. Kurze Zeit später streift sie eine Strähne hinters Ohr und hebt den Kopf.

»Es wäre tatsächlich machbar, Oma. Es gibt einen Flug nach Stockholm, um kurz nach zwölf. Das ist in zwei Stunden. Und von Arlanda fliegen zwei Maschinen nach Paris, die wir beide schaffen können.«

»Dann machen wir das. Buch die Flüge.«

Juni rennt schon die Treppe nach oben, um zu packen. Ihre Schritte donnern auf den Stufen. Kurz darauf hören sie ein fröhliches Trällern.

»Ellen ist noch so klein«, sagt Sara zögernd. »Ich muss Niklas fragen, vielleicht kann er sich freinehmen und ein paar Tage herkommen?«

»Ach Quatsch, wir nehmen Ellen einfach mit. Aber ich habe keinen Pass. Habt ihr eure dabei?«, fragt Maj.

Sara nickt.

»Ja, komischerweise habe ich mir gerade einen neuen machen lassen, bevor wir hergekommen sind. Weil wir im Herbst verreisen wollen. Aber man kann am Flughafen einen temporären beantragen, das geht ganz schnell. Das ist kein Problem.«

Auch Viola geht Richtung Treppe, dreht sich dann aber noch einmal um.

»Beeilt euch mit dem Packen. Und nehmt schöne Kleider mit. In Paris zieht man sich schick an«, sagt sie und lacht ausgelassen.

VIOLA

12. AUGUST 1959

Viola sucht überall nach Lilly. In der Küche, im Keller, draußen im Innenhof. Sie sollte Kartoffeln aus dem Keller holen, aber das hat sie offenbar vergessen, denn Viola findet sie im leeren Speisesaal des Restaurants. Sie sitzt zusammengesunken am Klavier und starrt mit glasigem Blick an die Wand. Es sieht fast aus, als würde sie schlafen. Der Rücken ist krumm, ihr Gesicht ausgemergelt. Die Wangenknochen, die ehemals ihr Gesicht schön geformt haben, treten messerscharf hervor. Sie ist mager geworden. Die Monate im Gefängnis haben ihre Lebensgeister ausgelöscht, und manchmal scheint sie sich immer noch dort zu glauben, hinter Gittern.

Lilly hat etwas in der Hand, ein Foto. Ein Foto ihrer Familie. Mutter, Vater und die vielen Kinder in allen Größen. Sie sitzen auf den Stufen des Hauses, Lilly in der Mitte. Vorsichtig nimmt Viola ihr das Foto aus der Hand.

»Sture fehlt«, murmelt Lilly. »Ich habe kein Foto, auf dem die ganze Familie ist. Wir haben nie alle zusammengelebt.«

»Gibt es kein Foto, wo Sture noch im Bauch deiner Mutter ist?«

»Nein. Außerdem sollte es eins geben, auf dem alle sind. Es macht mich so traurig, dass es das nicht gibt.«

»Das Leben ist manchmal schrecklich traurig.«

»Die meiste Zeit, wenn du mich fragst«, sagt Lilly und steht auf. Sie reibt sich die Augen mit ihrer Schürze trocken, so fest, dass sich die Haut rötet.

»Aber es ist nicht seine Schuld. Ich schenke ihm ein Fahrrad«, fährt sie voller Überzeugung fort.

»Wie bitte? Du hast ihm ein Fahrrad gekauft?«

»Nein, natürlich nicht. Ich habe kein Geld. Aber eines Tages bekommt er eins, es ist sein größter Wunsch.«

»Wir können doch alle zusammenlegen. Ich kann etwas beisteuern, und meine Eltern machen bestimmt auch mit. Wir können ein gebrauchtes suchen.«

»Ein rotes.«

»Das ist doch keine Farbe für einen Jungen!«

»Oh doch, das ist es. Rot ist die perfekte Farbe für Sture. Rot wie das Blut, das bei seiner Geburt in Strömen geflossen ist.«

»Hör auf. Sag so etwas nicht. Du hast doch eben gesagt, dass es nicht seine Schuld war.« Viola muss an den Eimer mit den blutigen Lappen denken und schaudert. »Sei nicht so makaber.«

Lilly lässt ihre Finger über die Tasten wandern, sie improvisiert, erfindet eine kleine Melodie und singt dazu, taucht ab in die Musik.

Viola lässt sie in Ruhe und widmet sich wieder ihren Aufgaben. Lilly bleibt dort sitzen und spielt, hört nach einer Weile wieder auf und starrt wie zuvor gedankenverloren an die Wand. Als Viola erneut vorbeikommt, sieht sie hoch.

»Ich weiß nie, was ich von diesem Jungen halten soll. Einerseits hasse ich ihn dafür, dass er mir meine Mutter genommen hat. Andererseits liebe ich ihn über alles, denn niemand hat ein schöneres Lachen als unser kleiner Sture.«

Viola reibt gerade einen Tisch mit einem Lappen ab. Sie hält mitten in der Bewegung inne, wischt sich eine Strähne aus der Stirn.

»An einigen Tagen fällt es einem leichter als an anderen«, sagt sie. »Aber Sture musst du immer liebhaben. Jeden Tag, jede Sekunde. Das ist das einzig Richtige.«

Da schlägt Lilly mit beiden Händen auf die Tasten und erzeugt einen schrecklich schrillen Missklang.

»Ach, ich habe ja sowieso kein Geld für so etwas, das war nur so eine Idee.«

Viola wirft einen Blick auf die Uhr, die über der Tür zur Küche hängt. Noch haben sie genug Zeit, bis die ersten Mittagsgäste eintreffen.

»Das war eine sehr gute Idee«, sagt sie. »Komm, wir schauen uns mal nach Fahrrädern um. Wir können ein bisschen Geld aus der Kasse nehmen und legen es zurück, sobald wir können.«

Lillys Mundwinkel zucken nach oben.

»Er wird sich so sehr darüber freuen. Ich versuche auch, das nächste Mal mehr Trinkgeld zu bekommen.«

»Das wird kein Problem sein. Komm, lass uns gehen.«

Als sie die Tür öffnen, schlägt ihnen die Hitze entgegen. Der Himmel ist tiefblau, wie schon den ganzen Sommer über. Alles ist verdorrt, sogar die Kletterrosen an der hellgelben Steinfassade sind vertrocknet, was sie sonst erst im Spätherbst tun. Viola pflückt ein paar braune Blätter ab und lässt sie hinter sich auf den Boden fallen, wo sie die sanfte Sommerbrise hochwirbelt.

Sie gehen die Adelsgatan hinauf, in einer Seitengasse ist ein Fahrradladen in einem kleinen weißen Haus. Im Innenhof stehen gebrauchte Räder ordentlich nebeneinander aufgereiht. Die Herrenfahrräder auf der einen Seite, die Damenfahrräder auf der anderen.

»Sonja und Rosa haben auch kein Fahrrad. Vielleicht ist es ungerecht, wenn Sture vor ihnen eins bekommt?«, sagt Lilly und legt eine Hand auf eines der Räder.

Es ist dunkelrot lackiert, und an einigen Stellen rostet es, aber das Braunrot passt gut zur Originalfarbe. Viola mustert es von der Seite.

»Das ist schön. Aber vielleicht sollten wir ein Damenrad kaufen, damit Rosa und Sonja es ausleihen können«, sagt sie und zeigt auf ein ebenfalls rotes Rad auf der anderen Seite. Sie legt eine Hand auf den Sattel, die andere aufs Lenkrad und rollt es vor und zurück. Es quietscht weder noch gibt es andere Geräusche von sich.

Lilly steht immer noch neben dem Herrenfahrrad und lächelt den Ladenbesitzer freundlich an, als dieser mit erhobenem Kinn zu ihnen auf den Hof kommt.

»Wir verkaufen keine Fahrräder an Ex-Sträflinge und leichtfertiges Gesindel, das kann ich euch sagen«, knurrt er und starrt Lilly aufgebracht an. Sie tritt nervös von einem Fuß auf den anderen.

Viola stellt das Rad wieder ab, lässt es allerdings zu früh los, und es kippt um.

»Aber ich hoffe doch sehr, dass Sie einer rechtschaffenen Restaurantbesitzerin etwas verkaufen?«, sagt sie und streckt ihm einen Bündel Geldscheine hin. Er nimmt es ihr aus der Hand und zählt leise.

Lilly dreht auf dem Absatz um und geht weg.

»War das wirklich notwendig?«, faucht Viola den Mann an. »Lilly ist ein wunderbarer Mensch. So viele brennen ihren Schnaps heimlich im Keller. Sie gehören vielleicht auch dazu? Der einzige Unterschied ist, dass Sie noch nicht erwischt wurden.«

Er lacht laut und abfällig.

»Der Schnaps ist wohl das geringste Problem gewesen. Es heißt, dass sie Engström dabei geholfen hat ... Sie wissen schon. Mit dieser Frau da.«

»Wollen Sie damit andeuten, Lilly soll an dem Mord beteiligt gewesen sein?« Viola wird so wütend, dass sie mit dem Fuß aufstampft. »Das ist nichts anderes als böswilliges Gerede. Wem nützt es, solche Gerüchte zu verbreiten? Sie sollten sich schämen.«

»Mit Lumpenpack mache ich keine Geschäfte. So ist das. Und dieses Mädchen gehört dazu. Keines von Walles Kindern ist ganz richtig im Kopf. Kein Wunder, bei den Zuständen dort.«

»Wissen Sie was? Da liegen Sie vollkommen falsch, gewaltig daneben. Und eines sagen ich Ihnen, mir verkaufen Sie heute auch kein Fahrrad.«

Mit diesen Worten reißt sie ihm das Bündel Geldscheine aus der Hand und steckt es zurück in ihre Jackentasche. Das schöne rote Fahrrad bleibt unbeachtet auf dem Boden liegen. Grußlos dreht sie sich um und verlässt den Hof. Draußen lehnt Lilly an der Wand und wartet auf sie. Viola hakt sie unter und zieht sie mit sich mit.

»Sie werden mich niemals dulden, es hat keinen Sinn, es zu probieren«, sagt Lilly und legt ihren Kopf auf Violas Schulter. »Vielleicht bin ich ja wirklich ein so schlechter Mensch, wie alle sagen. Weil ich mich auf Uno eingelassen habe. Den Mörder.«

Viola bleibt stehen und sieht sie fragend an.

»Glaubst du, dass er es getan hat? Du hast immer gesagt, dass er unschuldig ist.«

»Ich weiß nicht mehr, was ich glauben soll. Ich kann mir das nicht vorstellen, dass er, nachdem wir zusammen waren … dass er das später getan hat. Kannst du?«

»Nein«, beruhigt Viola ihre Freundin und streichelt ihr über die Wange.

Arm in Arm schlendern sie langsam durch die Stadt zurück. Sie spüren die Blicke der anderen Passanten, aber ignorieren sie. Die Leute flüstern hinter ihrem Rücken, einige zeigen mit ausgestreckten Fingern auf sie. Lilly geht mit hocherhobenem Kopf.

»Das Restaurant würde viel besser laufen, wenn ich nicht da wäre. Es kommen weniger Gäste, du solltest mich rauswerfen«, sagt sie unvermittelt und zieht ihren Arm weg.

»Ich werde dich niemals rauswerfen«, entgegnet Viola. »Ich sterbe ohne dich. Die Zeit, als du im Gefängnis warst, war schrecklich.«

»Gefängnis. Das Wort klingt schon so furchtbar. Ich mag nicht daran denken, dass ich da so viele Monate verbracht habe.«

»Du hast mit deiner Aussage mich und Alvin geschützt. Dafür sind wir dir ewig dankbar.«

Plötzlich springt Lilly hinter Violas Rücken und will sich verstecken. Aber es ist zu spät. Emma Engström hat sie bereits gesehen, sie kommt mit zwei Kindern an der Hand auf sie zu. Sie bleiben vor Viola und Lilly stehen und starren sie an. Das jüngere der beiden Kinder spuckt ihnen vor die Füße, und Emma Engström formt mit den Lippen das Wort *Schlampe*. Dann gehen sie weiter.

»Ist sie weg?«, flüstert Lilly, die ihr Gesicht zwischen Violas Schulterblättern verborgen hat.

»Ja, sie sind weg«, sagt Viola und ist froh, dass Lilly nicht zugesehen hat.

»Puh. Die Arme. Eigentlich sollte sie doch froh sein, dass ich versucht habe, ihn freizubekommen. Es ist schrecklich, dass mir niemand glaubt.«

»Die Wahrheit wird eines Tages ans Licht kommen. Vielleicht finden sie den Schuldigen. Und dann könnt ihr beiden endlich zusammen sein. Obwohl ich noch immer finde, dass er einen Hauch zu alt für dich ist.«

»Hm. Außerdem hat er einen Hauch von Frau und Kindern.«

Lilly kichert über ihren Witz. Zum Glück kann sie noch lachen. Viola hakt sie wieder unter, und sie gehen weiter.

»Liebes, ich weiß, dass es nicht leicht ist. Sing doch heute Mittag, so wie früher. Du strahlst immer so, wenn du singst.«

Lilly schüttelt den Kopf, schaudert.

»Nein, ich werde nie wieder einen einzigen Ton singen und schon gar nicht vor Leuten auftreten.«

»Was? Du und nicht singen? Du bist nicht bei Trost. Ich gebe dir fünf Minuten, und du fängst an zu summen. Du kannst gar nicht *nicht* singen. Du singst sogar, wenn du sprichst.«

Viola entdeckt den Koch Nils und winkt ihm zu. Er trägt gerade eine große Kiste mit Gemüse ins Restaurant. Als er den Gruß erwidert, fallen ihm ein paar Kohlköpfe herunter und rollen hüpfend über das abschüssige Kopfsteinpflaster. Lilly und Viola rennen hinterher und sammeln lachend und kichernd das fliehende Gemüse wieder ein. Als Lilly mit ihrem Fang in die Küche kommt, hat sie rote Wangen und strahlt. Viola schleicht sich in ihr Büro und ruft heimlich Gunnar an. Sie bittet ihn vorbeizukommen, damit Lilly den Gästen nachher etwas vorsingen kann.

* * *

Gunnar sagt sofort zu, er steht Viola immer zur Seite, wenn sie seine Hilfe braucht. Kurze Zeit später rast er in voller Fahrt die Straße hinunter und gerät fast ins Schleudern, als er eine Vollbremsung macht und das Rad gegen die Hauswand lehnt, ohne es abzuschließen. Viola wartet bereits auf ihn und umarmt ihn zur Begrüßung. Dabei flüstert sie ihm ins Ohr, dass er gleich anfangen und, ohne Lilly einzuweihen, ihr Lieblingslied spielen soll.

Viola muss ihm nicht sagen, welches Lied es ist, das weiß Gunnar. Er setzt sich ans Klavier und legt seine Hände auf die Tasten. Schon nach den ersten Tönen heben die Gäste ihre Köpfe, unterbrechen ihre Unterhaltungen und hören ihm zu. Er spielt Frank Sinatras *All The Way*. Es dauert nicht lange, und Lilly sieht neugierig durch das kleine Fenster in der Küchentür. Gunnar winkt ihr zu. Lilly duckt sich sofort, aber Viola steht hinter ihr, damit sie nicht weglaufen kann und schiebt sie durch die Tür ins Restaurant.

»Ich werde nicht mehr singen, das habe ich doch gesagt«, protestiert Lilly. Etwas zu laut, denn die Gäste unmittelbar neben der Tür haben sie gehört und drehen sich zu ihr um.

»Sing für deine Mutter«, erwidert Viola. »Heute ist ihr Tag, vergiss das nicht. Gib alles, damit dein Gesang hoch zu den Engeln in den Himmel steigen kann.«

Zwei Gäste stehen auf und gehen. Bezahlt haben sie schon, sie können vielleicht nicht länger sitzen bleiben? Zumindest hofft Viola das. Ihr Blick schweift über das halbvolle Lokal. Sie lächelt den Gästen zu, während sie Lilly mit Nachdruck Richtung Klavier schubst. Dort angekommen fängt Gunnar von vorne an, und Lilly setzt sofort ein.

When somebody loves you …

Zuerst singt sie zaghaft und leise, den Blick auf den Holzboden gerichtet, mit jedem Wort jedoch kräftiger, ihre Stimme ist voll und warm. Sie legt eine Hand aufs Klavier, schließt die Augen und schöpft aus ihrem Inneren. Sie bewegt den Körper im Takt zu der klaren, kraftvollen Melodie.

Viola setzt sich an einen freien Tisch und genießt es, ihre Freundin endlich wieder singen zu hören. So lange ist es her. Direkt nach ihrer Entlassung hat sie einmal gesungen, aber das Publikum blieb leider aus, und sie weinte sich bei Viola zu Hause in den Schlaf.

Dieses Mal steht niemand auf und verlässt das Lokal. Alle bleiben sitzen und applaudieren. Lillys Augen strahlen vor Freude, vor Hoffnung. Viola hat sie schon lange nicht mehr so erfüllt und glücklich gesehen.

Gunnar spielt ein zweites Stück, Lilly summt mit, bewegt sich dazu, tanzt.

Die Tür geht auf, immer mehr kommen herein, um der Musik zu lauschen, die nach draußen dringt, durch die schmalen Gassen der Stadt schwebt. Viola begrüßt die neuen Gäste und platziert sie an den freien Tischen. Wer keinen Sitzplatz ergattert, muss sich an die Wand lehnen. Bald ist der Raum voll. Und es wird warm. Viola steht der Schweiß auf der Stirn. Sie öffnet ein paar Fenster.

Lilly plaudert zwischen den Liedern mit ihrem Publikum, sie macht Witze, lacht mit ihnen. Fragt Viola, ob sie ihren Gesang so schlimm finde, dass sie gleich aus dem Fenster springen wolle. Alle lachen, und Viola spürt, wie ihr die Röte ins Gesicht steigt, als alle Blicke auf sie gerichtet sind.

Weiter hinten sitzen ein paar Soldaten, die sich unterhalten und offensichtlich nicht zuhören. Sie werden immer lauter und stören Lillys Darbietung. Freundlich bittet Viola die Herren, doch etwas leiser zu sprechen, aber darauf nehmen sie keine Rücksicht. Viola kann nicht umhin, ihr Gespräch zu belauschen.

»Diese kleine Schlampe hat offenbar viele Talente, und singen kann sie auch«, sagt der eine.

Viola erstarrt.

»Sie kann mehr als einem Mörder den Hof machen.«

Sie dreht sich um und räumt die Teller ab. Es scheppert laut, als sie sie aufeinanderstapelt.

»Seien Sie bitte etwas leiser, sonst müssen Sie gehen. Sie stören den Auftritt«, sagt sie mit fester Stimme.

Doch die Männer ignorieren sie und werden sogar noch unverschämter.

»Was hat Engström eigentlich pro Stunde bezahlt?«, ruft ein anderer und steht auf.

»Du hättest ihm Rabatt geben können, der braucht bestimmt nur eine Viertelstunde«, ergänzt der dritte.

Lilly verstummt, bleibt wie versteinert mit leicht geöffnetem Mund stehen. Gunnar spielt weiter. Er haut in die Tasten, versucht die Männer zu übertönen.

»Komm schon, Schätzchen, tanz für uns«, ruft der stehende Soldat und wedelt mit einem Geldschein.

Sie klatschen in die Hände, gegen den Takt.

»Nackttanz«, ruft er, geht leicht schwankend nach vorn und versucht, ihr den Geldschein in den Ausschnitt zu stecken. Lilly wehrt sich, hebt die Hände zum Schutz.

Gunnar hat genug.

»Raus mit euch«, brüllt er und knallt beide Hände auf die Tasten. Wütend starrt er den Mann an.

Sofort erhebt sich ein Stimmengewirr im Lokal, einige Gäste unterhalten sich, andere lachen. Lilly stürmt gedemütigt und beschämt an Viola vorbei. Viola will ihr am liebsten hinterherrennen, aber sie kann das Lokal nicht verlassen. Sie bleibt in der Tür stehen, hört Lilly in Tränen ausbrechen und sieht ihr hinterher, wie sie die Straße entlangläuft. Viola ruft Alvin an und bittet ihn, bei Walle vorbeizufahren und sich um Lilly zu kümmern. Dann geht sie zurück und fordert alle Gäste auf, das Lokal augenblicklich zu verlassen.

»Wir schließen jetzt, bis morgen«, wiederholt sie immer wieder.

* * *

Kurze Zeit später stehen sowohl Alvin als auch Viola vor Lillys Zimmertür. Sie haben mehrmals angeklopft, an der Türklinke gerüttelt. Aber Lilly hat sich eingeschlossen und weigert sich zu öffnen. Am Ende geben sie auf. Alvin lässt sich mit dem Rücken gegen die Tür zu Boden sinken.

»Sie hat ja recht. Die Leute hier werden ihr das nie verzeihen und immer nachtragen. Die Insel ist zu klein für so etwas. Klatsch und Tratsch hält immer am längsten«, sagt er entmutigt.

»Das braucht seine Zeit. Die Leute vergessen doch auch genauso schnell wieder.«

Sie sprechen leise, damit sie niemand hört. Viola setzt sich neben Alvin, der das Gesicht in seinen Händen verbirgt. Seine Haare fallen nach vorne über die Finger.

»Sie muss einfach lernen, dass ihr so etwas nichts ausmacht. Sie muss so tun, als würde es an ihr vorbeiziehen. Diese Typen sollten rausgeworfen werden, nicht Lilly.« Viola legt ihren Kopf an Alvins Schulter.

Sein Körper strahlt eine wohlige Wärme aus, der Geruch ist ihr vertraut. Es ist aber schon lange her, dass sie sich so nahe waren oder miteinander geredet haben.

»Für dich ist es leicht, das zu sagen. Du weißt nicht, wie es ist. Aber wir, Walles Kinder, mussten schon immer mit Gegenwind rechnen und dagegen ankämpfen.«

Viola berührt seine Hand, will ihre Finger zwischen seine schieben. Aber er zieht sie weg, schüttelt den Kopf.

»Hör auf. Wir dürfen das nicht. Ich habe es deinem Vater versprochen«, sagt er und wendet das Gesicht ab.

Viola verschränkt die Arme vor der Brust. Schweigend sitzen sie nebeneinander. Viola denkt an Lillys nackte Füße und wie sie viele Sommer barfuß lief, weil sie keine Sandalen hatte. An die Kleidungsstücke, die immer weitervererbt wurden und am Ende, als Sture sie bekam, aufgetragen, zerlumpt und voller Flicken waren. An die Hänseleien in der Schule, unter denen Lilly zu leiden hatte, während ihr selbst nie Schimpfwörter hinterhergerufen wurden.

»Warum hast du Lilly in die Sache mit der Schnapsbrennerei hineingezogen?«

Alvin rückt von ihr ab.

»Ich?«, sagt er aufgebracht. »Gib nicht mir die Schuld daran, sie hat das ganz allein entschieden. Sie hat sich mit Engström angefreundet. Ich glaube nicht, dass sie am Anfang in ihn verliebt war, sie wollte ihn nur dazu bringen, dass er sie singen lässt.«

»Es ist nicht gerecht, dass sie da hineingeraten ist. Sie ist so ein wunderbarer Mensch.«

»Sie hatte die Wahl. Man hat immer eine Wahl. Dafür muss sie die Verantwortung übernehmen.«

»Du aber auch. Trotzdem hast du es zugelassen, dass sie dich schützt und die Strafe allein trägt.«

Alvin zögert, fährt sich mit den Händen durch die Haare, bis sie wie ein Helm vom Kopf abstehen.

»Ja, und dafür werde ich ihr immer dankbar sein«, sagt er schließlich.

»Wie ist Engström eigentlich als Mensch?«

»Er ist in Ordnung. Und witzig. Lilly glaubt , dass er die Frau nicht umgebracht hat. Was denkst du?«

»Ich weiß es nicht. Niemand weiß es. Aber Lilly hat immer wieder gesagt, wie nett er ist, und dass er sie zum Lachen bringt.«

»Ja, ja. Aber unabhängig davon, wie er ist und was er vielleicht getan hat, ist er ein verheirateter Mann. Sie sollte sich von ihm fernhalten.« Alvin steht auf, streckt die Arme in die Luft und gähnt. »Sie soll ihre Trauer ausschlafen, ich fahre jetzt nach Hause.«

Er hält Viola seine Hand hin, um ihr aufzuhelfen. Aber er zieht so stark, dass sie gegen ihn prallt und er sie festhalten muss. Zärtlich streichelt er über ihren Rücken.

»Wir können nicht hierbleiben«, flüstert er ihr ins Ohr.

»Was sagst du da?« Viola schiebt ihn von sich, sieht ihn entgeistert an.

»Mach dir keine Sorgen. Wir schaffen das. Walles Kinder können alles schaffen. Ich werde mir etwas ausdenken.«

Sie schüttelt den Kopf.

»Nein, nein, ihr dürft nicht wegziehen. *Ich* schaffe es hier nicht ohne euch.«

»Lilly verdient ein anderes Leben als das hier. Diese Blicke, der Hass. Sie singt herrlicher als die Vögel im Wald. Sie hat die schönste Stimme, die ich je gehört habe.«

»Was hat das damit zu tun?«

»Sie wird hier keine zweite Chance bekommen. Das ist eine Tatsache. Du hast doch gesehen, was passiert ist. Sie singt ein kleines Lied bei dir im Restaurant und wird gleich so widerlich angefeindet.«

»Die Leute vergessen doch auch wieder«, sagt Viola, obwohl sie weiß, dass Alvin recht hat.

»Nein, im Gegenteil, die Leute sind nachtragend. Ich nehme sie mit, vielleicht gehen wir nach Stockholm. Sie verdient ein Publikum, das sie liebt und verehrt. Und ich werde dafür sorgen, dass sie es auch bekommt.«

Viola schüttelt den Kopf, flüstert ein Nein und will ihn zurückhalten. Als er sich zum Gehen wendet, greift sie nach seinem Hemd. Er kommt zurück, nimmt ihr Gesicht in seine Hände und küsst sie. Dann lässt er sie wieder los und weicht ein paar Schritte zurück.

»Eines Tages sind wir weg. Puff! Einfach so«, sagt er mit einem Augenzwinkern und läuft die Treppe hinunter.

* * *

Viola kehrt an ihren Platz vor Lillys Tür zurück. Ab und zu hört sie ein Schluchzen. Als würde sie Luft holen. Viola klopft an, drückt die Türklinke herunter, um Lilly zu signalisieren, dass sie da ist. Dass sie ihre Freundin niemals im Stich lassen würde.

Schließlich öffnet Lilly die Tür, sie hat den Schlüssel lautlos umgedreht. Viola geht zu ihr ins Zimmer, das voller brennender Kerzen steht. Die flackernden Flammen werfen Schattenspiele an die Wände. Lillys Wangen sind von ihrer Schminke verschmiert, die Augen geschwollen und werden zu schmalen Schlitzen, wenn sie lächelt. Viola setzt sich dicht neben sie aufs Bett.

»Alvin war auch hier. Er hat lange gewartet, aber jetzt ist er nach Hause gefahren.«

Lilly nickt. Sie sagt, sie habe auch gehört, was er gesagt hat.

»Stockholm. Der spinnt doch.«

»Nein. Hör nicht auf ihn. Du musst nirgendwo hinziehen. Die Leute werden vergessen, was gewesen ist, du musst ihnen nur mehr Zeit geben.«

»Sie hassen mich. Das hast du selbst gesehen.«

Lilly wirft sich aufs Bett, vergräbt das Gesicht im Kissen. Viola legt sich neben sie auf den Rücken. Die Wände sind mit Zeitungsausschnitten tapeziert. Schwarz-Weiß-Fotografien von Lillys Idolen. Die großen Stars. Ella Fitzgerald, Billie Holiday, Alice Babs, Monica Zetterlund, Frank Sinatra. Viola betrachtet die Ausschnitte.

»Was die können, kannst du auch«, sagt sie. »Du singst mindestens genauso schön wie deine Stars hier an der Wand. Und die waren davor auch alle einmal unbekannt.«

Lilly zieht die Knie an und schlingt die Arme darum. Sie murmelt etwas Unverständliches.

»Wir können ein großes Konzert im Garten veranstalten, Plakate aufhängen«, spinnt Viola ihre Idee weiter.

»Niemals im Leben. Niemals. Ich werde nie wieder singen. Ich werde mich nie wieder so demütigen lassen wie heute.«

Viola streckt die Beine in die Luft und lehnt sie an die Wand. Sie ist noch nicht fertig mit ihrer Planung.

»Wir werden dir ein glitzerndes Kleid nähen. Und bitten Edgar, dass er uns eine Bühne baut. Er ist so ein guter Handwerker.«

Da springt Lilly aus dem Bett und reißt alle Zeitungsausschnitte von der Wand. Sie knüllt sie zusammen, zerfetzt sie und schleudert sie durch die Luft. Nur um ein Haar verfehlen sie die brennenden Kerzen. Viola fängt einige davon auf.

»Hör auf damit. Sonst brennt es hier gleich noch. Lass sie hängen«, sagt sie streng und hält Lilly fest, zwingt sie, sich wieder hinzusetzen.

Lilly ist außer Atem, keucht. Sie hat noch ein paar Ausschnitte in der Hand, sie zerreißt sie systematisch und lässt die kleinen Schnipsel auf den Boden rieseln.

»Du wirst wieder singen, das verspreche ich dir«, sagt Viola. »Am besten jetzt gleich. Komm, wir gehen runter zu Sture und singen ihm ein Geburtstagslied. Das hat bestimmt niemand getan heute. Er ist sicher noch wach.«

»Wir haben aber kein Geschenk für ihn«, entgegnet Lilly verzweifelt.

»Doch, das haben wir. Ich habe ein Fahrrad gefunden, das nicht so teuer war. Es ist zwar nicht rot, aber es funktioniert. Ich bin damit hierhergefahren, es steht hinter dem Flieder.«

Im Flur stapeln sich die Koffer und Taschen. Sara stopft den Korb des Kinderwagens voll mit Windeln und Brei, während sie parallel mit ihrem Mann Niklas telefoniert und ihm ihren Plan mehrmals erklären muss.

»Meine Großmutter will ihre Freundin in Paris besuchen, ein letztes Mal, bevor sie stirbt. Sie braucht unsere Unterstützung. Ja, das sagte ich doch schon, nach Paris. Du würdest es verstehen, wenn du hier gewesen wärst, wenn du sie gehört hättest. Du, ich muss jetzt aufhören, wir müssen los.«

Maj überprüft die Wettervorhersage auf ihrem Handy und packt zur Sicherheit eine Strickjacke für sich und Viola ein. Juni rennt hektisch hin und her.

»Suchst du nach etwas?«, fragt Maj sie genervt.

Juni verschwindet wortlos im Keller. Vielleicht will sie frische Wäsche aus der Waschküche holen.

Viola sitzt seelenruhig auf einem Stuhl in der Küche und betrachtet den Wirbelsturm um sie herum. Sie ist bemerkenswert ruhig. Ihre Handtasche liegt auf ihrem Schoß, ihre Hände darauf.

»Ist das nicht ein Wahnsinn, dass du jetzt gleich nach Paris fliegst?«, sagt Maj und reicht ihr ein Glas Leitungswasser.

Viola lächelt und nimmt einen großen Schluck. Sie hat schon immer davon geträumt, einmal nach Paris zu fliegen, es aber nie in die Tat umgesetzt. Hoffentlich kommt sie nicht zu spät. Sie wünscht sich so sehr, Lilly noch einmal zu sehen.

»Oma, weißt du, ob Lilly im Krankenhaus liegt? Und wenn ja, in welchem?«

Viola schüttelt langsam den Kopf. Sie weiß gar nichts.

»Aber du weißt doch, wo sie wohnt, oder nicht?«, fragt Maj sie.

Viola sieht sie unsicher an und beißt sich auf die Unterlippe.

»Mama!«

Sara hebt die schlafende Ellen aus dem weißen Korb und legt sie in den Maxi-Cosi. Die Kleine wimmert leise, aber schläft sofort wieder ein.

»Wir müssen jetzt zum Flughafen«, sagt Sara. »Die Tickets sind bezahlt, wir müssen los.«

»Aber wie sollen wir Lilly finden, wenn Oma nicht weiß, wo sie wohnt?«

Sara hebt ihr Handy in die Luft und wedelt damit.

»Das lösen wir unterwegs«, erwidert sie.

Juni kommt mit einem Berg Klamotten im Arm die Kellertreppe hoch. Maj will gerade die ersten Koffer und Taschen ins Auto tragen. Wütend starrt sie ihre Schwester an.

»Du bist immer noch nicht fertig? Wir müssen los, beeil dich.«

»Zwei Minuten, gib mir zwei Minuten«, bettelt Juni und rennt nach oben in den ersten Stock.

Viola spürt, wie zwei Hände ihr unter die Arme greifen und sie hochziehen. Sie nimmt Majs Hand und streichelt sie.

»Danke, dass ihr so lieb seid und mir helft.«

»Ja, Mama. Das wird ein echtes Abenteuer, auf das du uns da mitnimmst. Hast du alles in der Handtasche, was du für die Reise brauchst?«

Viola öffnet die Tasche und überprüft den Inhalt. Portemonnaie, Handy, Lippenstift, Taschentücher und Kopfschmerztabletten.

»Mein Pass fehlt noch, den brauche ich doch. Er liegt in meiner Kommode oben im Schlafzimmer, in der obersten Schublade.«

Maj bleibt am Fuß der Treppe stehen.

»Juni? Bringst du bitte Mamas Pass mit? Er liegt in der obersten Schublade in ihrer Kommode«, ruft sie.

Sie hören Junis donnernde Schritte über sich, die in Violas Zimmer rennt.

»Ich brauche auch unbedingt die rosa Blechdose. Darin ist vielleicht Lillys Adresse«, ruft Viola. Ihr ist gerade eingefallen, wo die Kiste ist, die sie auf dem Dachboden gesucht hat.

Juni poltert die Treppe herunter, ihre Reisetasche in der einen, Violas Pass in der anderen Hand. Die Haare sind ihr ins Gesicht gefallen, auf ihrer Stirn steht Schweiß. Viola lacht herzhaft.

»Wild bist du schon immer gewesen«, sagt sie.

»Was war das für eine Dose, von der du eben gesprochen hast?«, erinnert sie Maj.

»Sie ist unter den Bodenbrettern im Spielhäuschen versteckt. Der Schlüssel liegt normalerweise vorne auf dem Treppenabsatz. Ein Bodenbrett ist lose, wenn du mit dem Fuß darauf drückst, hebt es sich. Darunter liegt die Blechdose.«

»Okay, ich hole sie. Juni, du bringst Mama ins Auto. Sara und Ellen sitzen schon drin.«

Juni fährt den Wagen rückwärts auf die Straße. Sie hupt mehrere Male, und endlich rennt Maj herbei, die Blechdose in der Hand. Sie zwängt sich auf den Rücksitz und reicht sie Viola nach vorne.

»Ist das die richtige? Warum hast du sie denn versteckt?«, fragt sie keuchend.

Viola betrachtet die Kiste von allen Seiten.

»Ja, es ist die richtige«, sagt sie zufrieden. »Ich hatte vergessen, wo sie ist, und habe sie auf dem Dachboden gesucht. Und vorhin ist es mir plötzlich wieder eingefallen, wo ich sie versteckt habe.«

»Es hat länger gedauert, weil ich noch nach dem Schlüssel für die Kiste gesucht habe. Er muss abgefallen und in der Erde versunken sein, jedenfalls habe ich ihn nicht gefunden.«

Viola öffnet ihre Handtasche und holt einen Stoffbeutel heraus, in den sie die Dose steckt.

»Darum kümmern wir uns später. Man kann sie bestimmt einfach aufbrechen«, sagt sie und legt den Beutel zu ihren Füßen auf den Boden.

LILLY

12. AUGUST 1960

Es ist eng und stickig in dem winzigen Zimmer. Das einzige Bett ist schmal und hart. Sie schlafen gemeinsam Kopf an Fuß darin. Neben dem Bett steht ein kleiner Tisch. Wäre der nicht überfüllt mit Büchern, Make-up, einer Haarbürste und Krimskrams, könnten sie sich einen Stuhl anschaffen und daran sitzen und den üppigen Kirschbaum bewundern, dessen prachtvolle Zweige den Großteil der Aussicht verdecken. Zumindest könnte einer von ihnen da sitzen, für zwei Stühle wäre kein Platz.

Der Raum hat keine Küchenzeile, nur ein kleines Waschbecken mit fließendem Wasser. Deshalb bleibt ihre Küche immer kalt und besteht hauptsächlich aus Rohkost. Meistens Wurzelgemüse, das sie für kleines Geld kurz vor Schließung auf dem Markt erstehen. Wenn die Verkäufer ihre Waren einpacken und die Tische zusammenklappen, gehen sie hin und feilschen. Ungekochte Kartoffeln hinterlassen im Gaumen ein kratziges, pelziges Gefühl, aber man wird satt davon.

Lilly trägt ein beiges Unterkleid und ein Korsett. Sie stellt sich an die Wand, an der ihre vier Kleider hängen. Ein grünes, eins in Rosa, ein weißes und ein blaues. Zu jedem hat sie ein farblich passendes Haarband. Sie will das grüne herunterholen und stellt sich auf die Zehenspitzen, aber sie schafft es nicht, den Bügel vom Haken zu nehmen. Ungeduldig ruft sie nach Alvin. Er sitzt draußen im Treppenhaus und liest, das macht er manchmal, wenn es ihm zu eng wird und er sich eingesperrt fühlt. Oder wenn sie etwas vorhaben und er auf Lilly wartet.

»Bist du immer noch nicht fertig?«, beschwert er sich, als er durch die Tür ins Zimmer sieht.

»Ich will heute das Grüne anziehen, kannst du es mir bitte herunterholen?«

Aber Alvin hat schon das Blaue vom Haken genommen, das am nächsten an der Tür hängt, und wirft es ihr zu. Sie fängt es auf.

»Sie sind alle gleich gut, es spielt keine Rolle, welches du trägst. Jetzt beeil dich, zieh dich an«, sagt er und geht wieder nach draußen.

»Das hat doch alles keinen Sinn«, seufzt Lilly und steigt vorsichtig in das Kleid. Langsam zieht sie es sich über die Hüfte, dann über die Taille und schließt sorgfältig die lange Knopfreihe.

Alvin hat sie gehört, er steckt erneut seinen Kopf durch die Tür und mustert sie von oben bis unten.

»Und ob es das hat«, sagt er. »Sie werden dich und deine schöne Stimme lieben.«

»Das sagst du jedes Mal. Aber das stimmt nicht. Das tun sie nicht. Hier ist es nicht wie zu Hause.«

Seit mehreren Monaten sind sie schon in Paris. Sie hatten Gotland ziemlich überstürzt verlassen müssen, als die Polizei eines Abends Alvins Haus durchsucht und im Keller seine Schnapsbrennerei gefunden hatte. Alvin war zum Glück gerade unterwegs, Bestellungen ausfahren. Ein Nachbarsjunge konnte ihn warnen. Er ließ seinen Wagen stehen und ging direkt zu Lilly, weckte sie auf und verließ mit ihr auf einem der großen Fischerboote die Insel. Er wollte nicht riskieren, dass sie ein zweites Mal im Gefängnis landete, und sie hatte nichts dagegen, den Hass und die Schimpfwörter hinter sich zu lassen, die man ihr auf der Straße hinterherrief.

Bevor sie fuhren, grub Alvin eine Kiste im Garten hinterm Schuppen aus, in der er Schnapsgeld versteckt hatte. Sie schrieben einen Abschiedszettel an Walle, mussten ihn aber nicht wie geplant auf dem Küchentisch liegen lassen. Er wurde wach, als Lilly ihren Koffer die Treppe hinunterschleppte.

»Seid ihr schon wieder in Schwierigkeiten?«, fragte er schlaftrunken.

»Bitte entschuldige, Papa«, flüsterte Lilly und schlang ihre Arme um seinen Hals.

Alvin sagte nichts. Und dann gingen sie. Einfach so, wortlos. Walle stand in der Tür, er unternahm keinen Versuch, sie zurückzuhalten.

Als Lilly sich umdrehte und ihm zuwinkte, sah er aus wie ein Gemälde, wie er unter der Lampe im Flur stand, von nichts als schwarzer Nacht umgeben.

Als sie nach einer unruhigen Überfahrt in Stockholm ankamen, kaufte Alvin zwei Zugfahrkarten nach Paris. Er kümmerte sich um alles, bezahlte alles mit dem Schnapsgeld.

Er hat große Pläne mit Lilly und nennt sich ihr Manager, wenn sie sich vorstellen. Er zieht durch alle Jazzclubs der Stadt, bettelt und bittet, dass sie vorsingen darf. Aber Lillys Französisch ist zu schlecht, sie spricht die Wörter falsch aus. Die englischen Lieder, die sie alle auswendig kann, sind nicht so populär wie zu Hause. Und die schwedischen noch viel weniger, die sie oft vor sich hin summt. Außerdem hat sie sich erkältet, sie hustet und muss sich räuspern, als sie in die Schuhe schlüpft und sich fertig macht.

»Aber du kannst doch singen, oder?«, fragt Alvin besorgt, als er die Tür hinter ihnen abschließt.

Lilly singt einen Ton, horcht in sich hinein.

»Ja, das wird schon gehen. Ich will es noch mal mit *La Vie En Rose* probieren. Wie findest du das?«

Alvin zuckt mit den Schultern, sagt nichts, aber Lilly sieht ihm an, dass er sich große Sorgen macht. Sie setzt wieder an, erst zögernd, dann immer kräftiger. Er unterbricht sie, wedelt mit der Hand, dass sie aufhören soll.

»Letztes Mal haben sie gelacht, als du das Lied gesungen hast. Erinnerst du dich?«

»Ja, aber ich kann es jetzt perfekt aussprechen, ich habe mit der Schallplatte geübt, die du gekauft hast. Ich kann es, vertrau mir.«

»Aber Edith Piaf ist hier ein Star. Du kannst sie nicht überbieten. Sie verkörpert dieses Lied geradezu. Nimm etwas anderes, sing *Autumn Leaves*, das klingt so wunderschön.«

Lilly presst die Lippen beleidigt aufeinander.

»Du musst an mich glauben«, erwidert sie wütend. »Ich kann das, ich habe geübt. Du hast doch selbst gesagt, dass sie englische Lieder nicht mögen.«

Sie hakt sich bei ihm ein, lässt sich von ihm durch die verschlungenen Gassen von Paris zu der kleinen Bar führen, in der sie heute vorsingen soll. Es ist warm, die Luft ist feucht, ihre Haut klebt. Sie zwingt ihn, langsamer zu gehen, denn sie will nicht verschwitzt beim Vorsingen ankommen.

* * *

Die kleine Bühne in einer Ecke der Bar hat etwas Magisches. Als Lilly sie betritt, wird sie größer, ihr Rücken streckt sich, die Schultern sinken. Sie nimmt ein paar tiefe, lange Atemzüge und wartet darauf, dass der Pianist anfängt zu spielen.

Die Bar hat noch geschlossen, es sitzen nur zwei Personen im Publikum. Der Besitzer der Bar und ein Mann, der aussieht wie ein Koch. Sie sitzen auf Hockern am Tresen, sie kann ihre Gesichtszüge nicht sehen, dafür ist es zu dunkel. Der Raum hat keine Fenster, die Einrichtung ist in Schwarz und Rot gehalten. Wände, Boden und Tische sind schwarz. Samtsessel und Barhocker sind rot. Es riecht nach Rauch, die Luft ist schwer.

Alvin steht an der Bar, einen Arm auf dem Tresen, und hört zu.

Der Klang des Pianos dringt in Lillys Inneres, wird eins mit ihr. Sie öffnet den Mund und fängt an zu summen, wiegt sich hin und her. Ihr weites blaues Kleid folgt der Bewegung. Sie wirft einen Blick über die Schulter und nickt dem Pianisten zu. Der verlässt seine einleitende Improvisation und spielt die Melodie, um die sie gebeten hat.

Am Anfang singt sie zaghaft, heiser, eindringlich, als würde jedes Wort eine ganz besondere Bedeutung für sie haben. Ihr Blick ist auf die beiden Männer auf den Barhockern konzentriert. Sie schürzt die Lippen, bewegt ihren

Körper im Takt der Melodie. Und rollt das R so französisch, wie sie nur kann.

Sie bemerkt, dass ihre Zuhörer sich bewegen, mit den Füßen wippen, die Schultern heben. Das verleiht ihr neuen Mut. Sie gibt alles, singt immer lauter. Ihre Stimme ist klar, vom Husten, der sie nachts plagt, ist nichts zu hören. Das letzte Wort des Liedes, *rose*, hält sie lange, so lange, bis alle Luft aus ihrer Lunge entwichen ist.

Dann folgt Stille.

Die Sekunden fühlen sich an wie eine Ewigkeit. Lilly wird schlagartig unsicher auf der Bühne, die Magie ist verschwunden. Hilfesuchend sieht sie zu Alvin. Endlich steht der Barbesitzer auf und klatscht in die Hände. Ein einsamer Applaus, bis auch der Koch aufsteht und einstimmt. Alvin gesellt sich zu ihnen, er strahlt übers ganze Gesicht. Niemand hat gelacht. Ihnen gefiel, was sie gehört haben. Ihnen gefiel ihr Versuch, ein französisches Lied zu singen.

»Sie können hier anfangen!«, sagt der Besitzer mit einem anerkennenden Nicken. Er drückt ihr ein paar Scheine in die Hand. »Das ist kleiner Vorschuss, nur für Sie. Heute Abend teilen Sie sich das Trinkgeld mit den Bedienungen. Je besser Sie singen, desto mehr werden Sie verdienen. Und bringen Sie sich noch mehr von Piaf bei. Sie ist hier sehr beliebt.«

* * *

Draußen auf der Straße hebt Alvin seine Schwester hoch und wirbelt sie herum. Er ist sehr zufrieden und sehr stolz.

»Du hast es geschafft. Jetzt wird alles gut. Du wirst sehen, jetzt wird alles wieder gut«, sagt er und stellt sie wieder ab.

Lilly streicht sich das Kleid glatt. Sie reißt einen Faden ab, der sich gelöst hat und sie an der Wade kitzelt. Alvin hatte das Kleid gekürzt, nachdem sie es gekauft hatten. Der Stoff franst aus, aber Lilly hat den Saum noch nicht umgenäht, weil das Kleid nicht noch kürzer werden soll.

»Hast du nicht gehört, was er gesagt hat? Ich bekomme nichts dafür, dass ich singe. Nur Trinkgeld«, entgegnet sie empört.

»Du darfst singen, das ist ein wichtiger Schritt in die richtige Richtung. Und es wird zu etwas viel Größerem führen. Vertrau mir, ich weiß das.«

Ihre Füße brennen in den hochhackigen Schuhen, sie stolpert über das Kopfsteinpflaster. Das Leder ist hart und scheuert an ihrer Ferse. Sie hakt sich bei Alvin unter.

»Ich muss mich kurz ausruhen, ich kann in denen nicht den ganzen Weg nach Hause gehen. Ich hasse Schuhe«, schimpft sie vor sich hin.

»Zieh sie doch aus und geh barfuß, wie sonst auch.«

Zögerlich streift sie die Pumps von den Füßen, erst den einen, dann den anderen. Aber sie will nicht barfuß laufen, nicht in einer so großen Stadt, nicht in Paris. Sie zeigt auf eine Bank und zieht ihn mit sich. Sie legt einen Fuß aufs Knie und massiert ihn. Auf dem Fußrücken ist eine rote Furche zu sehen, die beweist, wie eng die Schuhe sitzen. Alvin nimmt ihr den Schuh aus der Hand und knetet das Leder, um es zu weiten.

»Wie viel Geld hat er dir als Vorschuss gegeben?«, fragt er.

Lilly holt das Bündel Geldscheine aus ihrer Handtasche. Besonders viel ist es nicht. Nur zwanzig Franc. Aber es ist mehr, als sie die letzten Wochen zur Verfügung hatten.

»Jetzt können wir uns wenigstens die nächsten Tage satt essen«, sagt sie. »Ich werde heute Abend so schön singen, wie ich kann, dann kommt vielleicht noch etwas dazu.«

»Hast du schon entschieden, was du singen wirst?«

Lilly summt, denkt nach.

»Er hat gesagt, ich soll mehr von Edith Piaf singen, aber ich kann kein anderes Lied von ihr. Und ich werde es nicht schaffen, bis heute Abend ein neues zu lernen.«

»Dann nimmst du eben englische Songs, davon beherrschst du ja eine Menge.«

Lilly summt die Melodie eines schwedischen Liedes, ohne Worte.

»Das kenne ich. Nimm das, was ist das für ein Lied?«

»Alice Babs, hast du das nicht erkannt?«, sagt Lilly mit einem Seufzer. »Ich wünschte, wir könnten nach Hause fahren und ich könnte wieder im *Strykan* singen. Und Viola steht in der Tür zur Küche und hört mir zu. Oh Gott, ich vermisse sie so sehr, jeden Tag, jede Sekunde.«

»Sie wird bald heiraten«, meint Alvin kurz angebunden. Seine Lippen sind zu einem schmalen Strich zusammengepresst.

»Woher weißt du das?«

»Die Gerüchteküche funktioniert immer, sie schafft es sogar bis nach Paris.«

»Hast du mit jemanden von zu Hause gesprochen? Mit Papa? Wir wollten doch nicht verraten, wo wir sind ...«

»Nur ganz kurz. Ich wollte ihm nur sagen, dass es uns gut geht. Ich habe ihn angerufen, und da hat er es mir erzählt. Sie hat jemanden kennengelernt, der anständig ist, gut genug für sie, hat er gesagt.«

»Und was meint er damit?«

»Na ja, hätte ich um ihre Hand angehalten, hätte mich ihr Vater wahrscheinlich mit einer Schrotflinte verjagt.«

Lilly nickt.

»Bestimmt. Walles Kinder bedeuten ja nur Ärger.«

»Ich habe sie wirklich geliebt.«

»Ja, sie und ein paar andere«, erwidert Lilly und kichert. »Aber wärst du Gentleman genug gewesen und hättest um ihre Hand angehalten, hätte sie vielleicht Ja gesagt. Ich glaube, sie mochte dich auch sehr gerne.«

»Gentleman ... Ja, vielleicht. Glaubst du wirklich, sie hätte Ja gesagt?«

»Ja, warum nicht. Du warst der schickste Kerl in ganz Visby. Dir fehlen nur gute Manieren, sonst könntest du dich mit einem Mädchen zufriedengeben«, sagt sie und versetzt ihm mit den Geldscheinen einen Klaps auf die Stirn.

»Ich hätte sie nicht heiraten können, sie war doch praktisch meine kleine Schwester.«

Alvin hört auf, den Schuh zu kneten und stellt ihn auf den Boden neben Lillys Fuß. Sie schiebt die Zehen in die Spitze, lässt die Ferse aber noch auf der hinteren Kante liegen. Vor ihnen picken Tauben zwischen den Steinen nach Krumen. Zerzauste Stadttauben mit aufgeplustertem Gefieder. Als ein Bus vorbeifährt, flattern sie auf und fliegen davon.

»Ich vermisse Viola ganz schrecklich«, sagt Lilly und sieht den Vögeln hinterher. Sie landen auf dem protzigen Ornament der gegenüberliegenden Hausfassade. »Sie muss sich doch furchtbare Sorgen gemacht haben, als wir so plötzlich verschwunden sind.«

»Glaubst du?«

»Du nicht?«

»Nein, ein paar wenige wissen, wo wir sind. Dazu gehört auch Gunnar. Ihn wird sie übrigens heiraten.«

Lilly zuckt zusammen, der Schuh rutscht unter ihrem Fuß weg. Sie zieht das Bein unter sich und dreht sich zu Alvin.

»Gunnar!«, ruft sie. »Sie wird Gunnar heiraten? Das kann ich nicht glauben.«

»Warum nicht?«

»Weil er so anders ist als du. Weil sie ihm keine Aufmerksamkeit geschenkt hat, nie einen einzigen Blick. Zumindest habe ich nie etwas gesehen. Er war viel da, das stimmt, und hat ihr bei allem Möglichen geholfen. Aber Gunnar ... Nein, darauf wäre ich nie im Leben gekommen.«

»Sie sind sich offenbar nähergekommen, nachdem wir verschwunden sind. Jetzt ist es, wie es ist. Er ist bestimmt die bessere Partie.«

»Besser als was?«

»Na, besser als ich.«

Alvin wendet den Kopf ab, wischt sich mit dem Handrücken über die Augen, räuspert sich. Lilly legt ihm eine Hand auf den Rücken.

»Ihr wart ein schönes Paar. Das fand ich wirklich, auch wenn ich das nicht so gezeigt habe. Ich werde ihr schreiben und ihr sagen, dass wir bald zurückkommen. Dann wird sie es sich vielleicht anders überlegen und Gunnar nicht heiraten.«

»Warte damit noch ein bisschen, sonst bekommst du nur Heimweh. Jetzt müssen wir uns auf heute Abend konzentrieren und dich herausputzen. Ein neues Kleid muss her und roter Lippenstift.«

Er steht auf und nimmt ihr die Geldscheine aus der Hand, zählt sie noch einmal sorgfältig durch und ergänzt die Summe mit ein paar Münzen, die er aus der Hosentasche holt.

»Das Geld ist für Essen bestimmt, ich bin so furchtbar hungrig, ich will frisches Brot haben«, protestiert Lilly lauthals.

»Du bekommst heute Abend mehr Geld.«

»Vielleicht finden die meine englischen Stücke schrecklich, und wir werden rausgeworfen.«

Alvin streckt ihr die Hand hin und zieht sie hoch. Sie stützt sich bei ihm ab und kneift die Augen vor Schmerz zusammen, als sie ihre Füße in die Schuhe zwängt.

»Ich werde dafür sorgen, dass du heute Abend umwerfend aussiehst. Du bist eine wandelnde Schatzkiste, dich müssen nur so viele wie möglich entdecken wollen. Ab nach Hause mit dir, geh barfuß und ruhe deine kleinen Füßchen aus. Ich besorge dir etwas Hübsches, ich habe eine Boutique gesehen, die gebrauchte Kleider verkauft.«

* * *

Lilly legt sich aufs Bett, als sie nach Hause kommt, doch sie kann sich nicht entspannen. Sie muss unaufhörlich an Viola denken, die Sehnsucht wird zu einem Kloß im Hals, bis ihr die Tränen ungehindert über die Wangen laufen. Sie erinnert sich daran, wie sie sich früher ihre Hochzeit ausgemalt und sich aus Bettlaken und Kopfkissenbezügen Brautkleid und Schleier gebastelt haben. Sie springt auf und sucht nach einem Blatt Papier oder einem Block.

Aber sie findet nichts. Schließlich klopft sie bei den Nachbarn, geht von Tür zu Tür, bis endlich jemand öffnet. Ein Mann mit Rasierschaum im Gesicht sieht sie irritiert an. Sie stammelt eine Entschuldigung, als ihr klar wird, dass sie nicht weiß, wie sie ihn fragen soll. Sie kann nicht genug Französisch.

Zurück im Zimmer reißt sie kurzerhand eine fast leere Seite aus Alvin Buch. Über den Titel des Buches, *Livets fest*, von Moa Martinson, zeichnet sie eine Blume und schreibt Viola einen Brief. »Liebe Viola, ich vermisse dich so sehr.« Das poröse Papier saugt gierig die Tinte auf, die Buchstaben fließen ineinander und werden unleserlich. Seufzend reißt sie eine zweite Seite heraus und drückt den Stift kaum auf beim Schreiben. Die Worte ihrer Sehnsucht und ihrer Zuneigung wollen aufs Papier. Sie braucht immer mehr Seiten, reißt sie aus allen Büchern, die sie finden kann.

Nachdem der Brief fertig geschrieben ist, legt sich Lilly wieder hin. Jetzt geht es ihr besser, morgen wird sie den Brief zur Post bringen, Viola wird sich darüber freuen.

Den Blick an die Decke geheftet fängt sie an zu singen, wird immer lauter. Sie hofft, dass die Nachbarn sich davon nicht gestört fühlen. Als Alvin nach Hause kommt, stimmt er sofort in das Lied mit ein. Sie lacht, als er mit dem neuen Kleid tanzt, als hätte er eine kopflose Frau im Arm. Es ist schwarz und glänzend, wie Seide sieht es aus. Das Kleid ist sanft tailliert, aber sehr viel figurbetonter als die mädchenhaften Kleider, die sie bisher getragen hat. Alvin legt es ihr auf den Schoß.

Es sitzt sehr eng, als sie es sich über den Kopf zieht, sie muss sich ganz schmal machen. Aber sie kann die Knöpfe am Rücken immer noch nicht schließen, es ist zu klein. Sie bittet Alvin, ihr Korsett noch enger zu ziehen.

»Das Kleid ist eine Größe kleiner als sonst, aber es muss trotzdem gehen«, sagt er und zieht an den Schnüren. Fängt ganz oben an und arbeitet sich langsam nach unten vor.

»Es ist viel zu klein, da passe ich niemals rein. Siehst du das nicht?«, seufzt Lilly und atmet tief aus.

Alvin mustert sie, legt seine Hände um ihre Taille.

»Das muss gehen, ich dachte, du wärst viel dünner geworden. Wir essen doch praktisch nichts mehr. Es gab kein anderes Kleid, das so schön dramatisch war. Du brauchst etwas Weiblicheres, das mögen die Zuschauer.«

Lilly schlägt seine Hand weg und greift selbst nach den Schnüren. Sie zieht den Bauch ein, bis es nicht mehr geht und kann das Korsett noch ein paar Millimeter enger machen. Jetzt kann sie auch das Kleid zuknöpfen. Es sieht aus, als wäre es ihr auf den Körper gemalt worden.

Dann kämmt sie ihre Haare, steckt sie auf einer Seite mit einer Haarspange zurück und trägt den tiefroten Lippenstift in mehreren Schichten auf. Der kleine Spiegel, der neben der Tür hängt, ist zu klein, um sich in voller Größe zu sehen. Sie nimmt ihn vom Haken und hält ihn schräg über sich. Ein Riss verläuft quer durch ihr Spiegelbild, weil das Glas in der Mitte gebrochen ist.

»Du siehst aus wie ein Filmstar«, sagt Alvin zufrieden. Er sitzt mit einer nicht brennenden Zigarette im Mundwinkel auf dem Bett. Sie wippt auf und ab, wenn er spricht.

Lilly hängt den Spiegel zurück, lächelt und fängt an zu tanzen. Aber dann erlischt ihr Lächeln, und sie bleibt abrupt stehen.

»Du lässt mich aber nicht allein mit ihm, versprichst du mir das? Was ist, wenn wieder dasselbe passiert wie beim letzten Mal?«, sagt sie ängstlich.

»Keine Sorge. Ich werde dich keinen Moment aus den Augen lassen.«

* * *

Der Jazzclub scheint angesagt zu sein. Das Lokal ist schon voll, als Lilly und Alvin ankommen. Überall sitzen Gäste, an den Tischen in den roten Samtsesseln und an der Bar. Die wenigen Lampen an den Wänden verbreiten ein weiches goldgelbes Licht und verwandeln den Rauch der Zigaretten in schöne Nebelschleier. Jeder Gast scheint zu rauchen, hat entweder eine Zigarre oder eine Zigarette mit verziertem Mundstück in der Hand. Lilly wird von dem Gestank übel. Sie hat Hunger, aber nichts gegessen aus Angst, dass die Nähte ihres schönen, enganliegenden Kleides aufplatzen könnten.

Auf der Bühne steht ein Trio. Piano, Saxophon und Kontrabass. Fast wie zu Hause im *Strykan*. Sie muss an Gunnar denken, wie aufmerksam er auf ihre Stimme und ihren Einsatz geachtet und die Melodie angepasst hat. Sie hat sich immer gut mit ihm auf der Bühne gefühlt. Und sicher.

Den Pianisten kennt sie vom Vorsingen, er trägt sogar dieselbe Kleidung. Ein weißes Hemd und eine schwarze Hose mit ledernen Hosenträgern. Neben ihm steht der Bassist in einem ausgebeulten, zerschlissenen braunen Anzug. Der Saxophonist trägt einen Zylinder, jedoch keinen Frack. Seine

Hose ist geflickt, zwar sehr diskret, aber man kann es dennoch sehen. Er bewegt rhythmisch den Kopf, wenn die anderen spielen, als würde die Musik in seinem Körper leben.

Als er Lilly sieht, winkt er sie zu sich auf die Bühne. Das Kleid engt sie ein, sie kann sich nur steif und sehr langsam bewegen. Der Saxophonist lässt sein Instrument vor dem Bauch baumeln, streckt ihr eine Hand hin und zieht sie zu sich hoch. Sie muss alle Muskeln anspannen, spürt die Nähte knacken, aber sie halten.

Sie hat kaum ihre Position am Mikrofon eingenommen, da stimmt der Pianist schon die ersten Noten von *La Vie En Rose* an. Sie will tief einatmen, doch das Korsett hindert sie daran. Sie schnappt nach Luft, und als sie ihre Lippen an das silberne Mikrofon legt, hört man nur Keuchen und keine Töne. Ihr wird schwarz vor Augen, und sie bricht ohnmächtig zusammen. Ein schriller Schrei ist zu hören, jemand fängt sie auf und legt sie vorsichtig auf den Boden.

»Das Kleid ist schuld, es ist zu eng«, keucht sie, als sie die Augen wieder öffnet und Alvin über sich sieht. Er schlägt ihr so hart auf die Wangen, dass die Haut brennt.

»Wach auf! Du kannst jetzt nicht alles kaputt machen«, sagt er eindringlich.

Als sie wieder zu sich gekommen ist, hilft er ihr auf. Das Trio hat sein Spiel wieder aufgenommen, das Publikum hört interessiert zu. Verwundert. Alle Blicke scheinen auf sie gerichtet zu sein. Ein Kellner kommt mit einem Glas Wasser. Alvin nimmt es ihm ab und hält es Lilly an die Lippen.

»Trink das, und dann stellst du dich ans Mikrofon und singst, so schön du nur kannst. Du kannst es noch retten«, sagt er und streicht ihr zärtlich über den Kopf.

Lilly atmet tief ein. Die Nähte ihres Kleides scheinen doch nachgegeben zu haben, denn sie bekommt jetzt viel besser Luft. Alvin hilft ihr auf, sie dreht sich so, dass niemand das zerrissene Kleid sehen kann.

Als sie erneut ihren Platz am Mikrofon einnimmt, ist ihr noch immer schwindelig. Während sie wartet, bis das Instrumentalstück ausklingt, wippt sie im Takt zur Musik mit. Dann nickt sie dem Pianisten zu, sie ist bereit für einen zweiten Versuch.

* * *

Ihre Kraft reicht nur für ein paar wenige Lieder, dann nickt sie dem Publikum entschuldigend zu und verlässt die Bühne. Als sie zu Hause ankommen, ist ihr nach wie vor schwindelig und so übel, dass sie sich in den Putzeimer übergeben muss. Alvin hilft ihr ins Bett. Er setzt sich zu ihr auf die Bettkante und legt seine kühle Hand auf ihre Stirn. Lilly versucht die Augen offen zu halten, aber ihr ist zu schwindelig.

»Wie geht es dir?«, fragt Alvin.

Lilly legt ihre Hände auf den Bauch und verzieht das Gesicht.

»Geht so«, murmelt sie, dreht sich auf die Seite und starrt an die Wand.

»Warst du zu nervös? Hattest du Angst, dass …?«

Lilly schluchzt und greift nach Alvins Hand.

»Mach dir keine Sorgen, das wird dir nie wieder passieren, ich beschütze dich. Niemand darf dich anfassen. Und niemand soll dir die Freude am Singen nehmen. Dafür sorge ich, versprochen.«

»Ich will nicht mehr.«

»Du musst, sonst schaffen wir es hier nicht. Deine Stimme ist das Einzige, was wir haben.«

Sie schließt die Augen, öffnet sie aber gleich wieder. Sie will die Bilder nicht sehen, die vor ihrem inneren Auge erscheinen und sie quälen. Der Besitzer der Bar, in der sie davor zum Vorsingen war, hatte sie keuchend auf den Schreibtisch im Büro gestoßen, ihr Kleid zerrissen und ihre Beine gespreizt. Sie hatte sich gewehrt, ihn getreten, aber das hatte nicht gereicht, sie war einfach zu schwach.

Erst als Alvin kam, ließ er endlich von ihr ab. Sie wird niemals das Geräusch vergessen, als seine Nase brach, weil Alvin ihm mit voller Kraft ins Gesicht schlug. Der Mann stürzte zu Boden, und Alvin trug sie halbnackt nach Hause, während sie sich panisch an seinen Hals klammerte.

Es dauerte Wochen, bis es Alvin gelang, sie wieder zum Singen zu überreden. Sie sprachen viel und oft über das Geschehene. Dass weder sie noch die Wahl des Liedes Schuld daran waren. Irgendwann glaubte sie es ihm, doch die Angst blieb.

»Ich werde mich das nächste Mal mehr anstrengen und besser singen. Entschuldige bitte«, sagt sie schwach.

»Das musst du auch.«

»Können wir nicht nach Hause fahren? Zu Papa? Er wird uns verzeihen, und ich kann Uno heiraten.«

»Du hast wohl vergessen, dass ich mit einem Haftbefehl gesucht werde, ich würde sofort ins Gefängnis kommen. Und Engström ist verheiratet, wenn du dich erinnerst.«

»Ja, und er sitzt im Gefängnis.«

»Nein, das tut er nicht mehr …«, sagt Alvin zögernd.

»Haben sie ihn freigelassen? Wann? Wieso? Er hatte doch noch so viele Jahre vor sich.«

»Sie haben den Schuldigen gefunden. Es war einer vom Festland, er hat in einem Brief seine Schuld gestanden und dann Selbstmord begangen. Die junge Frau, die Tote, war seine Geliebte. Es war eine heimliche, verbotene Liebe. Die Schuldgefühle haben ihn so sehr geplagt, dass er sich das Leben genommen hat.«

»Dann hatte ich von Anfang an recht, dass Uno unschuldig war!«

»Ja, und jetzt ist er frei. Er ist sofort nach seiner Entlassung mit seiner Familie aufs Festland gezogen, um dort ein neues Leben anzufangen. Und das müssen wir auch tun. Wir beide müssen es allein schaffen. Du und ich. Ich werde mir etwas ausdenken, es wird alles gut werden.«

Lilly stützt sich auf und setzt sich hin. Sie öffnet die Haarspange, schüttelt ihr Haar. Dann nimmt sie die Streichholzschachtel und zündet die Kerze auf dem kleinen Tisch an.

»Was tust du da? Wir sollten jetzt besser schlafen gehen. Du bist doch bestimmt schrecklich erschöpft und müde?«

»Die ist für Uno, der Arme. All die Jahre. Ich wusste immer, dass er unschuldig ist. Aber in erster Linie ist die Kerze für Mama«, sagt Lilly mit ernster Stimme und wischt sich eine Träne von der Wange.

»Ach, ist das heute?«, fragt Alvin.

Lilly nickt und legt sich wieder aufs Bett.

»Tod und Schmerz und Stures Geburtstag. Und wir haben ihn nicht einmal angerufen und ihm gratuliert«, schluchzt sie und zieht sich die Decke über den Kopf.

Sie parken auf einem alten Acker, der unmittelbar neben dem Flughafen von Visby liegt. Maj ist auf Befehl von Viola durch ein Loch in einer Fliederhecke gefahren und gibt Gas, um die eingetrockneten, tiefen Traktorspuren zu überwinden.

»Bist du dir ganz sicher, Mama?«

Viola nickt und sieht durch das offene Beifahrerfenster auf die andere Seite des Ackers, wo die Umrisse eines Hauses zu erkennen sind.

»Dort drüben wohnt Georg, wie waren Schulkameraden, und er hat gesagt, dass ich jederzeit auf seinem Acker stehen darf. Ich hoffe mal, dass er noch lebt.«

Sara hält Ellen fest, während das Auto über die Furchen holpert. Schließlich hält Maj an, aber Viola bedeutet ihr, noch weiterzufahren.

»Er muss noch mit seinem Traktor vorbeikommen können.«

»Glaubst du wirklich, dass er noch mit dem Traktor fährt? Er ist doch auch über achtzig«, meint Maj skeptisch, aber folgt den Anweisungen ihrer Mutter und fährt den Wagen noch ein Stück weiter.

Sie hält so dicht an der Hecke, dass sie über den Beifahrersitz klettern muss, um aussteigen zu können.

Juni hievt bereits die Koffer aus dem Kofferraum. Viola nimmt ihren und wirft einen Blick auf ihre Armbanduhr.

»Ich fliege nach Paris«, sagt sie fröhlich und macht sich mit unsicheren Schritten auf den Weg zum Flughafengebäude. Sara läuft ihr hinterher und bietet ihr den freien Arm als Stütze an, den Viola dankbar ergreift.

»*Nach Paris, nach Paris*«, singt sie, summt vor sich hin und winkt Ellen in ihrem Maxi-Cosi zu. Die Kleine gluckst vor Freude, als sie das alte Kinderlied hört.

»Nimmst du meine Tasche mit, Mama?«, ruft Sara über die Schulter.

»Man sollte nur eine Generation auf einmal verschleißen«, erwidert Juni leicht verärgert, die bereits zwei Koffer trägt. Sie flucht leise, als ihr die Handtasche von der Schulter rutscht und gegen einen der Koffer schlägt.

Der Flugplatz ist winzig, es sind nur hundert Meter vom Parkplatz zur Abflughalle.

»Ich habe uns alle schon auf dem Weg hierher übers Handy eingecheckt«, sagt Sara und geht direkt auf die Sicherheitskontrolle zu. Sie stellt den Maxi-Cosi auf eine Bank, hebt Ellen heraus und zupft ihre Hose zurecht, die hinuntergerutscht ist und ihren weichen Bauch entblößt hat. Juni wuchtet die Koffer auf das Laufband.

»Kannst du mich mal kneifen? Passiert das hier gerade wirklich?«, sagt Sara und lehnt sich gegen Juni. »Fliegen wir jetzt gleich tatsächlich mit Oma nach Paris?«

Juni umarmt ihre Tochter und Ellen.

»Ja, Wunder gibt es immer wieder. Da haben wir uns vor Kurzem noch beklagt, dass wir nie ins Ausland fliegen. Wie lange träumen wir beide schon von Paris? Das hat alles seinen Sinn«, sagt sie.

»Vor einer Stunde waren wir noch am Strand, ich habe

noch Sand zwischen den Zehen. Es fühlt sich an, als würde ich träumen.«

Sara schlüpft aus ihrem Schuh und kippt ihn auf die Seite. Feiner weißer Sand rieselt auf den glänzenden Steinfußboden. Juni beugt sich vor und hilft ihr, den Schuh wieder anzuziehen.

Viola steht neben Maj, sie sind schon durch die Kontrolle gegangen.

»Ja, was für ein sonderbarer Tag«, sagt sie, als Juni und Sara mit ihrem Handgepäck auf sie zukommen. »Sonderbar und magisch zugleich.«

»Mama, hast du dir schon Gedanken gemacht, wie wir Lilly finden sollen, wenn wir in Paris angekommen sind?«, fragt Maj besorgt.

»Und du bist dir ganz sicher, dass sie auch dort ist?«, hakt Juni nach.

Viola nestelt an ihrer Handtasche, dreht den Träger zwischen ihren Fingern und schüttelt langsam den Kopf.

»Nicht so ganz«, antwortet sie und weicht den Blicken der anderen aus. Sie ist darauf gefasst, dass gleich ein Sturm der Entrüstung und eine wilde Diskussion losbrechen werden.

»Gib mir mal dein Handy«, sagt Sara und streckt ihre Hand aus.

»Und was willst du damit machen?«

»Na, wenn sie dich angerufen hat, können wir doch ihre Nummer sehen, sie zurückrufen und fragen, wo sie ist.«

Viola holt ihr Telefon aus der Tasche und entsperrt es. Sie tauscht Handy gegen Baby und nimmt Ellen auf den Arm. Ihre Wange berührt den weichen Kopf, sie schnuppert daran, atmet den wunderbaren Duft von Babyöl ein.

»Du bist wirklich eine kluge Frau, darauf wäre ich nicht gekommen«, meint sie beeindruckt.

Sara hat die Nummer bereits gefunden und gewählt. Sie streckt den Zeigefinger in die Luft, als sich tatsächlich jemand meldet, bedeutet den anderen, still zu sein. Sie spricht Französisch, sie hat ein Jahr als Austauschschülerin in Frankreich verbracht und dort die Sprache gelernt. Die anderen verstehen kein Wort. Aber ab und zu fällt Lillys Name.

Der Abflug naht, die Schlange am Gate ist geschrumpft, sie sind die letzten. Sara telefoniert den ganzen Weg bis zur Gangway. Sie hat die Stirn gerunzelt, sieht besorgt aus. Kurz bevor sie die Treppe hochgehen wollen, fragt sie nach Stift und Papier. Viola öffnet ihre Handtasche, aber Maj ist schneller und gibt ihr eine alte Quittung und einen Bleistift. Sara grinst bei dem Anblick des zerkauten Stiftes, kritzelt etwas auf das Stück Papier und beendet dann das Telefonat.

Ihre Plätze sind ganz hinten im Flieger, er ist nicht ausgebucht.

»Ein Mann hat sich gemeldet«, erzählt Sara, nachdem sie sich hingesetzt haben. Viola sieht sie entgeistert an.

»Das ist unmöglich. Es war Lilly, ich habe ihre Stimme sofort erkannt, sie hat sich überhaupt nicht verändert. Sie ist immer noch so klar und schön wie früher. Sie klang wie ein junges Mädchen.«

»Aber ich habe mit einem Mann gesprochen. Hundertprozentig.«

»Ist sie schon gestorben?«, ruft Viola erschrocken und legt eine Hand an den Mund. »Hat er das gesagt?«

»Er hat mir erzählt, dass er das Handy im Park auf einer

Bank gefunden hat. Ich habe ihn gefragt, wo das war, und er hat mir die Adresse gegeben. Vielleicht ist das Krankenhaus ganz in der Nähe, vielleicht hat sie nur einen Spaziergang gemacht?«

»Vielleicht ist sie auch schon tot«, flüstert Viola.

VIOLA

12. AUGUST 1961

Das kleine Mädchen kann schon fast aus eigener Kraft aufrecht sitzen. Noch geben ihr die weichen Kissen rechts und links Halt. Sie trägt ein weißes Hemdchen und eine mit einer Spitzenborte gesäumte Hose. Ihre dünnen, struppigen Haare stehen ihr zu Berge. Vor ihr liegen kleine Eimer und Spaten auf dem Boden. Viola atmet schwer, sie leidet unter der Hitze, ihre Körperfülle macht ihr zu schaffen. Denn sie trägt ein Kind unter ihrem Herzen, das bald das Licht der Welt erblicken wird. Wenn es ein Mädchen wird, soll sie Maj heißen. Maj und Juni. Sommermädchen. Obwohl Juni zwar nicht im Sommer geboren wurde, aber immerhin gezeugt. Das hat Viola ausgerechnet. Das kleine Mädchen lag eines Abends in einem Korb vor der Tür des Restaurants. Jemand hatte ihn unbemerkt im Schutz der Nacht dort abgestellt. Am Handgelenk trug das Baby einen Zettel, der mit einem rosa Seidenband befestigt war.

Bitte kümmere dich um mich. Würdest du das tun? Ich brauche dich, ich habe sonst niemanden. Ich wurde am 5. Februar geboren. Du darfst entscheiden, wie ich heißen soll.

Viola konnte gar nicht anders handeln, sie hatte das Gefühl, dass sie, nur sie mit diesen Worten gemeint war. Gunnar und sie waren zuerst schockiert, wochenlang warteten sie darauf, dass jemand das Baby abholen würde. Sie fragten bei den Nachbarn, ob sie in der betreffenden Nacht jemanden gesehen hätten, sie klopften an jeder Tür in den Gassen in unmittelbarer Nähe des Restaurants. Aber niemand hatte etwas gesehen oder gehört. Sie kümmerten sich liebevoll um die Kleine, wiegten sie in den Schlaf, gaben ihr zu essen und liefen mit ihr im Arm durchs Haus, wenn sie nicht einschlafen konnte und untröstlich war.

Es war ein süßes Mädchen mit wunderschönen Augen. Unwiderstehlich. Viola fragte alle, denen sie begegnete, ob sie das Baby wiedererkannten. Wer konnte die Kleine dort zurückgelassen haben? Aber niemand wusste etwas.

Natürlich würden sie das Baby behalten. Schon beim ersten Schrei hatte es in Violas Brust gezogen. Für die Milchproduktion war es noch zu früh, sie hatte da gerade erst erfahren, dass sie selbst ein Kind erwartete. Doch sie legte den schreienden Säugling trotzdem an die Brust, was Wunder wirkte, wenn das Kleine Trost brauchte. Auch Spaziergänge halfen. Viola und Gunnar liefen unzählige Kilometer mit ihr im Arm oder im Kinderwagen. Zu allen Tages- und Nachtzeiten.

Tagsüber geht Viola bei ihren Eltern vorbei oder bei Walle. Er nimmt sich immer Zeit für sie, sieht in den Kinderwagen, spricht mit der Kleinen. Er kennt sich mit Kindern aus und gibt ihr viele Tipps. Aber sie sind alle unterschiedlich, sagt er immer. Kein Baby gleicht dem anderen. So wie kein Mensch dem anderen gleicht.

Manchmal sind Siv, Sonja und Rosa zu Hause, wenn sie vorbeikommt. Dann hat sie viele helfende Hände, die Mädchen wechseln sich ab und kümmern sich rührend um das Baby. Sie wünscht sich, dass Lilly da wäre. Sie will alles erfahren über Lilly und Alvin, stellt ihnen Fragen. Haben sie angerufen? Was haben sie gesagt, wann kommen sie wieder nach Hause?

Lilly ist nicht da, und doch ist sie bei ihr. Solange ein Mensch in der Erinnerung lebt, ist er am Leben. Ob er gestorben oder nur ausgewandert ist. Einen einzigen Brief hat Viola bekommen. Nur diesen einen. Jeden Tag hofft sie darauf, dass ein zweiter im Briefkasten liegt. Immer vergeblich.

Das Kissen rutscht zur Seite, Juni fällt mit dem Kopf voran auf den Rasen und schreit. Die Tränen laufen ihr über die Wangen, und sie zappelt und strampelt mit Armen und Beinen.

Viola holt Schwung, will aufstehen und ihr zu Hilfe eilen, aber Gunnar ist schneller. Er hebt Juni hoch und summt ein Wiegenlied, das sie gerne mag.

Juni hört augenblicklich auf zu weinen. Sie legt den Kopf an seine Brust und greift nach seinen weichen Locken im Nacken. Viola wird auch ganz ruhig, wenn sie ihn mit ihr tanzen sieht, so liebevoll und vorsichtig. Er wiegt sie hin und her. Die Musik ist immer Teil von ihm, auch wenn es still ist.

»Bleib sitzen, mein Schatz, ruh dich aus«, sagt er und geht zur Terrassentür, während seine Lippen in einem zärtlichen Kuss auf Junis Kopf liegen.

Das Reihenhaus, in dem sie leben, ist neu gebaut, es riecht noch überall nach Holz und Farbe. Eigentlich war es viel zu teuer für sie, Violas Vater hat die Hälfte des Kredits übernommen. Das Haus hat zwei Schlafzimmer, eine Küche und ein Wohnzimmer. Und ein kleines Arbeitszimmer, in dem Viola die Buchführung für das Restaurant erledigen kann, wenn sie nicht vor Ort ist.

Im Wohnzimmer steht Gunnars glänzendes Klavier, sein Augenstern, den niemand berühren darf. Er hat seit seiner Jugend gespart, um es sich eines Tages leisten zu können. Viola hört ihn spielen, die Töne finden ihren Weg durch die geöffnete Tür und vermischen sich mit den Wellen, die gegen die Steine am Strand schlagen, der sich unterhalb des Hauses befindet. Nur eine schmale Straße trennt sie vom Meer.

Gunnar spielt Kinderlieder, einfache Melodien, die Juni liebt. Sie wird sofort ruhig, wenn Gunnar Klavier spielt, ganz gleich wie traurig und aufgebracht sie vorher gewesen ist. Viola ist gespannt, wie wohl ihr Baby sein wird, ob es Musik auch so liebt wie Juni.

Der Bauch unter dem weißen Leinenhemd spannt sich an. Ein kleines Bein oder ein Arm drückt von innen dagegen, sie legt eine Hand auf die Stelle, streichelt sie. Dann schließt sie die Augen und lauscht der Musik und dem Meer und dem hellen Kinderlachen.

* * *

»Bist du sicher, dass du heute Abend allein zurechtkommst? Du bist ein bisschen blass.«

Gunnar hat seine Noten in die Aktentasche geschoben, hockt sich hin und schnürt sich die Schuhe. Er muss los. Tagsüber arbeitet er als Musiklehrer, abends spielt er überall, wo Bedarf für einen Pianisten ist. Er spielt, um so ein zusätzliches, kleines Einkommen zu haben, aber hauptsächlich, weil es ihm Spaß macht. Wenn er von seinen Auftritten zurückkommt, strahlt er übers ganze Gesicht. Im kleinen Leben ruht das große, sagt er ihr immer. Wenn man das erkannt hat, dann findet die Seele Ruhe.

»Ich komme sehr gut allein zurecht«, versichert Viola ihm und hievt ihre Beine aufs Sofa. »Das Baby soll doch erst in ein paar Wochen kommen.«

Ein weiches Kissen liegt unter ihren Beinen, die geschwollen und müde sind. Sie muss sie oft hochlagern. Sie verfolgt Gunnars Bewegungen, und als er das bemerkt, kommt er zu ihr und gibt ihr einen sanften Kuss.

»Es wäre doch am besten, wenn ich zu Hause bleibe«, sagt er und schiebt das Kissen unter ihren Beinen zurecht. »Das Kleine kann jederzeit kommen. Vielleicht sogar schon heute Nacht?«

»Meine Eltern sind in der Nähe, nur einen Telefonanruf entfernt. Und wir wohnen neben dem Krankenhaus. Du musst dir keine Sorgen machen, jetzt fahr schon.«

Gunnar zögert, setzt sich neben sie, lehnt seine Stirn gegen ihre Schulter. Er ist eine empfindsame, ängstliche Seele. Es ist ihm bewusst, und er bittet sie deswegen oft um Entschuldigung. Viola schmiegt sich an ihn, genießt die Geborgenheit und die Liebe. Sie will nicht, dass er geht, aber das zeigt sie ihm nicht.

»Geh jetzt, ich komme gut zurecht«, flüstert sie.

Nachdem Gunnar das Haus verlassen hat und mit dem Fahrrad davongefahren ist, steht Viola mühsam auf und geht in Junis Zimmer. Das Mädchen schläft ruhig und friedlich in seiner Wiege. Das Gitterbettchen steht schon daneben und wartet auf sie. Denn wenn das neue Baby da ist, wird Juni umziehen müssen. Die beiden Kleinen werden fast wie Zwillinge aufwachsen. Ob sie wohl auch beste Freundinnen werden, so wie Lilly und sie es waren? Werden sie sich abends Geheimnisse zuflüstern und sich aus dem Haus schleichen, um nachts baden zu gehen?

Hoffentlich.

An der Wand in der Küche hängt ein Kalender. Der errechnete Geburtstermin ist mit einem roten Herz markiert. Gunnar hat es eingezeichnet. In wenigen Wochen ist es so weit. Vielleicht kommt ihr Kind im August zur Welt. Sie legt einen Finger auf das Datum, fährt die Zahl nach, die eins und die zwei. Das wäre schön. Da spürt sie ein heftiges Ziehen im Bauch. Aber vielleicht kommt es auch schon heute, so wie Gunnar befürchtet hat.

In einer Ecke des Zimmers stehen ein paar noch nicht ausgepackte Umzugskartons und Koffer. Sie durchwühlt sie, sucht nach Briefpapier. Sie weiß genau, dass sie irgendwo welches hat. Aber wo? Sie findet Porzellan, Stoffe, Bücher und Zeitschriften. Am Ende aber entdeckt sie es. Hauchdünnes Luftpostpapier, mit roten Tulpen verziert. Sie reißt ein Blatt vom Block, legt es auf den Tisch vor sich und setzt den Stift aufs Papier.

Liebste Lilly,

ich wünsche mir so, dass ich eure Adresse hätte und wüsste, wohin ich dir meine Gedanken schicken kann.

Ich will wissen, was du so machst, wie es dir geht. Wie es Alvin geht. Ob ihr auch ab und zu an mich denkt oder ob unsere Freundschaft und die Erinnerung daran verflogen ist wie eine unbedeutende Episode in eurem Leben.

Falls wir uns wiedersehen, wenn wir uns wiedersehen, wirst du einen ganzen Stapel von Briefen bekommen, die du durchlesen kannst. Ich habe nie aufgehört, dich zu vermissen, ich habe nie aufgehört, dir Vorwürfe zu machen, dass du einfach so die Insel verlassen hast, ohne dich zu verabschieden. Ich habe mich so sehr über deinen Brief gefreut, in dem ich erfahren habe, dass es dir gut geht, dass du in Sicherheit bist.

Liebes, bitte schreib mir. Bitte schick mir eine Adresse. Bitte höre meine Worte, die ich dir gerade schreibe.

Über dich steht so viel Schönes und Nettes in den Zeitschriften. Hier schämt sich niemand mehr für dich, hier sagt niemand ein böses Wort über dich. Alle hegen Bewunderung für dich, in der du dich sonnen kannst. Komm bald nach Hause, Lilly. Ich vermisse dich so sehr.

Ich wünschte, dein schöner Gesang wäre so kraftvoll, dass ich ihn auch hier hören kann. Du durftest für Präsident Kennedy singen, unglaublich. Jackie war sehr hübsch in ihrem rosa Kleid, aber du warst tausendmal schöner.

Gunnar und ich reden oft über deine Stimme, dass sie klingt wie ein ganzer Engelchor. Ich habe gelesen, dass es eine Schallplatte mit deinen Liedern darauf *gibt. Gunnar will sie besorgen. Dann könntest du für uns hier zu Hause im Wohnzimmer singen.*

Wir haben eine kleine Tochter, und ein Baby ist unterwegs. Das Mädchen ist nicht unser leibliches Kind, aber sie ist bei uns gelandet. Sie heißt Juni. Ein Sommerkind, obwohl sie im Winter geboren wurde.

Die Worte sind verbraucht. Viola dreht den Stift zwischen den Fingern. Warum Zeit damit verschwenden, diese Briefe zu schreiben? Wenn niemand ihre Adresse kennt und niemand weiß, ob Alvin und sie jemals nach Gotland zurückkehren.

Sorgfältig faltet sie das Briefpapier zusammen und legt es in einen Umschlag. In der Schublade in der Küche liegen bereits zwei Briefe an Lilly. Sie haben alle kein richtiges Ende, sind ohne Grüße, ohne Unterschrift. Sie bestehen nur aus langen, bedeutungslosen Phrasen, die niemals ihre Empfängerin erreichen werden. Sie weiß nicht, warum sie es immer wieder versucht. Die Sehnsucht wird es sein, die sie täglich quält.

Manchmal bekommt die Sehnsucht etwas Surreales, als hätten sie sich niemals wirklich gekannt. Als wäre Lilly tatsächlich nur ein Idol in einer Zeitschrift, die sich Viola gekauft hat. Eine unerreichbare Berühmtheit. Ein Star.

An der Wand neben der Speisekammer hängt ein Zeitungsausschnitt. Darauf sind Lilly und das amerikanische Präsidentenpaar zu sehen, während seines Staatsbesuches in Paris. Der Fotograf hatte die drei auf einem Bild verewigt. Das war der Durchbruch. Von da an war aus dem schmutzigen, barfüßigen Mädchen, mit dem sie als Kind gespielt hatte, über Nacht ein Weltstar geworden. Lilly hatte nur einmal für die richtigen Leute singen müssen.

Viola sammelt alles, was sie in die Finger bekommt. Alle Fotos, jeden einzelnen Artikel über Lilly. Sie hat so viele Fragen, die sie ihrer Freundin stellen will. Geht es ihr gut? Sind ihre Träume jetzt in Erfüllung gegangen?

Warum meldet sie sich nicht?

* * *

Sie ist so hochschwanger, dass sie Juni nicht vor sich tragen kann, der Bauch ist zu groß und ihre Arme zu kurz. Sie bindet sich die Kleine um, der Po ruht auf dem Bauch, in dem das Geschwisterchen liegt. Die Fast-Zwillinge. In der feuchten Dämmerung des schönen Augusttages hängt der Duft der frisch gepflanzten Rosenbüsche schwer in der Luft. Die Grillen singen schon ihre dumpfe, vibrierende Melodie, ein Frosch quakt seine knackende Nachricht in die Welt.

Sie geht barfuß über den weichen Rasen, dann überquert sie die kleine Straße und ist schon unten am Strand. Die Steine sind glatt und warm.

Sie hat keine Kraft, rote und rosa Steine zu sammeln, so wie Lilly und sie es an diesem Tag immer getan haben. Es ist zu dunkel, und sie ist zu unförmig. Stattdessen schiebt sie mit dem Fuß Kieselsteine zu einem Haufen zusammen und formt daraus mit den Zehen ein Herz. Ein Stück den Strand hinunter steht eine Bank, auf die sie sich setzt, um den Sonnenuntergang zu genießen. Als die Sonne hinterm Horizont verschwindet, schickt sie als letzten Gruß rote und orangene Strahlen in den Himmel. Auch rosarote. Kein

Abend gleicht dem anderen, und sie wird niemals müde, diese wunderschönen Sonnenuntergänge zu beobachten.

Sie bleibt auf der Bank sitzen, bis es richtig dunkel geworden ist, Juni schläft auf ihrem Bauch, den Daumen im Mund. Sie hat ausreichend Platz, so groß ist der Bauch. Auch ihr ungeborenes Baby schläft tief und fest, rührt sich nicht. Sie hört nur die Wellen, die ohne Pause mit dem vertrauten Rauschen ans Ufer schlagen.

Die Stille wird abrupt von Gunnar unterbrochen, der laut ihren Namen ruft, zuerst im Haus, dann draußen im Garten. Als er sie auf der Bank sitzen sieht, eilt er zu ihr und setzt sich neben sie.

»Ich habe mir solche Sorgen gemacht, ich dachte, dir ist etwas zugestoßen. Warum sitzt du hier draußen?«, fragt er und legt seinen Kopf auf ihre Schulter, greift nach ihrer Hand.

»Du bist schon wieder zu Hause? Wie war der Auftritt?«

»In Ordnung. Gerda ist einfach keine Lilly.«

»Sie singt aber schön.«

»Sie singt, so gut sie kann, aber sie trifft nicht alle Töne, hat kein gutes Gespür für die Melodie. Ich vermisse Lilly.«

»Ich auch«, sagt Viola und sieht hinüber zu dem Herz aus Steinen. Früher hatten sie es für Lillys Mutter geformt, heute hat sie es für Lilly getan. Denn sie vermisst Viola an diesem Tag besonders.

»Ob sie wohl auch ab und zu an uns denkt?«

»Natürlich tut sie das, ganz bestimmt.«

»Glaubst du wirklich?«

»Ja.«

»Ich verstehe nicht, warum sie nicht nach Hause zurückkommen. Sie sind doch jetzt reich. Warum ruft sie uns nicht mal an oder schreibt uns?«

»Sie ist jetzt ein richtiger Star geworden. Sie hat andere Dinge zu tun.«

»Andere Dinge zu tun? Ist das so, wenn man berühmt wird? Bedeuten einem dann seine Familie und Freunde nichts mehr?«

Gunnar streckt die Arme in die Luft, sein Nacken knackt, als er den Kopf von einer Seite zur anderen dreht.

»Du hast vergessen, wie viel Hass ihr hier begegnet ist. Erinnerst du nicht, wie gemein die Leute waren, sie beschimpft haben?«

»Aber ich war so nicht. Wir waren doch …«

Viola verstummt. Gunnar streichelt Juni mit seiner großen Hand über den Rücken. Dabei summt er ein Wiegenlied. Als sie leise wimmert, hebt er sie hoch.

»Ist das nicht unglaublich, dass dieses kleine Mäuschen sich für uns entschieden hat, damit wir seine Eltern werden. Zuckersüß ist sie. Und wird von allen heiß geliebt. Und dasselbe gilt für dich, mein Schatz. Genügt dir das nicht? Oder vermisst du in Wirklichkeit Alvin?«

Viola will aufstehen, doch ihr Bauch ist im Weg. Sie muss sich auf die Seite drehen und sich auf ihrem Oberschenkel abstützen.

»Ich vermisse Lilly. Ich will mit ihr reden, und zwar am liebsten jeden Tag, so wie früher«, sagt sie und streckt ihm eine Hand hin. »Komm, wir gehen schlafen. Morgen ist ein neuer Tag, ich werde versuchen, weniger traurig zu sein.«

Ellen fuchtelt mit ihren kleinen Ärmchen in der Luft herum. Sie sitzt auf Junis Schoß, und Sara versucht schimpfend, den Babygurt anzulegen. Viola streichelt Ellens Arm. Sie trägt das goldene Armband, das an dem Korb befestigt war, die Anhänger klimpern, wenn sie sich bewegt.

»Ich habe es ihr geschenkt«, erklärt Juni.

»Aber das soll doch …«

»… nicht für immer und ewig an dem blöden Korb hängen. Nein. Das ist Quatsch. Meine Mutter hat mich vor eurer Tür abgesetzt. Zum Glück hat sie mir etwas dagelassen, was ich jetzt meinem Enkelkind geben kann. Sie mag das Klimpern, deshalb zappelt sie auch so herum. Siehst du?«

»Und wenn es abfällt? Dann ist es für immer verloren.«

Juni lacht, wippt mit den Beinen auf und ab und bringt dadurch Ellen zum Glucksen.

»Das ist doch vollkommen egal. Uns geht es prima, auch ohne Armband. Ohne meine sogenannte Mutter, die mich einfach ausgesetzt hat.«

Maj sitzt auf der anderen Seite des Ganges und ist in ihr Handy vertieft.

»Ich weiß jetzt, wo ich mir am Flughafen Arlanda einen temporären Pass ausstellen lassen kann. Das ist nur zehn Minuten von unserem Gate entfernt.«

»Das schafft ihr locker, ich habe uns schon eingecheckt.

Wir haben etwa anderthalb Stunden Zeit«, sagt Sara und lehnt sich quer über den Gang, um bei Maj aufs Display zu schauen.

»Das kostet neunhundertachtzig Kronen«, sagt Maj und zeigt auf den Preis.

»Oha, das ist aber teuer«, stöhnt Juni.

»Das bezahle ich.« Viola holt ihre Kreditkarte aus dem Portemonnaie und gibt sie an Juni weiter. »Hier, nimm die und holt euch den Ersatzpass. Sara, Ellen und ich gehen schon einmal zur Sicherheitskontrolle. Ihr wollt keine alte Frau dabeihaben, die euch nur unnötig aufhält.«

Sie hat auch einen Kugelschreiber aus ihrer Tasche geholt, greift nach Junis Hand und schreibt ihr die PIN-Nummer der Karte auf die Handfläche. 1 7 9 3. Sorgfältig zeichnet sie die Ziffern nach.

Der Flug von Visby nach Arlanda dauert nicht lange. Schon eine halbe Stunde nach dem Start setzt der Flieger wieder zur Landung an.

»Stand die Bank eigentlich vor einem Krankenhaus?«, fragt Viola unvermittelt.

»Welche Bank?«, entgegnet Juni. Sie versteht die Frage nicht, Sara aber schon. Sie wedelt erneut mit ihrem Handy, darin finden sich offenbar alle wichtigen Informationen.

»Ich habe die Adresse eingegeben, die mir der Mann genannt hat. Ein ziemlich langer Name war das«, sagt sie und liest ihn laut vor. »Chemin de Ceinture du Lac Inférieur.«

»Lac«, wiederholt Maj nachdenklich. »Heißt das nicht See?«

»Ja, ganz genau. Die Bank steht an einem See im Bois de Boulogne. Das ist ein großer Park. Er konnte mir keine

Hausnummer oder so geben, aber diese Straße ist wohl am dichtesten dran.«

»Merkwürdig. Ist denn da ein Krankenhaus in der Nähe?«, fragt Juni und lehnt sich vor, um auf das Handy sehen zu können.

Sara verkleinert mit den Fingern den Maßstab.

»Nein, nicht direkt in der Nähe. Das hier ist am nächsten dran«, sagt sie und zeigt auf eine Stelle auf dem Display.

»Das ist wirklich merkwürdig. Sie sitzt im Park und weiß, dass sie sterben wird. Da stimmt doch etwas nicht. Vielleicht hat ihr jemand das Handy gestohlen und es dort einfach hingeworfen«, sagt Viola besorgt. »Ich bin mir ganz sicher, dass es Lilly war, heute Morgen am Telefon. Ich sehne mich danach, ihre Stimme zu hören, seit ich ... Ja, wie alt war ich eigentlich, als wir uns das letzte Mal gesehen haben? Ich weiß es nicht mehr.«

»War das, bevor wir geboren wurden?«, will Juni wissen.

»Ja. Das muss so lange her sein. Ich muss ja nur euch beide ansehen, ihr seid auch schon ganz faltig und grauhaarig.«

Juni lässt Ellen los und fährt sich mit der Hand durch die Haare. Sie hat nur ein paar vereinzelte, silberne Strähnen. Maj berührt instinktiv ihre Wange. Sara kichert.

»Sehr gut, Oma. Die beiden müssen immer wieder mal auf den Boden der Realität zurückgeholt werden«, meint sie lachend.

»Ich habe auf jeden Fall nicht so viele Falten wie du«, sagt Maj.

»Na, das wäre ja auch mehr als sonderbar. Beruhigt euch, ihr seid beide wunderschön. Das Alter sollte man nicht verjagen, mit jedem Jahr kommt etwas Neues, Gutes dazu.«

Juni spielt Hoppe, hoppe, Reiter mit Ellen, kippt sie zur Seite und bringt das kleine Mädchen zum Lachen.

»Wie dieses kleine Zuckerding zum Beispiel. Was für ein Glück es ist, Oma zu werden. Und Enkelkinder zu haben. Das ist mit Abstand das Beste, was ich je erlebt habe.«

In diesem Moment setzen die Reifen des Flugzeuges auf. Die Maschine schaukelt, und Viola hält sich am Vordersitz fest.

»Wieder einen Schritt näher am Ziel. Bald sind wir bei dir, Lilly«, sagt sie leise.

LILLY

12. AUGUST 1962

Nachdem der Makler ihr die Schlüssel ausgehändigt und
die Wohnung verlassen hat, tanzt Lilly ausgelassen über das
Fischgrätparkett, von Raum zu Raum. Durch die Wohnung,
die sie von dem Geld bezahlt hat, das sie mit ihren Liedern verdient hat. Sie gehört ihr ganz allein. Nur ihr. Vier
schöne große Räume. Eine große Küche. Ein Badezimmer
mit Marmorboden und Badewanne. Sie wohnt im obersten
Stockwerk, mit Aussicht über die Dächer von Paris und auf
den Eiffelturm.

Im Wohnzimmer macht sie Halt und legt sich auf den
Fußboden, die Arme weit ausgestreckt, wie ein Kreuz. Die
Räume sind sehr hoch. Breite Stuckstreifen zieren den Über-
gang zur Wand. An den zierlichen Deckenrosetten hängen
zwei Kristallleuchter, die im Kaufpreis inbegriffen waren.

Durch das offene Fenster dringen gedämpfte Laute ins
Zimmer. Motorengeräusche von vorbeifahrenden Autos,
Passanten, die sich unterhalten und lachen. Sie schließt die
Augen und lauscht, es klingt fast wie das Meeresrauschen
von Zuhause.

Sie legt ihre Hände auf den Bauch, der sich vor Sehnsucht zusammenzieht, wenn sie an ihre Liebsten denkt.
Ihren Vater, Sture, Uno.

Sie verdrängt die trübseligen Gedanken und springt auf,
so schnell, dass ihr schwindelig wird. Das hier ist ihr neues

Zuhause. Und sie hat sehr viel zu erledigen. Sie muss Möbel kaufen, damit sie endlich einziehen kann. Sie will zwei schöne Sofas aus Samt. Und einen großen, echten Teppich. Vielleicht einen goldenen Servierwagen auf Rädern. Damit sie ihren Gästen Drinks in Kristallgläsern anbieten kann. Vor ihrem inneren Auge nimmt das Zimmer Form an. Sie sieht Blumen in großen Vasen, Gemälde an den Wänden, Gardinen.

Und weiter geht der Tanz, sie trippelt mit kleinen Schritten wie eine Ballerina über den knarzenden Fußboden, dreht sich mit ausgestreckten Armen im Kreis. Erst als sie eine Autohupe unten auf der Straße hört, bleibt sie stehen. Das Konzert beginnt bald, und sie ist spät dran.

Sie schließt sorgfältig hinter sich ab und hüpft die Marmortreppe hinunter, hält sich am Geländer fest und springt wie ein Ball über die Stufen, genießt, wie ihre Haare fliegen. Zum ersten Mal seit langer Zeit fühlt sie sich beschwingt und fröhlich.

Der Wagen hält direkt vor der Tür, zwei Reifen parken auf dem Bürgersteig. Die Tür zum Rücksitz steht offen, Lilly streicht sich über die Haare und steigt ein. Alvin wartet bereits auf sie, in der Hand ein schwarzes Buch, dessen Seiten vollgekritzelt sind. Er trägt einen schwarzen Anzug, die Haare hat er sich glatt mit Haarwasser nach hinten gekämmt.

»Du musst das Interview gleich in der Garderobe geben, ich habe ihnen gesagt, dass sie zehn Minuten haben, höchstens fünfzehn.«

Lilly hält ihre Hand hoch und mustert ihre Nägel. Sie sind tadellos rot lackiert, nur am Zeigefinger ist ein Stück abgeplatzt. Vorsichtig beißt sie den Nagel ab, um es wieder auszugleichen.

»Hast du gehört, was ich gesagt habe?«, fragt Alvin und schlägt das Buch mit einem Knall zu.

Lilly legt ihre Hände in den Schoß und seufzt.

»Muss ich das wirklich?«, sagt sie und sieht aus dem Fenster, wie die Häuser und Straßen an ihr vorbeiziehen. Das Brummen des Motors ist überall zu spüren, die Tür vibriert, als sie sich mit der Schulter dagegen lehnt.

»Ja, du musst«, erwidert Alvin.

Er ist immer an ihrer Seite, lässt sie nie aus den Augen. Er hat alles unter Kontrolle, kennt die Veranstaltungsorte und die Uhrzeiten. Ohne ihn würde sie nicht zurechtkommen, das weiß sie. Und bald werden sie, zum ersten Mal, seit sie nach Paris gekommen sind, nicht zusammenwohnen? Wie soll das werden? Die Freude, die gerade eben noch in ihr getanzt hat, weicht der Sorge.

»Für dich ist immer ein Zimmer frei«, sagt sie und stupst mit ihrem Fuß leicht gegen sein Bein.

»Mir geht es sehr gut in unserer alten Bude. Ich brauche nichts Größeres. Es wird herrlich, endlich so lange Zeitung lesen zu dürfen, wie ich will, ohne dass sich jemand beschwert, weil das Licht noch brennt.«

»Du bekommst dein eigenes Zimmer. Du darfst dir auch die Möbel selbst aussuchen. Und ich habe auch nichts dagegen, wenn du ab und zu ein Mädchen mit nach Hause bringst. Du wirst mich gar nicht sehen.«

»Schwester und Bruder sollten nicht zusammenwohnen. Du bist jetzt schon groß genug, du kannst auf eigenen Beinen stehen, jemanden kennenlernen, heiraten. Aber keine

Kinder, dann kannst du deine Karriere gleich an den Nagel hängen. Du nimmst doch noch die Pillen, die ich dir gegeben habe?«

Lilly nickt. Das tut sie. Jeden Morgen schluckt sie eine kleine runde Tablette. Die sind die große Neuigkeit aus Amerika, effektiv sind sie, heißt es, die bekommt man in Schweden noch gar nicht. Sie versteht zwar nicht, warum sie die nehmen soll, denn sie lernt ja niemanden kennen. Aber Alvin sagt, dass man nie wissen kann und immer vorsichtig sein muss. Und er hat immer recht.

»Du wirst aber nicht bald eins von deinen Mädchen heiraten, mit denen du immer Drinks zu dir nimmst?«, fragt sie. »Kannst du nicht wenigstens die ersten Monate bei mir wohnen? Wir können doch beide Wohnungen behalten?«

Lilly legt ihre Stirn auf sein Knie.

»Wir werden sehen, vielleicht«, sagt er und tätschelt ihren Kopf. Mit der anderen Hand klappt er den Kalender auf, legt ihn neben ihr Gesicht und zeigt auf den Zeitplan für den Abend.

»Der zwölfte. Heute ist Stures Geburtstag, das habe ich ganz vergessen«, sagt sie, als sie das Datum sieht. Sie richtet sich auf.

»Ich habe ihm ein Geschenk von uns geschickt«, antwortet Alvin. »Letzte Woche schon, es müsste eigentlich pünktlich angekommen sein.«

Lilly erwidert nichts, sie fragt nicht einmal, was er ihrem Bruder gekauft hat.

»Ich weiß genau, was du denkst«, sagt Alvin. »Lass es sein. Es ist nicht seine Schuld. Wenn sie nicht gestorben wäre, wärst du heute bestimmt nicht hier. Wahrscheinlich würdest du auch heute noch die Tische im *Strykan* abwischen. Oder du hättest eine noch viel schlimmere Arbeit. Alles im Leben hat einen Sinn, auch das Schwere.«

»Das denke ich überhaupt nicht. Ich bin froh, dass wir Sture haben. Er ist mir wichtig. Ich werde ihn morgen anrufen.«

Der Wagen verringert sein Tempo, der Fahrer schaltet den Motor aus und steigt aus. Lilly bleibt sitzen, wartet, bis er ihr die Tür öffnet.

»Aber mit Mama hast du recht. Sie ist unser Schutzengel. Wahrscheinlich besorgt sie uns die vielen Konzerte. Ich werde ihr heute Abend ein Lied widmen«, sagt sie, streicht ihr Kleid glatt und setzt eine große, dunkle Sonnenbrille auf. Dann holt sie tief Luft und steigt aus.

* * *

Auf dem Gehsteig vor dem Théâtre des Champs-Elysées wartet bereits eine aufgeregte Menschenmenge, obwohl das Konzert erst in ein paar Stunden stattfindet. Viele haben eine Kamera in der Hand.

Kaum berührt ihr Schuh den Boden, wenden sich ihr alle Blicke zu. Manche schreien auf und stürzen auf sie zu. Sie weicht zurück, wäre um ein Haar wieder ins Auto eingestiegen. Alvin kommt ihr zur Hilfe, schiebt die Aufdringlichsten weg und legt einen Arm um ihre Schulter, um sie zum Eingang zu eskortieren. Ein Wachmann hält ihnen die Tür auf und schließt sie direkt hinter ihnen wieder. Durch die Fensterscheibe sieht Lilly Arme, die nach ihr greifen und Blitzlichtgewitter.

»Was tun die hier? Das Konzert ist doch erst in Stunden?«

»Daran wirst du dich gewöhnen müssen. Du bist jetzt ein Star.«

»Das ist fürchterlich. Warum können die mich nicht in Ruhe lassen? Ich habe Angst, dass mich jemand angreift.«

Alvin winkt einen Mann zu sich, der etwas abseits steht, und gibt ihm eine Tasche. Dann geht er mit Lilly Richtung Garderobe.

»Das wird nicht passieren. Du bist bei mir in Sicherheit. Versuch das nächste Mal zu lächeln, bleib bei ihnen stehen, rede mit ihnen. Sie bewundern dich, sie sind nicht gefährlich«, sagt er.

Lilly geht schweigend weiter und bleibt vor einer der vielen Türen stehen, die in den dunklen Saal führen, in dem rote Stühle mit Goldrahmen säuberlich in Reih und Glied stehen. Der Mann, der Alvin die Tasche abgenommen hat, tastet nach einem Lichtschalter und schaltet die Beleuchtung ein. Die Glasdekoration in der goldenen Kuppel erstrahlt. Wunderschöne Kunstwerke verzieren die verschiedenen Ränge. Auf der Bühne steht ein schwarzer Flügel mit aufgestelltem Deckel.

»Hast du den Flügel kontrolliert?«, fragt sie und zeigt auf das Instrument.

»Ja, natürlich, es ist ein Steinway. Das würde ich niemals übersehen.«

»Ist mein Tee schon fertig?«

»Alles ist genau so, wie du es haben willst. Jetzt ruhe dich einen Augenblick aus.«

Alvin begleitet seine Schwester zur Garderobe, wie ein Schatten folgt er ihr.

Das Teeservice steht bereit, auf einem Teller liegt außerdem ein knuspriges Croissant. In einer Vase leuchten rosa Pfingstrosen. Auf dem Schminktisch vor dem Spiegel steht alles Nötige aufgereiht, und an einem Kleiderbügel hängt ihr Bühnendress für diesen Abend.

Ein langes, schwarzes Kleid, am Ausschnitt gesäumt von glänzenden Federn. Dramatisch, elegant. Das ist der Eindruck, den sie vermitteln will. Sie lässt das Kleid durch ihre Finger gleiten und mustert den Stoff.

»Es ist immer noch zerknittert. Siehst du das? Die haben schlampig gearbeitet«, seufzt sie und wedelt mit dem Kleid vor Alvins Nase herum.

Er nimmt es vom Bügel und legt es sich über den Arm, damit es nicht auf den Boden rutscht.

»Das schaffen wir, wir haben genug Zeit. Ich sorge dafür, dass es perfekt ist. Jetzt ruhe dich ein bisschen aus und trink deinen Tee.«

»Aber ich will nicht allein sein. Was ist, wenn hier jemand reinkommt?«

»Inès kann dir bestimmt ein bisschen Gesellschaft leisten, ich hole sie. Ich muss mich um das Kleid kümmern und den Journalisten treffen, der dich nachher interviewen wird.«

»Lass Inès das doch bitte machen. Ich will, dass du bei mir bleibst.«

* * *

Ihr Herz schlägt immer ein bisschen schneller, kurz bevor sie auf die Bühne geht. Manchmal fühlt es sich an, als würde sie bewusstlos werden. Sie befällt die Angst, dass sie den Text vergisst oder kein einziger Ton aus ihrem Mund kommt. Sie räuspert sich, hustet. Versucht sich vorzustellen, sie wäre im *Strykan*. Gunnar sitzt am Klavier, lächelt sie an, und sofort fühlt sie sich sicher. Er wird sich mit seinem Spiel nach ihr richten, spielen, wenn sie zögert oder zu spät einsetzt. Viola ist auch dabei, sie steht in der Küchentür und bewegt sich im Takt zur Musik. Damals war alles so viel einfacher, die allerersten Male, als sie sich einfach hingestellt und mit dem Herzen gesungen hat.

Hinter der Bühne läuft Lilly unruhig auf und ab. Ihre Absätze klappern über den Holzboden. Sie hört, wie die Musiker ihre Plätze im Orchestergraben einnehmen und sich einspielen. Vereinzelte Töne dringen nach hinten, sie singt ein paar Tonleitern, stützt ihre Stimme mit der Kraft ihrer Bauchmuskeln.

Ein Klingelton schrillt durch den Saal. Die Türen gehen auf, das Publikum wird hereingelassen. Durch einen Spalt im Vorhang sieht sie, wie sich die Reihen der Polsterstühle mit edel gekleideten Gästen füllen. Auf Zehenspitzen schleicht sie zurück in die Garderobe und stellt sich dort vor den Spiegel.

»Du siehst wie immer umwerfend aus!«, sagt Alvin von seinem Platz auf dem Sofa. Auf seinen Knien liegt eine aufgeschlagene Zeitung. Wenn Lilly auf der Bühne steht, entspannt er sich.

»Ich finde, das Kleid hat die falsche Farbe für den Raum. Es ist zu schwarz, man sieht mich auf dieser riesigen Bühne überhaupt nicht.«

»Mach dir nicht so viele Gedanken. Es ist perfekt.«

Lilly zieht an ihrem Ausschnitt.

»Es sitzt viel zu eng. Ich werde nicht singen können.«

»Es ist perfekt.«

»Ich werde wahrscheinlich ersticken. Was ist, wenn ich ohnmächtig werde?«

Alvin legt seine Zeitung beiseite und klopft mit der Hand auf den Platz neben sich.

»Komm, setz dich zu mir. Du hast noch genug Zeit. Du weißt, dass du singen kannst, du hast es schon so oft getan. Es wird gut gehen, so wie immer.«

»Warum mache ich das hier eigentlich? Ich hasse es.«

»Weil wir davon leben. Und weil du es liebst zu singen. Das ist dein Leben, das ist es immer gewesen. Du bist mit Musik in dir geboren worden, die unbedingt nach draußen in die Welt muss.«

Lilly bleibt stehen, sie stimmt einen Ton an, am Anfang leise und zögerlich, dann immer kräftiger und sicherer.

»Sehr gut. Du klingst wie ein kleiner Engel«, sagt Alvin anerkennend und verschränkt die Hände hinter dem Kopf.

»Schmeichler.«

»Hast du dir die Abfolge gemerkt? Kennt der Pianist sie auch? Hast du mit ihm gesprochen?«

Sie nickt und zupft an ihrem Kleid, streicht es glatt. Alvin steht auf und hält ihr seinen Arm hin, den sie dankbar nimmt. Sie ist bereit.

»Was würde ich nur ohne dich tun?«, flüstert sie.

»Du würdest in der Küche vom *Strykan* stehen, spülen und von besseren Zeiten träumen.«

Alvin bringt sie auf ihre Position hinter dem Vorhang. Er nimmt ihre Hände in seine und sieht ihr in die Augen.

»Ich mag spülen«, sagt sie mit glänzenden Augen.

»Du hast es gehasst.«

»Ich hasse das hier.«

»Du liebst das hier. Du brauchst nur jemanden, der dich ein bisschen anstupst. Du bist wild und ängstlich auf einmal. Sei jetzt die Wilde, geh da raus und sing. Sing, bis das Dach abhebt. Es ist bald vorbei. Dann kannst du dich wieder ausruhen.«

Alvin hat recht. Sie liebt es, auf der Bühne zu stehen. In dem Moment, wenn sie den Jubel des Publikums hört, wächst sie über sich hinaus. Ihr Rücken streckt sich, die Energie fließt durch ihren Körper. Sie schließt die Augen, die leisen Klänge des Klaviers schweben in den Raum, als würden sie das Publikum liebkosen wollen. Lilly bewegt sich sanft zur Musik. Dann erst öffnet sie die Augen und singt, begleitet von einem mächtigen Orchester.

* * *

Zum dritten Mal schon hat sie die Nummer gewählt, und zum dritten Mal hat sie den Hörer wieder aufgelegt, ohne auf ein Klingelzeichen zu warten. Die Wählscheibe dreht sich ratternd zurück. Dann herrscht Stille.

Lilly sitzt an dem kleinen Tisch in ihrer Garderobe, den Hörer noch in der Hand. Der Applaus ist längst verstummt, der Saal wieder menschenleer. Ihre Schminke ist vom Schweiß verschmiert. Es ist sehr warm auf der Bühne, im Licht der Scheinwerfer.

Ihre größten Bewunderer haben allerdings noch nicht aufgegeben, sie warten in kleinen Gruppen vor dem Theatereingang auf sie und hoffen darauf, einen kurzen Blick auf sie zu erhaschen. Sie hat Alvin schon gesagt, dass sie so lange warten wird, bis alle gegangen sind, und wenn sie deshalb auf dem zerschlissenen Ledersofa in ihrer Garderobe übernachten muss.

Auf dem liegt jetzt aber Alvin und schläft mit leicht geöffnetem Mund. Seine Beine hängen über der Lehne, die großen Füße ragen in die Luft. Größe 46. Lilly und Viola haben sich früher immer darüber lustig gemacht und gesagt, er würde niemals ertrinken können, weil er zwei Boote als Füße hat.

Sie muss lächeln, als sie daran denkt. Erneut wählt sie die ersten Ziffern. Den Anfang der Nummer vom *Strykan*. Sie sehnt sich so danach, Violas Stimme zu hören. Es ist so viele Jahre her. Ob sie noch genauso klingt wie damals? Oder ob sie sich verändert hat? Sie weiß gar nichts über Violas Leben, außer dass sie Gunnar geheiratet hat und Mutter geworden ist. Die beste Mutter, die man sich vorstellen kann. Glaubt sie. Hofft sie.

Einer der Wachleute kommt den Flur hinunter, sie hört seine Schritte schon von Weitem und legt den Hörer auf die Gabel. Er klopft gegen den Türrahmen, bevor er den Raum betritt. Er legt eine Hand auf Alvins Schuh und rüttelt ihn sanft, um ihn aufzuwecken.

»Draußen ist es noch ziemlich voll, aber Sie können den Bühneneingang nehmen. Dort ist niemand mehr. Ich könnte dem Fahrer Bescheid geben?«

Alvin streckt und räkelt sich, gähnt.

»Dann laufen die Leute doch nur hinterher«, wendet er ein.

»Ich kann dem Fahrer sagen, dass er bis vor die Tür fahren kann, damit Sie direkt in den Wagen einsteigen können.«

Alvin steht auf, streicht sich die Falten aus der weiten Anzughose und richtet den Sitz seiner roten Fliege. Lilly trägt nach wie vor das schwarze Kleid.

»Willst du dich nicht umziehen?«

»Das mache ich zu Hause«, sagt sie und packt nur ein paar Gegenstände von ihrem Schminktisch ein. Einen Lippenstift, einen Stift und ein Etui mit Kosmetiktüchern. Sie stopft alles in ihre Handtasche und gibt diese Alvin. Er hat bereits die Kleidungsstücke zusammengesammelt, die sie vor dem Konzert getragen hat. Eine Bluse und eine Hose hängen über seinem Arm.

»Geh schon mal vor, ich komme gleich nach«, sagt Lilly träge. Sie sitzt immer noch auf dem Stuhl.

»Wie bitte? Wir müssen zusammen rausgehen.«

»Warte an der Tür auf mich. Ich komme gleich, versprochen.«

Kaum hat er die Tür hinter sich geschlossen, greift sie erneut zum Hörer. Es ist zwar schon spät, aber Viola müsste noch im Restaurant sein, um nach dem Rechten zu sehen. Vielleicht wischt sie gerade den Boden, sie haben wahrscheinlich gerade erst zugemacht. Wenn noch alles so ist wie früher.

Dieses Mal wählt sie die ganze Nummer und wartet, bis das Freizeichen ertönt. Ihr Herz macht einen kleinen Satz, als schließlich jemand an den Apparat geht.

Aber es ist nicht Viola.

»Ich möchte gerne mit Viola sprechen«, sagt sie.

»Sie arbeitet abends nicht.«

»Nicht? Warum das denn nicht? Ich bin doch da richtig im *Strykan*?«

»Sie arbeitet nur noch tagsüber, seit sie ihr zweites Kind bekommen hat. Kann ich ihr etwas ausrichten?«

Zweites Kind. Lilly lässt den Hörer los. Er stößt gegen die Gabel und fällt auf den Tisch.

Schnell setzt sie ihre Sonnenbrille auf und verlässt die Garderobe. Alvins Hand liegt bereits auf der Türklinke des Bühneneingangs. Der Wachmann steht draußen und hält die Autotür auf. Die beiden bilden eine Schleuse, vorbei an ihren Bewunderern, die mit Blöcken und Stiften wedeln.

»Es sind gar nicht so viele, vielleicht könntest du doch ein paar Autogramme schreiben?«, fragt Alvin.

Lilly schiebt sich wortlos an ihm vorbei und hastet in den Wagen. Einem Mann gelingt es, sich nach vorne zu drängeln, den Arm in die geöffnete Tür zu stecken und ihr einen Block vor die Nase zu halten. Alvin entfernt den aufdringlichen Fan mit Nachdruck, indem er ihn am Hosenbund packt.

»Der war aber hartnäckig«, sagte er lachend und lässt sich neben sie auf den Rücksitz fallen.

Der Wachmann wirft die Tür zu, und der Wagen setzt sich augenblicklich in Bewegung, vorbei an der Gruppe von Fans, die unverrichteter Dinge und enttäuscht nach Hause gehen müssen, ohne auch nur ein Lächeln von Lilly ergattert zu haben.

»Warum hast du mir nichts davon erzählt?«, sagt Lilly kurz angebunden und starrt nach draußen.

»Ich konnte doch nicht wissen, dass gleich so viele kommen. Es werden immer mehr, Lilly, daran wirst du dich gewöhnen müssen, du wirst immer berühmter. Ich dachte, du freust dich darüber?«

»Das meinte ich nicht.«

»Was denn dann?«

»Dass Gunnar und Viola ein Kind bekommen haben.«

Alvin windet sich in seinem Sitz.

»Woher weißt du das?«

Lilly schlägt ihm mit der flachen Hand auf den Oberschenkel.

»Hör auf damit. Ich weiß genau, dass du immer die neusten Neuigkeiten von Zuhause kennst. Ich habe vorhin im *Strykan* angerufen und wollte Viola sprechen, aber sie war nicht da.«

»Davon wusste ich wirklich nichts. Ich rufe Papa ab und zu an, ja. Aber davon hat er mir nichts erzählt. Ein Kind mehr oder weniger ist für ihn wahrscheinlich nicht weiter wichtig.«

Lilly nimmt ihre Sonnenbrille ab.

»Telefonierst du oft mit ihm?«

»Nein, nur ab und zu mal. Du kannst ihn auch anrufen, hier gibt es überall Telefone.«

»Ich will nicht anrufen, ich will nach Hause fahren.«

Alvin klopft dem Fahrer auf die Schulter, aber Lilly greift nach seinem Handgelenk.

»Nicht in meine Wohnung, ich meine nach Hause. Ich will nach Visby, zu Papa und den anderen. Können wir nicht bitte wieder zurück nach Gotland ziehen?«

Alvin lacht laut auf.

»Und was wirst du dann tun? Wie hast du dir das vorgestellt? Wieder im Restaurant singen und vom Trinkgeld leben?« Er lehnt sich erneut zum Fahrer vor.

»Galeries Lafayette, bitte.«

»Warum fahren wir da hin? Es ist mitten in der Nacht.«

»Ich will dir etwas zeigen. Im Schaufenster. Danach fahren wir nach Hause. Und zwar in deine Wohnung. Denn das hier ist jetzt dein Zuhause.«

Die meisten Passagiere sind schon ins Flugzeug gestiegen, als Maj und Juni quer durch das Terminal heraneilen. Maj hat ihre Jacke unterm Arm, Juni die Hände voller Sachen, die sie nach der Sicherheitskontrolle nicht gleich wieder eingepackt hat. Sie sind tiefrot im Gesicht, sehen aber froh aus und kichern. Sie stürmen an den Stuhlreihen am Gate vorbei und kommen außer Atem am Schalter bei den anderen an. Viola, Sara und Ellen haben die ganze Zeit am Gate auf sie gewartet und sich Sorgen gemacht. Ängstlich haben sie immer wieder auf die Anzeige gesehen, auf der angekündigt wurde, dass das Gate bald geschlossen wird. Sie haben der Frau am Schalter die Lage erläutert, und auch sie wirkt erleichtert, als jetzt endlich alle versammelt sind. Sie spricht in ihr Walkie-Talkie und zeigt Sara währenddessen, wo sie ihre Boardingkarten einscannen soll.

»Sie haben Glück, die Türen sind noch nicht geschlossen worden. Beeilen Sie sich, dann kommen Sie heute noch nach Paris«, sagt sie lächelnd.

Viola geht so schnell sie kann, aber ihre Hüfte und ihr Bein sind steif, jeder Schritt tut weh. Maj und Juni nehmen sie an den Armen, heben ihre Mutter quasi durch den schmalen, warmen Gang bis ins Flugzeug.

»Was für ein Abenteuer. Das hat sich keine von euch erträumt, als ihr heute Morgen aufgewacht seid, was?«, gluckst Viola.

Juni wischt sich mit der freien Hand den Schweiß von der Stirn.

»Bitte jetzt keine Hitzewallungen. Ich dachte, diese Phase ist endlich überstanden?«, stöhnt sie und erntet dafür einen Lacher von Maj und Viola.

Die anderen Passagiere werfen ihnen wütende Blicke zu, als sie durch den Gang hasten und versuchen, ihr Handgepäck in den Fächern über ihren Sitzen zu verstauen. Drei Stewardessen eilen zu Hilfe, und kurze Zeit später sitzen alle auf den richtigen Plätzen. Der Flieger macht sich auf den Weg zur Startbahn.

Sara ist in ihr Handy versunken, ab und zu macht sie sich Notizen in einem kleinen Block auf ihren Knien. Dann hebt sie ihn hoch.

»Das hier ist die Liste von allen Krankenhäusern in unmittelbarer Nähe zum Park. Es gibt zwei große. Dann noch eine psychiatrische Klinik. Aber da wird sie wahrscheinlich nicht sein. Am besten fangen wir mit den Notaufnahmen an.«

Juni studiert den Kartenausschnitt, den Sara aufgerufen hat.

»Wenn ihr jemand im Krankenhaus die Handtasche gestohlen hat, dann finde ich es nicht so weit hergeholt, dass er durch den Park gerannt ist und ihr Handy dort weggeworfen hat.«

»Sollten wir uns nicht zuerst ein Hotel buchen? Solange wir noch Internet haben. Wir wissen doch gar nicht, wo wir hinmüssen, wenn wir gelandet sind«, wirft Maj besorgt ein.

Viola reibt die Hände aneinander. Die Haut ist trocken, ihre Adern leuchten bläulich, die Fingerknöchel sind geschwollen, weil es so warm ist.

»Paris ist groß. Wir werden schon irgendwo ein Bett für uns finden«, sagt sie und lehnt sich vor, um den Stoffbeutel hochzuheben, den sie unter den Sitz vor sich geschoben hat.

Sara hat auch das schon erledigt und eine Liste mit Hotels zusammengestellt. Langsam scrollt sie durch briefmarkengroße Fotos von Hotelansichten. Viola nimmt den Stoffbeutel auf den Schoß und holt die rosa Blechdose heraus.

»Was ist denn da drin, Oma? Warum sollte sie unbedingt mit?«

Viola zerrt an dem kleinen Griff der Dose. Er reißt ab, und sie prallt gegen die Rückenlehne, aber die Kiste bleibt fest verschlossen.

»Darf ich mal probieren?«, fragt Sara und nimmt sie ihr ab. Sie drückt und zieht, aber das Schloss gibt nicht nach.

»Versucht es mal hiermit«, sagt Juni und lehnt sich mit einer Haarspange aus Metall über den Gang. Sara drückt sie in den Schlitz und bewegt sie hin und her, damit der Riegel sich öffnet. Ihr gelingt es zumindest, ihn herunterzudrücken.

»Versuch jetzt mal, den Deckel aufzumachen, Oma«, sagt sie, ohne loszulassen.

Viola drückt den Deckel hoch, und tatsächlich lässt sich die Dose öffnen. Sie hält die Luft an, ein widerlicher Gestank weht ihr entgegen.

»Was ist das? Igitt, was stinkt denn da so?« Sara verzieht angeekelt das Gesicht und dreht den Kopf weg.

Fast zärtlich berührt Viola den Inhalt. Obenauf liegen zwei Briefe. Sie hebt den obersten hoch und klappt den Deckel wieder zu.

»Ich wusste doch, dass ich sie noch habe. Das sind die

einzigen Briefe, die mir Lilly je geschrieben hat. Aber das ist sehr lange her.«

Sie zieht einen gefalteten Papierbogen aus dem Umschlag und kneift die Augen zusammen, um die verblasste Schrift zu lesen. Nur wenige Sätze stehen darauf – und Lillys Adresse. Das Briefpapier ist personalisiert.

»Darf ich mal sehen?«, fragt Sara und nimmt ihr den hauchdünnen Umschlag samt Briefbogen aus der Hand, dreht und wendet ihn, liest alle Angaben darauf.

»Der Poststempel ist aus den 60ern, die Adresse dann sicher auch«, sagt sie. »Dort wird sie heute wohl nicht mehr wohnen?«

»Wer weiß? Aber es ist unser einziger Hinweis. Kannst du ein Hotel dort in der Nähe auswählen?«

Juni stampft wütend mit dem Fuß auf den Boden. Sie streckt Viola ihre Arme entgegen, die mit Maj auf der Hüfte an der Spüle steht und saubere Teller aufeinanderstapelt. Sie beugt sich zu Juni hinunter, muss Maj krampfhaft festhalten, damit der kleine Körper ihr nicht aus der Hand rutscht.

»Du bekommst keinen Zucker, habe ich gesagt«, sagt sie streng und zeigt auf die Schüssel mit Himbeeren, die auf dem Küchentisch steht.

»Ich will aber!«, schreit Juni außer sich und weint noch lauter, mit weit aufgerissenem Mund und Tränenbächen.

Viola erträgt ihre großen, verzweifelten Augen kaum.

»Uni dauig«, sagt Maj mitfühlend und windet sich aus dem Arm ihrer Mutter. Viola setzt sie auf dem Boden ab und lässt sie ihre Schwester trösten. Maj ist Violas kleine Diplomatin, sie verabscheut Streit und unternimmt alles Mögliche, damit alle glücklich und zufrieden sind. Sie streckt ihre Hand aus und greift nach Junis.

»Spiele«, sagt sie. Aber ihre große Schwester hat sich noch nicht geschlagen gegeben. Sie will Zucker auf ihren Himbeeren haben und wird so lange schreien, bis sie ihren Willen bekommt. Sie schubst Maj weg, die stolpert und auf ihrem Hintern landet. Viola ist sofort bei ihr, hebt sie hoch und gibt ihr einen Kuss auf die Wange, damit sie nicht anfängt zu weinen. Aber Maj ist nicht traurig, sie wirkt eher überrascht.

»Juni«, sagt Viola streng. »Du isst jetzt deine Himbeeren auf, die sind gut für dich. Sieh dir Majs Schüssel an, sie hat schon aufgegessen.«

»ZUCKER!«, brüllt Juni nur umso lauter, bis ihr Gesicht knallrot ist. Die Hände sind zu Fäusten geballt, und sie fuchtelt damit in der Luft herum.

Viola seufzt. Die Kleine ist so ganz anders als Viola, Gunnar und Maj.

Da zupft Maj an ihrem Rock.

»Zucker, Mama. Da.« Sie zeigt auf die Zuckerschale, die auf dem Küchentisch steht.

»Ihr beide. Wie soll ich das nur überleben?«, stöhnt Viola. Sie gibt auf und streut ein bisschen Zucker über Junis Himbeeren.

»Maj auch«, verlangt Maj schmollend und zeigt auf ihre leere Schüssel.

»Aber du hast schon aufgegessen. Du warst so brav, sie ohne Zucker zu essen.«

Maj sieht, wie Juni sich die vollen Löffel in den Mund schiebt. Ihre Unterlippe fängt an zu zittern. Viola kann es nicht ertragen, ihre kleine Maj unglücklich zu sehen. Sie holt ein paar Himbeeren aus dem Sieb in der Spüle und bestreut sie mit Zucker.

»Schwesternaufstand. Seid ihr jetzt zufrieden?«

Sie lehnt sich gegen die Spüle. Für einen kurzen Moment kehrt Ruhe ein. Himmlische Stille. Sie ist glücklich, das ist sie wirklich. Aber manchmal vergisst sie es. Es gibt immer irgendetwas zu tun.

Zerstreut blättert sie den Stapel mit Rechnungen und Briefen durch. Ganz unten liegen die Formulare, die unbedingt zur Post gebracht werden müssen. Ausgefüllt und unterschrieben. Adoptionspapiere. Juni wird jetzt offiziell ihre Tochter, mit allem Drum und Dran.

* * *

Sie zieht den beiden dasselbe an, ein rotes Kleid mit weißen Punkten und einem blauen Band um die Taille. Die Mädchen sind etwa gleich groß, aber könnten unterschiedlicher nicht sein. Man würde sie niemals für Zwillinge halten. Während Maj zufrieden den Rock ihres Kleides hin und her schwingt und vorsichtig in ihren feinen, weißen Lackschuhen herumtrippelt, reißt und zerrt Juni an ihrem Kleid und würde es sich am liebsten ausziehen. Sie will lieber Hosen tragen, wie ein Junge. Sie will auch klettern und herumrennen wie einer. Fußball spielen. Viola besticht sie mit einem süßen Brötchen, damit sie nicht gleich wieder einen Wutanfall bekommt.

»Aber iss nicht alles auf, auf dem Geburtstag gibt es bestimmt auch Torte«, sagt sie, während sie ihr die Haare kämmt und sie mit einer großen weißen Schleife zusammenbindet.

Das war der Tropfen, der das Fass zum Überlaufen bringt. Juni wirft sich nach hinten und schreit aus vollem Hals. Viola versucht, sie wieder aufzusetzen, aber sie ist gespannt wie ein Bogen und wehrt sie ab.

»*Uni dauig*«, sagt Maj mit ihrer ruhigen Stimme, wie immer reagiert sie überrascht auf Junis Ausbruch. Sie versucht ihre Schwester zu umarmen, aber das macht alles nur noch schlimmer. Juni schreit und schreit.

»Lass sie am besten eine Weile in Ruhe«, sagt Viola, faltet die Adoptionspapiere zusammen und legt sie in einen Umschlag, ohne eine einzige Sekunde zu zögern.

Juni wälzt sich auf dem Boden, sie hat sich von ihrem Kleid befreit und jetzt nur noch Unterhemd und Unterhose an, auch die Schleife ist verschwunden, und die Haare stehen ihr zu Berge.

»Wir müssen jetzt los, wenn wir pünktlich sein wollen. Papa trifft uns dort, er hat in der Kirche gespielt«, sagt Viola und bricht in schallendes Gelächter aus, als sie Junis wütenden Gesichtsausdruck sieht, die sich weigert mitzukommen.

Viola nimmt Maj an die Hand und geht, ohne Juni weiter zu beachten. Schließt die Tür hinter sich. Kaum aber hört Juni dieses Geräusch, stürmt sie hinterher und ruft ihren Namen, was wie ein Nebelhorn klingt.

»*Uni mit!*«

Viola macht die Tür wieder auf und hebt sie in den Kinderwagen.

»Dummerchen, so kannst du doch nicht auf einen Geburtstag gehen«, sagt sie und holt Junis Kleid, faltet es zusammen und legt es in den Beutel am Griff des Wagens.

Das Reihenhaus ist nur ein paar Straßen von ihrem Elternhaus und Walles Haus entfernt. Dort sieht alles noch genauso aus wie in ihrer Kindheit. Die blühenden Rosenbüsche, der altersschwache Zaun, der die Nachbargrundstücke voneinander trennt und die Steinplatten des gewundenen Gartenweges, zwischen denen das Unkraut wuchert. Sogar der Rasen vor Walles Haus ist so braun und trocken wie immer. An einen der Gartenpfosten hat jemand einen einsamen roten Ballon gebunden. Der Wind zerrt an ihm, will ihn zum Meer hinunterziehen.

Sture sitzt auf der Eingangstreppe und wartet. Er trägt braune Shorts und ein weißes Hemd, die Haare hat er ordentlich zu einem Seitenscheitel gekämmt. Als er sie sieht, winkt er ihnen fröhlich zu.

Viola holt zwei kleine Geschenke aus dem Korb unter dem weißen Zwillingskinderwagen. Die Mädchen sitzen sich gegenüber, Juni ist wieder bester Laune. Die beiden spielen kichernd ein Klatschspiel, das nur sie kennen und verstehen.

»Seht mal, da ist Sture und winkt euch«, sagt Viola. »Ihr könnt das letzte Stück allein gehen und ihm die Geschenke geben, oder?«

Dann hebt sie die Mädchen aus dem Wagen. Immer Maj zuerst, denn sie läuft nicht einfach weg. Danach Juni, die schon in der Luft zu laufen anfängt und mit den Beinen strampelt. Viola schafft es gerade noch, ihnen die Geschenke in die Hand zu drücken, da stürmen sie schon los. Es muss immer zwei Geschenke geben, sonst streiten sie sich. Das eine ist ein Kamm, das andere ein schöner Schreibblock. Sture ist schon so groß, er wird heute fünfzehn. Er ist das Nesthäkchen, das Lilly und sie damals an der Fahnenstange festgebunden haben. Heute ist er ein adretter junger Mann. Sie sieht ihren Mädchen hinterher, wie sie sich ihm in die Arme werfen.

* * *

Walle hat eine Geburtstagstorte gebacken. Sie türmt sich vier Etagen hoch und ist ein bisschen windschief geworden. Die Sahne hat er mit grüner Lebensmittelfarbe gefärbt und ein wenig ungleich auf dem Turm verteilt, an einigen Stellen kann man den Teig durchschimmern sehen. Walle steht mit Schürze in der Küche und formt aus Marzipanmasse kleine Rosen und Blätter, die er vorsichtig am Rand der Torte aneinanderreiht. Das ist seine Spezialität. Seit dem Tod seiner Frau Lisbeth ist er allein geblieben, hat sich nur um die Kinder gekümmert. Und immer sein Bestes gegeben, damit es ihnen gut geht.

Und jetzt ist auch sein Jüngster bald erwachsen.

Aus dem Garten dringt Lachen ins Haus, perlendes Glucksen. Eine Melodie, die sie über alles liebt. Für sie gibt es keine schönere Musik. Maj und Juni spielen mit Sture. Viola sieht aus dem Fenster, sie hängen an ihm, klammern sich an seine Arme. Und er dreht sie im Kreis, eine Runde, noch eine Runde. Die Mädchen haben die Beine angezogen, damit ihre Füße den Rasen nicht berühren. Majs Kleid flattert im Wind.

Plötzlich zieht sich Violas Magen zusammen. Sie hat noch nie darüber nachgedacht, aber in diesem Augenblick fällt es ihr wie Schuppen von den Augen. Sture ist ein Abbild seines großen Bruders Alvin. Sein Lachen, das Haar, die kräftigen Arme.

»Kannst du mir hier kurz helfen?«

Walle reicht ihr ein Tablett mit Tellern. Sie nimmt es gedankenverloren entgegen, hört kaum, was Walle ihr sagt. Sie will das Tablett auf dem Küchentisch abstellen, doch da legt er ihr eine Hand auf den Arm.

»Wollen wir nicht lieber in der Laube sitzen?«, sagt er.

Viola nickt und geht nach draußen. Die Laube besteht aus ein paar störrischen Fliederbüschen und einem weiß lackierten Holztisch, von dem die Farbe in großen Stücken abblättert, die zerbrechen, wenn man sie berührt. Ein Bein ist kürzer als die anderen, oder der Tisch steht schief. Er wackelt, als sie das Tablett abstellt.

Sture taucht hinter ihr auf, die beiden Kleinen noch auf den Armen. Er ist verschwitzt vom Spielen, auf seinem Hemd haben sich Schweißflecken gebildet.

»Hast du schon gehört, dass sie vielleicht zurückkommen?«

»Wer?«

»Alvin und Lilly. Lilly hat es mir erzählt, sie hat vorhin angerufen. Sie fliegen nach Stockholm, weil sie dort einen Auftritt hat.«

»Wann? Wann kommen sie? Kommt sie auch nach Visby?«

Sture schüttelt die Mädchen ab, die wie Kletteräffchen an ihm hängen. Juni hüpft über den Rasen davon, Maj fällt um und landet auf ihrem Po. Sie beschwert sich, und Viola hebt sie sofort hoch, gibt ihr einen Kuss auf die Stirn und setzt sie auf einen Stuhl.

»Na, das hoffe ich doch«, sagt Sture. Die Frage scheint ihn zu überraschen. »Meinst du nicht?«

Viola zuckt mit den Schultern und beginnt, den Tisch zu decken.

»Sie waren seitdem nicht wieder auf der Insel, warum sollten sie es jetzt tun? Von Stockholm hierher ist es weit.«

Sture setzt sich neben Maj auf einen Stuhl und legt die

Füße auf den Tisch. Genauso selbstsicher wie Alvin früher.
Sofort schiebt Viola sie wieder hinunter.

»Wir wollen hier essen, nimm die Füße runter. Du solltest sehen, was für eine schöne Torte Walle gebacken hat.«

Sture dreht die Handflächen nach oben und sieht in den
Himmel.

»Es wird bald regnen«, sagt er und fängt an, die Teller
wieder einzusammeln. »Wir müssen im Haus essen. Scheiß-
sommer.«

»Wollen wir hinfahren?«

»Wohin?«

»Nach Stockholm. Wenn sie einen Auftritt hat, bedeutet
das doch, dass sie ein Konzert gibt. Ich will sie in echt hören
und nicht nur auf Schallplatten. Ich will sie wiedersehen.
Das willst du doch auch, sie ist immerhin deine Schwester.«

Da rennt Juni herbei und springt Sture auf den Schoß.
Sein Stuhl wankt bedrohlich, als sie miteinander toben. Juni
beißt ihm ins Ohr, er lacht laut und hebt sie hoch, wirft sie
wie eine Puppe in die Luft.

Viola nimmt den Stapel mit Tellern und geht zurück ins
Haus, begleitet von ihrem Spiel und dem ausgelassenen Lachen. Walle kommt ihr in der Tür entgegen, die Torte in
den Händen.

»Sie ist richtig schön geworden«, sagt Viola und lächelt
die sahnige Kreation an, die aussieht wie von Kinderhand
gemacht.

»Die Kinder mögen es, wenn es ein bisschen festlich ist,
und das hier ist doch sehr gelungen. Ich habe mir große
Mühe gegeben. Bald habe ich gar keine Kinder mehr im
Haus und bin ganz allein«, sagt er wehmütig.

»Du wirst niemals allein sein. Du hast doch schon eine Menge Enkelkinder, und weitere sind auf dem Weg. Du hast dir ein gutes Fundament geschaffen.«

»Ja, da sind schon einige gekommen, du hast recht«, meint er lachend.

»Wir werden drinnen sitzen müssen, es wird gleich regnen«, bemerkt Viola.

Die Torte auf der Platte gerät in Bewegung, als Walle sich umdreht. Die oberste Schicht löst sich und rutscht zur Seite. Er nimmt den Tortenheber und versucht, sie an ihren Platz zurückzuschieben. Viola hilft ihm, und gemeinsam tragen sie die Torte zum Küchentisch.

»Was für ein Glück, dass nichts passiert ist«, sagt Viola und lässt sich auf einen Stuhl fallen. Sie öffnet ihre Handtasche und holt einen Umschlag heraus.

»Apropos Kinder.« Sie zeigt ihm die Unterlagen. »Juni wird jetzt unsere Tochter werden, wie findest du das?«

»Das ist sie doch von Anfang an gewesen.«

»Ja, aber du weißt, wie das ist. Sie ist ein Findelkind, und deshalb muss das so sein. Aber bis heute hat niemand Anspruch erhoben, darum adoptieren wir sie jetzt.«

»Sehr gut, das ist das Richtige.«

Viola berührt die Ecke des ersten Blattes, während sie die Seite überfliegt.

»Du weißt nicht zufällig, von wem sie ist?«, fragt sie und sieht Walle in die Augen.

Er setzt sich auf die andere Seite des Tisches, stützt seine Ellenbogen auf und beugt sich vor.

»Warum sollte ich?«

»Ich weiß nicht. Ich dachte, dass …«

»Dass es meins ist? Bist du von allen guten Geistern verlassen, Mädchen? Ich würde niemals ein Kind aussetzen. Niemals, es gibt niemanden, der Kinder so sehr liebt wie ich.«

Viola steckt das Dokument zurück in den Umschlag.

»So war das nicht gemeint«, sagt sie verlegen. »Vielleicht hast du ja etwas gehört. Es ist doch sonderbar, dass niemand gesehen hat, wie der Korb vors Restaurant gestellt wurde.«

Walle steht auf und geht ans Fenster. Viola stellt sich neben ihn. Maj und Rosa halten sich an den Händen, Juni hüpft im Kreis um sie herum. Ihre Knie sind voller Erde, und sie trägt nach wie vor nur ihre Unterwäsche.

»Sie wurde in einem Korb ausgesetzt? Das arme Mädchen, das hast du mir nie erzählt. Wie alt ist sie jetzt? Drei Jahre?«

»Sie ist zweieinhalb, nur ein paar Monate älter als Maj.«

»Es ist mir unvorstellbar, wie jemand so etwas einem kleinen, unschuldigen Kind antun kann. Das muss eine Wahnsinnige gewesen sein. Aber Juni scheint es sehr gut zu gehen, also hat sich das zum Glück nicht vererbt.«

»Nein. Das hoffen wir mal. Sie ist ein wunderbares Mädchen. Und es spielt auch keine Rolle, wo sie herkommt. Sie ist mein Kind. Sie ist unser Kind. Es fühlt sich ganz natürlich an.«

* * *

Walle und Viola sitzen draußen auf der Treppe und unterhalten sich, als Gunnar nach der Kirche mit dem Fahrrad vorbeikommt. Der Regen hängt in der Luft, aber noch ist es trocken.

»Wo sind die Kinder?«, fragt er. »Sie sind doch nicht ausgebüxt?«

»Sie sind mit Rosa und Sture unten am Strand. Sture wollte ein Foto von ihnen machen.«

Gunnar setzt sich zu ihnen, zieht sich das Jackett aus.

»Ihr seht so bedrückt aus, worüber habt ihr geredet?«

Viola lächelt.

»Überhaupt nicht, ganz im Gegenteil. Wir sind fröhlich. Ich habe Walle von der Adoption erzählt.«

Walle lacht, es rasselt in seiner Brust, und er muss husten.

»Und davon, dass ihr geglaubt habt, dass die Kleine mein Kind ist, das ich vor eurer Tür ausgesetzt habe.«

Gunnar sieht von Walle zu Viola und wieder zurück.

»Was? Und ist sie das?«

Walle schlägt sich mit beiden Händen auf die Oberschenkel und kann sich kaum halten vor Lachen, als er Gunnars Blick sieht. Viola klopft ihm auf die Schulter, damit er nicht so laut lacht.

»Ah, nein, das haben wir nie gedacht, Walle hat mich nur missverstanden. Es ist alles in Ordnung«, sagt sie und gibt Gunnar einen Kuss auf die Wange.

Walle sieht den Kindern beim Spielen zu. Als Juni zu ihm schaut, winkt er ihr zu, und sie rennt sofort zu ihnen.

»Wer diese süße kleine Rotznase vor eure Tür gelegt hat, werdet ihr vielleicht nie erfahren. Aber sie ist euer Kind, und es sieht aus, als würde ihr das gefallen.«

»Papa, Papa«, ruft Juni und umklammert Gunnars Bein. Er hebt sie hoch. Ihre Haare sind wild und zerzaust, Gunnar versucht sie mit der Hand glatt zu streichen, aber dadurch werden sie nur statisch aufgeladen.

»Lass es sein. Diese Haare sind so widerspenstig. Mir gelingt es nie, sie zu bändigen.« Viola streichelt ihr über den weichen Kopf. Dann berührt sie ihre Wange.

»Ich vermisse Lilly so sehr, geht es dir auch so?«, fragt Viola Walle.

»Ach ja, Lilly.« Walle nickt betrübt. »Kannst du dich noch daran erinnern, wie ihr hier durch den Garten gesaust seid? Bei euch war immer etwas los.«

Viola nickt. Walles Garten erinnert sie immer an die vielen Streiche, die sie ausgeheckt haben. Sehnsüchtig denkt sie zurück an die gemeinsamen Abenteuer von früher.

»Lilly war die Wilde von uns beiden«, sagt sie und kichert.

»Obwohl sie immer dir die Schuld für alles gegeben hat. Erinnerst du dich noch daran, als du Sture an der Fahnenstange angebunden hast? Der arme Junge.«

»Ich war das nicht. Das war Lillys Idee. Hast du all die Jahre ernsthaft geglaubt, dass ich es war?«

Walle hält sich am Geländer fest und zieht sich hoch, seine Knie knacken gefährlich. Er wird langsam alt, die Haut an seinen Armen sieht aus wie braungebranntes Leder.

»Daran wart ihr bestimmt beide beteiligt. Ein paar richtige Frechdachse wart ihr«, sagt er grinsend und schüttelt sein steif gewordenes Bein. »Kommt, jetzt essen wir Torte, bevor sie uns wegschmilzt.«

Er geht zurück in die Küche und mischt selbstgemachten Sirup mit Wasser, verrührt die Klumpen mit einem großen Löffel.

»Was ist, wenn sie nie wieder zurückkommt?«, sagt Viola leise. Sie stellt sich neben Walle und legt Kekse auf einen Teller.

»Sie ist jetzt etwas Besonderes. Was sollte sie denn hier machen? Wahrscheinlich schämt sie sich für uns und will nicht an ihre Vergangenheit erinnert werden. Außerdem hat die Polizei die Geschichte mit der Schnapsbrennerei noch nicht vergessen.«

»Sture hat erzählt, dass sie nach Stockholm kommt. Sie hat angerufen?«

»Ja, sie hat gesagt, sie kommt nach Schweden.«

»Ruft sie dich oft an?«

»Nein, sie selbst hatte noch nie angerufen. Das war das erste Mal. Ich habe ihre Stimme kaum wiedererkannt. Aber Alvin lässt ab und zu mal von sich hören und erzählt, wie es ihnen geht. Und er schickt Geld. Als würde ich nicht allein zurechtkommen.«

Er stellt sich auf die Zehenspitzen und holt eine alte Pralinenschachtel aus dem Schrank und klappt sie auf. Darin liegt ein dickes Bündel Geldscheine.

»Er schickt immer französisches Geld und sagt, ich soll damit zur Bank gehen. Aber ich kann gut für mich selbst sorgen, deshalb kommt es in diese Schachtel hier. Ich weiß nicht, was ich damit anstellen soll.«

Er wedelt mit dem dicken Bündel. Viola nimmt es und blättert es durch. Es sind nur große Scheine, mehrere Tausend Franc.

»Walle, das ist sehr viel Geld. Ich finde, dass du es für dich verwenden solltest. Gönn dir etwas Schönes. Kauf dir was zum Anziehen, Schuhe, gutes Essen, ein Fahrrad. Mach eine Reise oder so. Das reicht für eine ganze Menge.«

Gunnar legt einen Arm um Violas Schulter und nickt.

»Sie hat recht, Walle. Du musst dich nicht mehr abkämpfen. Mach eine Pause, ruhe dich aus. Genieß es, dass deine Tochter ein Superstar geworden ist. Du musst sehr stolz auf sie sein.«

Walle starrt eine Weile gedankenverloren auf die Geldscheine.

»Nein«, sagt er schließlich und drückt die Schachtel wieder zu. »Es bleibt hier drin und kann meinetwegen vor sich hingammeln. Wenn Alvin findet, dass Geld das Wichtigste im Leben ist, wichtiger, als seine Familie wiederzusehen, dann kann er es sich nach meinem Tod abholen. Ich werde nichts davon anrühren.«

Sture, Sonja, Edgar und die anderen Kinder stürmen in diesem Augenblick in die Küche und unterbrechen das Gespräch. Alle stehen um den Tisch herum und bewundern die Torte. Maj und Juni stehen ganz vorne, die Nasen förmlich in der Sahne. Die Torte ist in sich zusammengesunken, die Marzipanrosen sind auf einer Seite verrutscht und haben eine Spur in der Sahnehülle hinterlassen. Die Kleinen schneiden sich große Stücke ab und lassen sie auf ihre Teller kippen. Sture verewigt diesen Moment mit seiner Kamera, der Blitz erleuchtet hell den Raum.

* * *

Am Abend sitzen Viola und Gunnar auf ihrer Terrasse und genießen den Sonnenuntergang. Das Meer wechselt seine

Farbe, wird lila, und alle kleinen Wölkchen am Himmel beginnen zu glühen. Glatt und unendlich erstreckt sich die Ostsee vor ihnen. Sie haben ihre Kinder im Arm, jeder eines der Mädchen.

Die Dokumente sind zur Post gebracht, jetzt fehlt ihnen nur noch ein Stempel, dann ist Juni offiziell ihre Tochter. Viola küsst sie auf die Stirn, ihre Augen füllen sich mit Tränen.

»Ich habe sie für immer verloren«, sagt sie und wiegt das schlafende Kind.

»Was sagst du da?« Gunnar legt seine Hand auf Junis Rücken. »Du wirst sie niemals verlieren, sie gehört bald richtig zu uns. Ganz bald.«

»Ich meine nicht Juni. Sondern Lilly. Sie interessiert sich nicht für mich. Sie hat mir weder zu unserer Hochzeit noch zu unserem Kind gratuliert. Kein einziges Wort. Ich habe nur letztes Jahr diesen merkwürdigen Brief bekommen, in dem sie fast nur von sich erzählt hat.«

»Sie weiß doch nichts über uns und unser Leben hier.«

»Das muss sie aber. Du hast doch gehört, dass Alvin Walle ab und zu anruft.«

»Aber vielleicht erzählt Walle nichts von dir. Oder Alvin fragt nicht nach?«

»Doch, das muss er. Wir haben uns geliebt. Alle drei. Ich verstehe das einfach nicht.«

»Sie war seit so vielen Jahren nicht mehr in Schweden. Und ist wirklich eine vielbeschäftigte Frau, das hast du ja selbst in den Zeitungen gelesen. Und wenn Alvin dich wirklich geliebt hätte, wäre er nicht abgehauen.«

»So meine ich das auch nicht. Wir sind zusammen aufgewachsen, haben jeden Tag zusammen verbracht. Wir waren wie Geschwister.«

»Für dich war das vielleicht so, du warst ja auch ein Einzelkind. Aber Alvin und Lilly haben viele Geschwister. Die kennen das nicht anders.«

Juni bewegt sich, zuckt zusammen, fuchtelt mit den Ärmchen. Vielleicht ein Traum? Viola legt ihren Kopf zurück auf ihre Schulter und streichelt sie.

»Als ich Sture heute mit den Mädchen gesehen habe, habe ich Lilly, Alvin und mich in ihnen wiedererkannt. Sture ist genauso adrett geworden, wie Alvin früher war. Und er macht dieselben Späße mit den Mädchen. Oh, wir hatten so eine gute Zeit.«

»Du bist jetzt erwachsen, Viola. Alle Menschen müssen sich von ihrer Kindheit verabschieden. Sie werden älter und klüger. Die Kindheit gehört jetzt unseren Kindern. Und es ist unsere Aufgabe dafür zu sorgen, dass es eine schöne Zeit wird. Dass ihr Lachen ein Zuhause in ihren Herzen findet und ein gutes Fundament für ihr zukünftiges Leben bildet.«

»Stell dir vor, sie kommt wirklich nach Schweden?«

»Wer, Lilly? Ja, das wäre wirklich ein Ding. Hat Sture gesagt, wann sie kommt?«

»Nein, er hat nur erzählt, dass sie zu seinem Geburtstag angerufen und mit ihm und Walle telefoniert hat. Es ist schon komisch. Ihre Mutter ist bei seiner Geburt gestorben. Sie hat ihn über alles geliebt und manchmal zutiefst gehasst. Trotzdem ruft sie ihn an und nicht mich.«

»Es ist doch nicht komisch, dass sie ihren Bruder anruft?«

»Ja, stimmt schon. Aber ich bin ihre Schwester, zumindest

so eine Art. Ich habe ihr versprochen, dass ich das immer sein werde.«

»Aber du bist nicht ihre Schwester.«

»Trotzdem hätte sie mich auch anrufen sollen.«

»Ja, das hätte sie. Wenn du sie siehst, kannst du ihr das sagen. Wird sie hier in Visby auftreten? Dann will ich für sie spielen.«

»Nein, in Stockholm, glaube ich. Aber vielleicht kannst du dort mit ihr auftreten.«

»Wenn sie wirklich ein Konzert in Stockholm gibt, dann finden wir das heraus. Wir fahren hin und überraschen sie. Ein Konzert mit Lilly, das wäre ein Traum. Du kannst sie endlich wiedersehen und mit ihr reden, und sie kann unsere Mädchen kennenlernen.«

Gunnar hebt vorsichtig einen Kieselstein vom Boden auf, um Maj nicht zu wecken, und wirft ihn Richtung Strand. Sie wohnen so nah am Meer, dass es fast möglich ist. Von der großen roten Sonne ist jetzt nur noch ein schmaler Strich am Horizont zu sehen. Das Meer verändert erneut seine Farbe, wird schwarz, während über ihm im Himmel ein Feuerwerk stattfindet.

»Man kann sich nicht in jemanden hineinversetzen, der plötzlich ein Weltstar wird. Sie muss sich bestimmt auf einmal um ganz andere Dinge kümmern. Aber ich bin sicher, dass sie an uns denkt. Vergiss nicht die vielen Geschenke, die sie uns immer schickt.«

Viola nickt und lächelt. Immer wieder lag plötzlich ein Paket vor ihrer Tür mit einem französischen Poststempel. Immer ohne Gruß, aber sie wussten, dass es von Lilly war. Mal lag eine handgeklöppelte Spitzendecke darin oder ein

Aquarell von Montmartre. Und eines Tages kam eine riesige Kiste, in der ein schönes, rotes Schaukelpferd lag.

»Ja, du hast recht, sie denkt an uns. Zeit ist nicht wichtig, sie spielt keine Rolle. Beste Freunde bleibt man fürs Leben. Wie verrückt, dass wir sie kennen. Den großen Weltstar.«

Gunnar will mit Maj aufstehen, doch Viola greift nach seiner Hand.

»Was ist?«, fragt er.

»Können wir noch einen Augenblick hier sitzen bleiben? Nur wir vier. Das ist so gemütlich.«

Gunnar lässt sich wieder auf die Bank sinken und lehnt sich zurück. Er rückt näher an sie heran, sodass sich ihre Schultern berühren. Hand in Hand sitzen sie da.

Die Dunkelheit senkt sich schnell über die Insel, Sekunden später glitzern Millionen Sterne am Himmel wie ein funkelndes Dach. Viola legt den Kopf in den Nacken und sieht hoch in das wilde Durcheinander von Punkten. Als eine Sternschuppe vorbeizieht und einen weißen Streifen hinterlässt, zuckt sie zusammen und lässt Gunnars Hand los.

»Eine Sternschnuppe«, sagt sie und zeigt in den Himmel.

»Wünsch dir was.«

Viola schließt die Augen und überlegt. Sie denkt an Lilly. Wie oft hat sie sich gewünscht, dass sie zurückkommt? Wie oft ist das nicht passiert? Sie öffnet die Augen und sieht die Umrisse der Spielsachen, die auf dem gesamten Rasen verteilt sind. Sie hört das Atmen ihrer schlafenden Kinder. Juni liegt warm und schwer und wunderbar in ihren Armen.

»Was soll ich mir wünschen? Ich habe doch schon alles«, sagt sie und spürt, wie sich ihr ganzer Körper entspannt.

Gunnar will Viola einen Kuss geben, aber er bewegt sich zu schnell, die Bank wackelt, und Maj wird wach. Sie richtet sich auf und sieht sich schlaftrunken um. Der Kuss bleibt in der Luft hängen. Gunnar lacht und streckt den Hals, versucht Violas Lippen zu erreichen.

»Komm, wir bringen die Kinder ins Bett«, sagt er und steht auf. Als auch Viola aufsteht, nimmt Gunnar sie in den Arm. So stehen sie da, zu viert. Die ganze Familie.

»Du hast völlig recht. Wir haben schon alles, was sollen wir uns da noch wünschen?«

Sara schaltet ihr Handy heimlich schon vor der Landung ein und findet mehrere Hotels im Internet, die ganz in der Nähe der Adresse auf Lillys Briefbogen liegen.

»Das ist praktisch neben dem Eiffelturm, Oma. Vielleicht haben wir sogar Zeit, ihn zu besichtigen?«

Viola betrachtet die Auswahl artig, aber für sie sehen sie alle gleich aus.

»Nimm das da«, sagt sie und tippt auf das oberste.

Juni schnappt sich das Handy und liest ebenfalls das Angebot.

»Aber Sara, da kostet ein Zimmer dreitausend Kronen. Und wir brauchen zwei. Wir müssen etwas Günstigeres finden«, protestiert sie.

»Ach was, lass sie das buchen«, widerspricht Viola. »Wir hauen euer Erbe auf den Kopf, und ich freue mich, dass ich selbst auch etwas davon habe.«

Die Reifen des Flugzeuges berühren die Landebahn, die Geschwindigkeit wird gedrosselt, die Anschnallzeichen werden ausgeschaltet. Sie sind da.

»Jetzt geht es ums Ganze!«, sagt Viola und kämpft sich aus dem schmalen, tiefen Sitz zum Stehen.

Ellen weint. Sie will nicht mehr im Flieger sein und auf dem Schoß sitzen. Sie zappelt wie ein Fisch auf dem Trockenen und fuchtelt wütend mit Armen und Beinen. Ihr Gesicht ist puterrot und verzerrt. Juni singt ihr ihr Lieblingslied vor, das Astrid Lindgren geschrieben hat:

Schlaft alle, schlaft alle,
Schlaft all ihr Wellen auf dem Meer.
Schlaft all ihr Segel,
Der Wind weht jetzt nicht mehr.
Wind, Meer und Segel schlafen so wie du,
über den Bäumen geht der Mond zur Ruh.

Ihre Stimme beruhigt die Kleine sofort. Sie hört auf zu weinen und lauscht mit großen Augen und entspanntem Gesicht. Sie wimmert nur leise, als würde sie versuchen, die Melodie mitzusingen.

»Du beherrscht unbestritten die große Kunst, Kinder in den Schlaf zu wiegen, Mama«, sagt Sara und gibt ihrer Mutter einen dicken Kuss auf die Wange. »Danke.«

Viola betrachtet ihre älteste Tochter. Ihr Haar ist struppiger und strähniger geworden, seit sie aufgebrochen sind. Und am Haaransatz sieht sie einen grauen Schatten. Aber sie ist wunderschön und sieht fröhlich aus. Sie hat sie schon lange nicht mehr singen hören. Als Kind hat sie das ständig getan.

Maj reißt sie aus ihren Gedanken, sie hält ihrer Mutter einen Arm als Stütze hin. Viola hakt sich dankbar ein, und gemeinsam verlassen sie den Flieger und laufen durch den Gang, der ins Terminal führt.

»Brauchst du einen Rollstuhl, Oma?«, fragt Sara. »Vielleicht haben sie hier einen, den wir ausleihen können.«

Viola schnaubt und wird schneller.

»Unsinn, ich bin doch noch nicht tot«, sagt sie und schlägt direkt danach ihre Hand vor den Mund, als sie sich ihrer Worte bewusst wird.

»Es ist doch gar nicht sicher, dass Lilly schon gestorben ist«, tröstet sie Sara.

»Warum sollte sie sonst anrufen und sich verabschieden? Man muss kein Hirnforscher sein, um ausrechnen zu können, dass wir bald tot und begraben sind. Und zwar wir beide.«

»Was ist eigentlich passiert? Warum habt ihr den Kontakt zueinander verloren?«

Viola gerät ins Straucheln, ihr Koffer kippt zur Seite. Juni nimmt ihn ihr ab, und Viola bleibt kurz stehen, um wieder zu Atem zu kommen. Sie lehnt ihren Kopf gegen Majs Schulter.

»Wir werden dich jetzt nicht mehr mit Fragen quälen, Mama«, sagt Maj. »Wir nehmen uns ein Taxi, fahren ins Hotel und ruhen uns ein bisschen aus. Dann entscheiden wir, was wir als Nächstes tun. Wir werden sie finden, entweder bei ihrer alten Adresse oder in einem der Krankenhäuser auf Saras Liste.«

LILLY

12. AUGUST 1964

Lilly hastet mit gesenktem Kopf durch die Gänge des Kaufhauses, vorbei an Schaufensterpuppen und neugierigen Angestellten. Sie geht inmitten einer Gruppe von Menschen, die sie abschirmen, damit sie niemand bedrängen kann. Als sie aus dem Wagen stieg, hat sie jemand erkannt, und sofort breitete sich diese Neuigkeit wie ein Lauffeuer aus. Viele Kunden gesellen sich zu der wachsenden Schar von Bewunderern, die jeden Schritt verfolgen, den Lilly macht. Heute soll sie neue Kleider für ihre Auftritte anprobieren, und der einzige Weg ins Atelier des Modeschöpfers im obersten Stock ist durch das Kaufhaus.

Einem kleinen, braunhaarigen Mädchen ist es gelungen, sich durch den menschlichen Schutzwall hindurchzuzwängen. Sie ist höchstens vier oder fünf Jahre alt und trägt ein weißes Kleid mit Spitzenkragen und zwei hohe Zöpfe. Mit einem Lächeln streckt sie Lilly Block und Stift hin.

Lilly bleibt abrupt stehen und wendet sich ab.

»Schaff sie weg«, sagt sie heiser.

Alvin ist sofort bei ihr.

»Das ist nur ein kleines Mädchen, Lilly«, beruhigt er sie. »Du kannst ihr doch Hallo sagen, das ist gut fürs Geschäft.«

»Schaff sie sofort weg. Sonst schreie ich«, beharrt Lilly und weigert sich, das Kind anzusehen.

Alvin hebt das Mädchen hoch und schiebt sich mit ihm

auf dem Arm durch die Menge, stellt es am Fahrstuhl ab und kommt zurück. Lilly sieht, wie die Mutter herbeieilt und das weinende und verängstigte Kind tröstet. Eine Mutter, eine Frau, die Lillys Kunst so sehr bewundert, dass sie sogar ihre kleine Tochter vorgeschickt hat, um ein Autogramm zu bekommen.

Lilly zieht mit ihrem Tross weiter, Alvin läuft ihr hinterher.

»Lilly, das war doch nur ein kleines Mädchen. Du weißt, dass du ab und zu Autogramme geben musst.«

»Aber nicht solchen.«

»Solchen? Was meinst du damit?«

»Na eben solchen.«

»Das war ein sehr niedliches Mädchen. Ein Kind. Warum bist du nur so herzlos?«

Lilly antwortet nicht, ignoriert ihn. Sie haben das Atelier erreicht. Eine große Doppeltür aus Eiche mit Türklinken aus poliertem Messing. Lilly wendet sich mit erhobenem Haupt an ihre Entourage.

»Vielen Dank, ich brauche Sie vorerst nicht. Halten Sie sich bereit«, sagt sie und drückt die Türklinke herunter.

Alle bleiben gehorsam zurück, nur Alvin schlüpft durch den Spalt, bevor die Tür hinter ihnen zuschlägt. Lilly bleibt abrupt stehen, es ist ihr egal, dass er ihre Tränen sieht.

»Du auch nicht. Ich will allein sein«, sagt sie kalt.

»Entschuldige, ich wollte dich nicht angreifen und so hart zu dir sein. Ich kann verstehen, wie anstrengend es für dich sein muss. Ich bin immer an deiner Seite. Vergiss das nie. Ich werde dich immer beschützen.«

Aber Lilly hat ihm schon den Rücken zugewandt.

Die Seidenstoffe knistern verheißungsvoll, als die Assistentin des Modeschöpfers die Kleider über den Paravent hängt. Es sind zwei, ein smaragdgrünes und ein rotes. Beide sind übersät mit floralen Mustern, die sich über den Stoff schlängeln, und mit Pailletten und Perlen besetzt, die alle von Hand aufgenäht worden sind. Solche Kleider haben eine große Wirkung auf der Bühne, weil sie Lilly im Scheinwerferlicht zum Funkeln bringen.

Lilly geht hinter den Paravent, streckt ihre Arme hoch und lässt sich von einer anderen Mitarbeiterin aus dem enganliegenden schwarzen Kleid helfen, in dem sie gekommen ist. Sie streift sich die Pumps von den Füßen und spreizt die tauben Zehen.

Die Frau berührt ihre Schulter, als sie ihr das Oberteil auszieht. Jetzt steht sie nur in Unterwäsche da. Lilly fröstelt und bekommt eine Gänsehaut. Die Frau hängt ihr schwarzes Kleid auf einen Bügel und nimmt eins von den neuen zur Anprobe vom Paravent. Sie öffnet es, und Lilly steigt von oben hinein.

»Fangen Sie mit dem roten an«, ruft Monsieur Guillard.

Sie haben das falsche genommen. Lilly steht bereits in dem grünen. Die Assistentin fordert sie gestresst auf, wieder auszusteigen, hängt es zurück, greift nach dem roten. Lilly schlingt die Arme um den Körper.

»Es ist so kalt hier«, jammert sie.

»Verzeihen Sie, Madame, bitte verzeihen Sie.« Angestrengt greift die Assistentin ins Kleid, um den Berg an Unterkleidern aus Tüll zu ordnen, damit Lilly hineinsteigen kann.

Lilly stützt sich an ihren Schultern ab, während die andere Frau sie fertig ankleidet. Die dünnen Träger schneiden ihr in die Haut. Die vielen Perlen und Pailletten machen den Stoff schwer und steif. Erst als die Assistentin den Reißverschluss hochzieht, verteilt sich das Gewicht auf den ganzen Oberkörper. Das Kleid schmiegt sich eng an die Brust und bildet ein tiefes Dekolleté. Die Assistentin zupft und zieht, bis es perfekt sitzt.

Sie sind noch nicht ganz fertig, als Monsieur Guillards Gesicht hinter dem Paravent auftaucht. Er trägt ein Monokel und kneift das andere Auge zu. Schweigend betrachtet er Lilly. Dann breitet sich ein frohes Lächeln auf seinem Gesicht aus, und er führt seine berühmte Kundin zu einem riesigen Spiegel mit einem dicken Goldrahmen. Er wirft begeistert die Hände in die Luft.

»Voilà, ein Star!«, sagt er, sehr zufrieden mit dem verzaubernden Effekt der Robe.

Lilly kann ihm nur zustimmen. Sie dreht sich hin und her. Der weite Rock streicht raschelnd über ihre Beine. Die Assistentin eilt herbei und bittet um Erlaubnis, Lilly etwas Lippenstift auftragen zu dürfen. Gehorsam streckt Lilly ihr Kinn vor und lässt sie ihre Arbeit machen. Der Lippenstift wurde mit großer Sorgfalt ausgewählt, denn er passt hervorragend zum Farbton des Kleides.

»Notieren Sie die Marke und die Farbnummer, damit ich ihn mir kaufen kann«, bittet Lilly sie.

Die Assistentin nickt zuvorkommend.

»Madame, darum habe ich mich schon gekümmert. Das hier ist Ihr Exemplar. Und zwei weitere sind bereits für Sie eingepackt, falls einer mal abhandenkommen sollte.«

Das grüne Kleid hat einen ganz anderen Schnitt. Die Silhouette ist wesentlich schmaler, das Kleid liegt eng an den Beinen an. Lilly beklagt sich, als sie sich im Spiegel betrachtet.

»Ich kann mich darin überhaupt nicht bewegen.«

Monsieur Guillard schnaubt vernehmlich.

»Sie sollen doch nicht tanzen, Madame. Sie sollen singen, wie der Engel, der Sie sind. Gehen Sie auf die Bühne, bevor der Vorhang sich hebt. Bleiben Sie still stehen, sehen Sie großartig aus und singen Sie.«

* * *

Als Lilly die Doppeltür öffnet, wird sie von einem wahren Blitzlichtgewitter empfangen. Ein vollzähliges Medienaufgebot wartet auf dem Treppenabsatz vor dem Atelier auf sie. Sie duckt sich, reißt die Arme vors Gesicht und versteckt sich dahinter. Alvin ist Sekunden später an ihrer Seite.

»Woher wissen die, dass ich hier bin?«, fragt sie und verbirgt ihr Gesicht an seiner Brust.

»Das verbreitet sich wie ein Lauffeuer. Du weißt doch, wie es ist. Es haben dich zu viele auf dem Weg hierher gesehen.«

»Wir müssen den Designer wechseln. Oder Monsieur Guillard muss sich ein anderes Atelier anschaffen. Das hier mache ich nicht noch einmal.«

»Ich werde mit ihm reden. Wir können ihn nicht ersetzen, er ist mit Abstand der Beste.«

»Tatsächlich? Er hat mir ein Kleid genäht, in dem ich nicht gehen kann. Das ist doch Wahnsinn.«

»Du sollst damit ja auch nicht herumspazieren, sondern singen.«

Alvin zieht sie mit sich, will sie wegbringen. Aber plötzlich ändert sie ihre Meinung, sie hebt den Kopf und lächelt in die Kameras. Sie posiert für die Fotografen, als stünde sie auf der Bühne.

»Was tust du da?«, fragt Alvin erstaunt.

»Du hast doch gesagt, dass ich freundlicher sein soll.«

»Ja, Kindern gegenüber.«

»Ich hasse Kinder«, murmelt Lilly.

»Das stimmt doch nicht, du hast Kleinkinder immer geliebt.«

»Ich hasse Kinder, basta. Sie sind klein und nutzlos. Und sie bringen nur Unglück.«

Einer der Reporter macht sich wie verrückt Notizen, Lilly sieht ihn misstrauisch an.

»Sprechen Sie Schwedisch?«

Der Mann nickt.

»Ja, ich arbeite für die *Dagens Nyheter*. Wenn ich ein Interview bekomme, werde ich nichts von dem schreiben, was ich eben gehört habe.«

»Was haben Sie gehört?«

»Dass Sie Kinder hassen.«

»Aber das stimmt so nicht.«

»Ach wirklich?«

Alvin mischt sich ein.

»Sie dürfen das auf keinen Fall schreiben. Heute Vormittag gab es einen kleinen Zwischenfall. Sie ist müde und erschöpft von diesen Aufläufen, das können Sie sich vielleicht vorstellen«, sagt er und zeigt auf die Reporterschar.

»Wollen wir uns trotzdem auf ein Interview einigen?«, fragt der Mann selbstbewusst.

Lilly schüttelt den Kopf, aber Alvin nickt.

»Meinetwegen«, sagt er. »Sie bekommen Ihr Interview. Wenn Sie versichern, dass Sie darüber kein Wort verlieren. Jemals.«

Der Mann reißt die Seite von seinem Block ab, zerknüllt sie und wirft sie auf den Boden.

»Da haben Sie Ihren Klatsch und Tratsch. Ich kann mich gar nicht erinnern, worum es da ging.«

Alvin hebt die Papierkugel auf, wirft sie ein paarmal in die Luft und steckt sie dann ein.

»Gut. Wir treffen uns in zwei Stunden im *Ritz* zum Tee. Sie bekommen maximal eine Stunde, seien Sie gut vorbereitet.«

* * *

Die Etagere ist dreistöckig und biegt sich vor Köstlichkeiten. Ganz unten gibt es Backwerk, luftige Sahne- und Marzipankreationen in unterschiedlichen Farben. In der Mitte sind in schwedischer Tradition sieben Sorten Kekse arrangiert, und ganz oben liegen Schokoladenpralinen. Lilly nimmt nichts davon, sie rührt nicht einmal ihren Tee an, der in einer dampfenden Tasse vor ihr steht. Sie sitzt kerzengerade in einem Sessel, die Augen hinter ihrer Sonnenbrille verborgen.

Der schwedische Journalist ist in Begleitung eines Fotografen, der ein Stativ für den Blitz aufgestellt hat. Mit der Kamera um den Hals hat er neben dem Sofa Position bezogen, bereit für die ersten Aufnahmen. Lilly hebt abwehrend die Hände.

»Keine Fotos, während ich spreche. Sie müssen warten, bis wir hier fertig sind.«

Der Fotograf sieht den Reporter fragend an.

»Fräulein Wallin, Sie werden ihn nicht einmal bemerken«, sagt dieser und macht sich sogleich eine Notiz. Der Stift kratzt aufdringlich über das Papier.

Lilly dreht sich zu Alvin um, der ein Stück entfernt sitzt, und winkt ihn mit zwei Fingern heran. Er springt sofort auf und kommt zu ihr. Sie flüstert ihm etwas ins Ohr.

»Sie haben verstanden, was sie gesagt hat?« Alvin geht auf den Fotografen zu. »Keine Fotos während des Interviews.«

Eingeschnappt zieht sich der Fotograf zurück und setzt sich an den Tisch. Sein Kollege notiert sich erneut etwas in seinen Block.

»Lassen Sie das in Ihrem Artikel aus«, sagt Alvin warnend. »Niemand ist fotogen, wenn er spricht, das sind vollkommen normale und angemessene Ansprüche.«

»Ist es wichtig für Sie, schön zu sein, Lilly? Sie legen sehr viel Wert auf Ihre Bühnengarderobe.«

Lilly runzelt die Stirn und sieht zu Alvin, der für sie antwortet.

»Wir finden es wichtig, dem Publikum ein schönes Erlebnis zu bieten, und dazu gehört der passende Veranstaltungsort, das Orchester, die Liederauswahl und auch die Garderobe auf der Bühne.«

Aber das genügt dem Reporter nicht.

»Lilly, was sagen Sie denn dazu? Ist es wichtig, ein schönes Äußeres zu haben?«

»Was ist das für eine sonderbare Frage?«

»Ganz und gar nicht, das ist eine Frage, die unsere Leser sehr interessiert. Sie wollen wissen, wie es einem einfachen Mädchen von Gotland gelungen ist, in Paris auf die großen Bühnen zu kommen. Sind Sie aus Ihrer Heimat geflohen? Wegen der Demütigungen? Arbeiten Sie deshalb so hart?«

Lilly zuckt zusammen, sie verschränkt die Arme vor der Brust.

»Warum sind Sie so unverschämt?«

Alvin steht hinter ihr. Er sagt kein Wort, hat die Hand auf ihre Schulter gelegt, damit sie weiß, dass er da ist.

»Es heißt, dass Sie nach Ihrer Strafe, die Sie im Gefängnis von Visby abgesessen haben, von Ihren Landsleuten sehr schlecht behandelt wurden.« Der Mann blättert in seinem Block und liest seine Notizen. »Sie saßen wegen illegaler Herstellung alkoholhaltiger Erzeugnisse, ist das richtig? Und dann gab es da noch einen Vorwurf wegen Unzucht? Eine Affäre mit einem verheirateten Mann?«

Alvin kann sich nicht länger zurückhalten, Lilly hört ihn mit den Füßen scharren.

»Was sind das für unmögliche Fragen?«, brüllt er. »Wem ist damit gedient, wenn sie das alles noch einmal durchleben muss?«

Lilly ist aufgestanden, hat ihnen den Rücken zugekehrt. Sie knetet ihre Hände, überlegt, wie sie sich dem aufdringlichen Reporter gegenüber verhalten soll. Das Herz schlägt ihr bis zum Hals, der dünne Stoff ihrer Bluse zittert. Sie schiebt die Sonnenbrille hoch, und als sie sich schließlich wieder umdreht, sind ihre Augen nur noch schmale Schlitze.

»Ich habe mich auf dieses Interview eingelassen, weil ich

dachte, es sei eine gute Gelegenheit, meinem Publikum in Schweden einen Gruß zu schicken«, sagt sie und gestikuliert mit den Händen. »Ich vermisse Schweden sehr. Ich vermisse meine beste Freundin, schreiben Sie das. Schreiben Sie, dass ich Viola vermisse. Aber ich vermisse ganz bestimmt nicht die Demütigungen, nein. Und ich vermisse auch nicht den Hass und die Blicke.«

Alvin schüttelt den Kopf, formt mit den Lippen ein Nein, damit sie aufhört. Aber Lilly winkt schnaubend ab.

»Das macht keinen Unterschied, Alvin, er hat sich schon längst entschieden, was für einen Artikel er schreiben wird. Einen reißerischen, voller Skandale. Und wenn Sie schon dabei sind, können Sie gerne hinzufügen, dass ich Kinder hasse. Ich verabscheue sie, ganz recht. Ihr Schreien ist nicht auszuhalten«, sagt sie und nimmt einen großen Schluck Tee.

Sie stellt die Tasse mit einem lauten Knall auf die Untertasse, dabei schwappt Tee auf die glänzende Tischplatte. Bevor sie geht, wirft sie dem Reporter noch ein abfälliges Lächeln zu.

»Ich würde es allerdings wirklich vorziehen, wenn Sie sich auf meine Musik konzentrieren würden. Denn ich gebe mein Bestes und arbeite hart dafür.«

Sie geht auf den Ausgang zu, vorbei an den leeren Tischen. Alvin bleibt zurück. Wenn dieser Artikel veröffentlicht wird, werden darin seine Antworten zu lesen sein. Sie ist sich sicher, dass es ihm gelingen wird, die Situation zu klären.

Aber dieses Mal scheint diese Rechnung nicht aufzugehen. Alvin eilt ihr hinterher.

»Lilly, warte, du musst zurück. Der ist von *Dagens Ny-*

heter, der angesehenen Tageszeitung, nicht irgendeinem Schundblatt. Bitte komm zurück, nur zehn Minuten. Er hat sich entschuldigt und versprochen, dass er andere Fragen stellen wird. Gib ihm zehn Minuten.«

Lilly holt tief Luft, dann nickt sie.

»Zehn Minuten. Aber ich werde nur über meine Musik und unser Leben in Paris sprechen. Über sonst nichts. Und ich bleibe hier stehen, er muss zu mir kommen«, sagt sie und hebt ihr Kinn noch ein Stück höher.

* * *

Sie wird in einem schwarzen, glänzenden Wagen vom *Ritz* direkt ins Theater gebracht. Es ist nur noch eine Stunde bis zum Auftritt. Das grüne Kleid hängt bereit, die Perücken, die sie immer trägt, stehen auch bereit. So spart sie viel Zeit mit aufwändigen Hochsteckfrisuren. Ihre Make-up-Utensilien sind ebenfalls schon aufgebaut, so wie sie es haben will. Die aktuellen Tageszeitungen liegen daneben aufgereiht. Sie nimmt die oberste und streicht mit dem Finger über das Datum. Der Todestag. Dann reißt sie die Tür auf und ruft laut nach Alvin.

Aber er taucht nicht auf.

Sie schreit noch lauter.

»Alvin, wo bist du? Komm sofort her!«

»Wir fahren nach Schweden«, sagt sie, als er endlich erscheint. »Es wird Zeit, dass ich ihnen zeige, dass ich mich für nichts schäme. Du organisierst mir eine Tournee.«

»Das hast du schon so oft gesagt und dich dann in letzter Sekunde anders entschieden. Das macht keinen guten Eindruck. Das verärgert deine Fans. Erinnerst du dich noch, wie enttäuscht Sture war, als du dein Konzert letztes Jahr wieder abgesagt hast?«

»Aber dieses Mal ist es anders, es wird stattfinden. Ich will nach Hause, ich verspreche dir hoch und heilig, dass ich nicht absagen werde. Ich will genau in einem Jahr ein Konzert geben, im August. Dann können wir Sture am zwölften zum Geburtstag gratulieren, da wird er sich freuen.«

Lilly bugsiert ihn aus ihrer Garderobe, ehe er protestieren kann. Gleichzeitig fängt sie an zu singen. Die Tonleitern versprühen einen Hauch von Freude und Hoffnung, und sie singt weiter, als sie sich vor den Spiegel stellt und ihr Makeup auflegt. Sie weiß genau, wie sie sich schminken muss, damit ihre Augen größer wirken. Sie kümmert sich immer selbst darum. Sie will nicht, dass ein Fremder ihre Haut berührt. Das mag sie nicht.

Danach zieht sie eine dünne Stoffhaube über ihre Haare und sucht sich eine Perücke aus. Sie wählt eine, die dunkler ist als ihr kastanienbraunes Haar, beinahe schwarz. Ein glänzender, dramatischer Pagenkopf. Sie befestigt sie sorgfältig mit Haarnadeln und kontrolliert den perfekten Sitz. Dann holt sie eine Mouche aus ihrer Schminktasche und klebt den künstlichen Leberfleck links von der Oberlippe auf. Zum Schluss trägt sie noch zwei Lagen mit ihrem neuen Lippenstift auf. Nachdem sie fertig ist, erkennt sie ihr eigenes Spiegelbild kaum wieder. Sie öffnet die Tür und winkt die beiden Assistentinnen herein, die ihr beim Anziehen helfen sollen. Vorsichtig holen sie das Kleid vom Bügel und halten Lillys Hände, um ihr den Einstieg zu erleichtern. Dann schließen sie den Reißverschluss und zupfen den Saum gerade. Lilly spricht kein Wort mit ihnen. Sie steht stumm, mit erhobenem Haupt und leicht ausgestellten Armen da und wartet.

Das Kleid sitzt perfekt, wie auf ihren zarten Körper geklebt. Aber sie kann nicht gehen. Sie macht ein paar winzige Schrittchen, dann wirft sie wutentbrannt die Tasche, die sie in der Hand hält, gegen die Wand.

»Verdammtes Kleid«, faucht sie und reißt den winzigen Schlitz am Bein auf.

»Nein, tun Sie das nicht!«, schreien die Assistentinnen.

Aber Lilly ist nicht mehr zu bremsen. Pailletten und Perlen fliegen durch die Gegend. Jemand ruft nach Alvin, der sofort herbeirennt und sie packt. Er muss sie schütteln, damit sie sich beruhigt.

»Was soll das? Du musst in zehn Minuten auf die Bühne. Das Haus ist ausverkauft. Jetzt beruhig dich bitte, das ist nur Lampenfieber. Das kennst du doch, das geht gleich vorbei.«

»Ich werde heute nicht singen, ich werde nie wieder singen.«

»Du verhältst dich vollkommen irrational. Hör sofort auf damit. Komm, wir atmen zusammen, vier ... drei ... zwei ... eins.«

Alvin drückt sie an sich, streichelt ihren Rücken und zählt langsam und gleichmäßig. Sie schluchzt, atmet abgehackt, droht zu hyperventilieren.

»Ich will nach Hause zu Papa. Ich will das hier alles nicht mehr«, keucht sie.

Alvin kniet sich vor sie hin, untersucht den Riss in ihrem Kleid und gibt den Assistentinnen Anweisungen.

»Das muss auch so gehen. Näht es fest, damit es nicht weiter aufreißt.«

Lilly rührt sich nicht, während sie an ihr ziehen und zerren. Sie starrt vor sich hin, ins Leere. Ihr Atem hat sich wieder beruhigt, es hilft immer, wenn Alvin für sie zählt und er sie dabei in den Arm nimmt. Sie legt die Arme um den Oberkörper und senkt den Kopf. Dabei fallen ihr Strähnen ihrer glänzenden Perücke ins Gesicht.

Eine der Assistentinnen hat Nadel und Faden geholt und sich neben Alvin gekniet. Er hält den Stoff fest, während sie die Naht schließt.

»Monsieur Guillard wird durchdrehen, wenn er das hier sieht«, stöhnt Alvin.

»Da suchen wir uns jemand Neues. Für mich ist das kein Problem«, faucht Lilly.

Die zweite Assistentin kommt mit einem Glas zurück, das zur Hälfte mit einer durchsichtigen Flüssigkeit gefüllt ist.

»Hier, trinken Sie das, das wird Sie beruhigen«, sagt sie und hält Lilly das Glas an den Mund.

Der Wodka brennt im Hals, aber sie schluckt alles auf einmal herunter. Schließt die Augen und atmet tief ein.

»Gerade eben warst du noch so aufgedreht, ich habe gehört, wie du geträllert hast. Was ist denn passiert?«

»Dieser Tag ist schuld. Ich will nach Hause.«

»Dann organisieren wir was. Ein großes Konzert für Schwedens Weltstar. Würde dich das froh machen?«

Lilly nickt.

»Wir könnten einfach Papa und die anderen besuchen fahren. Du müsstest nicht einmal ein Konzert geben. Du hast recht, es wird langsam Zeit. Ich vermisse sie auch alle sehr«, sagt Alvin und streicht sich durch die Haare. Dann steht er auf und klopft sich den Staub von den Beinen.

»Na also, du siehst wieder tadellos aus. Jetzt kannst du singen«, sagt er.

»Wollen wir zu Birgittas Geburtstag fahren? Das ist ja bald.« Lilly macht ein paar Schritte vor und zurück, was jetzt mit dem höheren Schlitz viel leichter geht.

»Warum nicht. Oder Sivs. Wir könnten immer zu den Geburtstagen hinfliegen, statt etwas zu schicken.«

»Was hat Sture heute bekommen?«

»Ich habe ihm eine Schallplatte geschickt.«

»Eine von meinen?«

»Nein, bist du noch bei Sinnen. Er ist doch noch jung. Er hat eine Platte von den Beach Boys bekommen. Die wird ihm bestimmt gefallen.«

Lilly lächelt und nickt. Sie hört das Kratzen der Platte auf Walles altem Schallplattenspieler und sieht ihre Familie, die sich in der Küche versammelt. Sieht vor sich, wie Walle barfuß auf dem Teppich tanzt. Das hat er manchmal getan, um seine Kinder zum Lachen zu bringen.

»Ich werde ihn nachher anrufen, ich mag ihn so sehr, auch wenn der Tag seiner Geburt ein schrecklicher Tag war.«

»Tu das. Aber vorher gehst du noch da raus auf die Bühne. Sing dich jetzt ein, damit du zur Ruhe kommst. Es sind nur deine Nerven, Lilly. Es wird alles gut, versprochen.«

Sie befolgt seinen Rat, er hat immer recht. Zuerst summt sie leise eine Melodie, dann steigert sie sich zu rhythmischen Tonleitern. Es hat fast etwas Meditatives. Dieselben Töne, immer und immer wieder.

Alvin geht unruhig in der Garderobe auf und ab, wirft ihr

besorgte Blicke zu. Als sich Lilly endlich dazu entschließt, auf die Bühne zu gehen, hat das Publikum schon eine ganze Weile warten müssen.

Sie hört das Stimmengewirr hinter dem Vorhang, das abrupt verstummt, als das Licht im Saal erlischt. Sie schleicht über die Bühne an ihre Position am Mikrofon, schließt die Augen und wartet auf die ersten Töne aus dem Orchestergraben.

Dann hebt sich der Vorhang.

Lilly öffnet die Augen und badet in dem tosenden Applaus. Sie strafft die Schultern und fängt leise an zu summen. Die Vibrationen in ihrem Körper fühlen sich so weich an wie Watte, als würde sie schweben. Sie lässt sich ein auf die Magie der Musik, breitet die Arme aus und singt aus der Tiefe ihres Herzens.

* * *

Alvin hat dafür gesorgt, dass die Garderobe voller Blumen ist. Rosen in allen erdenklichen Farben. Rosa, rot, weiß, gelb, lila. Auf jeder freien Fläche steht eine Vase, sogar auf dem Boden. Als würde man eine Traumwelt betreten. Lilly ist erschöpft von dem langen Konzert. Sie bleibt mitten im Raum stehen und inhaliert den süßen Duft der Blumen.

»Erinnert es dich an etwas Bestimmtes?«, fragt Alvin aufgeregt.

Lilly sieht sich genauer um. Der erste Strauß hat rosa Blüten, einige Blütenblätter sind zu Boden gefallen. Der nächste Strauß ist gelb, mit viel größeren Blüten. Sie reißt staunend den Mund auf.

»Sie sind so angeordnet wie in …«

Sie berührt die Blumenköpfe zart mit den Fingern. Alvin lehnt zwischen zwei Bodenvasen an der Wand, die Hände in den Hosentaschen.

»Ich dachte … Wenn du es so sehr vermisst, dann hole ich solange ein bisschen Visby hierher zu uns.«

»Es sieht genau aus wie in Violas Rosengarten. Warum kannst du dich daran so gut erinnern?« Lilly riecht an verschiedenen Blumen.

»Ich habe euch so oft zwischen den Sträuchern herumkriechen sehen, das hat sich wie ein Film in meine Erinnerung gebrannt. Zwei kleine Mädchen mit wippenden Pferdeschwänzen, die sich zwischen den Büschen verstecken.«

Lilly bittet ihn, ihren Reißverschluss zu öffnen, schält sich aus dem Kleid und zieht sich schnell den Morgenmantel über. Kaum hat sie den Gürtel fest um ihre Taille geschnürt, sitzt sie auch schon im Schneidersitz auf dem Boden.

»Hm, wir hatten so viel Spaß, als wir klein waren. Es war ein gutes Leben.«

»Na ja, nicht immer.«

»Meinetwegen, Mamas Tod war nicht gut und auch die vielen Kinder und immer kaputten Schuhe nicht.«

»Aber es hat sich zum Guten gewendet. Wir sind hier, und du bist der Star geworden, als der du geboren wurdest.«

»Mama ist bei uns, was meinst du?«

»Bitte komm nicht wieder mit deinen Engeln. Das sind alles nur Hirngespinste.«

»Ganz und gar nicht. Sie ist hier. Ich spüre es.«

»Na gut, dann ist sie hier. Hallo, liebe Mama. Jetzt zieh dir was an, ich will dich in ein schickes Restaurant ausführen.«

»Aber nicht jetzt sofort. Ich will hier noch einen Moment sitzen und den Duft der Rosen genießen. Ich bin so müde.«

So sehr sich der Taxifahrer auch bemüht, es ist unmöglich Platz für alle im Wagen. Der Kinderwagen ist zu groß. Juni holt ihren Koffer wieder heraus und winkt einen zweiten Wagen aus der Schlange heran, der sofort ausschert und zu ihnen rollt.

»Komm, Sara, wir nehmen den hier, lass den Kinderwagen hier drin.«

Viola und Maj bleiben auf der Rückbank des Taxis sitzen und sehen aus dem Fenster. Es ist warm und drückend, die Luftfeuchtigkeit dringt durch den Fensterspalt ins Innere des Wagens. Der Fahrer lässt sein Fenster ganz herunter. Es rauscht und rüttelt durch den entstehenden Unterdruck.

»Das sieht ja aus wie in Stockholm«, stellt Viola enttäuscht fest, als sie an einem Industriegebiet vorbeifahren.

»An den Autobahnen sieht es doch überall gleich aus. Wir sind noch nicht in Paris Stadt«, sagt Maj.

»Warst du schon einmal hier?«

»Ja, Peter und ich waren für ein Wochenende in Paris. Weißt du das nicht mehr? Da waren Erik und Fredrik noch ganz klein. Du hast auf sie aufgepasst.«

Viola nickt, obwohl sie sich nicht erinnern kann.

»Dann hättet ihr ja auch Lilly besuchen können?«, fragt sie.

»Nein, Mama. Warum hätten wir das denn tun sollen?

Jetzt klingst du ja fast ein bisschen verwirrt. Wir kennen sie doch nur aus deinen Erzählungen.«

Viola knetet ihre Hände im Schoß.

»Ich kenne sie vielleicht auch nicht. Trotzdem ist sie mir nah, wie an meiner Seite. So lebendig.«

Maj nimmt die Hand ihrer Mutter und tätschelt sie sanft.

»Ein bisschen verrückt bist du ja schon, dass du uns mit nach Paris schleppst. Diese Lilly muss dir sehr viel bedeutet haben.«

»Ja, das hat sie. Sie und ihr Bruder. Die beiden vermisse ich am meisten. Das Leben war lustiger, wenn sie da waren.«

»Sture?«

»Nein, sie hat ja mehrere Brüder, ich meine den ältesten von ihnen, den hübschesten. Oh, wie er tanzen konnte«, sagt Viola schwärmerisch.

»Das klingt ja fast so, als wärst du in ihn verliebt gewesen.«

»Ja, das war ich auch. Er hat mir meinen ersten Kuss gegeben«, antwortet Viola kichernd. »Aber ich war nicht die Einzige, die in ihn verschossen war. Alle Mädchen haben ihn angehimmelt.«

»Und was ist aus ihm geworden?«

»Er hat damals zusammen mit Lilly die Insel verlassen und ist nach Paris gegangen, und auch ihn habe ich nie wieder gesehen. Ich weiß nicht einmal, ob er noch lebt.«

Maj dreht sich zu Viola.

»Jetzt mal ehrlich, Mama. Hast du uns seinetwegen hierher gelotst? Geht es eigentlich um ihn?«, fragt sie und löst in Viola einen glucksenden Lachanfall aus. Kichernd schüttelt sie den Kopf.

»Vielleicht weiß Lilly, wo er sich aufhält?«, schlägt Maj vor.

»Ja, wir können sie fragen.«

Viola holt die rosa Blechdose aus dem Stoffbeutel und öffnet den Deckel. Es riecht immer noch widerlich verschimmelt.

»Igitt, was ist das denn?«, fragt Maj angeekelt.

Viola geht den Doseninhalt durch und stößt auf dem Boden auf getrocknete Grashalme. Als sie sie hochheben will, zerfallen sie zwischen ihren Fingern.

»Das waren mal Gänseblümchen«, sagt sie. »Die Lieblingsblumen von Lillys Mutter Lisbeth.«

Dann nimmt sie einen verschimmelten Stofflappen aus der Blechbüchse. Er ist verantwortlich für den Gestank. Sie lässt ihn sofort wieder los und würgt.

»Das ist ein Taschentuch von Lilly, das sie hineingelegt hat. Mit Tränen und Schnodder«, erklärt sie lachend und schüttelt sich.

Maj knallt angeekelt den Deckel auf die Dose, verstaut sie wieder im Stoffbeutel und verknotet die Träger mehrmals.

»Was sind denn das bloß für widerliche Sachen, die du da mitgenommen hast?«, fragt sie fassungslos.

»Ein paar Kleinigkeiten. Das war unser kleiner Schrein für Lillys Mutter. Wir haben darin Dinge gesammelt, die uns an sie erinnern. Es war so schrecklich traurig, als sie starb, ich wollte Lilly damit aufmuntern. Meine Idee war es, mit ihrem Geist Kontakt aufzunehmen. Aber nicht deshalb wollte ich die Dose mitnehmen, sondern wegen der Adresse auf dem Briefbogen.«

»Das heißt, wir können den Rest entsorgen?«

»Ja«, antwortet Viola lachend. »Wie herrlich, dass wir gotländischen Schimmel den ganzen Weg nach Paris gebracht haben. Vielleicht verursachen wir damit einen Seuchenausbruch?«

VIOLA

12. AUGUST 1965

Es ist früh am Vormittag, die Sonne hat sich gerade durch die Wolkendecke geschoben, nachdem es den ganzen Morgen geregnet hat. Die gleißenden Sonnenstrahlen heben sich wunderschön von dem grauen Hintergrund ab und bringen die Wasseroberfläche zum Funkeln. Viola hält den Rand ihres Hutes mit einer Hand fest, es ist ziemlich windig, die Wellen des Stockholm Ströms haben weiße Schaumkronen.

Die runden Pflastersteine vor dem *Grand Hôtel* sind noch nass vom Regen. Maj und Juni sitzen auf dem Boden. Sie tragen identische hellgelbe Kleidchen und bohren mit den Fingern in den Ritzen zwischen den Steinen. Viola streicht gedankenverloren über Junis Haare, die ganz zerzaust sind. Sie wehrt sich, protestiert und Viola zieht ihre Hand schnell zurück, als hätte sie sich verbrannt. Die Mädchen sind müde und könnten bei dem geringsten Anlass in Tränen ausbrechen. Das weiß sie, dafür kennt sie die beiden zu gut.

Sie sind nicht die Einzigen, die vor dem Hotel stehen und warten. Es hat sich eine regelrechte Menschenansammlung gebildet. Die Wachleute des Hotels sind vor Ort, um die Neugierigen fernzuhalten. Gunnar hat mit ihnen geredet und ihnen erklärt, dass sie praktisch zur Familie gehören. Aber davon wollte man nichts hören. Gunnar wurde wie alle anderen zurückgewiesen. Dasselbe war ihm auch am Abend zuvor passiert.

»Wenn wir hier stehen bleiben, kann sie uns vom Fenster aus sehen. Dann wird sie uns hereinrufen. Sie wird dich hier nicht einfach so stehen lassen«, sagt Gunnar, um sie zu beruhigen.

Das Konzert am gestrigen Abend war eine Sensation. Das war nicht mehr ihre Lilly, die dort auf der Bühne stand, sondern ein Weltstar. Eine glitzernde Ikone. Ihre Stimme war so kraftvoll, dass sie das Konzerthaus bis in die letzte Ecke erfüllte und das Publikum begeisterte. Ihr Gesang löste einen Applaus aus, der niemals aufzuhören schien.

Sie saßen ganz vorne, auf den allerbesten Plätzen. Walle war auch mitgekommen. Er hatte sich seinen sonst so buschigen Schnurrbart gestutzt und gekämmt und seinen schönsten Anzug angezogen. Auch ihre Geschwister Siv, Edgar, Sonja, Rosa und Sture hatten sich herausgeputzt.

Die Eintrittskarten für den Abend waren vor ein paar Wochen mit der Post gekommen. Viola hatte am ganzen Körper gezittert, als sie den Umschlag aus dem Briefkasten nahm. Sie hatte Lillys Handschrift sofort erkannt. Viel hatte jedoch nicht in ihrem Begleitbrief gestanden, nur ein paar kurze Zeilen auf einem Bogen personalisiertem Briefpapier.

Ich vermisse dich. Ich komme bald nach Hause. Wenn du magst, komm zum Konzert. Bring deine Familie mit.

Die Gruppe, die sich am Hoteleingang versammelt hat, setzt sich plötzlich in Bewegung. Jemand hebt die Hand, ruft Lillys Namen. Viola reckt den Hals.

Gunnar nimmt Maj und Juni an die Hand und zieht sie

hoch. Maj weigert sich, sie will nach dem weißen Stein greifen, der ihr heruntergefallen ist. Viola lässt sie und nimmt sie dann auf den Arm. Maj legt müde ihren kleinen Kopf an ihren Hals. Sie wird bald vier und ist ziemlich schwer. Es ist lange her, dass Viola beide Kinder gleichzeitig auf dem Arm tragen konnte.

Juni geht brav an Gunnars Hand. Sie schieben sich etwas näher an den Eingang heran, Gunnar stellt sich auf die Zehenspitzen, um besser sehen zu können.

»Siehst du sie?«, fragt Viola aufgeregt.

Sie steht direkt hinter ihm, mustert die Fenster. Bei dem Konzert hatten sie auch keinen Blickkontakt. Obwohl ihre Plätze direkt an der Bühne waren. Die Mädchen waren dabei, jeder von ihnen hatte eins auf dem Schoß. Aber für Lilly schienen sie unsichtbar gewesen zu sein. Wie hatte sie nur ihre Familie und ihre Freunde in der ersten Reihe nicht sehen können?

Da kommt ein Mann in Anzug und Krawatte aus dem Hotel und stellt sich vor die Wartenden.

»Ich muss Ihnen leider mitteilen, dass Lilly Wallin das Hotel bereits verlassen hat. Sie warten vergeblich, und es ist am besten, wenn Sie jetzt nach Hause gehen.«

Empörtes Murmeln ist zu hören. Einige der Wartenden schlendern davon, andere bleiben. Viola kann nicht glauben, dass Lilly schon abgereist sein soll. Als Gunnar ebenfalls aufbrechen will, schüttelt sie den Kopf.

»Wir bleiben. Das ist bestimmt ein Trick, damit alle gehen und es einfacher wird rauszukommen. Du hast doch auch gesehen, dass sie das Hotel nicht verlassen hat. Wir stehen hier schon seit heute früh.«

»Walle sagt, dass sie vielleicht nach Visby kommen. Alvin soll das versprochen haben. Komm, wir müssen los, sonst verpassen wir die Fähre.«

Viola bleibt stehen, sie lässt die Fassade und die Eingangstür nicht aus den Augen. Die Mädchen haben sich wieder hingesetzt und spielen. Maj taucht ihren weißen Stein in eine Pfütze und zeichnet damit Muster auf die Pflastersteine.

* * *

Gunnar tritt nervös von einem Fuß auf den anderen, sieht immer wieder auf seine Armbanduhr.

»Wir müssen jetzt wirklich los, schließlich müssen wir vorher noch unser Gepäck aus dem Hotel holen«, drängelt er ungeduldig.

Viola weiß, dass er recht hat. Sie ist kurz davor aufzugeben. Kurz davor, in Tränen auszubrechen.

»Warum sollten wir kommen, wenn sie uns gar nicht wiedersehen will? Das verstehe ich nicht«, sagt sie verzweifelt.

Gunnar verdreht die Augen, er ist genervt. Seine sonst so glatte Stirn ist in tiefe Falten gelegt.

»An dieser Frau ist einiges merkwürdig.«

Er hebt beide Kinder hoch. Sie klammern sich an ihm fest, ziehen ihn an den Ohren und kichern. Er kippt sie zur Seite, ihre Köpfe fallen nach hinten, und die Haare stehen ihnen vom Kopf ab wie bei einer Sonnenblume. Viola streichelt ihm über den Rücken.

»Du hast recht. Warum sollten wir hier herumstehen und warten, wenn sie nichts von uns wissen will?«

Hand in Hand gehen sie den Strömkajen hinunter. Über ihnen segeln kreischende Möwen. Der Wind hat etwas nachgelassen. Die Sonne wärmt, und von dem nächtlichen Regen ist nichts mehr zu sehen. Violas Handtasche ist schwer, der Riemen schneidet ihr in die Schulter. Sie hat eine handgezogene Kerze mitgebracht, die mit einem glänzenden rosa Seidenband umwickelt ist. Daran ist ein Stück Papier befestigt, auf dem *Für Lilly* steht. Die Kerze steckt in einem schönen Kerzenständer aus grauem Kalkstein. Deshalb ist das Geschenk so schwer.

Sie kommen an einem Kiosk vorbei und lesen die Schlagzeilen des Tages. Schwarze Buchstaben schreien ihnen entgegen, dass ein Weltstar in der Stadt ist. Abgebildet ist ein Schwarz-Weiß-Foto, auf dem Lilly mit riesiger Sonnenbrille und Hut aus dem Flugzeug steigt. Man kann nur Kinn, Mund und Nase erkennen.

»Da, da siehst du sie. Wir werden uns wahrscheinlich auch in Zukunft damit zufriedengeben müssen, sie nur auf den Klatschseiten der Zeitungen zu sehen«, sagt Gunnar.

Viola bleibt versunken vor dem Aushang stehen. Die Kinder wollen ein Eis, sie zerren und reißen an ihr. Sie öffnet ihr Portemonnaie und holt eine Krone heraus. Das reicht für zwei Eis am Stiel. Sie hebt Maj hoch, die das Geld dem Kioskbesitzer gibt und zwei Eis dafür bekommt.

Das klebrige Papier landet in Violas Hand, sie blickt sich suchend nach einem Mülleimer um. In diesem Moment sieht sie Lilly, wie sie das Hotel verlässt.

Sie ist nicht mehr als fünfzig Meter entfernt. Sie trägt einen langen weißen Mantel. Der Wind spielt mit dem dünnen Stoff, als sie die kleine Treppe hinuntergeht, der sich flatternd um ihre Beine legt. Alvin ist direkt hinter ihr. Er trägt einen dunklen Anzug. Viola reißt den Arm in die Luft und ruft ihren Namen. Sie lässt das Eispapier fallen, rennt auf sie zu.

»Lilly! Alvin!«, schreit Gunnar. Er läuft Viola nach, die Kinder mit ihren eisverschmierten Mündern und Händen im Schlepptau.

»Lilly, warte! Lilly, hier, wir sind's!«, ruft Viola.

Lilly hört ihren Namen, blickt auf, sieht sich suchend um. In dem Moment stolpert Juni, lässt ihr Eis fallen und fängt sofort an, lauthals zu brüllen. Viola dreht sich um und will ihr aufhelfen. Aber Gunnar ist schneller. Er schnappt sich die Kleine und sagt Viola, dass sie ohne ihn weiterlaufen soll.

Aber als sie sich wieder umdreht, sind Lilly und Alvin bereits in den wartenden Wagen eingestiegen.

»Sie muss uns doch gesehen haben«, ruft Viola und schreit: »Lilly! Alvin!«

Sie rennt ein paar Schritte hinterher, aber es ist zu spät. Die Türen schlagen zu, und der Wagen fährt los.

Zurück bleibt die kleine Familie. Juni hat von ihrem Sturz einen Kratzer auf dem Knie und tränennasse Wangen, Maj hat ihr Eis im ganzen Gesicht verteilt, Gunnar hält die beiden mit resigniertem Gesichtsausdruck und hängenden Schultern. Und Viola. Viola ist schwer verletzt. Als hätte sie ein Pfeil mitten ins Herz getroffen.

* * *

Als sie im Hotel ankommen, sitzt Sture vor der Tür und wartet. Er sieht sie schon von Weitem, springt auf und rennt hinein.

»Sie kommen, sie kommen«, hören sie ihn rufen.

Walle und die anderen stehen schon draußen, bevor sie den Eingang erreicht haben.

»Wo ist Lilly? Wollte sie nicht mitkommen?«, fragt Walle, als er ihre niedergeschlagenen Gesichter sieht.

Juni setzt sich auf den Bürgersteig. Ihr Knie tut weh, und sie hält schützend ihre Hände darüber. Sture ist sofort bei ihr und hebt sie hoch. Sie schlingt ihre dicken Ärmchen um seinen Hals.

»Sie …« Viola weiß nicht, was sie sagen soll.

Walle senkt den Blick, verschränkt die Arme vor der Brust.

»Ist das Mädchen einfach abgereist?«, fragt er.

»Ja. Sie sah aus, als hätte sie es sehr eilig, vielleicht musste sie einen Flieger erreichen? Wir wissen es nicht, wir haben sie nur von Weitem gesehen.«

»Von Weitem? Sie wollte nicht einmal mit euch sprechen?«

»Sie kam aus dem Hotel, mit mehreren Koffern. Sie muss uns eigentlich gesehen haben. Aber ich weiß auch nicht. Sie hat weder ihre Sonnenbrille abgenommen noch gewinkt.«

»Alvin hat sie begleitet«, ergänzt Gunnar und legt einen Arm um Violas Schulter. »Ich habe ihm zugerufen, wir haben beide gerufen.«

»Dann war das alles, was wir bekommen haben«, sagt Walle düster. »Ein Konzert mit ihr. Darauf hätte ich auch verzichten können. Dieses Kind habe ich mein ganzes Leben schon singen hören. Sie hat gesungen, bevor sie laufen konnte.«

Er dreht sich um, will zurück ins Hotel gehen, aber schon nach wenigen Schritten stolpert er, sein Gesicht verzerrt sich, sein Rücken krümmt sich. Er stürzt vornüber. Gunnar kann ihn im letzten Augenblick auffangen, Sture kommt dazu, und gemeinsam schleppen sie ihn auf ein Sofa in der Lobby. Der Schmerz scheint nachzulassen, Walle kann wieder atmen. Sein Körper entspannt sich langsam.

»Soll ich einen Krankenwagen rufen?«, fragt die Frau am Empfang. Sie hat den Telefonhörer in der einen Hand, die andere liegt auf der Wählscheibe.

Viola legt ihre Hand auf Walles Stirn. Er schwitzt ziemlich stark, seine Haut ist blass und seine Lippen lila. Er keucht.

»Ja, rufen Sie einen. Beeilen Sie sich.«

Gunnar hat Walles Hemd aufgeknöpft, um ihm Luft zu verschaffen und fühlt seinen Puls.

»Sein Puls ist stark und gleichmäßig.«

»Es ist alles in Ordnung mit mir«, flüstert Walle und schiebt Gunnars Hand beiseite. Er hustet, versucht sich aufzusetzen. Aber sein Körper will nicht gehorchen.

Als der Krankenwagen Walle auf einer Trage abtransportiert, stampft Viola wütend mit dem Fuß auf.

»Was für ein Mensch tut seinem eigenen Vater so etwas an? Ich werde ihr schreiben, sie soll sich nur nichts einbilden. Auf dem Brief bei den Konzertkarten stand ihre Adresse. Sie kann gerne eine Diva sein, aber dann muss sie ohne uns zurechtkommen«, faucht sie zwischen zusammengebissenen Zähnen.

Edgar, Sonja, Rosa und Sture sehen ihrem Vater hinterher. Er hat keine Kraft zu winken oder etwas zu sagen, aber blinzelt ihnen zu.

»Stirbt er jetzt auch noch?«, fragt Sture wie gelähmt.

Er hat Juni wieder auf den Arm genommen. Die beiden haben eine besondere, enge Verbindung. Nur bei Sture kommt sie zur Ruhe, obwohl sie sonst nie still sitzen kann.

»Nein, er wird nicht sterben. Er braucht jetzt nur Hilfe. Er ist bald wieder auf den Beinen«, beruhigt ihn Viola. Obwohl sie nicht weiß, was passieren wird. Sie weiß nur, wie es ihr geht, wie wütend und frustriert sie ist. Alles wegen Lilly.

»Das ist alles Lillys Schuld«, sagt Sonja, als hätte sie Violas Gedanken gehört. Sie tritt so fest gegen einen Stuhl, dass er nach hinten kippt. Niemand macht sich die Mühe, ihn aufzuheben.

»Armer Papa«, sagt Siv und schiebt ihre Brille hoch. »Aber ich muss die Fähre bekommen, denn ich muss morgen arbeiten. Ich muss los.«

»Ich muss heute Abend schon arbeiten. Wir müssen auch los, Viola«, sagt Gunnar gestresst.

Sture stellt Juni auf den Boden und schüttelt den Kopf.

»Was seid ihr für herzlose Menschen? Ihr könnt doch nicht Papa einfach hier in der großen Stadt allein lassen?«

* * *

Sture bleibt in Stockholm. Gunnar und Viola bezahlen sein Hotelzimmer für eine weitere Nacht im Voraus und geben ihm ein bisschen Geld für Essen. Er steht vor dem Hotel, während alle anderen ihre Koffer nach draußen tragen und sich auf den Weg zum Zug machen wollen.

»Es ist bestimmt gut, wenn einer von uns hierbleibt. Falls Lilly auftaucht«, sagt er hoffnungsvoll.

Gunnar kommt mit zwei Koffern in den Händen aus dem Gebäude. Er schüttelt den Kopf.

»Darauf solltest du nicht hoffen. Uns ist es auch nicht gelungen, ein Wort mit ihr zu wechseln. Außerdem weiß sie doch gar nicht, in welchem Hotel wir waren. Also, warum sollte sie dann hierherkommen?«

Sture schiebt seine Hände so tief in die Taschen seines Jacketts, dass der Stoff ein Dreieck bildet.

»Sie weiß, dass wir hier sind. Ich habe ihr einen Brief geschrieben«, sagt er, den Blick auf den Boden geheftet.

»Seit wann antwortet Lilly denn auf Briefe?«, erwidert Viola bissig.

»Sie ist bestimmt schon auf dem Weg nach Arlanda.« Gunnar hebt die Koffer an. »Kommt. Wir müssen den Zug erreichen, sonst schaffen wir die Fähre nicht.«

Viola nimmt Stures Hände in ihre.

»Fahr zu Walle ins Krankenhaus. Er ist viel wichtiger. Er hat dich noch nie im Stich gelassen. Sitz hier nicht vergebens und warte auf Lilly. Gunnar hat recht. Sie wird nicht kommen.«

Gunnar trägt das ganze Gepäck seiner Familie, zwei Koffer und eine Reisetasche. Viola hat die erschöpften Mädchen an der Hand. Gestern ist es spät geworden, und so ein Tag in der Großstadt macht müde. Sie quengeln, ziehen die Füße hinter sich her. Viola hat keine Geduld mit ihnen, zerrt an ihren kleinen Armen und zwingt sie schneller zu laufen, als sie können.

»Wo bleibt ihr denn?«, schimpft Gunnar, als sie in den Zug steigen. Er setzt die Mädchen auf einen der freien Sitze und verstaut dann das Gepäck.

Alle drängen sich in dasselbe Abteil, obwohl es nur für sechs Personen gedacht ist. Juni sitzt auf Sonjas Schoß, Maj auf Rosas. Es ist stickig, das Fenster ist geöffnet, aber es strömt nur warme Luft herein.

»Es zieht ein Gewitter auf«, sagt Viola mit Blick zum Himmel, an dem sich dicke schwarze Wolken auftürmen. »Das spürt man in der Luft. Ist es überhaupt sicher, bei Gewitter zu fliegen?«

Gunnar seufzt, greift nach ihrer Hand.

»Deine Sehnsucht frisst dich auf, Viola. Am Ende bleibt von dir nichts übrig außer einer leeren Schale. Hör auf damit.«

»Was ist, wenn ein Blitz in das Flugzeug einschlägt? Und sie abstürzen?«

»Hörst du überhaupt, was ich sage? Hör mir zu! Lass sie gehen!«, sagt er barsch.

Gunnar lässt ihre Hand los, und als sie nicht auf ihn reagiert, dreht er sich weg. Viola lauscht den anderen im Abteil, die sich unterhalten, als wäre nichts passiert, als würden sie die Spannung zwischen Gunnar und Viola nicht bemerken. Niemand verliert ein Wort über das Konzert, niemand erwähnt Lilly, die in all ihrer Pracht auf der Bühne gestanden und gesungen hat. Und niemand scheint sich darüber zu wundern, dass sie weder ihre Familie noch ihre beste Freundin treffen wollte.

Rosa bringt Juni und Maj ein neues Lied bei, während draußen die Wälder, Wiesen und Häuser vorbeiziehen. Die beiden Kleinen singen mit ihr, klatschen in die Hände und lachen unbeschwert. Maj hat Schwierigkeiten, die Wörter richtig auszusprechen, sie hinkt hinterher. Juni hingegen trifft alle Töne auf Anhieb. Später trällert sie weiter, erfindet eine Fortsetzung des Liedes. Einfach so.

Gunnar und Viola wechseln kein Wort, bis sie in Nynäshamn den Zug verlassen. Da gibt er ihr einen schnellen Kuss auf die Wange.

»Verzeih mir, dass ich vorhin so hart zu dir war. Ich kann deine Enttäuschung und Trauer verstehen.«

»Es ist alles in Ordnung, mein Schatz.«

Viola nimmt Maj an die Hand, aber sie will sich bewegen, hat zu lange stillsitzen müssen. Viola lässt sie laufen.

»Wie schön. Uns geht es besser ohne sie. Findest du nicht? Jetzt kannst du vielleicht endlich deine Sehnsucht ziehen lassen und aufhören, die vielen Zeitschriften zu kaufen.«

»Es muss etwas geschehen sein, sie hätte mich niemals einfach so im Stich gelassen. Ich kenne Lilly doch. Ich liebe sie, das werde ich immer tun.«

Sara begrüßt Viola und Maj mit einem großen Schlüssel in der Hand, als sie das Hotel betreten.

»Seht mal. Sie hat uns die Suite ohne Aufpreis gegeben, dann können wir alle zusammenbleiben. Ich habe ihr erzählt, warum wir hier sind, und sie liebt Lillys Musik. Manchmal sieht sie Lilly am Hotel vorbeispazieren.«

»Dann wohnt sie wirklich noch hier in der Gegend!«, ruft Viola. Ihr Gesicht leuchtet, und ihr Blick bekommt etwas Verträumtes.

»Oh, Mama. Man kann dir richtig ansehen, wie sehr du sie vermisst hast«, sagt Maj gerührt und mit Tränen in den Augen.

Sie quetschen sich mit Kinderwagen und Koffern in einen Fahrstuhl und fahren ins oberste Stockwerk. Maj und Juni kichern wie zwei Teenager.

Die Suite ist riesig, sie verfügt über zwei Schlafzimmer und eine gemütliche Sitzecke im Wohnzimmer. An den Wänden hinter den Betten hängen riesige Gemälde in protzigen Goldrahmen. Für Ellen wurde ein Babybett aufgestellt, in dem eine dicke Daunendecke liegt, die viel zu warm ist für die Jahreszeit. Sara wirft sie auf einen der Sessel, setzt Ellen in das Gitterbettchen und legt ihr ein paar Spielsachen dazu. Dann holt sie ihr Handy aus der Tasche.

»Ruf noch mal an, bitte«, sagt Viola.

»Wen?«

»Na, bei Lillys Telefon. Vielleicht geht sie jetzt ran.«

»Nein, warum sollte sie? Der Mann, der sich beim ersten Mal gemeldet hat, sollte es doch auf der Parkbank liegen lassen. Da wird niemand rangehen.«

»Vielleicht war sie in der Nähe und ist wieder zurückgegangen, um es zu holen. Bitte ruf noch mal an, für mich.«

Sara ruft also die zuletzt gewählte Nummer an und wartet auf das Klingelzeichen. Aber sie erreicht direkt die Mailbox. Schnell schaltet sie auf Lautsprecher und hält es den anderen hin, damit sie die Ansage hören können.

»Das ist Lilly«, bestätigt Viola atemlos. »Was sagt sie?«

»Das Übliche. Sie haben die Nummer von Lilly Wallin erreicht, ich kann gerade nicht antworten …«

»Sie klingt so anders.«

»Das liegt daran, dass sie Französisch spricht.«

»Stell dir vor, vielleicht kann sie gar kein Schwedisch mehr?«

»Mama, mach dir nicht so viele Sorgen. Ihr werdet euch unterhalten können, natürlich kann sie ihre Muttersprache noch«, sagt Juni und zieht sich den Pulli über den Kopf und tauscht ihn gegen eine dünne, saubere Bluse aus.

»Und sollte sie es wirklich verlernt haben, kann ich doch dolmetschen«, beruhigt sie Sara und geht ins Badezimmer.

Durch das offene Fenster kann man die Spitze des Eiffelturms hinter den Dächern der Häuser sehen. Viola lehnt sich ans Fensterbrett und genießt die Aussicht. Von unten dringen Autolärm, Abgase und Essensgeruch, die Geräusche und Gerüche der Stadt nach oben. Die Straße hinunter entdeckt Viola einen Blumenladen, der sein Angebot auf dem Bürgersteig ausgebreitet hat. Wie eine leuchtende Blumenwiese in der Asphaltwüste. Sie sieht Eimer mit Rosen in allen Farben. Rot, rosa, gelb und weiß. Später will sie eine Rose in jeder Farbe kaufen und Lilly schenken. Sie lächelt bei dem Gedanken.

Sie berührt den Brief, der in ihrer Jackentasche steckt. Sie kennt die Adresse auswendig, muss nicht mehr nachschauen. 25 Avenue de Tourville.

»Wollen wir los?«

Viola dreht sich um. Sara steht in der Tür, eine Tasche quer über dem Oberkörper und Ellen auf dem Arm.

»Ich lasse den Wagen hier«, erklärt sie. »Es ist viel zu umständlich. Lilly wohnt hier ganz in der Nähe, es sind nur ein paar Straßen.«

»Kannst du noch laufen, Mama?«, fragt Maj und greift ihrer Mutter unter den Arm.

»Ich kann alles«, sagt Viola resolut. In Gedanken hat sie schon alle Fragen parat, die sie Lilly stellen will. Dieses Mal wird sie sich nicht davonstehlen können.

»Eine Sache verstehe ich nicht«, meint Juni, als sie wieder in den Fahrstuhl steigen. »Woher weiß man denn so genau, wann man stirbt? Das hört sich doch komisch an. Klang sie denn krank?«

»Nein, eigentlich nicht.« Viola fingert an der Haarspange in ihrer Jackentasche. Die und die beiden Briefe hat sie aus der rosa Blechdose genommen, bevor sie den Rest weggeworfen hat.

»Bist du dir sicher, dass sie nicht einfach nur deine Aufmerksamkeit wollte? Vielleicht war sie ja betrunken?«, schlägt Juni vor.

Sie springt als Erste aus dem Fahrstuhl und bleibt sofort

wie gebannt vor einem Aufsteller mit Werbebroschüren stehen. Dreht ihn herum und zieht ein paar Zettel heraus.

»Vergesst bitte, was ich da eben gesagt habe. Es war ja gut, dass sie angerufen hat. Ist das nicht unglaublich, dass wir in Paris sind? Seht doch mal, was man hier alles unternehmen kann.«

Die anderen stehen schon draußen auf der Straße, während Juni noch in das Angebot versunken ist. Maj muss wieder hineingehen und sie rufen, woraufhin sie mit den Händen voller Flyer ins Freie eilt.

»Lilly ist unser Hauptinteresse, deshalb sind wir hier«, sagt Maj. Widerwillig verstaut ihre Schwester die Zettel in der Tasche.

Der Weg zu Lillys Adresse ist in der Tat nicht weit. Hier hat sie also gewohnt, als sie vor langer, langer Zeit Viola die Konzertkarten geschickt hat. Die gelbe Steinfassade ist von Abgasen und Schmutz grau geworden. Im Erdgeschoss befinden sich zwei Läden, zu beiden Seiten einer dunklen Holztür mit goldenen Messingbeschlägen.

Die Wohnungen im Haus haben alle Balkone mit schmiedeeisernen Geländern und Blumenkästen mit üppigen und farbenfrohen Pflanzen. Sie bleiben stehen und legen den Kopf in den Nacken, um an der Fassade emporzublicken.

»Was meint ihr, welcher Balkon ist ihrer? Also, wenn sie noch hier wohnt, was ich wirklich hoffe«, sagt Juni mit offenem Mund.

»Pass auf, dass dir kein Vogel in den Mund kackt«, kichert Maj und macht schnell ein Foto mit ihrem Handy. Juni wirft ihr einen genervten Blick zu.

»Wenigstens hat die Bewegung dein Doppelkinn straff-gezogen«, lästert Maj weiter und kichert.

Viola rüttelt an der Haustür. Es gibt keine Klingelanlage, man braucht einen Zahlencode.

»Wie sollen wir denn reinkommen? Die Tür ist zu«, sagt sie enttäuscht.

»Wir werden wohl warten müssen, bis jemand kommt«, erwidert Sara. Sie steht breitbeinig neben ihr und schwingt die Hüfte hin und her, um Ellen bei Laune zu halten. Der Bürgersteig ist menschenleer, nur ab und zu schlendert ein Passant vorbei.

Viola rüttelt erneut an der Tür, energischer als beim ers-ten Mal. Da kommt ein Mann aus einem der Läden und sagt etwas auf Französisch. Sara antwortet ihm, und sie unterhalten sich eine Weile, der Mann hört aufmerksam zu und nickt. Sein Blick wandert zu Viola und den anderen. Lillys Name fällt ein paarmal. Er hebt den Arm und zeigt nach oben.

»Wir sind immerhin an der richtigen Adresse, sie wohnt tatsächlich noch hier. Er hat erzählt, dass sie früher oft auf dem Balkon im obersten Stock stand und gesungen hat«, übersetzt Sara. »Sie hat dort oben ihre Lieder einstudiert, und unten haben sich die Leute versammelt und ihr zu-gehört. Wie ein Minikonzert.«

»So wie damals, als sie ein Kind war, da hat sie sich offenbar nicht verändert«, sagt Viola. »Sie hat sich ein-fach auf die Straße gestellt und gesungen, und die Leute sind stehen geblieben und haben ihr zugehört und sie be-jubelt.«

Sara wendet sich erneut an den Mann, stellt ihm weitere

Fragen. Sein Lächeln erlischt, und er sieht auf einmal traurig aus.

»In letzter Zeit habe ich sie oder den Monsieur nicht mehr gesehen«, sagt er.

»Monsieur? Ist sie verheiratet?«, wirft Maj ein.

Sara übersetzt die Frage, worauf der Mann die Hände in die Luft wirft und seufzt.

»Er weiß es nicht genau. Zumindest lebt sie mit einem Mann zusammen. Einem alten Mann.«

Er schiebt seine Hand in die Hosentasche, zieht einen Schlüsselbund heraus und probiert die Schlüssel der Reihe nach durch, bis endlich einer passt. Dann drückt er die Tür auf und hält sie ihnen auf.

»Merci«, sagt Viola, als sie an ihm vorbeigeht. Das ist das einzige Wort, das sie auf Französisch sagen kann.

»Sie wohnt ganz oben, schaffst du das, Mama? Es gibt nämlich keinen Fahrstuhl.«

Aber Viola hat sich schon auf den Weg gemacht. Sie hält sich am Geländer fest und zieht sich hoch. Eine Stufe nach der anderen. Die Stufen sind niedrig, leicht zu bewältigen. Ab und zu macht sie eine Pause, um zu Atem zu kommen.

Ganz oben unterm Dach befindet sich nur eine Wohnung. Die Tür ist dunkel gebeizt, glänzt fast schwarz. Es gibt weder Namensschild noch Türklingel. Sara klopft an, zuerst zaghaft, dann eindringlicher. Aber die Tür bleibt verschlossen, niemand kommt und öffnet sie. Sie legt ein Ohr an das Holz und lauscht. Dann versucht Viola ihr Glück und klopft mehrmals an die Tür.

»Hat sie von hier aus angerufen?«, fragt sie besorgt. »Vielleicht liegt sie in der Wohnung und ist schon tot.«

»Oma, das war ein Handy«, erinnert sie Sara.

»Ach ja, stimmt, wie dumm von mir. Vielleicht ist sie gar nicht in Paris?«

»Aber ihr Handy wurde doch im Park gefunden, weißt du das nicht mehr?«

Viola weicht einen Schritt zurück.

»Doch, aber mein Herz wünscht sich, dass sie hier ist.«

Juni ist die Treppe hinuntergelaufen, sie hören das Klappern ihrer Schuhe auf dem Steinboden.

»Was machst du denn jetzt, Juni?«, ruft ihr Viola hinterher und lehnt sich übers Geländer.

»Ich klopfe bei den Nachbarn. Jemand muss doch irgendetwas wissen und gemerkt haben.«

Sara geht ihr hinterher. Viola hört ihre Stimmen im Stockwerk unter ihnen.

»Oma«, ruft Sara nach oben. »Kennst du einen Alvin?«

Viola wird schlagartig schwindelig, sie muss sich an der Wand abstützen.

»Alvin. Ja, natürlich«, flüstert sie kaum hörbar.

»Ja, das tut sie«, ruft Maj an ihrer Stelle nach unten.

LILLY
12. AUGUST 1966

Lilly läuft in Morgenmantel und High Heels durch die Garderobe, einen dicken Umschlag in der Hand. Ihr Gesicht ist geschminkt, und sie trägt bereits eine Perücke mit üppiger Hochsteckfrisur. Sie nimmt die Fotos, die ihr Sture geschickt hat, nicht aus dem Umschlag, sondern blättert nur zerstreut darin. Sieht die vertrauten Orte auf Gotland an ihr vorbeiziehen.

»Das geht so nicht weiter, ich muss zurück nach Hause«, sagt sie und schleudert den Umschlag auf den Tisch. Die Fotos rutschen heraus und verteilen sich auf der Tischplatte. Mit offenem Mund starrt Lilly sie an.

Alvin ist mit einigen anderen zu ihr in die Garderobe gekommen, um sie auf die Bühne zu schicken. Doch er ist der Einzige, der sie versteht, wenn sie Schwedisch spricht. Und der Einzige, der versteht, warum ausgerechnet diese Fotos so einen Gefühlsausbruch hervorrufen können.

»Bitte, fang jetzt nicht wieder damit an, Lilly«, fleht er sie an, sammelt die Fotos ein und steckt sie zurück in den Umschlag. »Das sind nur die Nerven, Lilly. Es wird alles gut gehen. Versprochen. Morgen sieht die Welt wieder ganz anders aus.«

»Wenn du glaubst, dass du alles bestimmten kannst, dann irrst du dich gewaltig«, faucht sie ihn an. »Ich mache, was ich will!«

Den letzten Satz brüllt sie ihm entgegen. Ihr Gesicht verzerrt sich zu einer Grimasse, und als ihre Assistentin ihr ein Glas Whisky bringt, schlägt sie es ihr aus der Hand. Es fliegt quer durch den Raum, zersplittert an der Wand und regnet in tausend Splittern und Tropfen zu Boden. Dann wird es still. Alvin geht mit ausgestreckten Armen auf sie zu.

»Alles, was ich tue, ist zu deinem Besten«, sagt er. »Lass uns später darüber reden. Jetzt musst du da rausgehen und singen. Das ist das größte Konzert, das du jemals gegeben hast, Lilly. Du kannst dein Publikum nicht im Stich lassen, sie warten schon so lange auf dich.«

»Dann geh du doch da raus und sing. Du weißt doch auch immer, was das Beste ist«, schreit sie und spuckt ihm vor die Füße. »Dann kannst du dir dein eigenes Geld verdienen, wenn du in allem so gut bist. Dir geht es doch sowieso nur ums Geld.«

Alvin weicht zurück.

»Lilly, du musst dich beruhigen«, sagt er und flüstert der Assistentin etwas ins Ohr. Die Frau stürmt aus dem Zimmer.

»Ich werde dir jetzt etwas zur Beruhigung besorgen. Es wird alles gut, Lilly. Ich verstehe, dass dich die Fotos traurig gemacht haben. Sieh sie dir nicht vor einem Konzert an, darüber waren wir uns doch einig. Sonst muss ich ihm verbieten, sie zu schicken.«

Vorsichtig legt er ihr einen Arm um die Schulter, führt sie zum Sofa. Er plaudert weiter, aber Lilly hört nicht zu, sie knetet ihre Hände im Schoß.

»Hilf mir, mir tut alles weh«, murmelt sie und schließt die Augen. »Am meisten tut es in meinem Herzen weh.«

Wenig später kommt ein Mann in die Garderobe mit einer Ledertasche, aus der er ein Stethoskop herausholt und Lillys Herz abhorcht. Dann hält er zwei Finger an ihr Handgelenk.

»Alles in Ordnung, kein Grund zur Sorge. Es ist nur eine Panikattacke.«

Alvin drückt ihm ein paar Geldscheine in die Hand.

»Können Sie ihr bitte etwas zur Beruhigung geben?«, formt er mit den Lippen.

Lilly dreht den Kopf weg, sie will gar nicht sehen, was er dem Arzt sagt.

Aber sie spürt die Kälte, als der Mann ihre Armbeuge mit einem alkoholgetränkten Wattebausch desinfiziert. Dann den Stich, als die Nadel in ihre Vene geschoben wird. Sie weigert sich nicht, kein Protest kommt über ihre Lippen, denn es ist auch nicht das erste Mal. Solche Attacken kommen immer häufiger.

Vorsichtig hilft Alvin ihr beim Ausziehen des Morgenmantels. Sie trägt nur dünne, beige Unterwäsche darunter und fröstelt, als der kühle Luftzug des Deckenventilators über Arme und Beine streift. Eine Garderobiere steht bereit, um ihr beim Ankleiden zur Hand zu gehen. Ihre Abendrobe ist aus dunkelblauer Seide, mit Pfauenfedern besetzt und hat eine lange, dramatische Schleppe.

Es dauert nicht lange, bis Lilly spürt, wie sich in ihr eine große Ruhe ausbreitet. Ihre Gesichtszüge entspannen sich, ihre Atmung wird langsamer und tiefer. Sie atmet ein, als der Reißverschluss ihres Kleides geschlossen wird und es sich eng an ihren schmalen Körper schmiegt.

»Ich will nicht«, sagt sie leise, lässt sich jedoch widerstandslos auf die Bühne führen.

Aus dem Zuschauerraum dringen wütende Stimmen. Das Publikum drückt seinen Unmut aus, vereinzelt hört sie Schimpfwörter. Das Orchester hat ebenfalls aufgegeben, die Menge mit Instrumentalstücken bei Laune zu halten. Die Bühne ist leer und wartet nur auf Lilly. Sie lugt durch einen schmalen Spalt im Vorhang. Staubkörner tanzen im Scheinwerferlicht, das gleich nur auf sie gerichtet sein wird. Zwei große Strahler bilden einen hellen Kreis auf dem Boden. Dort ist ihr Platz, dort muss sie stehen.

»Hör mir gut zu. Stell dir einfach vor, du bist zu Hause und trittst im *Strykan* auf. Und alle deine Lieben sind gekommen. Papa lebt noch und sitzt im Publikum und sieht dir zu«, sagt Alvin und küsst sie auf die Wange.

»Tralala«, murmelt sie schläfrig. Ihr Blick ist verschwommen, sie sieht müde aus.

Alvin kneift ihr in die Wangen.

»Das Publikum hat die Geduld verloren, du musst dich jetzt zusammenreißen. Mein Herz, wach auf und sing so schön, wie du nur kannst«, sagt er und schiebt sie auf ihren Spot.

* * *

Alvin muss sie ins Taxi tragen. Das Konzert hat sie völlig ausgelaugt. Kaum war der Vorhang gefallen, ist sie auf der Bühne zusammengebrochen und konnte nicht mehr aufstehen.

»Ich bin so müde. Ich kann nicht mehr«, jammerte sie und lehnte sowohl das Glas Wasser als auch etwas Stärkeres ab. Willenlos ließ sie sich aus- und wieder anziehen.

Sie wollte nur schlafen. Ausruhen. Sterben.

Vorsichtig bugsiert Alvin sie ins Taxi, muss ihren leblosen Körper mit dem Knie abstützen. Lilly ist außerstande, irgendetwas zu machen. Sie rollt sich auf dem Rücksitz ein und wimmert leise. Der Sitz riecht nach Leder. Alvin setzt sich nach vorne. Sie hört ihn mit dem Fahrer sprechen, kann aber kein Wort verstehen. Der Wagen setzt sich in Bewegung. Sie ist so erschöpft und müde, dass ihr Kopf bei jeder noch so kleinen Unebenheit hin und her schwankt. Alvin legt den Arm auf seine Rückenlehne und dreht sich zu ihr um.

»Ertrink ruhig in Selbstmitleid. Wenn du dich nicht zusammenreißt, bist du bald *passé*, und dann hast du einen richtigen Grund zu jammern. Dein Publikum hat nicht unendlich Geduld, das heute war wirklich an der Grenze. Zerstör nicht alles, was wir uns hier aufgebaut haben, alles, wovon du immer geträumt hast.«

Lilly zuckt zusammen. Sie dreht sich auf den Rücken und starrt zur Wagendecke, die mit einem hellen Stoff bezogen ist. In einer Ecke entdeckt sie ein kleines Loch, dessen Kanten ausgefranst sind. Sie richtet sich auf und berührt das Loch mit den Fingern. Der Fahrer macht eine Bemerkung, und sie zieht sofort die Hand zurück.

»Eine Maus?«, ruft sie. »Sind Sie sicher?«

Der Fahrer nickt und flucht vor sich hin.

»Das ist schade um das schöne Auto«, sagt Alvin und lehnt sich zu ihm, um das Emblem der Marke auf dem Steuer abzulesen.

»Es ist ein Jaguar, und er ist nagelneu«, sagt der Mann und feuert eine ganze Tirade an Schimpfwörtern ab. Seine schlechte Laune löst in Lilly das Gegenteil aus, es belebt sie. Sie setzt sich aufrecht hin.

»Ach, ist schon wieder alles gut?«, meint Alvin ironisch. »Du hättest Schauspielerin werden sollen. Das kannst du noch besser.«

»Glaubst du, dass sie uns die Gage nicht zahlen werden?«, fragt sie zaghaft.

»Du meinst für das Konzert? Nein.«

»Aber wenn ich so entsetzlich schrecklich war, wie du sagst, tun sie das vielleicht.«

»Ich habe nie gesagt, dass du entsetzlich schrecklich warst. Aber du hast die Leute über eine Stunde lang warten lassen, während du dich in Selbstmitleid gesuhlt hast.«

»Dann war ich also nur entsetzlich?« Lilly wickelt sich eine Haarsträhne um den Finger. Sie sieht aus dem Fenster, erkennt die gelben Straßenlaternen und die Gebäude mit den hell erleuchteten Fenstern wieder. Sie sind bald zu Hause.

»Du warst natürlich fantastisch, Lilly. Das bist du immer. Du lebst die Musik. Lass alles Alte hinter dir. Denk nicht mehr daran, die Vergangenheit ist nur eine Geschichte, die wir uns selbst erzählen. Dir geht es doch jetzt gut, alles ist gut.«

Lilly legt ihre Hände auf den Bauch und drückt fest zu, spürt ihre Hüftknochen. Der Schmerz ist fast angenehm. Sie atmet aus.

»Hat Sture heute eigentlich ein Geschenk bekommen?«
Alvin nickt.

»Ja, und eine Platte von dir.«

»Von mir?«

»Ja, dieses Mal habe ich ihm eine von deinen Platten geschickt, eine signierte. Da kann er mitsingen.«

Lilly rüttelt am Sitz des Fahrers. Sie ist wie ausgewechselt, sieht fröhlich und aufgeräumt aus.

»Drehen Sie um«, ruft sie. »Ich will nicht nach Hause. Wir müssen feiern, heute müssen wir Sture feiern. Fahren Sie uns zu diesem neuen Laden, zum Huchette, da soll es großartig sein, habe ich gehört.«

Alvin formt ein deutliches Nein mit den Lippen und wirft dem Fahrer einen vielsagenden Blick zu. Dieser fährt rechts ran und hält an. Lilly bedeutet ihm, dass er weiterfahren soll.

»Wir können dort nicht hin, Lilly. Es gibt nur ein riesiges Chaos, wenn du auftauchst.«

»Dann werde ich wohl ein bisschen singen müssen. Du sagst doch immer, dass ich dafür geschaffen bin.«

»Lilly, hör auf damit. So läuft das nicht.« Alvins Tonlage lässt keinen Zweifel offen.

Der Wagen wartet mit laufendem Motor. Der Fahrer sieht unsicher von Lilly zu Alvin.

»Was wollen Sie denn jetzt?«, fragt er.

»Fahren Sie uns nach Hause«, sagt Alvin.

»Nein, das tun wir nicht. Ich bestimme, weil ich Sie bezahle. Und dich übrigens auch, Alvin. Und ich will jetzt tanzen.«

Lilly hat nicht vor, von ihrem Vorhaben abzuweichen.

»Du magst doch gar keine Menschen. Begreifst du nicht, was das für einen Aufstand gibt, wenn man dich erkennt?«

»Ach komm. Es ist spät, es ist dunkel, und die Leute sind betrunken«, entgegnet Lilly und bindet sich die Haare zu einem Dutt im Nacken. Dann reißt sie dem Fahrer die Mütze vom Kopf und setzt sie sich auf. Sie ist zu groß für sie, sie verrutscht und sitzt schief. Dann nimmt sie noch die Sonnenbrille, die am Rückspiegel hängt und setzt auch diese auf. Sie verdeckt fast die Hälfte ihres Gesichtes. Sie grinst breit.

»Du bist doch verrückt«, sagt Alvin lachend und gibt nach. Er nickt dem Fahrer zu, und sie setzen sich in Bewegung.

Der Jaguar ist zu groß und behäbig, er kann nicht in einem Zug wenden, sondern muss einmal zurücksetzen. Das verursacht einen kleinen Stau und wütende, hupende Autofahrer hinter ihnen.

»Du hast ja recht«, sagt Lilly. »Weg mit der Trübsal, lass uns ein bisschen Spaß haben. Ohne sich zu viele Gedanken zu machen, ohne zu viel zu planen und zu bestimmen. So wie früher. Erinnerst du dich? Wie oft wir beim Tanz waren?«

»Natürlich tue ich das. So machen wir es. Wir tanzen und trinken was. Aber sag nicht, ich hätte dich nicht gewarnt. Wenn sie dich erkennen, bricht das Chaos aus.«

Lilly hat schlagartig allerbeste Laune. Sie streckt ihren Arm hoch zum Loch an der Decke, klopft sanft gegen den Stoff und fängt an, ein erfundenes Lied über eine Maus zu singen, die in einem Auto lebt. Aus dem albernen Text wird eine Melodie, ein Scatsong, der immer lauter wird. Sie schließt die Augen und lässt die Musik ihren vorhin noch trauernden und erschöpften Körper durchströmen.

Alvin stimmt mit ein, das macht er manchmal. Dann singen sie zweistimmig, wiederholen bestimmte Buchstabenkombinationen. Wie ein meditativer Reim. Lillys

Improvisationen sind Alvin so in Fleisch und Blut über-
gegangen, als wären sie seine eigenen. Er folgt ihr, als wären
sie nicht zwei, sondern eins.

Dodobedobee mmm dibididoo.

Ihre Stimmen verschmelzen, ein Bass und ein Sopran. Eine
dunkle und eine helle Stimme. Nach einer Weile fängt sogar
der Fahrer an mitzusummen. Zumindest versucht er es. Er
singt schief, wenn das Tempo zu schnell ist und die Tonfolge
zu kompliziert und die Buchstaben durcheinandergeraten.
Als er verlegen verstummt, fordert ihn Lilly auf weiterzu-
singen.

»Singen Sie, singen Sie. Das macht doch unser Leben aus.
Es ist nicht wichtig, wie es klingt, sondern, wie es sich anfühlt.«

* * *

Der Wagen hält in einiger Entfernung von dem vor Kurzem eröffneten Jazzclub. Vor der Tür hat sich eine lange
Schlange gebildet, Leute, die unbedingt in den Club wollen und auf Einlass warten. Lilly springt aus dem Wagen,
Alvin kann sie gerade noch zurückhalten und ihr sein Jackett geben.

»Es ist doch warm, ich brauche keine Jacke«, sagt sie und
will weitergehen.

»Zieh es an, so gehst du als ein sehr kleiner, dünner
Mann durch. Wenn du dir noch die Haare unter die Mütze
steckst.« Alvin schiebt ein paar Haarsträhnen unter die viel
zu große Mütze des Fahrers.

»So, jetzt können wir los. Zieh die Jacke an«, sagt er und

hält das Jackett so hin, dass sie ihre nackten Arme hineinstecken kann.

Sorgfältig knöpft sie alle vier Knöpfe zu. Es ist viel zu groß, hängt über die Schultern, und auch die Ärmel sind viel zu lang. Alvin schlägt sie hoch, dreimal.

»Ich sehe doch bestimmt total albern aus, oder?«, meint Lilly kichernd und zupft an ihren langen, weiten Hosenbeinen.

»Nein, überhaupt nicht!« Alvin muss so lachen, dass er aus Versehen etwas Speichel verspritzt. Er wischt sich mit dem Handrücken den Mund ab.

Lilly lässt ihre Hose los und streicht den Stoff glatt.

»Bist du dir ganz sicher?«, fragt Alvin, als sie auf den Club zulaufen. Er hat Zweifel, geht ein paar Schritte hinter ihr.

»Ja, absolut. Ich will tanzen.«

Sie reihen sich in die Schlange ein. Lilly stellt sich immer wieder auf die Zehenspitzen, um besser sehen zu können. Es geht langsam voran, es werden immer nur wenige auf einmal in den im Keller gelegenen Club gelassen.

»Wenn wir sagen, wer wir sind, lassen sie uns bestimmt schneller rein«, sagt Lilly. Alvin lacht aufgesetzt und schüttelt sie an den Schultern.

»Du bist nicht ganz bei Trost, Schwesterherz.«

Sie warten geduldig. Endlich stehen sie ziemlich weit vorne in der Schlange. Der Türsteher zeigt auf Alvin.

»Ohne Jackett kommen Sie hier nicht rein.«

Alvin will auf der Stelle gehen, aber Lilly hat das Sakko schon aufgeknöpft und ausgezogen.

»Jetzt ist die Sache gelaufen«, murmelt Alvin, als er sich das Jackett überstreift. Der Türsteher starrt Lilly an.

»Lilly Wallin. Herzlich willkommen bei uns. Sie müssen sich doch nicht in die Schlange stellen«, sagt er und hält ihr die Tür auf.

Lilly rückt die Sonnenbrille zurecht, die ihr immer wieder von der Nase rutscht und geht mit gesenktem Kopf an allen anderen Wartenden vorbei. Es wird geflüstert, sie hört ihren Namen. *Lilly Wallin*. Der Türsteher schottet sie ab, Alvin wirft dem Fahrer auf der anderen Straßenseite noch einen Blick zu, der an der Motorhaube lehnt und wartet. Alvin flüstert dem Türsteher etwas zu, der es nickend bestätigt. Alvin zieht das Jackett wieder aus und legt es Lilly um die Schultern.

»Danke«, sagt er, als hinter ihnen die Tür zufällt.

Lilly jubelt, als sie die Musik hört und zieht Alvin hinter sich die Treppe hinunter, die in einen Raum mit der gewölbten Steindecke führt. Eine Mischung aus Rauch, Parfüm und Schweiß schlägt ihnen entgegen. Es ist warm und stickig.

Die Bühne ist am Ende des Raumes, sie ist winzig, fünf Musiker drängeln sich hinter dem Klavier und dem Schlagzeug. Die Musik dringt in jede Ritze. Sie spielen Dixieland, schwungvollen Jazz. Vor der Bühne tanzt ein Paar Swing. Lillys Beine beginnen sich sofort zu bewegen, sie dreht sich um Alvins Hand, will ihn mit auf die Tanzfläche ziehen. Mit ihren weiten Hosen sticht sie heraus, die Frauen im Club tragen alle Kleider, die durch die Gegend wirbeln.

»Siehst du, das hat doch sehr gut funktioniert. Jetzt tanzen wir einen Tanz für Mama und für Sture«, ruft sie und springt in seine Arme. Alvin fängt sie auf und dreht sie im Kreis. Sie wirft den Kopf in den Nacken, die Mütze fliegt davon, ihr Dutt löst sich.

»Es ist nur eine Frage der Zeit, bis alle wissen, wer du bist«, sagt Alvin warnend und setzt sie wieder ab. Sie nimmt seine Hand und wirbelt um die eigene Achse. Sie lacht fröhlich, legt ihr Gesicht an seine Brust.

»Dann muss ich wohl ein bisschen singen. So wie früher, weißt du noch? Am Anfang in Paris? Das wird lustig, wir teilen das Trinkgeld und kaufen uns frische Äpfel«, sagt sie lachend, ihr Gesicht ist vom Tanzen gerötet.

Die Musiker wissen schon, dass sie da ist. Aus dem Augenwinkel hat sie gesehen, wie der Türsteher ihnen etwas zugeflüstert hat. Die anderen Paare haben es auch bemerkt. Sie hören auf zu tanzen, weichen bewundernd zurück. Als auch die Musik verstummt, stehen Alvin und Lilly allein auf der Tanzfläche. Lilly nimmt die Sonnenbrille ab und verbeugt sich, wird mit begeistertem Applaus und vereinzelten Rufen bedacht. Sie dreht sich einmal um ihre Achse und winkt allen Gästen zu.

Die Musiker stimmen ihre Instrumente, blättern in ihren Noten und spielen sich ein. Sie nähert sich der Bühne, zunächst zögernd, dann immer selbstbewusster. Der Türsteher reicht ihr die Hand und zieht sie auf die Bühne hoch.

»Nur ein einziges Lied«, flüstert sie Alvin leise zu, der mit einer Hand an der Stirn amüsiert den Kopf schüttelt.

»Alvin.« Viola greift sich an die Brust. »Wohnt er dort unten?« Sie flüstert die Worte, kaum hörbar.

Maj rennt die Treppe hinunter, nimmt zwei Stufen auf einmal. Sie bleibt stehen, als sie sieht, dass Sara und Juni mit einer Frau sprechen.

»Nein, das ist er nicht. Sie unterhalten sich mit einer Nachbarin«, ruft sie Viola zu.

»Aber er wohnt mit Lilly zusammen, hat die Frau gesagt«, ruft Juni. »Komm runter, dann kannst du es selbst hören.«

Viola stützt sich am Geländer ab und geht langsam und vorsichtig die Stufen hinunter. Ihr ist schwindelig, ihr Herz rast. Maj kommt ihr entgegen und stützt sie.

Saras Französisch wird immer fließender. Die Nachbarin beantwortet geduldig alle Fragen, sie gestikuliert viel und zeigt immer wieder in den obersten Stock.

»Was sagt sie?«, drängelt Juni. »Erzähl schon, was hat sie gesagt?«

Viola lächelt. Juni ist immer so neugierig und aufgedreht, das war sie schon als Baby. Von der ersten Sekunde ihrer Begegnung an.

»Sie hat Lilly heute Morgen das letzte Mal gesehen, sie ist wie jeden Tag rausgegangen, um sich ihr Baguette zum Frühstück zu holen. Sie soll rüstig und froh ausgesehen haben. Alvin hingegen hat sie schon seit Wochen nicht mehr gesehen.«

»Wer ist Alvin, Mama?«, fragt Maj. »Ist das Lillys Mann?«

Viola versucht, ihren Atem zu beruhigen, ihr Mund ist ganz trocken, die Zunge klebt an ihrem Gaumen.

»Ihr Bruder«, stammelt sie und hustet.

»Oh, *der* Bruder?«, wiederholt Maj.

Viola hält sich am Geländer fest, es flimmert vor ihren Augen.

»Wie meinst du das? *Der* Bruder?«, fragt Juni und sieht von Maj zu Viola.

»Der Bruder, in den Mama verliebt war. Der mit Lilly nach Paris abgehauen ist. Stimmt doch, oder?«

»Mama, warum hast du uns das nie erzählt? Wann war das? Vor Papa hoffe ich doch?«

Viola versucht, ruhig zu atmen.

»Ja doch, das ist sehr lange her. Fragst du sie bitte, ob sie glaubt, dass er in der Wohnung ist. Er ist älter als ich, vielleicht geht es ihm nicht gut.«

Sara und die Nachbarin wechseln erneut Worte, Sara nickt, dann übersetzt sie.

»Sie sagt, dass sie ihn noch im Frühjahr auf seinem Motorrad gesehen hat. Aber da hätten alle Nachbarn den Kopf geschüttelt und waren kurz davor, die Polizei zu rufen.«

Viola lächelt, drückt die Hand auf ihr Herz, das wie verrückt hämmert.

»Waghalsig ist er schon immer gewesen«, sagt sie. »Das scheint auch im Alter nicht nachzulassen.«

»Wie alt ist er denn, Oma?«

Viola muss kurz nachrechnen, ganz genau weiß sie es aber nicht.

»Ein paar Jahre älter als ich. Er wurde sechsunddreißig geboren, oder vielleicht auch fünfunddreißig.«

Sara rechnet nach.

»Vierundachtzig oder fünfundachtzig. Ja, das ist alt.« Sie stellt der Nachbarin eine weitere Frage.

»Was wolltest du wissen?«, fragt Juni.

»Ich habe mich erkundigt, was er so trägt und was für ein Motorrad er hatte. Ich will ihn mir vorstellen können.«

»Lass mich raten«, sagt Viola. »Eine braune Lederjacke, einen schwarzen Helm. Und wahrscheinlich ist er eine Triumph gefahren, eine schwarze mit Goldstreifen auf dem Tank, wetten?«

»Oha, fast alles richtig. Woher wusstest du das?«

»Wir hatten damals nicht viel Abwechslung. Deshalb kannten wir unsere Träume. Alvin hatte eine Seite aus einer Zeitschrift mit einem Foto von so einer Maschine gerissen und an die Wand gehängt. Der Mann auf dem Foto sah genauso aus. Wahrscheinlich ein Filmstar.«

Sara lacht.

»Er hat tatsächlich einen schwarzen Helm und eine Lederjacke. Und ein schwarzes Motorrad, aber sie kennt die Marke nicht.«

Juni sieht auf ihrem Handy nach, wie spät es ist.

»Ich habe langsam Hunger. Wollen wir eine kleine Pause machen und was essen? Wir können doch morgen wiederkommen, vielleicht sind sie dann zu Hause? Es scheint ja nichts Dramatisches passiert zu sein.«

»Nein, das können wir nicht. Wir müssen sie heute finden.« Viola presst die Lippen aufeinander. »Warum hat sie mich heute Morgen angerufen und mir eine solche Angst eingejagt? Warum nimmt sie Abschied, wenn sie sich nur ein Baguette zum Frühstück holt? Und warum macht Alvin nicht auf, wenn er eigentlich zu Hause sein sollte? Da stimmt doch was nicht.«

Juni gibt ihr recht, sie senkt ihr Handy und wendet sich an Sara.

»Frag sie doch bitte, ob hier irgendjemand einen Schlüssel für die Wohnung hat, damit wir nachsehen können.«

Sara kommt aber gar nicht dazu, denn die Nachbarin ist in ihrer Wohnung verschwunden und kommt kurz darauf mit einem Stück Papier zurück, das sie Sara gibt. Die vergleicht die Nummer mit der in ihrem Handy.

»Das ist die Nummer, von der aus Lilly dich angerufen hat«, sagt sie und knüllt das Papier zusammen und erklärt es der Frau. Die verschwindet erneut in ihrer Wohnung.

»Frag sie, ob sie nicht eine Nummer von Alvin hat«, schlägt Juni vor.

»Genau das habe ich gerade getan«, erwidert Sara, als die Nachbarin ihr den nächsten Zettel in die Hand drückt. Viola greift danach, sie hat bereits ihr Handy gezückt und tippt mit zitternden Fingern die Ziffern ein.

Als sie ein Klingelzeichen hört, dreht sie den anderen den Rücken zu, hält den Atem an.

Aber nicht Alvin geht an den Apparat, sondern eine helle Frauenstimme antwortet. Und sie spricht Französisch. Viola reicht Sara das Telefon.

»Ich verstehe nicht, was sie sagt.«

Sara übernimmt, die anderen hören, wie mehrmals Alvins Name fällt.

»Wie heißt er mit Nachnamen?«, fragt sie.

»Wallin. So wie Lilly«, antwortet Viola. »Ist er zu erreichen? Was sagt die Frau?«

Sara hört aufmerksam zu, aber sie sieht bedrückt aus, als sie schließlich auflegt.

»Er lebt«, sagt sie. »Aber er leidet an Alzheimer und ist jetzt in einem Heim untergebracht. Er ist dort gerade eingezogen. Lilly muss eine Rufumleitung eingerichtet haben. Die Frau am Telefon wusste davon allerdings nichts.«

Viola lässt sich auf eine Stufe sinken, lehnt sich über ihre Beine.

»Oh, Lilly. Wo steckst du nur?«

Da hören sie die Eingangstür zuschlagen und jemanden, der sehr schnell die Treppe hochläuft. Eine junge Frau bleibt abrupt stehen, als sie die Menschenansammlung sieht. Offenbar ist sie auf dem Weg in den obersten Stock, zu Lilly.

»Frag sie, wer sie ist«, bittet Viola und mustert die junge Frau eindringlich, kann aber keine Ähnlichkeit mit Lilly erkennen.

Sara unterhält sich mit ihr, zeigt dabei auf Viola und erklärt ausführlich den Anlass ihres Besuches. Die junge Frau nickt und bedeutet ihnen, dass sie mit nach oben kommen sollen. Sara hilft Viola beim Aufstehen.

»Sie hat gesagt, dass sie uns wiedererkannt hat und weiß, wer wir sind. Sie weiß sogar, wie wir heißen. Ist das nicht komisch? Aber sie lässt uns in die Wohnung. Sie putzt bei Lilly und hat deshalb einen Schlüssel.«

VIOLA

12. AUGUST 1967

Die Stühle stehen umgedreht auf den Tischen. Viola holt sie herunter, einen nach dem anderen, und stellt sie an ihren Platz. Mit einem Lappen wischt sie sorgfältig die leeren Tische ab. Alle fünfzehn Stück. Nach der Hälfte taucht sie den Lappen in einen Eimer mit Wasser und Seife. Es riecht nach Kiefern, aber nicht so wie draußen, nach gehacktem Holz. Dieser Geruch ist schwerer, konzentrierter.

Der Speiseraum ihres Restaurants sieht aus wie seit dem Tag, als ihr Vater sie dabei unterstützt hat, die Leitung zu übernehmen. Die Möbel, die Farben der Wände sind gleich geblieben. Sogar die rosafarbenen Tischdecken, die Lilly selbst genäht hat. Sie sind allerdings so oft gewaschen worden, dass die Farbe ausgeblichen ist.

Ihre Eltern sind beide tot. Es ging so schnell. Zuerst starb ihr Vater völlig unerwartet an einem Herzinfarkt. Nur drei Wochen später schlief ihre Mutter ein und wachte nicht mehr auf. Sie hatte ohne ihn wohl nicht weiterleben können. Das Schicksal des Restaurants liegt ab jetzt in ihrer Hand. Und dieses Schicksal sieht im Moment nicht so rosig aus. Die Behörden machen ihr Ärger und schicken immer neue Auflagen vom Brandschutz bis zur Deckenhöhe. Sie müsste eigentlich Umbauten vornehmen, aber das kostet Geld. Geld, das sie nicht hat.

Auf einem der Tische ist ein schwarzer Fleck, der sich

nicht mehr wegwischen lässt. Sie reibt, bis die Finger bren-
nen. Aber es nützt nichts. Was das wohl ist? Eingebranntes
Öl vielleicht, oder Schuhcreme? Das waren bestimmt die
Soldaten, die nach wie vor in großen Gruppen kommen.
Junge Männer, die auf der Insel ihren Wehrdienst ableisten
und lernen, Gotland gegen die Russen zu verteidigen.

Aus der Küche wehen Essensgerüche herein, heute gibt es
Eintopf mit Fleischeinlage zum Mittagessen. Es ist Samstag,
und Viola rechnet mit vielen Gästen. Es wird ein langer Tag.

Sie setzt sich auf einen Stuhl und ruht sich aus, lauscht
dem Geklapper in der Küche und dem Gezwitscher eines
Vogels vor dem offenen Fenster.

Vielleicht sollte sie das Restaurant verkaufen, was anderes machen. Weiter kommt sie mit diesem Gedanken aber
nicht, denn die Tür fliegt auf, und Walles Tochter Sonja
steht mit roten Wangen vor ihr, außer Atem, weil sie so
schnell gerannt ist.

»Juni ist krank«, keucht sie. »Sie hat hohes Fieber und
weint ganz fürchterlich. Kannst du nach Hause kommen?«

Viola springt auf und nimmt die Schürze ab, wirft sie
über die Stuhllehne.

»Wie hoch ist das Fieber? Du hast sie doch nicht allein
gelassen?«

»Maj ist bei ihr, sie macht das ganz toll. Sie tupft ihre
Stirn mit einem kalten Lappen ab und hat mir versprochen,
die ganze Zeit bei ihr zu bleiben.«

Viola greift nach Sonjas Händen.

»Du musst hier übernehmen, schaffst du das? Heute gibt
es Eintopf, das ist nicht so aufwändig. Du musst nur die Teller füllen und raustragen.«

Sonja nickt. Sie hat bereits Violas Schürze genommen und sich um die Taille gebunden.

»Im Tresor ist Wechselgeld, falls du etwas brauchst. Wo der Schlüssel hängt, weißt du.«

Viola stürmt durch die Küche nach draußen, denn dort steht ihr Fahrrad am Zaun angeschlossen. Sie rast die Södra Kyrkogatan hinunter, biegt in die Västra Kyrkogatan und weiter die Norra Kyrkogatan hoch. Die Straßen tragen ihre Namen, weil sie alle auf die große, stattliche Domkirche zuführen, die mit ihren drei spitzen schwarzen Türmen Visby überragt.

Sie ist außer Atem, als sie die Odalgatan überquert, aber fährt so schnell sie kann die Silverhättan hinunter. Bei dem Stadttor St. Göransporten kommt sie um ein Haar ins Schleudern, aber jetzt ist es nicht mehr weit. Gleich ist sie zu Hause.

Was für ein Glück, dass sie Sonja hat, um auf die Mädchen aufzupassen und ihr im Restaurant zu helfen. Sie ist nach Walles Tod, kurz nach ihrem Konzertbesuch in Stockholm, bei ihnen eingezogen. Rosa und Sture haben bei Verwandten im Süden von Gotland Arbeit gefunden, sie bekommen sie nur noch selten zu sehen.

Nichts ist mehr, wie es mal war. Viola und Gunnar sind vor Kurzem in ihr Elternhaus gezogen, das große Haus mit dem Rosengarten. Leider aber brummt es nebenan nicht mehr vor Leben und tausend Kindern. Dort wohnt ein Witwer, der das Haus nach Walles Tod gekauft hat und den Garten verwildern lässt. In dem ehemaligen Kartoffelbeet steht das Unkraut hoch.

Viola wirft das Fahrrad beiseite, das Lenkrad bohrt sich

in den trockenen Boden. Sie hört das Weinen ihrer Töchter aus dem offenen Fenster im ersten Stock.

* * *

»Hallo!«, ruft sie, während sie die Treppe hinaufstürmt. »Ich bin da, Mama ist da.«

Die Mädchen sind in Junis Zimmer, liegen zusammengekauert auf ihrem Bett. Junis Gesicht ist rot gefleckt, die Haut um den Mund herum weiß. Sie redet undeutlich und hat gerötete Augen. Maj sieht ihre Mutter verzweifelt an, während sie ihre Hand auf Junis Stirn legt.

»Ich habe genau das getan, was mir Sonja gesagt hat. Ich habe den Lappen immer wieder in kaltes Wasser getaucht. Aber es hilft nicht, sie brennt, Mama. Juni verbrennt.«

Viola hebt ihre Tochter hoch und legt eine Hand an Junis Stirn. Die Sechsjährige ist sehr warm, ihre Haut klebt.

»Sie muss ja über vierzig Grad Fieber haben«, sagt sie und wiegt Juni hin und her.

Sie schickt Maj los, um Schmerztabletten zu holen, weil sie das kranke Mädchen jetzt nicht mehr allein lassen will. Sie legt sie zurück aufs Bett. Ihre Arme und Beine sind geradezu unheimlich schlaff. Viola wird immer besorgter und ruft Maj zu, dass sie sich beeilen soll. Juni darf auf keinen Fall etwas passieren, sie hat schon ihr größtes Unglück erleben müssen. Viola will sie für immer und ewig vor allem Bösen schützen, sie kann es kaum ertragen, ihre Kleine so hilflos zu sehen wie damals, als sie sie vor ihrer Tür fand.

»Hast du Halsschmerzen, Juni?«, fragt sie. Das kleine Mädchen nickt schwach.

»Mein Herz, das könnte Scharlach sein. Wir müssen zum Arzt mit dir. Meinst du, du schaffst das?«

Als Maj mit den Tabletten, Apfelmus und einem großen Löffel zurückkommt, hält Viola sie in der Tür zurück.

»Komm nicht rein, das hier ist bestimmt sehr ansteckend«, sagt sie. Aber wahrscheinlich ist es ohnehin schon zu spät für diese Vorsicht. Die Mädchen haben ja den ganzen Tag zusammen verbracht. Gehorsam stellt Maj Apfelmus und Löffel auf den Boden und legt die Tabletten auf den Deckel.

»Wird sie sterben?«, fragt sie ängstlich und späht hinter dem Türrahmen hervor.

»Ich muss mit ihr zum Arzt, sie braucht Medizin.«

»Sie darf nicht sterben. Bitte sag, dass sie nicht sterben wird. Ich kann nicht ohne sie leben.«

»Sie wird nicht sterben.«

Viola zerdrückt eine Tablette in der Hand und bröselt die Medizin auf einen Löffel Apfelmus.

»Hier, meine Süße, iss das auf«, sagt sie und schiebt Juni den Löffel in den Mund. Gehorsam schluckt Juni das Apfelmus herunter. Viola streichelt ihr zärtlich über die Wange.

»Es wird bald besser. Das Fieber geht bald runter.«

* * *

Es dämmert schon, als Viola und Juni vom Arzt zurückkommen. Sie haben stundenlang im Krankenhaus warten müssen. Das Haus ist hellerleuchtet, und Gunnar steht in der Küche am Fenster, die Stirn gegen den Rahmen gestützt, als würde er dort schon Ewigkeiten ausharren. Als er die beiden sieht, zuckt er zusammen und reißt das Fenster auf.

»Was hat der Arzt gesagt?«, ruft er ihnen entgegen.

»Es ist Scharlach, wie ich befürchtet habe. Sie hat Antibiotika bekommen.«

Viola bleibt stehen und setzt Juni ab. »Kannst du das letzte Stück selbst gehen, Juni? Meine Arme sind ganz schwer, du bist so groß geworden.«

»Warte, ich komme«, sagt Gunnar, verschwindet vom Fenster und läuft ihnen Sekunden später aus der Tür entgegen. Er hebt Juni hoch und gibt Viola einen Kuss auf den Mund.

»Wir haben uns solche Sorgen gemacht.«

»Habt ihr denn etwas gegessen?«

»Nein, und ich weiß auch nicht, wo Sonja ist. Weißt du das?«

»Ja, sie hat meine Schicht im Restaurant übernommen. Aber sie kommt bestimmt bald, Eivor macht heute Abend zu.« Sie schlägt sich die Hand vor den Mund. »Oh je, ich habe vergessen, das Sonja zu sagen! Die Arme, hoffentlich denkt sie nicht, dass sie auch bis Ende bleiben muss.«

»Ruf sie an, ich kümmere mich um Junika, Tunika«, sagt er zärtlich und singt seiner Tochter eine ganze Reihe von Kosenamen vor.

Sie sind noch nicht ganz im Haus, da rennt Sonja durch den Garten und zwängt sich an ihnen vorbei.

»Sie ist im Fernsehen, sie ist im Fernsehen!«, ruft sie außer Atem und nimmt die Treppe mit zwei großen Schritten.

»Willst du gar nicht wissen, wie es Juni geht?«, fragt Viola gekränkt, aber Sonja ist schon im Wohnzimmer.

»Beeilt euch, kommt!«, ruft sie von dort.

Gunnar und Viola sehen sich fragend an, aber folgen

Sonja ins Wohnzimmer. Auf dem Weg sammelt Viola die Sachen ein, die Sonja hat fallen lassen – Jacke, Schal und Handtasche. Doch als sie die Stimme hört, die aus dem Fernseher kommt, lässt sie alles wieder los und rennt hinterher.

»Lilly! Ist das Lilly?«

Sonja hat Maj auf dem Schoß, Gunnar steht daneben, mit Juni auf dem Arm. Er wiegt sich im Takt zur Musik.

»Ist sie wieder in Schweden?«, fragt Viola und sinkt auf einen der Sessel.

»Erkennst du nicht, mit wem sie da auftritt?«, sagt Gunnar voller Ehrfurcht. »Das ist Chet Baker.«

Das Bild ist schwarz-weiß und flimmert sehr, Gunnar verspricht schon seit Langem, dass er die Antenne justieren will, aber bisher ist nichts passiert. Viola schlägt mit der flachen Hand auf den Apparat, das Bild zittert und wird dann endlich scharf.

»Seht ihr, und das da, das ist Stan Getz. Sie muss in Kalifornien sein«, fährt er fort und sieht gebannt auf den Bildschirm.

»Meine große Schwester! Unglaublich. Sie hat sich ihren Weg nach Amerika geträllert. Ich kann es kaum glauben.« Sonja lacht fröhlich.

Juni windet sich in Gunnars Arm und sieht ihre Mutter über die Schulter an. Das Fieber ist gesunken, und ihr Gesicht ist nicht mehr so rot.

»Warum bist du traurig, Mama?«

Nur Juni sieht die Tränen, die Viola über die Wangen laufen. Schnell wischt sie sie weg und unterdrückt ihre Traurigkeit, beißt sich auf die Lippe.

»Schh«, macht Gunnar. »Das ist einfach unfassbar. Hört

zu. Sie singt mit Chet Baker, Horace Silver und Stan Getz. Unsere kleine Lilly.«

»Warum unsere Lilly?« Maj ist zu Viola gegangen und will auf ihren Schoß.

»Das ist Sonjas Schwester, und sie war meine beste Freundin, als ich so alt war, wie du jetzt bist.«

»Ich kenne sie nicht. Warum?«

»Doch, du hast sie schon einmal auf der Bühne gesehen. Wir waren alle zusammen in Stockholm. Daran kannst du dich wahrscheinlich nicht erinnern, oder?«

»Warum ist sie nicht hier? Sie ist deine beste Freundin? Warum ist sie da im Fernsehen?«, fragt Juni. Ihre Stimme ist heiser, sie räuspert sich, ihr Kopf liegt erschöpft auf Gunnars Schulter.

Viola zögert. Sie sieht, wie Lilly auf der Bühne mit den Weltstars scherzt. Ihre Stimme ist so voller Freude, Glück und Kraft. Ihre Augen funkeln.

»Das frage ich mich auch oft. Sie ist einfach so aus meinem Leben verschwunden. Wie eine Feder im Wind. Ich hoffe, sie findet eines Tages den Weg zurück nach Hause.«

Drei Schlüssel benötigt die junge Frau, um die Tür zu öffnen. Vielleicht muss man als Weltstar sein Zuhause so sichern? Es rasselt und klirrt, dann schiebt sie die Tür auf und bittet sie herein. Juni geht zuerst, dann Sara und Viola. Zum Schluss Maj mit Ellen auf dem Arm.

Sie betreten eine geräumige Diele, in der ein runder Tisch mit einer Vase steht. Die Blumen darin sind frisch, weiße und hellgelbe Rosen. Viola steckt kurzerhand die drei Blumen dazu, die sie für Lilly gekauft hat. Eine rote, eine rosafarbene und eine lila Rose. Sie stechen hervor, haben größere Köpfe, dunkleres Grün. Es ist eine andere Sorte. Die Putzfrau zupft ein paar welke Blätter ab, schüttelt energisch den Kopf und wendet sich an Sara.

»Sie sagt, dass Lilly es immer sehr genau nimmt mit ihren Blumen und den Farben. Sie würde deine Blumen gerne in eine extra Vase stecken, wenn das in Ordnung ist.«

Viola tut so, als hätte sie das nicht gehört, und sieht sich neugierig um. Sie legt den Kopf in den Nacken, blickt an die Decke, die aus einer Kuppel mit kleinen, farbigen Dachfenstern besteht, durch die das Licht fällt und sie blendet.

Die anderen sind schon weitergegangen. An die Diele schließt sich ein großer Raum an mit Eichenparkett und einem schönen weißen Kachelofen. An der Decke hängen zwei große Kristallleuchter. Das Sonnenlicht bricht sich in den vielen Prismen und fällt als Streusel in allen Farben des Regenbogens auf die glänzende Tischplatte darunter.

Die anderen scheinen aber weniger an der Inneneinrichtung interessiert zu sein, sie stehen wie versteinert vor einer Wand, die fast vollständig mit kleinen, gerahmten Fotos bedeckt ist. Es müssen Hunderte sein. Viola holt ihre Brille aus der Tasche und gesellt sich zu den anderen.

»Das sind wir!«, sagt Juni erstaunt und zeigt auf die Wand. »Warum hat Lilly Fotos von uns? Sie kennt uns doch gar nicht.«

Die Putzfrau zeigt ebenfalls auf die Wand und lächelt.

»*La famille!*«, sagt sie und geht ins Nachbarzimmer.

Sara folgt ihr und bombardiert sie mit Fragen.

Viola betrachtet jedes einzelne Foto. Juni als Baby, in feiner dünner Spitze, mit einem Häubchen, das ihre Großmutter genäht hat. Maj und Juni, die hinter einer sahnigen, vierstöckigen Geburtstagstorte stehen. Geburtstagsfeiern in Walles Garten. Die Kinder am Strand bei Wasserschlachten. Maj und Juni bei ihrer Abiturfeier. Eine Nahaufnahme von Viola, auf der sie lächelt.

»Was hat das zu bedeuten, Mama?«, fragt Maj.

»Die Putzfrau hat mir erzählt«, sagt Sara, die wieder zurückkommt, »dass Lilly ihre Familie gerne um sich hat. Sie redet viel von uns. Deshalb hat die Putzfrau uns auch wiedererkannt. Obwohl wir alle ein bisschen älter geworden sind.«

»Aber ... Ich verstehe nicht, woher hat sie die Fotos? Warum hat sie sich nie gemeldet?«

»Unsere ganze Kindheit hängt hier an der Wand«, sagt Juni fasziniert. »Ich kenne diese Fotos zum Teil gar nicht. Wer hat sie gemacht?«

Viola überlegt, ist erst ratlos. Sie können nicht von Walle sein, denn manche sind erst nach seinem Tod entstanden.

»Sture!«, ruft sie schließlich. »Die müssen von Sture sein. Er hatte früher immer seine Kamera um den Hals. Er muss ihr jahrelang Fotos geschickt haben.«

»Huch, das ist fast ein bisschen unheimlich, oder?« Juni schüttelt sich.

Sie setzt ihre Erkundungstour fort, geht in die Küche. Viola folgt ihr. Der Raum mit der hohen Decke ist riesig, wirkt mit dem großen Gasherd und den zwei Öfen wie eine Restaurantküche. Die Arbeitsplatte ist aus dunklem Granit, die Griffe und Knäufe sind aus goldenem Messing. Der rustikale, abgewetzte Küchentisch steht in der Mitte auf einem handgeknüpften Teppich in den Farben Blau, Braun und Grau. Auf dem Tisch liegt eine weiße Lilie, die ohne Wasser schon etwas verwelkt aussieht, daneben eine dünne Goldkette. Viola hebt sie hoch.

»Wie kommt die denn hierher? Hat Ellen sie verloren?«

Juni dreht sich zu ihr um. Maj hält Ellen auf dem Arm, die die kleine Goldkette am Handgelenk trägt. Juni nimmt Viola die Kette ab und sieht sie sich genauer an.

»Die sieht ja aus wie die von Ellen, nur etwas größer«, stellt sie erstaunt fest.

»Und ohne Schlüssel«, sagt Maj, die dazugekommen ist.

Sie nimmt Ellen das Kettchen ab und legt es auf den Tisch zu der größeren Kette. Die Anhänger sind identisch. Zwei Herzen, zwei Sterne. Dem großen Armband fehlt der Schlüssel.

Da entdeckt Viola unter der Lilie ein dickes, ledergebundenes Buch mit einem kleinen, herzförmigen Schloss. Ihr stockt der Atem.

»Mama? Was hat das zu bedeuten?«, sagt Juni leise und fast panisch.

Viola nimmt das Armband mit dem Schlüssel und steckt ihn in das Schloss. Er passt. Sie zögert, aber nur zwei Sekunden, dann dreht sie den Schlüssel um. *Für meine Tochter* steht in schwarzer Tinte auf der ersten Seite. Das Buch gleitet ihr aus den Händen, Juni hat die Widmung auch gelesen, fängt das Buch in der Luft und sinkt mit einem Aufschrei auf den Boden.

LILLY

12. AUGUST 1968

Der Stift fliegt übers Papier, die schwarze Tinte formt Wörter, die ihre Gefühle, ihre Gedanken beschreiben. Lilly sitzt an einem kleinen Schreibtisch in ihrem Hotelzimmer und füllt Seite um Seite. Als sie fertig ist, verschließt sie das in Leder gebundene Buch sorgfältig mit dem kleinen Schlüssel, den sie an einer Kette um den Hals trägt. Sie hatte zwei Schlüssel, den einen hat sie behalten, den anderen hat sie an einem kleinen Goldarmband befestigt.

Sie weiß nicht, was sie mit dem Buch vorhat, oder warum sie es sich besorgt hat. Aber es hat ihr Halt gegeben, und sie nimmt es überall mit hin. Die kurzen Texte, die sie schreibt, sind ihre einzige Verbindung zu dem Kind, das sie verloren hat. So kann sie Mutter sein, obwohl sie es nicht ist. Die Gewissheit, dass ihr Kind den Inhalt des Buches eines Tages lesen wird, treibt sie an, damit nicht aufzuhören.

Eine leichte Brise weht durchs offene Fenster. Sie sieht das Meer, die großen Wellen, die sich donnernd am Strand brechen. Ein paar Möwen fliegen kreischend über das Hotel. Barfuß verlässt sie ihr Zimmer und geht an den Strand, vergräbt ihre Zehen im warmen, weichen Sand.

Sie ist nicht allein. Der Strand ist voller junger Frauen in knappen Bikinis. Sie sticht hervor, niemand sonst hat so viel Kleidung am Körper. Überall ist Musik, Gesang, Gitarren. Sie findet ein Schild, das jemand auf den Boden geworfen hat. Ein großes schwarzes Friedenszeichen auf Karton. Dazu der Slogan. *Make Love, Not War.* Die Proteste gegen den Krieg sind allgegenwärtig. In der ganzen Welt. Olof Palmes selbstverständliche Teilnahme an einem Fackelzug gegen den Vietnamkrieg hat unter den Führenden der Welt zu großem Unmut geführt. Sie hat diese unglaubliche Nachricht in den Schlagzeilen der französischen Zeitungen gelesen.

Sie schlendert den Strand hinunter, entfernt sich vom Hotel und den fertig gepackten Koffern, das Wasser spült um ihre Füße. Krieg, Widerstand und Studentenaufruhr. Frauen, die sich bei Konzerten der Doors und der Beatles heiser und ohnmächtig schreien. Das ist eine ganz neue Welt. Eine neue Musik. Auch sie will dem Jazz den Rücken kehren, will etwas Modernes ausprobieren. Sie schreibt hier und da eigene Songs, wenn es die Zeit zulässt. Auf Schwedisch. Eines Tages will sie sie als Platte veröffentlichen.

Leise summt sie *Yesterday.* Sie liebt diesen Song und hätte ihn am liebsten selbst aufgenommen. Er ist genau richtig für ihre Stimmlage. Sie setzt sich in den Sand, die Wellen benetzen den Saum ihres Kleides, aber das stört sie nicht. Es kühlt so schön in der Hitze.

Von dort kann sie das Hotel und ihre geöffnete Balkontür sehen. Sie werden gleich bemerken, dass sie nicht da ist und nach ihr suchen. Sie schließt die Augen und nimmt einen tiefen Atemzug.

* * *

Aus dem Augenwinkel sieht sie, wie sich die Männer in dunklen Anzügen verteilen und die Sonnenbadenden ansprechen. Auf einmal ist der Strand voller angezogener Menschen, die alle nach ihr suchen.

Lilly hat ihre Knie ans Kinn gezogen. Sie weiß, dass sie nicht aufstehen kann, ohne erkannt zu werden. Es ist nur eine Frage der Zeit, bis sie entdeckt wird. Sie zieht den Sonnenhut tiefer ins Gesicht. Aber das nützt nichts. Jemand hat sie erkannt und zeigt den Männern, wo sie sitzt. Alvin ist als Erster bei ihr, er ist gestresst, verschwitzt.

»Was soll das? Warum sitzt du hier?«

»Es ist so schön hier unten am Strand. Am liebsten würde ich hier wohnen.«

Alvin steckt seine Hand in die Jackentasche und hält ihr ein paar Tabletten hin. Aber sie will nicht.

»Keine Sorge, mir geht es gut. Ich wollte nur ein bisschen Meeresluft schnuppern. Mir gefällt es hier so gut, es erinnert mich an Zuhause.«

»Die Tournee ist beendet, wir müssen zurück.«

Lilly dreht den Kopf weg, sieht hinaus auf das glitzernde Meer.

»Müssen wir wirklich unbedingt?«

»Du hast einen vollen Terminkalender, mehrere Konzerte in Europa. Die Leute wollen dich hören.«

»Kleine Clubs?«

»Ja, du wirst auch in kleinen Clubs singen. So, wie du es dir gewünscht hast. Alles wird so sein, wie du es dir gewünscht hast. Aber jetzt müssen wir los, sonst verpassen wir den Flieger.«

Hinter Alvin hat sich eine kleine Gruppe von Schaulustigen gebildet. Sie hat in Kalifornien nicht so viele Fans wie in Europa, aber die meisten kennen ihren Namen, Lilly Wallin. Einer von ihnen hält ihr Block und Stift hin und will ein Autogramm. Ohne hochzusehen, schreibt sie ihren Namen in schön geschwungenen Buchstaben, wie so oft zuvor. Dann zeichnet sie einen kleinen Stern daneben. Manchmal ist er sehr schön und gleichförmig, manchmal wird er schief. Dieses Mal gelingt er ihr ganz ordentlich.

»Jazz ist tot«, sagt jemand salopp. Neugierig sieht sie auf. Der Mann trägt eine weite, tiefsitzende Pluderhose; sein Oberkörper ist nackt, er hat lange, strähnige Haare.

»Ja. Bald ist es endlich vorbei«, sagt sie und lächelt. Sie stimmt einen Song von den Beatles an und erntet Applaus und Jubel. Einer der Umstehenden stimmt sogar mit ein. Alvin packt sie am Arm und zieht sie hinter sich her.

»Was tust du da?«, beschwert sie sich. »Ich will mich neu erfinden, etwas Modernes singen. Das ist die Zukunft, hörst du das nicht?«

»Alle lieben dich, so wie du bist. Du musst dich nicht verändern.«

»Ich habe den Jazz satt.«

»Und ich habe dich satt.« Alvin seufzt und schiebt sie in den Wagen, der bereitsteht, um sie zum Flughafen zu bringen.

»Mein Kleid ist nass, ich muss mich umziehen«, protestiert Lilly.

»Das trocknet auf dem Weg zum Flughafen. Die Koffer sind schon unterwegs«, sagt Alvin kurzangebunden.

Er nimmt einen Stapel Papiere aus seiner Aktentasche und blättert darin. Lilly steckt den Kopf aus dem Fenster und blickt hinauf zu den Kronen der Palmen, die die Strand-promenade säumen.

»Mama wäre bestimmt stolz auf uns«, sagt sie, als sie den Kopf zurückzieht und sich gegen den Rücksitz lehnt.

Alvin schaut auf.

»Natürlich wäre sie das.«

»Vielleicht sieht sie uns zu?«

»Ja, vielleicht tut sie das und sieht, was wir gemeinsam alles erreicht haben.«

»Ich bin so froh, dass du mein Bruder bist, dass ich dich an meiner Seite habe. Am Ende ist doch alles ziemlich gut gegangen, oder? Uns gehört die Welt.«

Alvin lässt die Dokumente in den Schoß sinken und lä-chelt ihr zu.

»Ja, wir haben alles, was wir brauchen.«

Lilly sieht schweigend aus dem Fenster, an dem Häu-ser und Palmen und die sanft geschwungene Silhouette der Berge im Hintergrund vorbeiziehen.

»Wir haben alles, was wir brauchen«, wiederholt sie und schließt die Augen.

Wie versteinert steht Viola in Lillys Küche, zu ihren Füßen kauert Juni, vor sich das Buch. Sie weint und schluchzt. Maj kniet neben ihr und hat ihre Arme um sie geschlungen.

»*Du* bist meine Mutter!«, keucht Juni und sieht zu Viola.

Diese hat ihre Hände auf die Brust gelegt und atmet schwer. Die Tränen ihrer Tochter lösen einen Schmerz in ihr aus, den sie nicht für möglich gehalten hätte.

»Ich bin deine Mutter«, wiederholt sie.

Sara berührt die Lilie auf dem Tisch, die in der Wärme verwelkt.

»Das hier sieht alles sehr nach einem Abschied aus«, sagt sie.

»Himmel, was hat sie bloß getan? Wir müssen die Polizei rufen«, ruft Viola aufgebracht, nachdem sie begreift, was Sara gerade gesagt hat.

»Glaubst du wirklich, dass sie …« Maj sieht sie mit aufgerissenen Augen an.

»Mama, wusstest du das? Hast du es mein ganzes Leben gewusst?«, fragt Juni anklagend mit erstickter Stimme.

»Ich … Ich habe … eine Vermutung gehabt …«, stammelt Viola und schüttelt den Kopf. »Aber ich habe nie die Gelegenheit bekommen, sie direkt danach zu fragen. Vielleicht wollte ich es nicht wissen, du bist immer meine Tochter gewesen.«

»Deshalb bin ich wahrscheinlich so musikalisch«, sagt

Juni. »Ich dachte, dass ich es von Papa habe, weil ich immer mit ihm am Klavier gesessen habe.«

»Ich hatte sogar zwischendurch den Verdacht, dass du Walles Kind bist, Lillys Vater. Weil du seinen Kindern so ähnlich warst.« Viola schließt die Augen und seufzt. »Aber er hat mich nur ausgelacht, als ich ihn gefragt habe. Deshalb habe ich mir gesagt, dass ich es mir nur eingeredet habe. Weil ich Lilly so sehr vermisst habe.«

Die Putzfrau, die kein Wort von dem versteht, was sie sagen, kommt in die Küche und weicht bestürzt zurück. Sara erklärt ihr den Sachverhalt.

»Ich habe sie gebeten, die Polizei anzurufen und Lilly suchen zu lassen«, berichtet sie, streckt ihrer Mutter eine Hand hin und hilft ihr hoch.

»Sie ist meine Großmutter«, fährt Sara leise fort. »Und das finde ich gleichermaßen traurig und ungeheuerlich. Aber dafür haben wir jetzt gerade keine Zeit. Wir müssen sie unbedingt finden, ehe es zu spät ist.«

»Das Telefonat von heute früh, die Blume, das Tagebuch und das Armband, das ist ein Abschied. Sie wusste, dass sie sterben wird, weil sie sich ...« Viola laufen die Tränen über die Wangen.

Auf dem Weg nach draußen wischt sie sich mit dem Unterarm über die Augen, aber es kommen immer neue nach.

»Wir fahren jetzt zu dem Park, wo das Handy gefunden wurde«, beschließt Sara. »Ich habe die Adresse.«

Unten angekommen stellt sich Maj mitten auf die Straße und hält das erste Taxi an, das sie sieht. Sie quetschen sich auf den Rücksitz, Sara setzt sich mit Ellen auf den Beifahrersitz.

Das Taxi ist schon angefahren, als die Putzfrau aus dem Hauseingang stürzt und mit dem Telefon in der Hand winkt. Sara rollt das Fenster herunter, liest die Nachricht und übersetzt gleichzeitig.

»Dort steht, dass Lilly Wallin ins Krankenhaus eingeliefert worden ist. Laut Zeugen wurde sie heute früh im Park gefunden ... und mit dem Krankenwagen weggebracht. Man hat im Krankenhaus nachgefragt, kein Kommentar ... Der Text wird ständig aktualisiert.«

Sara gibt der Putzfrau das Telefon zurück, bedankt sich und erteilt dem Fahrer neue Anweisungen. Er biegt scharf auf die Fahrbahn ein, hinter ihnen hören sie wütendes Hupen.

Juni blättert in dem Buch und murmelt vor sich hin.

»Unglaublich.«

»Was denn? Erzähl? Was schreibt sie?«, drängelt Maj.

Juni zeigt ihnen eine Seite, auf der eine Zeichnung zu sehen ist. Im hohen Gras sitzt eine kleine Katze. Ihr Schwanz ist lang, viel zu lang, er schlängelt sich über die ganze Seite. Lilly hat ein kleines Märchen geschrieben, Juni muss das Buch hin und her drehen, um es lesen zu können.

»Vom 5. Februar 1963«, sagt Viola und zeigt auf das Datum in der Ecke. »Das hat sie an deinem zweiten Geburtstag gezeichnet.«

Juni blättert weiter, alle Seiten sind vollgekritzelt und mit Zeichnungen versehen. Das Geburtsdatum taucht regelmäßig auf.

»An meinem Geburtstag hat sie immer etwas Besonderes gemacht«, sagt sie und zeigt den anderen eine Seite, auf der ein funkelnder Stern klebt.

»Sind das nur Märchen? Darf ich mal sehen?« Sara streckt ihre Hand nach hinten, will nach dem Buch greifen.

Aber Juni zieht es weg.

»Nein, ich will es mir zuerst ansehen.«

Viola mustert sie von der Seite, wie sie vornübergebeugt das Buch studiert. Sie streicht ihr über das dünne Haar. Juni reagiert nicht, sie ist zu tief versunken.

Plötzlich ergibt alles Sinn, alles ist so klar. Die vielen Ähnlichkeiten mit Lilly. Die Haare, der Mund, die Energie und die Gestik. Einfach alles. Vielleicht hat sie Juni deshalb von der ersten Sekunde an geliebt.

»Kannst du nicht laut vorlesen?«, bettelt Sara vom Beifahrersitz. »Schließlich ist sie meine Großmutter, ich will auch etwas erfahren.«

Juni räuspert sich, blättert zurück zur ersten Seite. Sie holt tief Luft und sieht zu Viola, bevor sie mit zitternder Stimme vorliest.

Mein liebes Kind.

Ich habe dich gespürt, bevor irgendjemand dich bemerkt hat. Deine Bewegungen. Zuerst nur zaghaft, wie kleine Flügelschläge. Dann hast du mich getreten, dass mir fast die Luft wegblieb. Du warst in mir. Wir waren eins. Wenn ich gesungen habe, habe ich dich in mir gespürt.

Oh, ich hoffe so sehr, dass du tanzen kannst. Dass

Gunnar dir vorspielt und ihr zusammen singt. Ich weiß,
dass du geliebt wirst. Aber ich habe dich als Erste ge-
liebt und liebe dich bis heute.

Viola ballt die Hände zu Fäusten, spürt, wie sie von Wut
überwältigt wird.

»Geschrieben von jemandem, der mich ausgesetzt hat«,
sagt Juni, als hätte sie Violas Gedanken gelesen.

Sie blättert auf die nächste Seite.

Du wirst es nicht verstehen können. Du wirst mir das
niemals verzeihen. Das weiß ich. Wir sind uns nicht
mehr begegnet, seit du ein Baby warst. Ich hätte es
nicht ausgehalten, dir in die Augen zu sehen. Es wäre
mir nicht gelungen zu verbergen, wer ich für dich bin.
Ich habe dich von Weitem gesehen, ein paarmal, habe
mich aber nicht getraut, dich anzusprechen.

Ich bin Abschaum. Wie Schimmel. Du wirst mich
niemals loswerden, denn meine DNA wird immer exis-
tieren, aber ich nicht mehr.

Ich habe geweint, geschrien und gekämpft. Mir
schwere Vorwürfe gemacht. Ich habe mich dafür ent-
schieden, dir zu schreiben. Vielleicht wirst du dieses
Buch eines Tages in den Händen halten. Dafür will
ich sorgen.

Was die Leute auch sagen werden, du sollst wissen,
dass ich dich nie vergessen habe. Ich habe jeden Tag,
jede Stunde an dich gedacht.

Es waren andere Zeiten, als du geboren wurdest. Du
bist in einem Augenblick des Schreckens gezeugt wor-

den, und von deinem Vater wollte ich nie wieder etwas wissen. Wir waren so arm damals, Alvin und ich, wir hatten kaum genug Geld für Essen. Wir wohnten in einem winzigen Zimmer und teilten uns ein Bett. Wir entschieden es gemeinsam. Alvin würde nach Gotland fahren und dich zu Viola bringen. Zu meiner klügsten und besten Freundin. Ich habe sie verloren, weil ich für meine Tat nicht geradestehen konnte.

Aber ich wusste immer, dass sie dich mehr lieben würde als ihr eigenes Leben. Und das war das Wichtigste. Dass es dir gut gehen würde.

»Ein Augenblick des Schreckens«, wiederholt Juni. »Was meint sie denn damit?«

»Vermutlich *ohne Einwilligung*. Diese Formulierung gab es damals sicher noch nicht«, sagt Sara.

»Wer das wohl gewesen ist? Und wie schlimm es war?« Juni schüttelt sich und klappt das Buch zu.

Viola nimmt es ihr aus der Hand und blättert es durch, lächelt bei den kleinen Zeichnungen auf den Seiten.

»Sieh doch nur, wie wunderschön sie das gestaltet hat. Und zu jedem Geburtstag eine kleine Geschichte. Sie hat sich wirklich große Mühe gegeben.«

»Sie hat mich ausgesetzt! Dieser Aufwand ist im Vergleich minimal.«

»Ja, das stimmt. Aber es wird so gewesen sein, wie sie schreibt. Sie hatte keine Wahl. Sie waren arm und konnten nicht zurück auf die Insel. Sie hatte eine Affäre mit einem verheirateten Mann und ihm bei illegalen Geschäften geholfen. Dafür hat sie sogar im Gefängnis gesessen. Sie hätte unmöglich mit einem unehelichen Kind zurückkommen können. Das waren damals wirklich andere Zeiten.«

»Aber dann ist sie reich und berühmt geworden. Sie hätte mich doch zu sich nach Paris holen können.«

»Und hättest du das wirklich gewollt?«, fragt Maj empört. Juni drückt ihre Hand.

»Nein, ohne euch hätte ich nicht leben wollen.« Ihr steigen die Tränen in die Augen.

»Und wir hätten niemals ohne dich sein wollen«, sagt Viola und legt ihre Hand auf die beiden ihrer Töchter. »Ich bin und bleibe deine Mutter. Du musst mich nicht austauschen, wenn du das nicht willst. Einverstanden?«

Juni legt ihren Kopf wie ein kleines Kind an Violas Schulter.

»Natürlich will ich das nicht.«

* * *

Sie fahren an einem Zaun vorbei, auf dem dünne Buchstaben befestigt sind. Georges-Pompidou steht dort. Sie haben das Krankenhaus erreicht. Der Taxifahrer hält an, und alle steigen aus. Viola geht Richtung Eingang, aber Juni hält sie zurück.

»Was hast du vor? Willst du da einfach reinlaufen und so tun, als wäre nichts gewesen?«

»Vielleicht haben wir nicht mehr so viel Zeit«, sagt Viola und legt ihre Hand auf Junis Arm. »Ich will sie sehen, ich will mit ihr reden. Ein letztes Mal. Du musst nicht mitkommen, wenn du nicht willst.« Sie dreht sich um und geht weiter auf den Eingang zu.

Die anderen zögern, doch schließlich folgen sie ihr. Maj läuft vor zu ihrer Mutter und hakt sich unter.

»Für sie muss es am schlimmsten gewesen sein. Was für eine schreckliche Vorstellung, sein ganzes Leben mit so einem Geheimnis zu verbringen«, sagt sie.

»Und ständig neue Fotos von den Menschen, die du liebst, aber zum Teil gar nicht kennst, an die Wand zu hängen«, ergänzt Juni.

Sara wendet sich an die Frau am Informationsschalter. Sie dreht sich immer wieder um, zeigt auf die kleine Reisegruppe, aber es scheint nichts zu nützen. Das Wort *non* dringt wiederholt zu ihnen, das Gesicht der Frau ist abweisend.

Aber Sara gibt nicht auf. Sie wird lauter, die Leute drehen sich zu ihr um. Ein Mann in weißer Kleidung bleibt stehen, er hat einen Pappbecher in der Hand, aus dem er einen Schluck nimmt, bevor er weiterhastet.

Am Ende gibt sich Sara geschlagen und gesellt sich zu den anderen in eine Sitzecke. Sie sind nicht allein mit dem Wunsch, etwas über Lilly zu erfahren. Im Eingang tummeln sich Fotografen mit riesigen, schweren Teleobjektiven. Ein Journalist, mit Block und Stift bewaffnet, nimmt ganz in ihrer Nähe Platz.

»Hier ist überall Presse«, sagt Sara und sieht sich um. »Sie scheinen alle auf Neuigkeiten zu warten. Oder sie wollen dabei sein, wenn sie das Krankenhaus verlässt. Kein Wunder, dass sie uns nicht sagen, auf welcher Station sie liegt.«

»Hast du ihr gesagt, dass sie meine Mutter und deine Großmutter ist?«, fragt Juni.

»Ja, ich habe ihr alles im Detail erklärt, aber sie hat mir nicht geglaubt. Es gibt ja auch keine Beweise, sie hat mich aufgefordert, ihr etwas zu zeigen, was die Verwandtschaftsverhältnisse belegt. Aber ich kann ihr nicht einmal ein Foto zeigen.«

Sara nimmt Ellen auf den Arm, die Kleine wird langsam müde, sie quengelt leise, ist müde und hungrig und saugt an ihrer kleinen Faust.

»Ich muss bald ins Hotel zurück und sie hinlegen, sonst geht hier das große Geschrei los, das kann ich euch versprechen.«

»Kann sie nicht hier bei dir auf dem Schoß schlafen? Sie ist ein Baby«, sagt Juni.

»Sara hat recht. Ich weiß auch nicht, was ich mir dabei gedacht habe. Ich habe schon früher versucht, mit Lilly in Kontakt zu kommen und bin auch immer wieder gescheitert«, sagt Viola und greift nach ihrer Handtasche.

Sie fingert an dem Schulterriemen, Fäden haben sich gelöst, das Kunstleder franst auf.

»Lasst uns etwas essen gehen und genießen, dass wir in Paris sind. Und morgen gehen wir ins Museum und auf den Eiffelturm. Davon hast du doch immer geträumt«, sagt Maj.

»Was? Wir sollen einfach so tun, als sei nichts passiert?« Juni sieht ihre Schwester fassungslos an. »Nichts wird jemals wieder so sein wie vorher.«

»Du weißt jetzt, wem du deine schöne Stimme zu verdanken hast«, erwidert Sara.

»Papa. Er war da für mich, er hat mit mir geübt. Was hätte er wohl dazu gesagt?«

»Gunnar? Das kann ich dir genau sagen.« Viola lächelt. »Er hätte gesagt, dass wir ihr verzeihen sollen. Dass wir versuchen sollen, sie zu verstehen. So war er, erinnert ihr euch?«

»Und was sagst du?« Juni klammert sich so fest an Violas Bein, dass es wehtut.

Viola denkt an die Fotos in Lillys Wohnung, an die Scham und Schmach, die ihre Freundin ihr Leben lang ertragen musste. Warum nur hatte sie diesen sonderbaren Entschluss gefasst, den Kontakt zu allen abzubrechen, die sie lieben?

»Ja, was sage ich dazu?«, wiederholt sie die Frage und legt ihre Hand auf Junis Kopf, streichelt ihre Haare. »Ich weiß es nicht. Vielleicht, dass wir gehen sollten?«

* * *

Sie sind schon auf dem Weg nach draußen, als Viola eine Hand auf ihrer Schulter spürt. Sie dreht sich um, ein Arzt oder Krankenpfleger steht vor ihr und hält ihr einen Zettel hin, sagt etwas auf Französisch. Dann dreht er sich um und geht.

»Er hat gesagt, dass du das verloren hast«, übersetzt Sara.

Viola inspiziert den gefalteten Zettel, aber er gehört ihr nicht, und es steht auch etwas auf Französisch darauf.

»Nein, der gehört mir nicht«, sagt sie und knüllt ihn zusammen.

»Lass mich mal sehen.« Sara nimmt ihr die Papierkugel aus der Hand und faltet sie wieder auf.

Dann lächelt sie.

»Er muss mich vorhin gehört haben, als ich bei dem Dra-

chen an der Information gestanden habe. Hier steht Fahrstuhl A, erster Stock. Er wartet dort oben auf uns.«

Sofort machen sie wieder kehrt und gehen zum Fahrstuhl.
Maj hat Ellen auf dem Arm. Es ist harte Arbeit, ein Baby
auf so ein Abenteuer mitzunehmen, ohne Wagen und ohne
Tragetuch.

»Das heißt also, sie ist hier und sie lebt? Und wir werden
sie sehen?«, fragt Viola.

»Keine Ahnung, ich weiß auch nicht mehr als du«, sagt
Sara und drückt auf den Knopf.

Als die Fahrstuhltür aufgeht, wartet tatsächlich der junge
Mann von vorhin auf sie. Er ist braungebrannt und hat
dunkles, nach hinten gekämmtes Haar. Er strahlt übers
ganze Gesicht und zeigt auf eine Tür. Viola geht vor, sie
hält den Atem an.

Aber das Zimmer ist leer. Ein Bett und zwei Stühle, aber
keine Lilly. Der Mann bittet sie, dort zu warten und sich
zu setzen. Dann spricht er lange und ausführlich mit Sara,
deren Gesicht immer ernster wird.

Sie zögert, bevor sie ihnen zusammenfasst, was sie erfahren hat.

»Was hat er gesagt? Ist es zu spät? Ist sie gestorben?«,
fragt Viola.

Sara fällt es sichtlich schwer weiterzusprechen.

»Sie haben sie heute Vormittag im Park gefunden. Sie saß
schlafend auf einer Parkbank, ein Passant hat sie erkannt und
wollte sie um ein Autogramm bitten. Als sie nicht aufwachte,
hat er ihren Puls gefühlt und überprüft, ob sie noch atmet.«

»Und, hat sie das?«, fragt Juni ungeduldig und legt eine
Hand auf Violas Arm, gräbt die Finger in ihre Haut.

»Ja, aber sehr schwach. Er hat sofort den Notarzt gerufen, sie haben sie hierhergebracht und ihr den Magen ausgepumpt. Sie hatte Schlaftabletten geschluckt.«

»Im Park?«

»Ja, sie hat es nicht heimlich gemacht. Die Bank steht an einem See, etwas abseits zwar, aber nicht versteckt. Am Ufer stand eine brennende Kerze.«

Viola faltet ihre Hände, senkt den Blick, denkt an die vielen Kerzen, die sie mit Lilly jedes Jahr an diesem Tag angezündet hat.

»Liebste Lilly«, sagt sie leise. »Ausgerechnet heute.«

Sara wendet sich an den Mann, der schon an der Tür steht, die Klinke in der Hand. Er nickt, während sie ihre Fragen stellt.

»Er sagt, sie ist wach, aber sehr erschöpft und niedergeschlagen. Sie will nicht mehr leben. Als sie aufgewacht ist, hat sie wirres Zeug von ihrer kleinen Tochter erzählt, nur deshalb ist er zu uns gekommen, weil er unsere Geschichte gehört hat.«

»Ja, das bin ich. Ich bin diese kleine Tochter«, sagt Juni kaum hörbar.

* * *

Die Tür steht einen Spalt offen. Ein Lichtstreifen fällt ins Zimmer. Viola zögert.

»Ich will nicht«, sagt Juni. Sie steht dicht hinter ihr, duckt sich.

»Was ist, wenn sie uns nicht sehen will ?«, fragt Viola und weicht zurück, tritt Juni auf den Fuß.

»Geh du zuerst zu ihr rein, Mama, du willst sie schon dein ganzes Leben wiedersehen, deshalb sind wir hier«, sagt Maj. »Ich warte hier draußen mit Juni.«

Viola betritt das Zimmer. Sie sieht die Stahlstreben des Krankenhausbettes und ein paar Füße in Thrombosestrümpfen, die auf der Bettdecke liegen und leicht zucken. Sie geht auf Zehenspitzen, um keinen Lärm zu machen.

Lillys Augen sind geschlossen, ihr Gesicht ist blass, die Lippen bläulich. Sie sieht so klein und zerbrechlich aus. Ihr Haar ist dünn und weiß. Ein paar Locken hat sie noch. Auf der Hand, in der eine Kanüle steckt, hat sich ein Bluterguss gebildet, bis zu den Fingern. Viola streichelt ihr über die Stirn, über die Haare.

»Lilly«, flüstert sie. »Lilly, wach auf, ich bin es.«

Sie setzt sich auf die Bettkante und nimmt Lillys schlaffe Hand in ihre.

»Lilly. Wach auf, meine liebe Freundin«, sagt sie, etwas lauter.

Dann, nach einer unendlich langen Zeit, zuckt die Hand, die sie hält. Lilly wimmert und schlägt die Augen auf.

»Wo bin ich?«, fragt sie verwirrt. Als sie Viola sieht, fängt sie an zu keuchen, ihr Atem wird schneller.

»Schh, alles gut. Du bist in Paris, im Krankenhaus. Es ist alles in Ordnung. Ich bin gekommen, weil ich dich wiedersehen wollte«, sagt Viola zärtlich.

»Viola. Bist du es wirklich?«

»Ja, ich bin es. Ich bin hier, und ich weiß alles. Oh, Lilly, wie konntest du so etwas tun? Warum?«

Lilly dreht den Kopf weg, starrt an die Wand. Viola sieht die Tränen, die ihr über die Wangen laufen und im weißen

Kopfkissen versickern. Lilly beißt sich auf die Unterlippe, die zittert, wie bei einem weinenden Kind.

»Wir müssen nicht jetzt darüber sprechen«, sagt Viola. »Jetzt musst du erst mal wieder gesund werden. Ich bin so froh, dass du lebst.«

Sie will noch so vieles sagen, will so viele Fragen stellen, Antworten erhalten. Aber das muss warten, Lilly hat keine Kraft dafür. Sie sieht so zerbrechlich aus wie ein kleines, nacktes Vogeljunges. Die Haut ist dünn und blass, man kann die Adern an ihren Schläfen durchschimmern sehen.

»Warum bist du hier?«, fragt Lilly verwirrt. »Ich habe dich doch heute Morgen auf Gotland angerufen und mich verabschiedet.«

Viola streichelt ihre Hand, hält sie zwischen ihren Händen.

»Weil du nicht sterben sollst, es ist noch zu früh, um Abschied zu nehmen. Du sollst leben. Ich bin gekommen, weil ich endlich mit dir reden will. Du bist immer in meinem Herzen und meinen Gedanken gewesen.«

Lillys Mundwinkel zuckt, ein zartes Lächeln zeigt sich.

»Wirklich? Das ist der schönste Ort, an dem man sein kann. In den Gedanken und im Herzen eines anderen Menschen«, sagt sie mit brüchiger Stimme.

»Aber ich habe nichts mehr, wofür es sich zu leben lohnt.« Sie dreht sich weg. Das zarte Lächeln ist erloschen.

»Doch, das hast du. Die Fotos, die bei dir zu Hause an der Wand hängen. Das sind nicht nur Abbilder, diese Menschen gibt es wirklich. Dieses Leben gibt es wirklich.«

Lilly räuspert sich, ihre Stimme ist heiser, aber sie fängt an zu singen, zaghaft erst. Es ist ein Lied von ihrer einzigen

Platte mit schwedischen Liedern. Viola hat sie immer wieder gehört.

> *Es gibt ein Leben jenseits von hier,*
> *Und dieses Leben verdanke ich dir.*
> *Ich sehe dich, und du siehst mich.*
> *Du singst die schönsten Lieder*
> *Mit deinem Lachen.*

Lillys Stimme bricht, sie ist nicht mehr so klar und kraftvoll wie früher, sie muss nach jeder Zeile eine Pause machen. Als hätte all die Musik in ihrem Leben ihr die Kraft genommen.

Als Lilly verstummt, setzt eine andere Stimme ein. Sie ist wunderschön und klar.

Sie gehört Juni.

Langsam betritt sie den Raum, singt auf dem Weg zum Bett ihrer Mutter.

»Ich liebe dieses Lied, Mama hat es mir immer vorgespielt, und ich habe es Sara vorgesungen, als sie ein Kind war«, sagt sie und setzt sich neben Viola auf die Bettkante.

Lillys Augen sind voller Tränen, als sie ihre Tochter ansieht, zum ersten Mal, seit sie ein Säugling war.

»Wie schön«, flüstert sie heiser. »Denn es handelt von dir.«

EPILOG
12. AUGUST 2020

Gunnars altes Klavier ist in die Küche umgezogen, es steht an der Wand vorm Fenster, der Deckel ist hochgeklappt, die Tasten liegen frei. Der Esstisch ist in die Mitte des Raumes gewandert. Wie eine viereckige Insel in einem Meer aus Teppichen. Er ist immer im Weg, wenn sie vom Herd zum Kühlschrank muss, aber Viola hat sich daran gewöhnt. Aber auf ihrem Oberschenkel prangen unzählige blaue Flecken von den vielen Malen, an denen sie dagegen gestoßen ist. Im Wohnzimmer, wo das Klavier früher stand, stehen jetzt Staffeleien mit halbfertigen Leinwänden, und auf dem Boden liegen Bücher und Zeitschriften verstreut. Es gibt immer etwas zu tun und immer ein Gesprächsthema.

Der Teekessel fiept, sie hebt ihn schnell vom Herd und deckt den Tisch. Drei Teller und drei Tassen stehen auf den neuen Untersetzern, die sie von Juni geschenkt bekommen haben.

Draußen regnet es in Strömen, ein schwerer Sommerregen, der die Zweige der Rosenbüsche nach unten drückt. Ausgerechnet heute, das ist typisch. Sie hatte gehofft, dass sie zum Mittagessen draußen sitzen können, wenn die Kinder zu Besuch kommen. Mitten in einer Pandemie, ständig von einem Virus bedroht, das sich immer schneller ausbreitet, ist es sicherer, sich an der frischen Luft zu treffen. Die Kinder haben diesen Sommer ein eigenes Haus gebucht, und sie vermisst das Durcheinander, das Lachen, die Musik.

Sie wirft zum wiederholten Mal einen Blick auf ihre Wetterapp. In wenigen Stunden soll der Regen nachlassen, eine große runde Sonne strahlt ihr auf dem Display entgegen. Aber der Blick zum Himmel sagt etwas anderes, grauweiße Wolken spielen mit dem Wind und ziehen vorbei.

Das wird schon. Es ist warm draußen. Zuerst Frühstück. Sie stellt einen Korb mit Brot auf den Tisch, Vollkorn und Weißbrot in dünnen Scheiben. Dazu ein bisschen Knäckebrot, große Stücke von dem kreisrunden Käse und ein paar Scheiben Wurst. Butter.

Sie hängt ein Sieb mit Teeblättern in die Kanne, dann geht sie die Treppe hinauf in den ersten Stock. Es fühlt sich jeden Tag an wie eine Bergetappe. Sie hält sich am Geländer fest und zieht sich die Stufen hoch. Sie wird bald nach unten ziehen müssen. Bald werden sie alle drei Hilfe benötigen. Sie spürt, dass sie jeden Tag kraftloser wird. Ihr Körper wird älter, müder.

Vorsichtig schiebt sie die Tür zu dem kleinen Schlafzimmer auf. Ganz früher war das ihr Kinderzimmer, dann wurde es Junis. Das Rollo ist heruntergezogen, aber ein bisschen Licht dringt durch die Ritzen hindurch und wirft ein Muster an die Wand.

Sie stellt sich neben das Bett und betrachtet die zarte Gestalt unter der Decke. Ihr Haar umrahmt ihren Kopf wie die Blätter einer Sonnenblume. Sie war schon lange nicht mehr beim Friseur.

Sie liegt auf der Seite, die weiche Haut der Wange schmiegt sich aufs Kissen. Viola streichelt Lilly über den Kopf.

»Zeit aufzustehen, du alte Schlafmütze. Heute ist der zwölfte, und die Kinder kommen bald. Der ganze Haufen. Wir feiern euer Einjähriges, Junis und deins.«

Lilly grunzt, bewegt sich zögerlich.

»Mon Dieu, es ist viel zu früh. Wie spät ist es?«, sagt sie in einer Mischung aus Französisch und Schwedisch. Sie hat einen Akzent, wenn sie ihre Muttersprache spricht, die Buchstaben sind an Stellen weicher, wo sie es in der schwedischen Sprache nicht sind. Das wird am deutlichsten, wenn sie müde ist, obwohl sie jetzt schon seit fast einem Jahr wieder in Schweden lebt. Viola hat sie mit nach Hause genommen, sobald sie das Krankenhaus verlassen durfte. Sie waren nur kurz in Lillys Appartement, um ein paar Dinge zu holen. Sie wollte zunächst nur ein paar Tage bleiben, aber daraus wurden Wochen und Monate.

Sie haben sich viel Zeit genommen, über alles zu reden. Sie haben sich Fotos angesehen, alte Zeitungsausschnitte, haben die Briefe gelesen, die niemals abgeschickt wurden. Sie versuchten das Geschehen zu begreifen, zu verstehen, warum sich Lilly nicht melden, Viola nicht treffen konnte, obwohl sie all die Jahre solche Schmerzen vor Sehnsucht hatte. Die Vergewaltigung, die Trennung von ihrem Kind, das sie nicht behalten konnte. Alvin hatte Juni nur wenige Tage nach der Entbindung nach Visby gebracht. Sie hatten nur wenig Zeit zusammen, aber die Erinnerung an die kleine Hand, die ihren Finger hielt, und der süße Säuglingsduft quälte sie ständig.

Viola hatte schon längst entschieden, ihr zu verzeihen. Juni fiel es auch nicht schwer. Sie nennt Viola Mama und Lilly Mima. Sie planen eine Reise nach Paris zu unternehmen, nur sie beide.

Viola zieht das Rollo hoch, von hier kann sie die wilde See sehen. Die großen Wellen bestehen nur aus weißer Gischt, sie brechen donnernd am Strand. Der Regen peitscht übers Land.

»Werd in Ruhe wach, dann komm runter. Es gibt Frühstück.«

Dann geht Viola ins nächste Zimmer, das früher Maj gehört hat. Hier ist das Rollo schon hochgezogen, und das Bett ist leer. Die Decke ist beiseite gerollt, wie ein langer Wurm. Hastig sieht sie in allen anderen Zimmern nach, dann rennt sie zurück zu Lilly. Die ist wieder eingeschlafen, Viola muss sie an der Schulter rütteln.

»Wach auf, Lilly, er ist weg. Ich kann ihn nicht finden.«

Plötzlich ist Lilly hellwach und setzt sich aufrecht hin.

»Nicht schon wieder«, schimpft sie und stellt die Füße auf den Boden. »So war das auch in Paris, bis er die richtige Medikation bekam, die den Krankheitsverlauf verlangsamt. Wir können ihn nicht mehr lange hierbehalten.«

»Doch, wir sind zu zweit, wir müssen uns einfach abwechseln. Komm, beeil dich, wir müssen ihn finden.«

So schnell sie kann, geht Viola die Treppe hinunter. Ihr Kopf will wie immer mehr, als ihr Körper kann. Sie weiß, dass Lilly recht damit hat, dass sie ihn nicht unendlich lange betreuen können. Aber sie will sich das nicht vorstellen, sie will ihn in ihrer Nähe haben, solange sie lebt. Maj und Juni haben Alvin ein paar Monate später aus dem Altersheim in Paris abgeholt, nachdem Lilly bei Viola eingezogen war. Sein Gedächtnis lässt ihn im Stich, aber er erinnert sich an vieles von früher. Darüber können sie reden, die gemeinsamen Erinnerungen. Sie liebt es, dass er so gerne in der Vergangenheit lebt. Dass er mit Lilly und ihr in diese Zeit zurückreist, in die Zeit, bevor sie getrennt wurden. Jetzt ist sie nicht mehr allein in den dunklen Monaten des Jahres, wenn die Kinder und Enkelkinder fernbleiben.

Sie zieht einen alten gelben Regenmantel über, mit dem sie im Garten arbeitet, schlägt die Kapuze hoch und geht hinaus. Sie ruft nach ihm.

»Alvin, Alvin, wo bist du?«

Aber sie erhält keine Antwort.

Die Straße ist menschenleer, kein Auto weit und breit. Ein Blick über die Hecke zum Nachbarn, dort ist auch niemand zu sehen.

Lilly erscheint barfuß im Eingang, mit einem Regenschirm in allen Farben des Regenbogens in der Hand. Sie winkt ihr zu, dass sie zurückkommen soll.

»Hast du ihn gefunden? War er doch im Haus?«

»Schh«, sagt sie und legt einen Finger auf die Lippen. Dann zeigt sie in den hinteren Teil des Gartens. Am Zaun zum Nachbargrundstück kniet ein Mann. Sein Rücken ist voller Regentropfen, dunkle Flecken auf dem grauen Hemd.

»Was macht er da?«, fragt Viola. Sie gehen zu ihm.

Alvin ist umringt von Werkzeug. Hammer und Säge, mehrere Schraubenzieher liegen auf dem Rasen verteilt. Eine Latte hat er schon aus dem Zaun gerissen und rüttelt gerade an der zweiten. Als er Viola und Lilly bemerkt, lächelt er sie strahlend an.

»Jemand hat das Loch im Zaun zugemacht. Aber jetzt ist es wieder auf«, sagt er zufrieden und zeigt auf sein Werk.

Viola greift ihm unter den Arm und zieht ihn hoch. Dann bürstet sie ihm die Erde von den Knien.

»Das Loch benötigen wir nicht mehr«, sagt sie geduldig. »Aber du musst hungrig sein. Komm, wir gehen frühstücken.«

Alvin nickt. Dann sieht er sie verwirrt an.

»Wer sind Sie?«, fragt er mit gerunzelter Stirn.

»Das weißt du doch. Das ist Viola«, antwortet Lilly. »Wir wohnen bei ihr in Visby, in der St. Göransgatan. Wir sind wieder zu Hause.«

Alvin mustert Viola eindringlich, jeden Zentimeter ihres Gesichts. Dann legt er seinen krummen Zeigefinger auf ihre Wange.

»Viola«, sagt er überrascht. »Du bist aber alt geworden.«

Meine Freundin
Meine liebste Freundin.
Du bist der Wind,
streichelst warm und weich meine Wange.
Du bist die Sonne,
bist so stark, so strahlend.
Du bist immer bei mir,
in meinen Gedanken, in meinem Herzen.
Du bist das Meer,
so tief, so unergründlich.
Du bist der Sturm.
Der mich allein zurückgelassen hat.
Du bist die Ungewissheit,
die Trauer.
Und doch bist du immer da.
In allem.
Du bist alles.
Nichts kann uns trennen.

DANKSAGUNG

Ich bin ein echter Glückspilz, dass ich von so vielen liebe-vollen und talentierten Menschen umgeben bin. Ein be-sonderer Dank geht an:

Meine liebe Agentin Julia Angelin, weil du immer für mich da bist und mich auf die denkbar beste Art und Weise unterstützt. Anna Carlander, Josephine Oxelheim, Marie Gyllenhammar und all den anderen Kolleginnen und Kol-legen bei der Salomonsson Agency danke ich für eure harte Arbeit für mich und meine Bücher. Ich werde euch ewig dankbar sein.

Meinem Lektor Johan Stridh und meiner Verlegerin Te-resa Knochenhauer danke ich für eine weitere, schöne und wertvolle Zusammenarbeit.

Eva Persson, Johanna Strand und allen anderen Mit-arbeiterinnen und Mitarbeitern in meinem Verlag Forum danke ich für eure Zeit und euer Engagement.

Vanja Vinter danke ich, weil du kommst, wenn ich dich brauche. Ich bewundere deine Fähigkeit, mit einer ängst-lichen Seele umzugehen.

Cathrin Nielsen, Cecilia Imberg, Miha Alvesson Due Billing und Carl Nilsson – habt Dank dafür, dass ihr die frühen Versionen meines Romans gelesen und mir mit euren scharfsinnigen und wichtigen Kommentaren ge-holfen habt.

Alyson Richman, meiner lieben Freundin und Kollegin,

möchte ich danken für unsere täglichen Kaffeepausen und dafür, dass du deine klugen Gedanken mit mir geteilt hast.

Ich danke den Verlagen, in denen ich veröffentlicht habe, sowie den Bibliothekarinnen und Bibliothekaren, den Buchhändlerinnen und Buchhändlern, weil ihr dafür sorgt, dass meine Bücher in die Welt hinauskommen und gelesen werden.

Auch euch, meinen fantastischen Lesern will ich danken. Durch euch erfahre ich jeden Tag aufs Neue, wie viel Wärme und Liebe es auf dieser Erde gibt. Konzentrieren wir uns darauf.

Ich danke meinen lieben Freunden, ihr wisst, wen ich damit meine. Danke, dass es euch gibt, danke für die vielen Gespräche und eure Inspiration.

Natürlich danke ich auch meiner großen, wunderbaren Familie: Mama, Papa, Helena, Cathrin, Anders, Joachim, Fredrika, Clara, Thea, Christian, Linus, Linn, Tim und meinem allerliebsten Schatz Oskar.

Ich will auch denen meinen Dank widmen, die nicht mehr unter uns weilen, die mich aber im höchsten Maße zu diesem Roman inspiriert haben: meinem Großvater Gösta und meiner Großmutter Märta. Sie haben viele Jahre lang das Café *Strykjärnet* in Visby betrieben und tatsächlich außerhalb der Stadtmauer in der St. Göransgatan gewohnt. In einem Haus mit Blick aufs Meer.

Unsere Leseempfehlung

416 Seiten
Auch als E-Book
erhältlich

Ihre Kamera ist ihr Schutzwall gegen die Welt – denn obwohl
die schwedische Fotografin Elin Boals eine glänzende Karriere in New York absolviert, lebt sie privat sehr zurückgezogen.
Sogar ihre eigene Familie hält Elin gekonnt auf Abstand. Doch
dann erhält sie völlig unerwartet einen Brief aus ihrer Heimat
Gotland, und längst verdrängte Erinnerungen brechen mit
aller Macht über sie herein. Denn Elin hütet ein tragisches
Geheimnis – eine tiefe Schuld, die sie damals dazu trieb, die
Insel für immer zu verlassen. Und nun spürt sie, dass sie an
den Ort ihrer Kindheit zurückkehren muss, wenn sie jemals
wirklich glücklich werden will …

goldmann-verlag.de

 GOLDMANN